WEB VAN VERRAAD

www.uitgeverij-m.nl

De website van Uitgeverij-M bevat informatie over auteurs, boeken en voordeelcoupons, nieuws, leesproeven, voorpublicaties en ledenpagina's voor de lezers van *de Thrillerkrant* en *Science Fiction & Fantasy WARP,* en wordt wekelijks ververst en aangevuld.

PHILLIP
MARGOLIN

WEB VAN
VERRAAD

UITGEVERIJ

Oorspronkelijke titel: Ties that bind
Vertaling: Willem Verhulst
Omslagontwerp: Mariska Cock, Amsterdam
Omslagfoto: Fotostock
Auteursfoto: Stephen A. Houze

Eerste druk: juli 2003

ISBN 90 225 3607 6 / NUR 332

© 2003 *Phillip Margolin*
© 2003 *voor de Nederlandse taal: De Boekerij bv, Amsterdam*
Uitgeverij M is een imprint van De Boekerij bv, Amsterdam

Voor mijn schoonouders, Helen en Norman Stamm.
Jullie hebben een fantastische dochter grootgebracht.
Mijn dank daarvoor.

Proloog

JONG GELEERD
december 1970

Pedro Aragon lag naakt in de armen van een elegante, donkere schone op een wit zandstrand. Ze rook naar hibiscus. Boven de geliefden deinden de bladeren van een palmboom zachtjes heen en weer in de wind. De golven beukten op de kust. Pedro zou zielsgelukkig zijn geweest, als zich niet op dat moment een bromvlieg in zijn oor had genesteld.

Pedro probeerde er geen aandacht aan te besteden, maar het zoemen hield niet op. Hij sloeg met een hand naar het beest, maar het geluid werd steeds erger. Pedro deed zijn ogen open. Het zonovergoten strand veranderde in een smal bed met vieze lakens. Het geluid van de golven maakte plaats voor het gekletter van de regen tegen de smerige ramen van Pedro's goedkope huurappartement. De geur van hibiscus was nu ook verdwenen. In plaats daarvan rook hij de muffe lucht van zweet, verschaald bier en een half opgegeten pizza.

Pedro ging op zijn zij liggen en staarde naar zijn zoemende wekker. Hij had er even spijt van dat hij het ding de avond ervoor had gezet. Het was zo'n mooie droom geweest. Maar toen hij dacht aan wat er die avond misschien zou gaan gebeuren, stond hij moeizaam op. Pedro had al veel te vaak meegemaakt dat mensen als gevolg van luiheid hun kansen lieten liggen, maar dat zou hem beslist niet overkomen.

Toen hij veertien was, was Pedro Aragon uit de achterbuurten van Mexico-City vertrokken om in de met goud geplaveide straten van Amerika zijn geluk te beproeven. Pedro was een slanke jongeman met parelwitte tanden, vrolijke ogen en een verzorgde snor boven zijn voortdurend glimlachende mond. Het was moeilijk voor te stellen dat hij iemand pijn zou kunnen doen, laat staan iemand vermoorden. Maar Pedro's gemoedelijke stemming kon op de meest onverwachte momenten omslaan in een onbeheerste aanval van niets ontziend geweld. Zijn onvoorspelbare karakter maakte hem uiterst gevaarlijk, en zelfs de meest geharde criminelen dachten minstens twee keer na voor ze hem tegen durfden te spreken.

Jesus Delgado, die in Portland als contactpersoon voor een Mexicaans drugskartel optrad, had de talenten van de jonge Pedro al snel onderkend. Onder Delgado's leiding had Pedro zich ontwikkeld tot een succesvol lid van diens handel in verdovende middelen. Een paar maanden geleden had Jesus zijn beschermeling opgedragen om een van de voormannen, die een deel van de winst in zijn eigen zak had laten verdwijnen, met behulp van een kettingzaag tot de orde te roepen. Als beloning hiervoor mocht Pedro het werk van de overledene overnemen. Gewoonlijk bestond dit uit het verkopen van kleine doses heroïne aan verslaafde gebruikers, maar vanavond zouden er drie nieuwe klanten komen: studenten, die het spul weer doorverkochten. Hij kon het geld al ruiken.

Pedro dreef zijn handel tegenwoordig vanuit een leegstaand huis in een verlopen buurt. De mensen die er woonden waren gelukkig zo verstandig dat ze niet bij de politie gingen klagen. De meesten praatten trouwens nooit met de politie. Het gazon aan de voorkant van het vervallen huis was verwaarloosd, de grijze verf bladderde aan alle kanten van de buitenmuren en het dak van de veranda dreigde ieder moment te kunnen instorten. Pedro rende door de regen en klopte op de voordeur. Er werd vrijwel onmiddellijk opengedaan.

'*Que pasa?*' vroeg Pedro aan de gewapende bewaker.

'Het loopt nog niet hard.'

'De meeste klanten komen pas als het donker wordt.'

Clyde Hopkins, een grote, gespierde kerel die banden onderhield met gangsters in Las Vegas, begroette Pedro en liep samen met hem naar het einde van de gang. Op het moment dat ze een kamertje aan de achterkant van het huis betraden, was daar juist een magere man met een bril bezig om, in ruil voor een handvol verfomfaaide bankbiljetten, een stoned Janis Joplin-type een zakje met wit poeder te overhandigen. De vrouw verliet snel de kamer, zonder Pedro aan te kijken. Hij wist dat verslaafden zoals zij zich door niets lieten weerhouden om aan hun shot te komen. Zelfs al was de duivel in hoogst eigen persoon op dat moment de kamer binnengekomen, dan zou hen dat niet beletten om het spul te scoren.

'Hallo, Benny,' zei Pedro tegen de magere man, die aan een wankel bridgetafeltje zat waarop de zakjes met het spul lagen uitgestald. Achter de tafel stond een grimmig uitziende, gewapende bodybuilder.

'Het loopt vanavond niet erg hard,' antwoordde Benny. Hij wees naar een stapeltje beduimelde bankbiljetten dat met een elastiekje bij elkaar werd gehouden. Pedro telde de omzet van die dag. Het was niet veel, maar hij maakte zich geen zorgen. De studenten zouden om half elf komen, en dat zou de dag alsnog helemaal goedmaken.

Ze kwamen precies op tijd. Pedro stond in de voorkamer bij het raam en zag ze uit hun bordeauxrode Jaguar stappen. Stelletje kakkers, dacht hij, en schoot hardop in de lach.

'Dit gelóóf je toch niet,' zei hij tegen Clyde, die over Pedro's schouder mee stond te kijken.

'Je snapt niet hoe het zulke gasten lukt om in leven te blijven,' zei Clyde hoofdschuddend. Als je in een buurt als deze met een chique auto rondreed, had dat hetzelfde effect als een bord om je nek met de woorden BEROOF ME A.U.B.

Pedro schatte dat de jongens ongeveer van zijn eigen leeftijd waren – achttien – maar het verschil tussen hem en die knapen was hemelsbreed: het straatleven had van Pedro een man gemaakt, maar dit waren... jongelui. Watjes, volgevreten kinderen met jeugdpuistjes op hun bakkes. Aan de blik in hun ogen kon hij zien dat ze geen idee hadden wat angst inhield, en ook dat ze duidelijk hun hele leven nog nooit iets tekort waren gekomen. Hij herinnerde zich weer hoe ze zich de avond daarvoor in The Penthouse, Jesus Delgado's chique stripclub, hadden gedragen. Ze maakten de hele tijd vredestekens en vonden alles 'te gek'. Hun taaltje was doorspekt met school-Spaans, om toch vooral te laten merken hoe 'cool' ze waren. Ze spraken Pedro de hele tijd aan met 'amigo' en 'maat'.

Kakkers dus; zelfs aan de kleren die ze droegen, zag je dat het kakkers waren, zoals je ook de leden van verschillende straatbendes kon herkennen aan de kleuren die ze droegen. Typisch studenten: blazers, kakibroeken, donkerblauwe buttondown overhemden en t-shirts. De eerste had het postuur van een voetballer, maar zag er verder een beetje pafferig en niet al te snugger uit. Zijn blonde haar zat helemaal door de war. Waarschijnlijk werd hij op school 'de Bolle' genoemd, bedacht Pedro. De volgende die binnenkwam had dezelfde lengte als Pedro – één meter tachtig – en was een stuk magerder dan de eerste. Hij droeg een bril met een zwart, hoornen montuur. Zijn futloze, zwarte haar hing tot op zijn schouders. Hij leek nog een kind, een jochie eigenlijk. De meeste mensen zouden hem voor een middelbareschoolleerling aanzien in plaats van voor een student aan een universiteit. De laatste student had iets van een middengewicht bokser, lang en slank, met krachtige gelaatstrekken en kortgeknipt haar. Deze leek hem de gevaarlijkste van het stel. Maar Pedro verwachtte geen gevaar; hij verwachtte geld, of, zoals de jongens het hadden gezegd toen ze hem hun voorstel uit de doeken deden, 'mucho dollare'. Hun voorstel kwam erop neer dat ze op de campus van hun universiteit drugs wilden gaan verkopen. Pedro had hen beleefd aangehoord, in de wetenschap dat hij er alleen maar beter van kon worden. Als hij het idee had dat hun voorstel grote risico's met zich meebracht, zou hij hen financieel uitkleden, en als de risico's meevielen, kon hij zijn zakken vullen met de exorbitante opbrengsten van de omzet op een markt waar de vraag vele malen groter was dan het aanbod.

'Pedro, beste kerel!' zei de Bolle.

'*Amigo*,' antwoordde Pedro. Hij begon hem uitgebreid de hand te schudden. '*Mi casa es su casa.*'

'Zo is het maar net!' antwoordde de Bolle enthousiast. Hij straalde van opwinding, terwijl de anderen nerveus om zich heen stonden te kijken, waarbij het hun niet ontging dat er een AK-47 op een tafeltje naast een doorgezakte sofa lag en dat er, vanuit verschillende strategische posities in de kamer, drie zware jongens naar hen stonden te kijken.

'Wij gaan nu die zaken doen, ja?' vroeg Pedro met een zwaar, gemaakt accent. Na vier jaar in de Verenigde Staten sprak hij vloeiend, accentloos Engels, maar dat hoefden ze niet te weten.

'Zaken, si, amigo. Boel zaken.'

'Wat hebben jullie voor me?' vroeg Pedro.

'Hé, wacht even, dat ligt eraan wat jij voor ons hebt,' sprak de Bolle argwanend. De andere twee stonden nog steeds naar Pedro's mannen te kijken. Hun blik ging van de een naar de ander.

Pedro grijnsde. 'Ik heb voor jullie de beste shit die er bestaat. Kom hier, dan zal ik het je laten zien.'

Hij draaide zich half om, maar bleef toen stokstijf staan. De bewaker die bij de voordeur had gestaan, wankelde de kamer binnen. De voorkant van zijn geknoopverfde T-shirt zat onder het bloed. Iemand had zijn keel doorgesneden. De bewaker zakte in elkaar. Achter hem stond een gespierde zwarte kerel met een woest afro-kapsel, en een erg grote revolver. De drie studenten keken hem met grote, verbijsterde ogen aan. Clyde maakte een duik in de richting van de AK. 'Dat denk ik toch niet,' zei de zwarte kerel. Hij vuurde twee keer. Voordat het lichaam van Clyde de grond raakte, stond de kamer vol gewapende, gevaarlijk uitziende mannen. De kerel die Clyde had doodgeschoten, liet zijn wapen zakken. Twee van zijn metgezellen liepen voorzichtig vanuit de gang naar de achterkamer.

'Jij bent dus Pedro,' zei hij op kalme toon. Pedro reageerde niet. 'Straks ben jij Pedro gewéést.' Hij grinnikte. Terwijl Pedro koortsachtig een manier probeerde te bedenken om het er levend af te brengen, hoorde hij een paar schoten vallen. Uit de achterkamer kwam een kreet. De aanvoerder grijnsde.

'Ik geloof dat mijn jongens het spul gevonden hebben,' zei hij tegen Pedro. Toen keek hij naar de blanke jongens. Het leek of hij zich nu pas van hun aanwezigheid bewust werd. Het was duidelijk dat ze doodsbang waren. Ze stonden met hun handen hoog boven hun hoofd, alsof ze in een wildwestfilm waren beland, waarin de bandieten die de postkoets wilden beroven hen zojuist hadden bevolen hun handen in de lucht te steken.

'Nee maar, wat hebben we hier?' Hij keek over zijn schouder naar een man met een opvallend litteken dat van zijn oor naar zijn mondhoek liep. 'Abdul, wat is de beste plek voor jongens die op school goed kunnen zingen?'

'Het schoolkoor?'

'Precies, het schoolkoor.' Hij wendde zich weer tot de jongens. 'Zitten jullie allemaal op het schoolkoor?'

Hij richtte zijn aandacht nu op Pedro. 'Heb ik de boel verziekt, Pedro? Ik heb gehoord dat jij spul verkoopt op plaatsen waar je dat niet moet doen. Ik heb ook gehoord dat je probeert om mijn klanten in te pikken, maar als ik hier de boel verziekt heb, spijt me dat ontzettend. Of gingen jullie soms net "Old Black Joe" repeteren?'

Pedro gaf geen antwoord.

'Dat dacht ik al. Stelletje klootzakken, jullie zijn helemaal geen schoolkoor.' Hij richtte de loop van zijn revolver op Pedro. 'Volgens mij ben jij een drugsbaas die mijn deel van de markt probeert in te pikken.' De loop van de revolver wees nu naar de studenten. 'En jullie zijn klanten die deze tacovreter met míjn geld betalen. Ik schiet jullie verdomme allemaal dood.'

'A-alstublieft, meneer,' stamelde de jongen met de hoornen bril. 'W-wilt u ons alstublieft laten gaan? We zullen het tegen niemand vertellen, dat z-zweer ik u.'

De aanvoerder leek dit voorstel in overweging te nemen.

'Zweer je dat, zei je?'

'J-ja meneer. We wisten niet dat we hier niet mochten komen. We kunnen onze drugs bij u kopen. W-we hebben een heleboel geld.'

De zwarte kerel grijnsde en knikte. 'Dat lijkt me een redelijk voorstel.' Hij keek naar Abdul. 'Vind jij het ook een redelijk voorstel, Abdul?'

'Het lijken me keurige blanke jongens,' antwoordde Abdul.

'Zijn jullie keurig?' vroeg de aanvoerder.

'Ja, meneer,' zei de jongen met de bril. Hij stond heftig te knikken. 'We halen altijd hoge cijfers op school.'

'O ja? Nou, Abdul, dan denk ik dat we hen op hun woord kunnen geloven dat ze de politie niet gaan vertellen dat wij een huis vol mensen overhoop hebben geschoten en er met hun poen vandoor zijn gegaan. Denk je ook niet?'

'Zeker weten,' zei Abdul, boosaardig glimlachend.

'Zweren jullie dat echt? De padvinderseed?'

De luchtige toon verdween en hij richtte nu langzaam de loop van zijn revolver op het goudkleurige embleem, dat ter hoogte van de hartstreek op de blazer van de kermende jongen zat genaaid.

'Ik heb geld,' smeekte de jongen. 'Veel geld.'

De jongen stak zijn hand in zijn achterzak om zijn portefeuille te pakken. Op hetzelfde moment verscheen er een donkere vlek op de voorkant van zijn kakibroek. Op de vloer werd bij zijn voeten een gele plas zichtbaar. De leider van de bende stond even stomverbaasd te kijken en schoot toen in de lach. De blikken van de andere overvallers richtten zich nu ook op de urinevlek op de broek van de magere jongen.

'Zie je dat? Hij heeft in z'n broek gepist.'

Ze stonden nog te lachen toen de jongen de revolver die hij onder zijn blazer droeg, te voorschijn haalde en begon te schieten. Een onderdeel van een seconde stonden de gangsters verlamd van schrik. Toen ze in actie wilden komen, was het al te laat: Middengewicht en de Bolle gaven hen de volle laag. Er klonk een geluid van versplinterend glas en er vlogen stukken muur in het rond. Pedro dook naar de AK-47. Op de plek waar hij zo-even nog gestaan had, vloog een stuk gips uit de muur. Hij greep de revolver en liet zich achter een bank op de grond rollen. Hij vuurde toen twee mannen de achterkamer uit kwamen rennen. De kogelregen uit het automatische wapen trof hen vol in de borst. Ze zakten op de vloer in elkaar.

'Stop!' riep Middengewicht, en duwde de hete loop van zijn revolver tegen Pedro's slaap. 'Leg neer, Pedro. Kalm blijven. Ik wil niet dat ik per ongeluk ook een kogel door m'n kop krijg.'

Pedro berekende wat zijn kansen waren. Hij voelde dat de loop van de revolver steeds dieper in zijn schedel werd gedrukt. Hij liet zijn wapen vallen.

'Oké,' zei Middengewicht en deed een stap achteruit. Pedro keek om zich heen. Hij, de drie studenten en de zwarte leider van de bende overvallers waren de enigen die het hadden overleefd. De bendeleider was in de onderbuik geraakt en lag kermend van pijn op de vloer heen en weer te rollen.

'Dat was niet niks,' fluisterde de jongen met de hoornen bril vol ontzag.

'Dat was godverdomme fan-tas-tisch,' zei de Bolle. 'Vooral toen je in je broek begon te pissen.'

'Daar werden ze even door afgeleid, hè?' zei de jongen grijnzend.

Middengewicht snoof en ging met zijn hand voor zijn neus heen en weer. 'Het leidt mij nu ook even af.'

'Krijg de tering,' lachte de jongen, en hij en de Bolle gaven elkaar een high-five. Pedro keek stomverbaasd toe. Toen liep de jongen naar de gewonde bendeleider, die nog steeds op de grond lag te kermen. Opeens was hij weer helemaal de bekakte student.

'Ach kerel, doet het pijn?'

'Sterf, godverdomme,' bracht de gewonde bendeleider uit.

'Als ik eerlijk mag zijn, wacht ik daar liever nog even mee, meneer. Maar misschien ligt dat voor u een beetje anders.'

De Bolle schoot in de lach.

'Maak hem af,' zei Middengewicht op strenge toon. 'We moeten maken dat we hier wegkomen.'

'Kalm blijven,' zei de jongen. Hij liep om zijn prooi heen en richtte zijn revolver op verschillende delen van diens lichaam. Ondertussen zong hij: 'Moriaantje, zo zwart als roet, ging eens...'

'Wat ben je toch een klootzak,' onderbrak Middengewicht hem.

'Met jou valt ook geen lol te beleven,' antwoordde de jongen en vuurde op de knieschijf van de gewonde leider. Er klonk een afgrijselijke kreet van pijn.

De jongen lachte. 'Je hebt geen moeite met de hoge tonen.' De glimlach verdween van zijn gezicht en hij keek de gillende man recht in de ogen. 'Heb jij op school ook in een koor gezeten, hufter?'

'Jezus christus,' zei Middengewicht en vuurde twee keer op het hoofd van de gillende man. 'Schei uit met die onzin. Wegwezen!'

Pedro probeerde zijn angst te onderdrukken. Als hij hier moest sterven, zou hij als een man ten onder gaan.

Middengewicht richtte nu zijn aandacht op hem. 'Pak het spul.'

Pedro twijfelde of hij het goed had verstaan.

'We moeten ervandoor. De politie kan elk moment hier zijn.'

Ze waren dus niet van plan om hem dood te schieten! Opeens was Pedro weer vast ter been. Hij rende naar de achterkamer. Benny lag wijdbeens op de vloer. Midden op zijn voorhoofd zat een kogelgat. Zijn lijfwacht lag ineengedoken in een hoek. Pedro wendde zijn blik af, pakte snel zijn 'spul' in een koffer en liep terug naar de voorkamer.

'Daar komt het lekkers!' riep de Bolle.

'Wij hebben je poen,' zei de jongen tegen Pedro. 'We kunnen er nog steeds mee doorgaan.'

Pedro aarzelde even. Wat bedoelde de jongen daarmee?

'Je hebt heel veel aan ons te danken, amigo,' zei de Bolle. 'Als wij niet hadden geschoten, was je nu verdomme hartstikke dood geweest.'

Pedro staarde naar de Jaguar op de stoep. 'Ik weet niet of dat zo verstandig is. Ze gaan jullie overal zoeken. Als de politie het nummerbord heeft, kunnen ze meteen nagaan van wie die kar is.'

De studenten keken elkaar aan en barstten in lachen uit.

'Niet mee zitten, amigo,' zei de jongen op geruststellende toon. 'Die kar is namelijk gestolen.'

Normaal gesproken keek Pedro nergens meer van op, maar deze drie waren een klasse apart. De Bolle sloeg een arm om Pedro's schouder. Toen hij zijn gezicht van dichtbij zag, drong het tot Pedro door dat alles wat zich hier en in The Penthouse had afgespeeld alleen maar een spelletje geweest was. Het angstgevoel dat hem nu bekroop, was veel heviger dan toen hij een paar minuten geleden oog in oog met de dood had gestaan.

'We kunnen je vermoorden en er met je drugs vandoor gaan,' zei de dikke jongen op rustige en vertrouwelijke toon. 'Maar dat zou erg kort-zichtig zijn. Wat we willen, is een vorm van samenwerking die voor beide partijen interessant is. We worden compagnons, en dan gaan we met z'n allen een heleboel geld verdienen.'

De jongen haalde zijn schouders op. 'Maar als het je niet interesseert, moet je nu maken dat je wegkomt. Succes ermee.'

'Lijkt het je wat, Pedro?' vroeg Middengewicht nu. 'Heb je zin om geld te verdienen?'

Pedro dacht aan de vrouw uit zijn droom en aan het schone, helder-witte strand.

'Kom mee,' zei hij, 'dan gaan we ergens rustig praten.'

Deel Een

DE FLITS

1

De Amerikaanse senator Chester Whipple was een van de Republikeinse vertegenwoordigers van de staat South Carolina. Hij was strenggelovig, en dat was ook de reden waarom hij niet dronk, hoewel hij daar op dat moment spijt van begon te krijgen. De senator ijsbeerde door de voorkamer van zijn herenhuis in Georgetown. Het was twee uur in de ochtend; Jerry Freemont, zijn assistent, was al drie uur te laat, en bidden alleen was niet genoeg om zijn zenuwen tot bedaren te brengen.

Er werd gebeld. Whipple rende de hal in, maar toen hij de deur opendeed, was het niet zijn assistent die bij hem op de stoep stond, maar een chique geklede man, die een das droeg van Whipple's oude universiteit. De bezoeker glimlachte. Het was een man van gemiddeld postuur en gemiddelde lengte. Zijn peper-en-zoutkleurige haar was strak achterover gekamd en op zijn adelaarsneus droeg hij een bril zonder montuur. Whipple was afkomstig van een openbare school op het platteland, waar hij een beurs had gekregen om verder te studeren. Hij had een hekel aan de meeste van zijn bevoorrechte klasgenoten op Harvard, hoewel die voor hem nooit een bedreiging hadden gevormd. Chester Whipple was trouwens niet iemand die zich snel liet afschrikken: hij had de fysieke kracht van iemand die gewend is om op het land te werken en de geestkracht van iemand met een onwrikbaar geloof.

'Senator, het spijt me dat ik u op dit late uur lastig val,' zei de man, terwijl hij Whipple zijn visitekaartje overhandigde. Het kaartje vermeldde dat J. Stanton Northwood 11, een van de partners van een vooraanstaand advocatenkantoor in Washington was. Later die week kwam Whipple erachter dat het advocatenkantoor niemand in dienst had die zo heette.

'Wat wilt u?' vroeg Whipple. Hij had geen flauw idee wat de man kwam doen en wilde het liefst zo snel mogelijk van hem af, omdat Jerry elk moment kon komen.

Whipple's bezoeker wierp de senator een doordringende blik toe. 'Ik ben bang dat ik slecht nieuws voor u heb. Mag ik binnenkomen?'

Na enige aarzeling liet Whipple Northwood de woonkamer binnen. Hij gebaarde naar een stoel en de advocaat nam plaats. Hij ging achterover zitten en sloeg zijn rechterbeen over zijn linker. Het viel Whipple op dat de man pasgepoetste schoenen droeg.

'Het gaat over de heer Freemont,' zei Northwood. 'Hij is helaas verhinderd.'

Whipple was even in de war. De advocaat keek hem ernstig aan. 'Hij was een prima assistent, senator. De resultaten van zijn onderzoekswerk logen er niet om. Hij had het memo gevonden dat het bewijs vormde dat een aantal biotechbedrijven miljoenen hebben bijgedragen aan een geheim fonds, dat door Harold Travis wordt gebruikt bij zijn campagne om de antikloonwet van tafel te krijgen. De heer Freemont beschikte ook over materiaal, zowel op video als geluidsband, dat overtuigende bewijzen bevatte om senator Travis en enkele anderen aan te klagen wegens het plegen van strafbare feiten. Maar helaas beschikt hij niet meer over dat materiaal – dat hebben wij nu in handen.'

Whipple was volkomen verbijsterd. Hij had geen idee hoe Northwood erachter was gekomen wat Jerry Freemonts opdracht was.

'Daar staat u van te kijken, hè?' zei Northwood. 'U verwacht dat uw assistent u de sleutel komt brengen die voor u de deur opent naar uw nominatie bij de komende presidentsverkiezingen, en in plaats daarvan sta ik op de stoep.' Hij knikte even bedachtzaam, alsof hij daarmee bij de senator de indruk wilde wekken dat hij begrip had voor de vervelende situatie waarin deze zich bevond. 'Maar u dacht toch niet dat mijn opdrachtgevers lijdzaam zouden toezien terwijl u onze bedrijven probeert te ruïneren?'

De neerbuigende toon van de advocaat deed Whipple in woede ontsteken. Hij was een machtig man. Veel mensen waren bang voor hem, en hij was niet van plan om zich te laten koeioneren.

'Waar is Jerry Freemont?' vroeg hij op barse toon. Hij kwam overeind uit zijn stoel en ging vlak voor de advocaat staan. Northwood raakte er niet door van streek.

'Ik raad u aan om even te gaan zitten,' zei Whipples bezoeker. 'Wat u nu te zien krijgt, kan schokkend voor u zijn.'

'Luister verdomme naar me, beunhaas die je bent, je hebt tien seconden om me te vertellen waar Jerry is. Als je dat niet doet, sla ik het eruit!'

'Kijkt u even hier,' zei Northwood. Hij haalde een foto uit zijn binnenzak en legde die op de koffietafel die tussen hem en de senator in stond.

'Om te beginnen, wil ik dat u weet dat hij zich erg dapper heeft gedragen. Het duurde een paar uur voordat we hem ervan konden overtuigen dat hij er beter aan deed om ons te vertellen waar hij het bewijsmateriaal had verborgen.'

Whipple was volkomen verbijsterd. Op de foto was een nauwelijks herkenbare Jerry Freemont te zien, die met een ketting om zijn polsen in de lucht hing. Het viel niet op te maken waar de foto gemaakt was, maar aan de ongeverfde balken en het puntdak te zien, moest het in een schuur zijn. Op de foto waren alleen Freemonts romp en zijn hoofd te zien, maar de brand- en snijwonden op zijn lichaam lieten niets te raden over.

'Een akelig gezicht,' verzuchtte Northwood. 'Maar u moet begrijpen dat het mijn cliënten menens is als ze zeggen dat ze zich door niets laten weerhouden om hun doel te bereiken.'

Whipple kon zijn ogen niet van de foto afhouden. Jerry Freemont was een keiharde ex-politieman en een goede vriend, die al sinds de tijd dat de senator zich voor het eerst in de politiek begaf, nu twintig jaar geleden, bij hem in dienst was. Woede maakte zich van Whipple meester en zijn spieren spanden zich om in actie te komen. Maar toen bleef hij als aan de grond genageld staan. Northwood richtte een revolver op zijn hart.

'Ga zitten,' zei hij. Whipple aarzelde even. Northwood legde nog twee foto's op de koffietafel. De senator voelde het bloed uit zijn gezicht wegtrekken.

'Uw echtgenote is een knappe verschijning, en uw kleindochter lijkt me ook een heel aardig meisje. Ze is... vijf jaar, heb ik dat goed?'

'Wat hebben jullie..?'

'Nee, nee. Ze mankeren niets. Als u meewerkt, hoeft u zich helemaal nergens zorgen over te maken.'

Whipple balde zijn vuisten, maar hij bleef zitten waar hij zat, ten prooi aan machteloze woede.

'Ik hoop dat u me niet dwingt u neer te schieten, senator. Daar schiet niemand iets mee op: u niet, en mijn opdrachtgevers ook niet. En u moet niet denken dat u daarmee uw gezin kunt redden. Als u denkt dat we hen met rust zullen laten als u er niet meer bent, heeft u het mis.'

Whipple voelde alle kracht en woede uit zijn lichaam verdwijnen. Hij liet zich achterover in zijn stoel zakken.

'Als u doet wat we zeggen, zal u en uw familie niets overkomen.'

'Wat wil je van me?' vroeg Whipple op verslagen toon.

Northwood kwam overeind. 'Twintig jaar in de politiek is een hele tijd, senator. Misschien is dit wel het juiste moment om u terug te trekken, zodat u wat meer tijd bij uw gezin kunt doorbrengen. En u kunt ook de mensheid een grote dienst bewijzen door ervoor te zorgen dat uw commissie het wetsvoorstel tegen het klonen intrekt. Er is een aantal uitstekende bedrijven die met behulp van kloontechniek medicijnen tegen allerlei ziekten proberen te ontwikkelen. Als u bedenkt hoeveel patiënten door die bedrijven geholpen kunnen worden, zult u het met mij eens zijn dat uw eerdere standpunt inzake het wetsvoorstel op een vergissing berustte.'

Northwood stopte de foto's in zijn zak. 'Begrijpen we elkaar, senator?'

Whipple staarde naar het tafelblad. Even later knikte hij.

'Dat doet me deugd,' zei Northwood. Het klonk of hij het echt meende. 'Goedenacht.'

Whipple hoorde het getik van Northwoods schoenen op het parket in de hal. Een paar tellen later hoorde hij hem de deur openen en naar buiten stappen. Hij hoorde hoe Northwood de deur met een klap achter zich in het slot liet vallen – en die klap betekende voor hem het einde van een droom die hij zijn hele leven had gekoesterd.

2

Amanda Jaffe zwom met grote slagen en voelde hoe haar lichaam door het water van het YMCA-bad schoot. Ze was bezig aan de laatste vijftig meter van haar tweehonderd meter fitnesstraining en zwom zo hard als ze kon. Ze had heel even het gevoel dat ze vloog in plaats van zwom, maar toen dook de muur aan de overkant op en maakte ze een schaarbeweging om te draaien. Dat lukte haar perfect, en ze begon aan de laatste vijfentwintig meter. Amanda was lang en had brede schouders en gespierde armen, waarmee ze zich sierlijk en snel door het water bewoog. Een paar tellen later tikte ze de muur aan en hees zich half uit het water. Ze hapte naar lucht.

'Niet gek.'

Amanda keek geschrokken op. Aan de rand van het zwembad zat een man op zijn hurken. Hij had een stopwatch in zijn hand. Zijn donkerblonde haar zat door de war. Zo te zien was hij voor in de dertig – ongeveer zo oud als zij. Zijn lichaamsbouw verried dat hij aan wedstrijdzwemmen deed. Ondanks zijn vrolijke grijns en zijn aantrekkelijke voorkomen, zwom Amanda bij de muur weg omdat ze niet wilde dat hij te dicht bij haar in de buurt kwam.

'Wil je je tijd weten?'

Amanda probeerde geen aandacht te besteden aan het vage gevoel van angst in haar buik. Ze was nog te zeer buiten adem om iets te kunnen zeggen, en dus knikte ze maar. Ze bleef echter op haar hoede. Toen de man haar tijd noemde, kon Amanda het niet geloven. Ze had in jaren niet zo'n snelle tijd gehaald.

'Ik ben Toby Brooks.' Hij wees naar de eerste twee banen waar een aantal mannen en vrouwen van verschillende leeftijd bezig was met watertrappen. 'Ik ben bij het seniorenteam.'

'Amanda Jaffe,' slaagde ze erin te zeggen. Ze moest moeite doen om haar angst te onderdrukken.

'Leuk om kennis met je te maken.' Brooks leek even in verwarring, maar toen knipte hij met zijn vingers. 'Jaffe. Maar natuurlijk!' Amanda verwachtte dat hij een van haar rechtszaken ging noemen. 'Universiteit van Berkeley. Zo rond 1993?'

Amanda's ogen werden groot van verbazing, maar tegelijkertijd was ze blij dat Brooks niet over haar recente verleden begon. 'Tweeënnegentig, maar je zat aardig in de buurt. Hoe weet je dat?'

'Ik zwom toen voor Los Angeles. Jij hebt toen toch bij de Pac-10 de tweehonderd meter vrije slag gewonnen?'

Amanda kon een glimlach niet onderdrukken. 'Jij hebt een uitstekend geheugen.'

'Mijn toenmalige vriendin was een van degenen die je toen hebt verslagen. Daar was ze nogal door van streek. Je hebt mijn plannen voor die avond er behoorlijk mee bedorven.'

'Dat spijt me,' zei Amanda. Ze voelde zich, met Brooks zo vlak in de buurt, niet erg op haar gemak.

Brooks grijnsde. 'Dat hoeft niet. We konden het trouwens toch al niet zo goed met elkaar vinden. Maar goed, wat heb je na de Pac-10 allemaal gedaan?'

'Ik heb nog aan de nationale kampioenschappen meegedaan, maar daarna ben ik gestopt. In mijn laatste jaar op de universiteit was ik helemaal op. Ik ben de eerste vijf jaar nadat ik afgestudeerd was niet in de buurt van een zwembad geweest.'

'Ik ook niet. Ik heb een tijdje aan hardlopen gedaan, maar toen kreeg ik last van mijn gewrichten. Ik ben eigenlijk pas weer met wedstrijdzwemmen begonnen.'

Brooks zweeg, en Amanda wist dat hij wachtte tot zij het gesprek zou voortzetten.

'Werk je hier bij de YMCA?' vroeg ze, om het gesprek gaande te houden.

'Nee. Ik werk bij een investeringsbank.'

'O,' zei Amanda. Het antwoord had haar enigszins in verlegenheid gebracht. 'Ik dacht dat jij de trainer van het seniorenteam was.'

'Ik ben lid van het team, maar ik doe ook allerlei hand- en spandiensten voor ze. Onze vaste trainer heeft zich vandaag ziek gemeld. Maar voor ik het vergeet: ik heb je tijd niet voor niets opgenomen. Heb je er wel eens over nagedacht om weer met wedstrijdzwemmen te beginnen? Het trainingsprogramma voor de senioren is niet al te zwaar. De leden van het team zijn verdeeld over alle leeftijdsgroepen – we hebben mensen van tegen de dertig en drie van de leden zijn al in de tachtig. We zouden iemand met jouw ervaring goed kunnen gebruiken.'

'Zeer vereerd, maar ik heb geen belangstelling.'

'Als je gezien had hoe je die laatste tweehonderd meter zwom, zou je dat niet zeggen.'

Amanda wist dat Brooks alleen maar aardig tegen haar probeerde te zijn, maar ze voelde zich toch niet echt op haar gemak. Tot haar opluchting keek hij nu naar de achterste banen, waar een groepje senioren aan het eind van een baan in het water lag. Hij kwam overeind.

'De plicht roept. Nogmaals, het was erg leuk om kennis met je gemaakt te hebben, Amanda. Als je van gedachten verandert en met ons mee wilt trainen, hoor ik dat graag. Het zou leuk zijn als je het deed.'

Brooks liep weer terug naar zijn team. Amanda liet zich helemaal in het water glijden en leunde met haar hoofd tegen de rand van het bad. Ze deed haar ogen dicht. Als je haar zo zag, zou je denken dat ze nog bij lag te komen van de inspanning van de training, maar Amanda moest de grootste moeite doen om haar angstgevoelens in bedwang te houden. Ze probeerde zichzelf ervan te overtuigen dat Brooks alleen maar aardig wilde zijn en dat er geen enkele reden voor ongerustheid was, maar er was toch iets wat haar zorgen baarde.

Iets meer dan een jaar geleden was ze bijna om het leven gekomen toen ze bezig was de afschuwelijke seriemoorden op te lossen die door een chirurg van het Medisch Centrum St. Francis waren gepleegd. Die ervaring had haar nooit helemaal losgelaten. Voordat ze aan de zaak-Cardoni begon, was zwemmen voor haar altijd een prima manier geweest om te ontspannen. Maar nu lukte dat niet meer altijd. Amanda overwoog even of ze nog een keer de tweehonderd meter zou zwemmen, maar ze beschikte niet meer over de geestelijke en fysieke kracht om ook nog maar één baantje te trekken. De ontmoeting met Brooks had haar volkomen uitgeput.

3

De medewerkers van het cateringbedrijf waren bezig hun spullen op te ruimen en de leden van de band waren al vertrokken toen Harold Travis afscheid nam van de laatste gasten die niet op de lijst met namen van donateurs stonden. Die lijst bestond overigens maar uit vier personen, die allen op een bijzondere wijze een bijdrage hadden geleverd aan Travis' kandidaatstelling. Die vier mannen zaten op dat moment in de studeerkamer Cubaanse sigaren te roken en te nippen van hun Taylor Fladgate port uit het jaar 1934. Ze maakten ook juist kennis met een aantal bijzondere dames, die hen langs erotische weg gingen bedanken voor hun – illegale – bijdragen aan de campagne van de man die binnenkort zou worden uitgeroepen tot Republikeins kandidaat bij de komende presidentsverkiezingen.

De inzamelingsactie had een heel eind van Portland plaatsgevonden, in een achthoekig huis met een oppervlakte van zeshonderd vierkante meter op het platteland. Het was een van de vier huizen die het eigendom waren van de president-directeur van een biotechbedrijf in Californië, die zich op dat moment in gezelschap van een ongelooflijk mooie oosterse schone in de grootste slaapkamer van het huis bevond. Vlak nadat de achterlichten van de bestelbus van het cateringbedrijf aan het eind van de oprijlaan uit het zicht waren verdwenen, knikte Travis naar een van de lijfwachten, die zich gedurende de avond onopvallend onder de gasten hadden gemengd. Toen de lijfwacht in zijn draagbare telefoon begon te praten, stak Travis het gazon over en nam aan de rand van het zwembad plaats in een ligstoel. De verlichting van het huis weerspiegelde in het donkere water. Door de zachte bries leek het of de lichtjes in de rimpeling van het water bewogen. Het had iets spookachtigs. De senator was voor het eerst in uren even alleen en hij genoot van de stilte om hem heen.

Nadat Chester Whipple zich had teruggetrokken, hadden de grootste financiers van de partij zich een voor een bij Travis gemeld. De kranten hadden enigszins verbaasd gereageerd toen Whipple zich plotseling terugtrok, maar toen hij ook nog zijn stem gebruikte om het voorstel voor de antikloonwet te torpederen, dat hij eerder vanuit zijn religieuze achtergrond met hart en ziel had gesteund, had hen dit volkomen overdonderd. Als de aanhangers van Whipple zich wilden verzekeren van enige invloed in het Witte Huis, moesten ze nu Travis wel steunen. Maar de senator maakte het hun gemakkelijk. Achter de schermen had hij het voorstel voor de antikloonwet bestreden, waarbij hij stromannen de vuile karweitjes liet opknappen, en inzake de meeste andere punten uit Whipple's verkiezingsprogramma was hij net zo conservatief als zijn voorganger.

Travis deed zijn ogen dicht en dacht aan zijn verkiezingsoverwinning in november. Bij de Democraten was het een grote puinhoop. Ze hadden bij de voorverkiezingen niet eens een duidelijke kandidaat naar voren weten te schuiven; de kans dat ze, tegen de tijd dat de verkiezingen zelf plaatsvonden, iemand hadden die een bedreiging voor hem zou kunnen vormen, was te verwaarlozen. Het presidentschap lag voor het oprapen.

'Ze komen eraan, senator.'

Travis was zo in gedachten verdiept geweest dat hij de lijfwacht niet had horen naderen. Hij liep achter de man aan naar de ingang van het huis. Bij de laatste bocht van de lange oprijlaan verscheen op dat moment een zwarte Porsche. Het vooruitzicht op wat nu komen ging, bezorgde Travis een erectie. Hij merkte niet op dat Ally Bennett, een vrouw met donker haar en gekleed in een korte zwarte avondjurk, vanuit de deuropening ook naar de aankomst van de Porsche stond te kijken.

Toen de auto voor de ingang stopte, opende de lijfwacht het portier aan de passagierskant. Lori Andrews, een slanke blondine, stapte uit. Ze keek nerveus om zich heen. De senator voelde het bloed naar zijn wangen en naar zijn kruis trekken. Hij voelde zich net een hitsige tiener die op het punt staat zijn eerste wip te maken.

Jon Dupre, een knappe, jonge man in een spijkerbroek, een strakzittend zwart T-shirt en een wit zijden colbert, stapte aan de andere kant uit de Porsche en liep naar Travis toe. Ally Bennett ging naast hem staan en glimlachte naar Lori.

'Per expresse, zoals u had besteld, senator,' zei Dupre met een brutale glimlach.

'Bedankt, Jon.'

Toen Lori de senator zag, werd ze lijkbleek. Andrews was een kleine, tengere verschijning. Je zou denken dat ze een meisje aan het begin van de puberteit was, maar ze was de twintig al gepasseerd en had een kind. Lori's ouders waren hardvochtige boeren en hadden haar het huis uitgezet toen ze erachter kwamen dat ze zwanger was. Ze had de middelbare school niet afgemaakt en ze was ook niet bijzonder pienter. Haar uiterlijk was het enige waar ze het van moest hebben. Jon Dupre had zich over haar ontfermd. Hij had haar verzorgd en te eten gegeven en haar daarna aan zijn stal toegevoegd. Jon wist dat Lori alles zou doen om haar dochter, Stacey, van een veilig en warm onderkomen te verzekeren. Angst en bittere noodzaak hadden haar tot een van Jons seksslaven gemaakt, maar daar zou binnenkort verandering in komen. Ze wist dat zij en Stacey over niet al te lange tijd vrij zouden zijn. Tot die tijd moest ze doen wat Jon haar opdroeg, maar ze had zich, zeker na wat er de vorige keer was gebeurd, nooit kunnen voorstellen dat Jon haar nog een keer naar de senator zou sturen.

Lori pakte haar pooier bij de mouw van zijn jasje. 'Jon, asjeblieft, ik wil dit niet.'

'Wat is er?' vroeg Ally Bennett terwijl ze Dupre een minicassette overhandigde. Hij stopte de cassette snel in zijn zak.

'Hij is het,' zei Lori.

Het leek even of Ally niet begreep wat Lori bedoelde, maar toen drong het tot haar door. Ze ging tussen Dupre en de senator in staan.

'Jon, dit kun je niet doen. Asjeblieft,' smeekte Ally.

'Ik kan er nu niets meer aan veranderen,' antwoordde Dupre.

'Je bent een grote klootzak.'

Dupre leek even in verlegenheid gebracht, maar voordat hij kon antwoorden, zei Travis: 'Was het niet de bedoeling dat jij in de studeerkamer ging kijken?'

Travis knikte naar een van de lijfwachten. 'Breng haar weg.'

De lijfwacht pakte Ally bij haar elleboog beet en duwde haar in de richting van de deur.

'Laat me los,' zei Ally woedend. Ze probeerde zich los te rukken maar de lijfwacht hield haar stevig beet.

'Het spijt me,' zei Ally tegen Lori toen ze langs haar heen naar binnen werd geduwd.

'Ik dacht dat we je beste meisjes zouden krijgen,' snauwde Travis.

'Ally is geweldig,' stelde Dupre hem gerust. 'Ze zal u echt niet teleurstellen.'

'Dat is haar maar geraden ook,' zei Travis, en knikte naar een andere man die in de schaduw aan de zijkant van het huis rustig een sigaret had staan roken. De man kwam naar voren. Het was een magere man van normale lengte, met een donkere huidskleur. Hij droeg een overhemd met korte mouwen. De tatoeages op zijn gespierde armen zagen er dreigend uit. Op zijn vierkante gezicht zaten littekens van de pokken; zijn bruine ogen vertoonden geen enkele uitdrukking. Zijn bovenlip werd gesierd door een klein snorretje.

'*Buenos noches*, Lori,' zei hij. Zijn vriendelijke stem leek niet bij zijn harde uiterlijk te passen. 'Ik ben vanavond weer je chauffeur.'

Lori sloeg een hand voor haar mond.

'Kom mee, *chiquita*.'

Ze wierp Dupre een smekende blik toe, maar deze keek de andere kant op.

'Wilt u niet liever een van de andere meisjes?' stelde hij met licht trillende stem aan Travis voor.

'Heb je al niet genoeg problemen? Moet je mij ook nog gaan zitten afzeiken?' antwoordde de senator woedend. Hij draaide zich om en liep naar binnen.

'Manuel,' zei Dupre tegen de man die naast Lori stond, 'kun jij niets doen?'

'Ware liefde. Wie ben ik om me daarmee te bemoeien?'

'Die vent is godverdomme helemaal gestoord,' zei Dupre op gedempte toon, zodat alleen hijzelf, Manuel en Lori het konden horen. Manuel knikte naar Andrews.

'Maak je toch niet druk om die snol. Harold wordt straks hoofd van de FBI, de CIA, de DEA en nog een heleboel andere letters uit het alfabet die ons stuk voor stuk naar de kloten kunnen helpen. Je kunt Harold maar beter niet dwarszitten.'

Die opmerking bracht Dupre weer terug tot de realiteit. Hij slikte moeizaam. Hij wendde zich tot Lori en probeerde haar gerust te stellen.

'Het spijt me, kindje. Ik kan er niets aan doen.'

Lori werd helemaal bleek. Manuel pakte haar arm beet en liep met haar naar een wachtende auto. Terwijl ze in het donker wegreden, voelde Dupre door de stof van zijn jasje aan de cassette. Manuel had gelijk. Dupre was op borgtocht vrij, en zijn advocaat was niet echt zeker van de afloop van zijn zaak. Hij had hooggeplaatste vrienden nodig, en als het daar om ging, was het Witte Huis wel het hoogste dat hij op dat gebied kon bereiken.

Harold Travis opende zijn gebalde vuisten en zag dat zijn handen onder het bloed zaten. Wat was er gebeurd? Hij herinnerde zich nog dat het meisje uit de slaapkamer was weggevlucht. Wat was ze snel geweest! Hij had gezien hoe de spieren in haar achterwerk zich spanden en haar kleine borsten op en neer wipten toen ze dwars over het bed sprong. Hij had haar eerst in de waan gelaten dat ze kon ontsnappen, was toen achter haar aan gerend en had haar in de woonkamer beetgepakt. Hij wist ook nog dat hij over de sofa gesprongen was en een handvol haar had gegrepen, maar de rest was niet meer dan een vage vlek in zijn herinnering. En nu lag Andrews daar wijdbeens op de vloer. Haar hoofd lag in een vreemde hoek ten opzichte van de rest van haar lichaam. Jammer, maar het was niet anders.

Travis deed zijn ogen dicht en haalde langzaam diep adem. Toen hij zijn ogen weer opendeed, voelde hij zich een stuk kalmer. Hij was nu ook beter in staat om de situatie goed in te schatten. Hij probeerde zichzelf ervan te overtuigen dat er geen enkele reden was om in paniek te raken. Er had zich gewoon een tragisch ongeval voorgedaan. Het meisje was kennelijk met haar hoofd tegen de plint gevallen en had daarbij haar nek gebroken. Zo moest het ongeveer gegaan zijn. Er gebeurden iedere dag ongelukken. Het was niet zijn schuld dat het meisje het slachtoffer van een tragisch ongeval was geworden. Die formulering bezorgde hem een gevoel van opluchting. 'Slachtoffer van een tragisch ongeval': dat was precies wat er was gebeurd. De kleine blondine had zich in de woonkamer bevonden, en het ongeval had zich in de woonkamer voorgedaan. Een samenloop van omstandigheden, meer niet. Hij had er part noch deel aan.

Aan de muur hing een grote spiegel. Travis keek heel even naar zijn eigen spiegelbeeld en schrok. Een deel van zijn krullende, zwarte borstharen zat onder het bloed en er zaten ook spatten op zijn wangen en zijn voorhoofd. Wat een smerige troep.

Wat nu? Wat moest hij doen? Eerst een douche nemen, natuurlijk, maar wat moest hij met het lichaam van het meisje doen? Hij wilde niet het risico lopen dat iemand hem zou zien terwijl hij met het lichaam liep te slepen. Dat betekende dat hij een beroep zou moeten doen op de medewerker van Pedro Aragon; Manuel zou dit op moeten knappen. Eerst douchen of eerst Manuel bellen, dat was nu de vraag. Maar dan was de kans groot dat de telefoon onder het bloed kwam te zitten, en dus bedacht Travis een tussenoplossing. Hij liep naar het aanrecht in de keuken. Lekker, zo naakt door het huis lopen, dacht hij. Hij was nu bijna vijftig, maar zijn lichaam vertoonde nog geen tekenen van verval: hij raakte vaak opgewonden van het gevoel dat hij nog steeds beresterk was en op seksueel gebied niet voor jongere mannen onder hoefde te doen.

Terwijl hij zijn handen stond te wassen, overwoog Travis de verschillende mogelijkheden. De vorige keer had Manuel hem ook uitstekend geholpen. Maar toen hoefde hij natuurlijk het meisje alleen maar naar het ziekenhuis te brengen, haar onderweg een beetje te bedreigen en haar iets extra's te betalen. Er was toen geen sprake geweest van een lijk dat moest verdwijnen, en de kamer hoefde ook niet te worden schoongemaakt. Het nadeel van het inroepen van de hulp van een van Aragons mannen was dat Manuel het aan Pedro zou vertellen, en dat Pedro er op zijn beurt met de anderen over zou praten, maar daar was helaas niets aan te doen. Hij twijfelde er niet aan dat ze hem, net als de vorige keer, op het matje zouden roepen. Hij glimlachte toen hij zich herinnerde hoe ze hem de huid hadden volgescholden. Hij had schuld bekend en berouw getoond, maar inwendig had hij zich rotgelachen. Hij had hen in de waan gelaten dat hij de enige was die gezichtsverlies leed, en dat zij degenen waren die het voor het zeggen hadden. Maar hij was de senator. En dat niet alleen: hij was nu ook degene die binnenkort tot president van de Verenigde Staten zou worden gekozen.

4

Zonder van zijn computerscherm op te kijken, zocht Tim Kerrigan op de tast naar zijn koffiemok. Toen hij een slok had genomen, trok hij een vies gezicht. De koffie op kantoor was zoals gewoonlijk niet te drinken, maar nu had hij het ook nog koud laten worden. Hoe lang duurde het voordat hete koffie koud werd? De hulpofficier van justitie keek op zijn horloge en vloekte. Het was al half acht, en het document waar hij mee bezig was, moest voor negen uur bij rechter Lerner zijn.

Agent Myron Tebo was pas zes weken in dienst toen hij Claude Digby had gearresteerd. Op het moment van de arrestatie stond Digby naast het zwaar mishandelde lichaam van Ella Morris, een vijfentachtig jaar oude weduwe. De inbreker, een tiener nog, had de moord bekend, maar gisteren had de advocaat van Digby, vlak voordat de zitting werd geschorst, Tebo aan een kruisverhoor onderworpen, waarin de omstandigheden waaronder de bekentenis tot stand was gekomen ter sprake werden gebracht. Het was de eerste keer dat de kersverse agent in de getuigenbank zat, en zijn zenuwen hadden hem danig parten gespeeld. Zijn verklaring bevatte enkele tegenstrijdigheden, zodat Tim gedwongen was geweest om de vorige avond in de bibliotheek van de rechtbank door te brengen om de wettelijke bepalingen inzake het afleggen van bekentenissen bij misdrijven door te nemen.

Tims vrouw, Cindy, had geërgerd gereageerd toen hij haar opbelde om te zeggen dat hij niet thuis kwam eten. Megan was ook erg verdrietig geweest: ze was vijf jaar en begreep niet waarom papa een briefje voor een rechter moest schrijven en niet naar huis kwam om haar voor het slapen gaan uit *Alice in Wonderland* voor te lezen. Tim wilde haar uitleggen waarom zijn werk zo belangrijk was, maar hij was doodop en beschikte niet meer over de energie. Cindy had vanmorgen amper iets tegen hem gezegd toen hij om half zes uit bed kroop om naar kantoor te gaan om de laatste hand aan zijn stuk te leggen. Sinds kwart over zes zocht hij naar de juiste woorden om een progressieve rechter te overtuigen dat een bekentenis in een moordzaak niet op losse schroeven kwam te staan doordat een nerveuze, nieuwbakken agent een procedurefout had gemaakt toen hij de verdachte op zijn rechten wees.

'Heb je het druk?'

Toen Kerrigan opkeek, zag hij Maria Lopez in de deuropening staan. Aan haar onderlip zaten kruimels van een donut. Maria liep de hele dag donuts te eten. De iets te zware, brildragende aanklager was onlangs, na een jaar lang kleinere zaken te hebben afgehandeld, naar Afdeling D gepromoveerd. Afdeling D hield zich bezig met zedendelicten, aanrandingen en andere ernstige misdrijven. Tim was hoofd van Afdeling D, en dus Maria's chef. Hij ergerde zich aan het feit dat hij bij zijn werk gestoord werd, maar hij liet niets merken.

'Wat is er?' vroeg Tim. Hij keek even snel op zijn horloge.

Maria plofte neer op een stoel tegenover haar chef. Haar mantelpak was gekreukt en een paar plukken van haar lange zwarte haar waren losgeraakt uit de speld waarmee het achter op haar hoofd in een knotje bij elkaar werd gehouden. Kerrigan zag aan haar bloeddoorlopen ogen dat de aanklager die nacht ook geen oog had dichtgedaan.

'Ik ben bezig met een aanklacht tegen een zekere Jon Dupre.'

'Is dat niet die souteneur?'

Lopez knikte. 'Hij dwingt vrouwen tot prostitutie en maakt daar reclame mee. Hij runt een escortservice voor de betere kringen.'

'Hij zit toch ook in de drugs?'

'Cocaïne en ecstasy, voor studenten. De aanklacht betreft uitsluitend de escortservice. De hele zaak valt of staat met de getuigenverklaring van een van zijn meisjes. Ze staat voor vandaag op de rol.'

Lopez schoof heen en weer in haar stoel. Ze was duidelijk erg gespannen.

'En?' drong Kerrigan aan.

'Stan Gregaros kan haar nergens vinden.'

'Denkt Stan dat ze ertussenuit is geknepen?' vroeg Kerrigan bezorgd. Dupre was misschien niet de grootste vis in de corruptievijver, maar hij was beslist geen kleine jongen.

'Dat weet hij niet precies. Lori's dochtertje was bij een buurvrouw...'

'Lori?'

'Lori Andrews. Zo heet de getuige.'

'Ga door,' zei Kerrigan, nogmaals snel op zijn horloge kijkend.

'Andrews heeft met haar buurvrouw geregeld dat het meisje bij haar is als ze moet werken. Maar Lori is Stacey niet op komen halen.'

'Is Andrews iemand die ervandoor gaat en haar kind achterlaat?'

Lopez schudde haar hoofd. 'Het kind is juist de reden dat ze heeft toegestemd om te getuigen. Er loopt een aanklacht tegen haar wegens bezit van en handel in verdovende middelen, en ze wist dat de Kinderbescherming haar dochtertje bij haar zou weghalen als ze de bak indraait.'

'Denk je dat Dupre haar iets heeft gedaan?'

'Dat weet ik niet. Het zou kunnen. Als zijn meisjes niet doen wat hij zegt, is hij tot alles in staat.'

'Wat gebeurt er als Stan haar niet kan vinden?'

Lopez schoof weer heen en weer en wendde haar blik af. 'Toen we de aanklacht indienden, hebben we rechter Robard verzocht om haar verklaring als vertrouwelijke informatie van een, volgens ons betrouwbare, tipgever te behandelen, zodat Dupre haar naam niet te weten hoefde te komen.'

'Waarom hebben jullie haar niet ergens ondergebracht waar hij haar niet kan vinden?'

Het bloed steeg Lopez naar de wangen. Kerrigan ging recht overeind zitten.

'Of denk je dat ze nog steeds probeert de boel te belazeren?'

'De FBI is erbij betrokken. Ze wilden haar achter de tralies zien te krijgen in de hoop dat ze bij een verhoor iets los zou laten over de boekhouding die Dupre er op nahoudt.'

Kerrigan probeerde zichzelf gerust te stellen. Maria kon het ook niet helpen. De agenten van de FBI deinsden soms nergens voor terug, en Maria werkte pas bij Afdeling D en wilde dus haar beste beentje voorzetten. Kerrigan herinnerde zich hoe belangrijk hij zich de eerste keer had gevoeld toen een van zijn zaken groot genoeg was om de FBI in te schakelen.

'De zaak komt vanmiddag voor,' ging Lopez op ongemakkelijke toon verder. 'Zonder m'n kroongetuige heb ik geen poot om op te staan.'

'Vraag dan om uitstel.'

'Dat hebben we al twee keer eerder gedaan, omdat de FBI de getuige wilde uithoren. De tweede keer ging de advocaat van Dupre helemaal over de rooie. Rechter Robard zei toen dat hij niet nog een keer uitstel zou verlenen.'

'Begrijp ik het goed dat Andrews' verklaring de doorslag moet geven?' vroeg Kerrigan.

Lopez knikte.

'Als er een jury is benoemd en ze komt niet opdagen, kan Dupre dan ontslag van rechtsvervolging eisen?'

'Ja, en dan heeft Robard geen andere keus.'

'Dan moet je de aanklacht intrekken, want als de jury eenmaal is ingezworen, kan de tegenpartij aanvoeren dat de verdachte voor de tweede keer terechtstaat voor hetzelfde delict.'

'Ik denk dat de advocaat van Dupre volledig ontslag van rechtsvervolging gaat eisen.'

Kerrigan dacht even na. 'Robard kan verdomd koppig zijn. Ik denk niet dat hij op die eis ingaat. En als hij dat wel doet, kun je altijd nog beroep aantekenen. De kans is groot dat de eis dan in hoger beroep alsnog wordt vernietigd.'

Lopez balde haar vuisten. 'Ik wil die kerel koste wat kost te pakken krijgen.'

'Dat zal je heus wel lukken, Maria. Kerels als Dupre struikelen vroeg of laat allemaal over hun ego, let maar op. Het is gewoon een kwestie van tijd.'

Enkele aanwezigen keken om toen Tim Kerrigan de deur van de rechtszaal waar rechter Robard zitting hield, open duwde en plaats nam op een van de achterste banken. Het waren er minder dan toen hij vier jaar geleden met dit werk begon, maar toch nog zoveel dat hij zich niet op zijn gemak voelde. Voor de griffier, de bewakers en de andere vaste aanwezigen was de verschijning van Kerrigan niets vreemds, maar enkele toeschouwers op de publieke tribune, die alleen maar zo nu en dan een rechtszitting bijwoonden, keken nieuwsgierig zijn kant uit en fluisterden met elkaar.

Tim ervoer zijn bekendheid als een vloek. Bekend zijn betekende dat je voortdurend in het openbaar te kijk stond. Hij zag zijn uiterlijk ook bepaald niet als een zegen: hij was een meter vijfentachtig lang, zodat hij altijd boven iedereen uitstak, en met zijn golvende, blonde haar en groene ogen viel hij ook in een menigte altijd op. Hij had er meer dan eens van gedroomd dat hij onopvallend een rechtszaal betrad. Wat dat betrof, was hij jaloers op Maria Lopez. Vrijwel niemand keurde haar een tweede blik waardig en ze werd ook niet door vreemden op straat aangesproken of in restaurants lastig gevallen met verzoeken om een handtekening. Tim was ervan overtuigd dat als Maria de kans kreeg om qua bekendheid met hem te ruilen, ze die met beide handen zou aangrijpen. Hij zou onmiddellijk met haar ruilen, zonder haar te waarschuwen dat ze uit moest kijken voor de gevolgen.

Kerrigan had amper plaatsgenomen toen Jon Dupre de rechtszaal binnenschreed. Hij droeg een donker maatpak en genoot zichtbaar van de blikken die Kerrigan juist zo verafschuwde. Dupre was lang en niet onknap. Hij had een zongebruind gelaat en een gespierd lichaam. Hij liep met het haast vanzelfsprekende zelfvertrouwen van iemand die in weelde is opgegroeid en gewend is om op zijn wenken te worden bediend. Aan een van zijn oren droeg hij een gouden oorring in de vorm van een kruis – en dat was bij lange na niet het enige opzichtige sieraad dat glinsterde in het licht terwijl hij naar zijn plaats liep.

Vlak achter Dupre kwam Oscar Baron, zijn advocaat, binnen. Baron was een man van gedrongen postuur. Hij maakte een enigszins nerveuze indruk. Er werd gefluisterd dat hij zijn honorarium deels kreeg uitbetaald in de vorm van de vrouwen en drugs waar Dupre in handelde.

Lopez keek op van haar dossier toen Dupre de rechtszaal binnenkwam. De verdachte negeerde de aanklager en nam plaats aan het tafeltje van de verdediging, maar Baron bleef even staan en zei op gedempte toon iets tegen zijn tegenpartij. Toen de griffier met zijn hamer tot stilte maande, zat Baron breed te glimlachen en maakte Maria een verslagen indruk.

Rechter Robard kwam de rechtszaal binnen via een deur achter het podium. Iedereen ging staan. De meeste aanwezigen richtten hun blik op de rechter, maar Kerrigans blik bleef gericht op Dupre, die met een vrouw die achter hem op de tribune zat, had zitten praten. Doordat er een andere toeschouwer tussen hen in zat, kon Tim de vrouw niet goed zien, maar op het moment dat de rechter binnenkwam en de man opstond en een stap opzij deed, stokte Tims adem in zijn keel.

Zo nu en dan kom je als man een vrouw tegen waarvan je zintuigen op tilt slaan. Deze vrouw straalde een onverholen sensualiteit uit die Tim totaal van streek bracht. Haar hartvormige gezicht werd omkranst door een weelderige, glanzende bos ravenzwart haar. Ze had een geelbruine teint, volle lippen, grote bruine ogen en hoge jukbeenderen. De griffier maande nogmaals tot stilte, en toen iedereen weer ging zitten verloor Kerrigan haar uit het oog. Het kostte hem de grootste moeite om zijn blik af te wenden van de plek waar ze had gestaan.

'Lekker stuk, hè?' fluisterde Stanley Gregaros, een van de rechercheurs van de zedenpolitie die belast was met de zaak tegen Dupre.

Kerrigan voelde dat hij begon te blozen. 'Wie is dat?'

'Ally Bennett,' antwoordde Gregaros, terwijl hij op de stoel naast Kerrigan schoof. 'Een van Jons meisjes. Ze werkt onder de naam Jasmine.'

'Ze ziet er helemaal niet uit als een hoer.'

'Jons meisjes zien er allemaal zo uit. Stuk voor stuk lekkere wijven. De meesten zijn pientere, pittige studentes. Jons klanten zijn rijke, invloedrijke lieden. Een congreslid of een directeur van een grote onderneming gaat heus geen paar duizend neertellen voor een heroïnehoer.'

'Volgende zaak,' zei rechter Robard tegen de griffier, die vervolgens de naam en het nummer van de zaak afriep. Maria Lopez ging staan.

'Bent u klaar om te beginnen, mevrouw Lopez?' vroeg de rechter.

'De staat heeft een probleem, edelachtbare. Ik verzoek om uitstel.'

Oscar Baron sprong overeind. 'Ik maak bezwaar, edelachtbare,' zei hij. 'Dit is de derde keer dat mevrouw Lopez om uitstel vraagt. De vorige keer...'

De rechter legde hem met een handgebaar het zwijgen op. Hij maakte de indruk dat dit verzoek hem uiterst ongelegen kwam. 'Op welke gronden baseert u uw verzoek, mevrouw Lopez?'

'Onze voornaamste getuige is spoorloos verdwenen. We hebben twee dagen geleden nog contact met haar gehad. Ze was gedagvaard en heeft ons verzekerd dat ze op de zitting aanwezig zou zijn.'

'En dat is niet het geval, begrijp ik?'

'Inderdaad, edelachtbare. Ik heb voordat ik hierheen kwam met een van mijn medewerkers overlegd. We hebben iemand naar haar huis gestuurd om haar op te halen, maar ze was niet thuis.'

'Toen ik de vorige keer uw verzoek om uitstel inwilligde, heb ik u gezegd dat ik dat niet nog een keer zou doen. Kunt u me één goede reden geven waarom ik daar nu van zou moeten afwijken?'

Lopez keek even nerveus in de richting van Dupre, die totaal niet onder de indruk leek en zich zo te zien stierlijk zat te vervelen.

'Meneer Dupre is na zijn verzoek om op borgtocht te worden vrijgelaten, niet meer in hechtenis. Hij staat bekend om zijn gewelddadige optreden tegenover vrouwen en...'

'Dit gaat te ver,' schreeuwde Oscar Baron. 'De heer Dupre heeft altijd gezegd dat hij onschuldig is aan het ten laste gelegde. Die beschuldigingen zijn nergens op gebaseerd. Het verbaast me niets dat de getuige niet is verschenen. Waarschijnlijk maakt ze zich zorgen over het feit dat haar verklaring als meineed kan worden uitgelegd. En als u probeert te suggereren dat mijn cliënt iets met haar verdwijning te maken heeft gehad, dan...'

'U hoeft hier geen toespraak te houden, meneer Baron,' zei rechter Robard.

Hij wendde zich weer tot Lopez. 'Is uw zaak volledig afhankelijk van de verklaring van deze ontbrekende getuige?'

'Haar verklaring is voor ons erg belangrijk, edelachtbare.'

'Dan lijkt het erop dat u tussen twee vuren zit. Meneer Dupre heeft het recht te eisen dat zijn zaak in behandeling wordt genomen. Daarvoor was de datum van vandaag vastgesteld. U zult nu moeten kiezen wat u wilt: doorgaan met de zaak of de aanklacht intrekken.'

Lopez verzocht het hof om de aanklacht in te trekken en Baron diende een verzoek tot ontslag van rechtsvervolging in. Terwijl ze daarover met Robard discussieerden, wendde Kerrigan zich tot de rechercheur.

'Wat is er volgens jou gebeurd, Stan?'

Gregaros schudde zijn hoofd. 'Geen flauw idee. Andrews leek bereid om te getuigen. Maar misschien heeft Dupre haar bedreigd en durft ze nu niet meer.'

Toen rechter Robard het woord nam, richtte Kerrigan zijn aandacht op wat zich voor in de rechtszaal afspeelde.

'Ik heb genoeg gehoord. De aanklacht wordt op verzoek van de officier van justitie ingetrokken. De beklaagde wordt vrijgesteld van borgtocht.'

'Wordt mijn cliënt ook ontslagen van rechtsvervolging, edelachtbare?'

'Nee, meneer Baron, dat is niet het geval. De zitting is nu gesloten.'

Iedereen kwam overeind toen de rechter opstond. Kerrigan keek weer opzij of hij Ally Bennett weer kon zien staan. Ze keek even zijn kant op en hij voelde zijn buik samentrekken. Bennett droeg een getailleerd zwart jasje met daaronder een crèmekleurige zijden blouse. Om haar slanke hals droeg ze een parelketting. Haar korte zwarte rok deed haar enigszins gespierde, zongebruinde benen goed uitkomen.

Teleurgesteld borg Maria Lopez haar papieren op in een map en liep met gebogen hoofd door het gangpad naar de uitgang. Kerrigan en Gregaros volgden haar.

'Het is niet jouw schuld, Maria,' verzekerde Kerrigan zijn ontroostbare collega. 'Ik heb dit al zo vaak meegemaakt. De meeste andere aanklagers van kantoor trouwens ook.'

'We zullen Andrews weten te vinden,' stelde Gregaros haar gerust, 'zodat je die arrogante hufter achter de tralies kunt laten verdwijnen.'

Toen ze naar buiten liepen, keek Kerrigan nog een keer om naar Ally Bennett, die op dat moment in een levendig gesprek met Dupre was gewikkeld. Ze leek zich nogal op te winden. De deur ging achter Kerrigan dicht, waardoor Bennett en Dupre aan zijn blik werden onttrokken.

Die avond trotseerde Tim Kerrigan de woede van zijn vrouw en de teleurstelling van zijn dochter en werkte laat door. Althans, hij deed het zo voorkomen. Hij moest nog wel een aantal zaken voorbereiden en conclusies schrijven, maar hij was te zeer afgeleid om zich daarop te kunnen concentreren. Tegen zessen waren er alleen nog een paar stugge doorzetters aan het werk. Toen de andere aanklagers en de secretaresses van hun afdeling allemaal waren vertrokken, liep Kerrigan naar het bureau van Maria Lopez. De schoonmaakploeg was net begonnen, maar daar maakte Kerrigan zich niet druk om. En als hij toevallig een andere aanklager tegen het lijf liep, had hij zijn verhaal gereed.

De dossiers met de stukken van de zaak-Dupre lagen netjes op een stapel op een hoek van Maria's bureau. Kerrigans hand beefde toen hij de bovenste ordner opensloeg. Daarin bevonden zich de politierapporten met betrekking tot de zaak. Hij bladerde erin tot hij gevonden had wat hij zocht en schreef het adres en het telefoonnummer van Ally Bennett op een notitievelletje. Vervolgens begaf hij zich weer naar zijn eigen kantoor.

Zijn hart klopte in zijn keel toen hij de deur achter zich dichtdeed. Hij ging zitten en staarde naar het stukje papier waarop hij, haastig en nerveus, het nummer had gekrabbeld. Op zijn bureau stond een foto van Cindy en Megan. Kerrigan kneep zijn ogen dicht. Het geluid van zijn eigen bloedsomloop raasde in zijn oren.

Kerrigan pakte zijn telefoon en toetste het nummer van Ally in. De hoorn voelde warm aan. De telefoon ging twee keer over. Kerrigan pakte de hoorn steviger beet. Hij wilde ophangen.

Een vrouw nam op. 'Hallo?' Ze had een zwoele stem.

'Hallo?' zei ze nog een keer.

Kerrigan legde de hoorn weer op de haak en deed zijn ogen dicht. Hij leunde met zijn hoofd achterover. Waar was hij in godsnaam mee bezig? Zijn hart ging als een razende tekeer en hij haalde een paar keer diep adem om weer tot bedaren te komen. Even later pakte hij de telefoon en koos een ander nummer. Cindy nam op.

'Hallo, schat,' zei hij. 'Ik ben bijna klaar. Zeg maar tegen Megan dat ik gauw naar huis kom.'

5

'Wil je hier even voor me naar kijken?' vroeg Frank Jaffe. Hij stond in de deuropening van Amanda's kantoor. Amanda's vader was een stevig gebouwde man van achter in de vijftig. Hij had een rossig gezicht en zwart krulhaar dat hier en daar grijs begon te worden. In zijn jeugd had hij zijn neus gebroken, waardoor hij meer op een havenarbeider dan op een advocaat leek.

Amanda wierp een blik op de klok. 'Ik was net aan het opruimen. Ik heb vanavond een afspraak.'

'O, maar dit is zo gebeurd.' Frank liep naar haar bureau en gaf haar een lijvig dossier. 'Het gaat over die nieuwe zaak die ik in Coos Bay heb opgepikt, die moord. Er is huiszoeking gedaan in het zomerhuisje van Eldridge en ik wil even weten wat jij daarvan vindt. Ik heb een memo gedicteerd met de punten waarin ik geïnteresseerd ben. Ik wil het zelf wel doen, maar ik moet nu naar Roseburg voor een hoorzitting.'

'Kan dit niet tot morgen wachten?'

'Ik moet hier morgenochtend vroeg een paar beslissingen over nemen. Help me asjeblieft even.'

Amanda zuchtte. 'Je kunt soms verdomd lastig zijn, weet je dat?'

Frank grijnsde. 'Jij bent soms ook best aardig. Ik moet om negen uur in de rechtszaal zijn, dus als je rond een uur of zeven naar het motel belt, is dat prima. Het nummer zit met een paperclip aan de map.'

Zo gauw hij de deur achter zich had dichtgedaan, sloeg Amanda de map open. Toen ze er een stapel politierapporten uittrok, vielen er een paar politiefoto's van de plaats van het misdrijf op haar vloeiblad. Op een ervan stond het lichaam van een vrouw. Ze lag met gespreide armen en benen op de plek waar ze op het strand was aangespoeld. Op de foto's die van dichtbij waren genomen, was haar opgezwollen, verminkte gezicht te zien. Het was duidelijk te zien welke vernielingen de zee en haar bewoners op haar lichaam hadden aangericht.

Een afschuwelijke herinnering maakte zich van Amanda meester. Opeens was ze naakt. Haar handen waren geboeid. Ze rende in het donker. De scherpe punt van een mes in haar rug dwong haar om door te lopen. Ze moest even naar adem happen. Ze begon te hijgen, net zoals tijdens die vreselijke nacht in die tunnel. Ze dacht zelfs even dat ze de geur van vochtige aarde rook. Amanda duwde haar vuist in haar mond, omdat ze het anders uit zou gillen. Ze sprong op uit haar stoel en kroop in een hoek van haar kantoor op de vloer in elkaar, met haar knieën tegen haar borst en haar ogen stijf dichtgeknepen. Haar gezicht was lijkbleek en haar hart ging als een razende tekeer.

Amanda kon zich de eerste keer dat ze een foto van een lijkschouwing had gezien, nog precies herinneren. Ze was als een van de besten uit haar klas afgestudeerd aan de juridische faculteit van New York University en had een baan aangeboden gekregen als griffier bij het Negende District van het Hof van Beroep. Op een zekere morgen had rechter Buchwald haar gevraagd of ze het dossier van een zaak waarin de doodstraf werd geëist, nog eens door wilde nemen. Uit de conclusies had Amanda opgemaakt dat de vrouw van de verdachte was overleden aan een shock nadat hij haar met een geweer in haar schouder had geschoten. Vlak voor de lunchpauze ontdekte Amanda onder enkele stukken een onschuldig uitziende bruine envelop. Ze was nieuwsgierig naar de inhoud en maakte hem open. In de envelop zat een stapel foto's. Toen ze de eerste omdraaide, viel ze bijna flauw. Achteraf gezien stelde die zwartwitfoto van een dode vrouw op een sectietafel eigenlijk niet eens zoveel voor. De enige wond die erop te zien was, was die in de schouder van het slachtoffer. Zonder de kleuren waren de bloedingen en de ernstige verminkingen niet goed te zien geweest, maar toch was Amanda de rest van die dag duizelig en gedesoriënteerd geweest.

In de tussenliggende jaren had Amanda foto's bekeken waarop iedere denkbare vorm van wreedheid die op iemand kan worden toegepast, stond afgebeeld. Na een tijdje deden zelfs de meest gruwelijke foto's haar niets meer. Toen was de chirurg – een sadistische seriemoordenaar – in haar leven verschenen. Politiemensen en medische onderzoekers worden door burgers soms als hard en gevoelloos beschouwd, vooral als men hen grappen hoort maken terwijl ze over een slachtoffer staan gebogen, maar mensen die dagelijks in aanraking komen met allerlei vormen van gewelddadige dood moeten zich nu eenmaal op een of andere manier afschermen van de gruwelen die ze onder ogen krijgen om te kunnen blijven functioneren. Na die traumatische ervaring was het Amanda niet meer gelukt om zich af te schermen.

Toen ze haar ogen opendeed, zag ze waar ze zich bevond. Ze kon zich niet herinneren dat ze in de hoek was weggekropen. Ze had geen idee hoe ze van haar bureau op de vloer was beland.

Amanda parkeerde in de parkeergarage in de kelder van een verbouwd negentiende-eeuws pakhuis in de Portlandse wijk Pearl. Ze nam de lift naar de bovenverdieping, waar ze een appartement van vierhonderd vierkante meter had, dat voorzien was van hardhouten vloeren, een hoog plafond en grote ramen, van waaruit ze een fraai uitzicht had op de stalen bogen van de Freemont-brug en op de tankers die zich een weg ploegden door het water van de Willamette-rivier. In de verte verrezen de besneeuwde hellingen van Mount St. Helens.

Amanda deed de deur van haar appartement op het nachtslot en controleerde eerst alle kamers. Het was eigenlijk onzinnig om te denken dat iemand zich hier binnen schuil hield, maar ze wist dat ze niet in staat zou zijn om zich te ontspannen voordat ze zeker wist dat ze alleen in huis was. Amanda dacht weer aan de al even onzinnige manier waarop ze op Toby Brooks had gereageerd. Ze moest ophouden met overal bang voor te zijn. Niet iedereen die ze tegenkwam, was immers een monster.

Amanda trok een trainingspak aan en liep naar de kast met haar drankvoorraad. Ze was nog steeds een beetje overstuur van de manier waarop ze op de foto's van de lijkschouwing had gereageerd en had behoefte aan een borrel. Ze schrok van het geluid van de deurbel. Wie...? Toen schoot het haar weer te binnen. Ze keek op haar horloge. Was het al zo laat? Ze keek door het kijkgaatje in de voordeur. In de hal stond Mike Greene. Hij had een boeket bloemen bij zich. Verdomme, wat nu?

Mike was de openbare aanklager in de zaak-Cardoni geweest, en sinds het gewelddadige einde van die zaak was Amanda een paar keer met hem uitgeweest. Mike was een reus van een kerel met zwart krulhaar en een woeste snor. Hoewel hij een lichaam had dat aan dat van een voetballer of een worstelaar deed denken, beoefende Mike geen enkele tak van wedstrijdsport. Greene was een zachtaardig iemand die in zijn vrije tijd tenorsax speelde bij een plaatselijk jazzkwartet en verzot was op schaken. Ze wist dat hij ook om haar gaf, maar sinds haar confrontatie met de chirurg lukte het haar niet meer om zich emotioneel aan iemand te binden.

'Hallo,' zei Mike toen Amanda de deur opendeed. Hij zweeg toen hij zag dat Amanda een trainingspak droeg.

'Het spijt me. Ik was onze afspraak helemaal vergeten.'

Greene kon zijn teleurstelling niet verbergen. Amanda voelde zich rot.

'Ik voel me niet goed,' zei ze, wat trouwens niet helemaal onwaar was. Ze voelde zich uitgeput en wist dat ze niet over de energie beschikte om het een hele avond vol te houden. Greene liet zijn schouders zakken. De hand waarin hij het boeket hield, hing slap langs zijn lichaam.

'Wat is er aan de hand, Amanda?'

Ze sloeg haar ogen neer. Ze was niet in staat om Mike recht in de ogen te kijken.

'Ik weet het. Ik had moeten bellen.'

'Ik dacht dat je onze afspraak vergeten was.'

'Je hoeft me geen kruisverhoor af te nemen,' zei Amanda bits. Ze was boos omdat hij haar op een leugen had betrapt. 'We zijn hier niet in de rechtszaal.'

'Inderdaad,' zei Mike op vlakke toon. 'In de rechtszaal gelden regels waaraan iedereen zich moet houden. Maar als het om ons tweeën gaat, lijkt het of jij je eigen regels volgt en ik heb geen idee wat dat voor regels zijn.'

Amanda staarde naar het vloerkleed. 'Ik heb last van... van iets. Ik wilde eigenlijk...'

Ze brak haar zin af en liep naar het raam. Op de Freemont-brug bewoog zich traag een lange rij koplampen naar de overkant. Ze richtte haar blik op de autolichten.

'Luister, Amanda, ik weet wat je allemaal hebt meegemaakt, en ik probeer daar ook begrip voor te hebben. Ik... ik mag je erg graag. Ik wil je helpen.'

'Dat weet ik, Mike. Maar het lukt me niet om...'

Ze schudde haar hoofd. Amanda stond nog steeds met haar rug naar hem toe en wachtte tot hij iets zou zeggen. Maar hij zweeg en bleef doodstil staan. Toen ze zich omdraaide, zag ze dat Mike de bloemen op de koffietafel had gelegd.

'Als ik je ergens mee kan helpen, bel me dan. Voor jou ben ik er altijd.'

Mike vertrok en deed de deur zo zachtjes mogelijk achter zich dicht. Amanda ging op de sofa zitten. Ze voelde zich akelig. Mike was zo aardig, en Amanda voelde zich veilig bij hem. Ze vroeg zich af of ze zich juist daardoor tot hem aangetrokken voelde.

In gedachten zag ze Toby Brooks weer voor zich. Mike deed haar aan een teddybeer denken, maar Toby had eigenlijk meer iets van een kat. Hij deed haar ook nog aan iemand anders denken. Ze kreeg weer hetzelfde gevoel als daarnet op kantoor. Angst begon zich weer van haar meester te maken, en ze deed de grootste moeite om zich daartegen te verzetten. Plotseling begon ze er spijt van te krijgen dat ze Mike had weggestuurd. Ze had behoefte aan gezelschap. Ze wilde niet alleen zijn.

6

Op donderdagmiddag, even na drie uur, vergaderde Tim Kerrigan met de rechercheurs die bezig waren met een zaak tegen een kinderpornografie-netwerk. Daarna was er een brainstormsessie met een andere aanklager over de beste manier om een lastig verzoek tot het achterhouden van informatie af te handelen. Toen de aanklager was vertrokken, keek Kerrigan op zijn horloge. Het was na vijven, en over drie kwartier zou Jack Stamm, de officier van justitie bij de rechtbank van Multnomah County, hem op komen halen voor het diner waarmee de jaarvergadering van de Vereniging van Strafpleiters werd ingeluid.

Er waren een heleboel dingen die Tim liever zou doen dan dat diner bijwonen. Hij ging met zijn voeten op zijn bureau zitten en deed zijn ogen dicht. Hij wreef over zijn oogleden en liet zijn gedachten even afdwalen. Hij dacht aan het verfrommelde stukje papier in zijn portefeuille, waarop hij het telefoonnummer van Ally Bennett had gekrabbeld. Stan Gregaros had gezegd dat Bennett onder de naam Jasmine werkte. Toen hij de naam een paar keer langzaam hardop zei, voelde hij een zenuwtrek in zijn buik en een hitsig gevoel in zijn kruis.

Jasmine was niet de eerste prostituee die hij bezocht had, maar op de een of andere manier wist Kerrigan dat Ally Bennett anders was dan al die andere – anders dan alle vrouwen met wie hij ooit de liefde had bedreven. Ze zou volmaakte borsten hebben en een verrukkelijk kontje en met haar mond tot wonderen in staat zijn. 'Zeg maar wat je wilt,' zou ze zeggen, en hij zou haar vertellen waar hij behoefte aan had en dingen tegen haar zeggen waar hij met Cindy nooit over kon praten.

Er klopte iemand op de deurpost. Tim keek op. Maria Lopez stond in de deuropening. Ze zag eruit of ze zojuist haar beste vriend had verloren. Kerrigan liet zijn voeten zakken. Plotseling drong het tot hem door dat er ergens een telefoon rinkelde. Vaag hoorde hij het geroezemoes van gesprekken op de gang.

'Heb je even?'

Tim knikte moeizaam. Maria kwam de kamer binnen en ging zitten.

'Wat is er?' vroeg Kerrigan aan de jonge hulpofficier.

'Een jogger heeft in het Washington Park het lichaam van Lori Andrews gevonden.'

'Verdomme.'

'Dupre is de dader. Hij heeft haar vermoord.'

'Heb je bewijzen?'

Lopez schudde haar hoofd. 'Nee, maar ik weet dat hij het gedaan heeft.' Ze wreef over haar voorhoofd. 'Ik heb de foto's gezien, Tim. Ze was naakt. Iemand heeft haar helemaal in elkaar geslagen en haar toen als een vuilniszak in het park gedumpt.' Maria zweeg even. Ze leek helemaal van streek. 'Haar dochtertje gaat waarschijnlijk naar een pleeggezin.'

'Trek het je niet zo aan. We maken allemaal wel eens fouten,' zei Kerrigan. Het klonk niet erg overtuigend, want terwijl hij het zei, schoten zijn eigen fouten hem weer te binnen.

Silvio Barbera was de oudste partner van een vooraanstaand advocatenkantoor op Wall Street en tevens de huidige voorzitter van de Vereniging van Strafpleiters. Hij stond op het podium dat voor de inleidende spreker in gereedheid was gebracht en wierp een blik op de menigte die zich in de balzaal van het Hilton Hotel had verzameld.

'Ik ben mijn hele leven al een American-footballfanaat,' bekende hij. 'Ik herinner me de voorzet van Doug Flutie waarmee Miami werd verslagen en de manier waarop Franco Harris de bal ving, maar het meest fantastische moment was acht jaar geleden, toen Michigan tegen Oregon moest spelen bij de Rose Bowl. Kunt u zich dat nog herinneren? Beide teams waren nog ongeslagen en de nationale titel stond op het spel. Aan het begin van het vierde kwart stond Michigan twintig punten voor en hadden de verslaggevers de Ducks al helemaal afgeschreven. Maar op dat moment begon een van de meest glorieuze momenten uit de geschiedenis van het American football aan Amerikaanse universiteiten.

Meteen na de eerste scrimmage liep de spelverdeler van Oregon, de ster van het veld, vijfenzestig meter en stond Oregon nog maar dertien punten achter. Met nog zeven minuten te spelen, miste Oregon een fieldgoal. Twee plays later brak dezelfde spelverdeler weer door de verdediging van Michigan heen en wist met een sprint van achtenveertig meter de voorsprong van Michigan terug te brengen tot zes punten. Beide teams scoorden om beurten fieldgoals en toen Oregon aan de laatste serie in hun eigen ten begon, waren er nog maar drieënveertig seconden te spelen.

De spelverdeler van Oregon kon werpen als de beste. Iedereen verwachtte dat hij een voorzet zou geven in de richting van de eindzone en dan verder maar zou hopen dat er een wonder gebeurde. Maar in plaats daarvan speelde hij nog een keer terug naar zijn back. Na nog een spurt van negentig meter was Oregon nationaal kampioen. En niemand hoefde zich af te vragen wie de Heismantrofee voor beste American footballspeler van een Amerikaanse universiteit dat jaar had verdiend.

De meeste jonge mannen die de Heismantrofee winnen, kunnen miljoenen verdienen door als profspeler verder te gaan, maar deze jongeman was uit een ander hout gesneden. Hij ging rechten studeren. En, zoals we allemaal weten, komen de meeste pas afgestudeerde rechtenstudenten terecht bij advocatenkantoren zoals dat van mij, maar deze jongeman toonde karakter.' Er werd gelachen, en Barbera wachtte even tot het weer stil werd. 'Hij keerde andermaal de verlokkingen van het grote geld de rug toe en koos voor een betrekking op het kantoor van het Openbaar Ministerie hier in Portland, waar hij sinds die tijd, en met grote toewijding, in een overheidsfunctie de samenleving dient.

Zodra ik vernam dat de jaarvergadering dit jaar in Oregon zou plaatsvinden, wist ik meteen wie ik als inleidende spreker moest uitnodigen. Hij is een van de grootste namen op het gebied van American football en hij is ook een voortreffelijke openbare aanklager, maar hij is in de eerste plaats een bijzonder integer iemand en een voorbeeld voor ons allemaal.

Het is dus met groot genoegen dat ik u onze inleidende spreker mag aankondigen. Ik vraag graag uw aandacht voor Tim Kerrigan!'

Tim wist niet meer hoe vaak hij 'De Toespraak' al had moeten houden. Hij had hem voor jeugdgroepen, bij Rotaryclubs, op sportkampen en in kerken gehouden en met de honoraria zijn rechtenstudie bekostigd en de aanbetaling op zijn eerste huis gedaan. Iedere keer weer werd 'De Toespraak' met enthousiast applaus begroet. Na afloop wilden de toehoorders hem vaak de hand schudden, alleen maar om te kunnen zeggen dat ze hem hadden aangeraakt. Soms vertelden ze hem dat hij hun leven had veranderd. Hij stond erbij te glimlachen en beleefd te knikken, maar ondertussen had hij het gevoel dat er een mes in zijn maagstreek werd geduwd.

Kerrigan had in eerste instantie geprobeerd te weigeren toen Jack Stamm over het telefoontje van Silvio Barbera begon. Stamm had zijn onwil ten onrechte voor bescheidenheid aangezien en er de nadruk op gelegd dat het een eer zou zijn als een van de aanklagers van de rechtbank van Multnomah County als inleidende spreker bij de jaarvergadering zou

45

willen optreden. Ten slotte had Kerrigan toegestemd. Als hij voor aanvang niet een paar stevige glazen whisky had gedronken en bij het diner zelf ook niet de nodige drank had genuttigd, zou hij eraan getwijfeld hebben of hij 'De Toespraak' nog een keer zou hebben kunnen houden.

Zoals altijd vormde zich na afloop van de toespraak een menigte rond Kerrigan. Hij probeerde beleefd te blijven glimlachen en luisterde met geveinsd enthousiasme naar iedereen die het woord tot hem richtte. Toen de meeste mensen die hem geluk hadden gewenst de balzaal hadden verlaten, zag Tim Hugh Curtin alleen aan een tafeltje vlak bij het podium zitten. Hun blikken kruisten elkaar en Hugh hief zijn glas alsof hij op Tim proostte.

Je hoefde niet bijzonder intelligent te zijn om te begrijpen waarom de voormalige aanvaller van het nationale American footballteam 'Huge' genoemd werd. Nadat hij vier jaar lang voor Kerrigan gaten in de verdediging van de tegenstanders had gemaakt, was Curtin als profspeler bij de Giants terechtgekomen. Na drie seizoenen had een knieblessure een einde aan zijn carrière gemaakt, maar Huge, die het profvoetbal altijd als een snelle weg naar financiële zekerheid had beschouwd, was al rechten gaan studeren toen hij nog bij de NFL speelde. Hij was pas tot partner benoemd bij Reed, Briggs, Stephens, Stottlemeyer & Compton, het grootste advocatenkantoor in Portland.

Toen de laatste toehoorder was verdwenen, verdween de glimlach van Tims gezicht. Hij plofte op een stoel naast Curtin neer, die al met een groot glas whisky op hem zat te wachten. Hugh hief zijn glas.

'Op De Flits!' zei hij. 'De Flits' was de bijnaam die een journalist tijdens Kerrigans strijd om de Heismantrofee had bedacht. Kerrigan stak een vinger in de lucht en sloeg zijn glas bijna in een keer achterover.

'Ik heb de pest aan die naam en ik haat die klotetoespraak.'

'De mensen hangen aan je lippen. Je geeft ze een goed gevoel.'

'Met de gaten die jullie voor me maakten, zou iemand met één been die negentig meter hebben kunnen lopen. Misschien was dat wel de beste aanvalslinie die het studentenfootball ooit heeft gehad. Hoeveel van jullie hebben het als profspeler helemaal gemaakt?'

'Jij was goed Tim, verdomd goed. Als je zelf prof was geworden, zou je daar vanzelf achter zijn gekomen.'

'Onzin. Ik zou het nooit gered hebben. Ik was veel te traag en mijn manoeuvres waren allemaal knudde. Ik zou alleen maar voor gek hebben gestaan.'

Dat was het excuus waar hij steeds mee voor de dag kwam als ze hem vroegen waarom hij nooit prof was geworden. Hij had het al zo vaak gezegd dat hij het zelf was gaan geloven.

Curtin liet zijn ogen rollen. 'Dat zeg je altijd als je wat gedronken hebt. Laten we het over iets anders hebben.'

'Je hebt gelijk. Ik moet niet steeds bij jou komen uithuilen.'

'Precies. Daar ben je niet knap genoeg voor.'

'Ik zou anders wel het lekkerste stuk zijn dat je ooit gehad hebt,' kaatste Kerrigan de bal terug. Hugh wierp zijn hoofd in zijn nek en schoot in de lach. Ook Kerrigan kon een glimlach niet onderdrukken. Hugh was zijn beste vriend. Hij kon overal met hem over praten. Als hij eens een sombere bui had, wist Hugh hem daar steeds weer uit te trekken door over hun studententijd, de feesten en het bier dat ze met het team hadden gedronken, te beginnen. Hugh kon hem het schuldgevoel dat hij als een loodzwaar anker met zich meezeulde, doen vergeten.

'Zullen we nog even naar de Hardball gaan en een paar biertjes nemen?' vroeg Curtin.

'Ik kan niet. Ik heb Cindy beloofd dat ik meteen na dit fiasco naar huis zou komen,' loog Kerrigan.

'Wat je wilt. Ik moet trouwens morgenochtend ook vroeg in de rechtszaal zijn.'

'Maar dat moeten we binnenkort beslist doen, Huge,' zei Kerrigan. Hij praatte een beetje met dubbele tong. 'Dat moeten we beslist doen.'

Curtin keek zijn vriend aandachtig aan. 'Kun je nog rijden?'

'Geen probleem. Ouwe Flits krijgt geen bekeuring voor het rijden onder invloed.'

'Weet je dat zeker?'

Kerrigans ogen schoten vol tranen. Hij boog zich naar zijn vriend toe en omhelsde hem.

'Wat ben je toch altijd bezorgd, Huge.'

Curtin begon het allemaal een beetje gênant te vinden. Hij maakte zich los en stond op.

'Oké, beste vriend. Tijd om naar huis te gaan voordat je hier de boel onder jankt.'

De beide vrienden liepen naar buiten en begaven zich naar het parkeerterrein. Tijdens het diner had het geregend en de koele lucht maakte Kerrigan weer een beetje nuchter. Curtin vroeg hem nogmaals of hij zeker wist dat hij nog in staat was om te rijden en bood Tim aan hem naar huis te brengen, maar Kerrigan wimpelde het aanbod af. Hij kroop achter het stuur en keek hoe zijn vriend wegreed. De waarheid was dat iets anders hem parten speelde. Hij wilde helemaal niet naar huis. Hij wilde iets heel anders.

Megan lag nu waarschijnlijk al te slapen. De gedachte aan haar deed hem bijna, maar toch niet helemaal, van zijn voornemen afzien. Kerrigan stapte uit en liep het hotel weer binnen. Hij liep naar een munttelefoon en haalde het stukje papier met het telefoonnummer van Ally Bennett uit zijn portefeuille. Hij streek het glad om het nummer te kunnen lezen. Een gevoel van misselijkheid bekroop hem terwijl hij het nummer koos, maar hij had zichzelf niet meer in de hand. Er was nu geen weg terug meer. De telefoon ging twee keer over.

'Hallo?'

Het was de stem van een vrouw. Ze klonk slaperig.

'Met... met Jasmine?' vroeg Kerrigan. Zijn hart bonkte in zijn keel.

'Ja?'

Nu hij de naam had gebruikt waaronder ze werkte, klonk haar stem opeens zwoel en verleidelijk.

'Een vriend van me heeft me jouw nummer gegeven,' zei Kerrigan. 'Ik wil graag een afspraak met je maken.'

Kerrigan had het gevoel dat zijn keel werd dichtgeknepen. Hij deed zijn ogen dicht terwijl Bennett tegen hem sprak.

'Het is al erg laat. Ik wilde voor vanavond eigenlijk geen afspraken meer maken.'

Uit haar antwoord viel af te leiden dat hij haar eventueel van gedachten kon doen veranderen.

'Het spijt me. Ik... ik wist niet of... Ik had wat vroeger moeten bellen.'

Hij merkte dat hij over zijn eigen woorden struikelde en zweeg.

'Dat geeft niet, lieverd. Je klinkt... erg aardig. Misschien krijg je me wel zover dat ik uit bed kom, maar dat wordt dan behoorlijk duur.' Het bleef even stil. Kerrigan hoorde haar ademhaling aan de andere kant van de lijn. 'Duur, maar geen cent te veel.'

Kerrigan voelde het bloed in zijn slapen kloppen en merkte dat hij een erectie kreeg.

'Wat moet... Hoe duur wordt het dan?'

'Hoe heet je?'

'Waarom wil je dat weten?'

'Ik weet graag met wie ik praat. Je hebt toch wel een naam?'

'Ja, natuurlijk. Frank. Frank Kramer,' zei Kerrigan. Hij had haar de naam gegeven die op een van de valse identiteitsbewijzen stond die hij voor gelegenheden als deze had laten maken.

'En hoe heet je vriend, Frank?'

Ze was kennelijk op haar hoede. Kerrigan vermoedde dat dat kwam doordat ze wist dat er een onderzoek tegen Dupre liep. Kerrigan had het dossier van Bennett doorgenomen. Tussen de stukken had hij een lijst met namen en adressen van haar klanten aangetroffen. Een van de namen was die van een kerel uit Pennsylvania die een half jaar geleden in Portland een vergadering had bijgewoond.

'Randy Chung uit Pittsburgh. Hij had niets dan lof voor je.'

'O ja? Vond hij het lekker? Heeft hij genoten?'

'Heel erg.'

Het bleef even stil.

'Ik wil niet de hele nacht bij je blijven of zo,' zei Kerrigan. 'Alleen maar een uurtje. Ik weet dat het al erg laat is.'

'Oké, maar dat gaat je vijfhonderd dollar kosten.'

'Vijf. Ik...'

'Zeg het maar.'

Kerrigan wist een motel waar de nachtportiers geen vragen stelden en gewend waren aan klanten die een kamer boekten voor een hele nacht maar na een uur weer vertrokken. Ally kende dat motel ook. Ze beëindigden het gesprek. Kerrigan had een licht gevoel in zijn hoofd. Hij had het idee dat hij over moest geven. Hij probeerde zijn ademhaling onder controle te krijgen en liep terug naar zijn auto. Waar was hij in godsnaam mee bezig? Hij zou haar terug moeten bellen om de afspraak af te zeggen. Het zou beter zijn als hij gewoon naar huis ging. Maar de auto reed al.

Er was niet veel verkeer op de weg. Zijn gedachten dwaalden af. Hij had haar een valse naam opgegeven, maar wat zou er gebeuren als Ally er achter kwam wie hij was? Raakte hij daar ook opgewonden van? Wilde hij per se door het slijk worden gehaald?

Het kwam door die spurt, die spurt van negentig meter. Hij zou niets liever gewild hebben dan dat een speler van Michigan hem ergens op dat veld vóór de doellijn had tegengehouden. Het was waar wat hij tegen Hugh had gezegd. Tijdens die drie runs bij de Rose Bowl was er geen enkele speler van Michigan ook maar bij hem in de buurt gekomen. Zijn blockers hadden dat verhinderd, maar hij was met de eer gaan strijken. En daarna was het allemaal uit de hand gelopen.

Hij werd ingehaald. Voor zich zag hij de richtingaanwijzer van de auto die voor hem ging rijden en Kerrigan richtte zijn aandacht weer op de weg. Hij probeerde zich op het rijden te concentreren, maar in gedachten zag hij steeds Ally Bennett voor zich. Ally in de rechtszaal, en beelden van haar zoals hij zich haar naakt voorstelde. Ze was ongelooflijk mooi, een adembenemende schoonheid, en hij zou binnen een uur bij haar zijn. Er toeterde een auto, en Kerrigan greep het stuur steviger beet. Dat had niet veel gescheeld. Hij dwong zichzelf om zich op het autorijden te blijven concentreren. Hoewel hij nu al zijn aandacht op de weg richtte, viel het hem niet op dat hij gevolgd werd door een zwarte auto, die al vanaf het parkeerterrein bij het hotel achter hem aan reed.

Kerrigan parkeerde onder de bomen langs het parkeerterrein van het motel. Het begon weer te regenen. Toen hij de regendruppels op het dak van de auto hoorde tikken, gingen zijn gedachten onwillekeurig terug naar de avond dat hij, anderhalve week vóór de Rose Bowl, tijdens een regenbui in een andere auto had gezeten. Tim schudde met zijn hoofd om die herinnering weer kwijt te raken. Zijn hartslag lag veel te hoog. Hij moest eerst tot rust zien te komen. Toen hij zichzelf weer enigszins onder controle had, rende hij over het parkeerterrein naar de receptie van het motel.

Een paar minuten later hing Tim zijn natte regenjas in de kast van de kamer die hij voor één nacht had gehuurd. Op het plankje naast het hoofdeinde stond een schemerlamp. Hij deed het lampje aan, maar liet de verlichting aan het plafond uit. Hij belde Ally en noemde het nummer van de kamer. Daarna nam hij plaats in de enige leunstoel die er stond. Hij was misselijk van angst en walgde van zichzelf terwijl hij op Bennett zat te wachten. Hij maakte twee keer aanstalten om ervandoor te gaan, maar draaide zich bij de deur weer om. Hij vroeg zich een paar keer af of Ally wel zou komen opdagen en elke keer was er iets in hem dat hoopte dat ze niet zou komen.

Hij schrok toen er op de deur werd geklopt. Hij had het gevoel dat er hete kolen in zijn maag zaten. Toen hij de deur opendeed, stond ze op de stoep. Ze was even mooi en sensueel als hij zich haar herinnerde.

Op het parkeerterrein zag de man in de zwarte auto hoe Kerrigan zijn bezoekster binnenliet.

'Mag ik binnenkomen, Frank?' vroeg Ally met een verleidelijke glimlach.

'Ja, natuurlijk,' antwoordde Kerrigan. Hij deed een stap achteruit. Ze gleed langs hem heen naar binnen en keek de kamer rond voordat ze zich omdraaide om haar klant goed te bekijken. Kerrigan deed de deur op slot. Hij had een droge keel en was duizelig van wellust.

'Het werkt zo, Frank: jij geeft me mijn geld en ik maak je dromen waar. Lijkt je dat geen goed voorstel?'

Ally droeg een korte wikkelrok die haar benen tot aan haar dijen bloot liet en een topje dat de welving van haar borsten accentueerde. Haar stem klonk in het echt nog zwoeler. Alleen al van het geluid van haar stem kreeg Kerrigan een erectie. Zonder zijn blik van Ally af te wenden, pakte hij het geld uit zijn zak en hield het haar voor.

'Breng het maar hier, Frank.' zei Ally. Ze liet er geen twijfel over bestaan wie van hen tweeën de dominante partij was. Dat was ook precies wat hij had gehoopt. Hij gehoorzaamde en genoot ervan dat zij hem vanaf het eerste moment meteen haar wil oplegde.

Ally telde het geld na en stopte het in haar tasje. Toen trok ze haar topje uit en maakte haar rok los. Onder haar kleren droeg ze alleen een zwartzijden bikinibroekje. Kerrigans adem stokte in zijn keel. Zijn knieën knikten. Als hij mocht zeggen hoe hij zich de ideale vrouw voorstelde, zou dat wat hem betrof het evenbeeld zijn van de vrouw die nu voor hem stond.

'Zeg maar wat je wilt, Frank. Vertel me maar waar je van droomt.'

Kerrigan sloeg zijn ogen neer en keek naar de vloer. Hij fluisterde zijn diepste wens.

Ally glimlachte. 'Ben je een beetje verlegen, Frank? Je praat zo zachtjes dat ik je niet kan verstaan. Zeg het nog eens.'

'Ik... ik wil gestraft worden.'

Cindy Kerrigan knipte het lampje aan toen Tim de slaapkamer binnensloop.

'Het is bijna twee uur.'

'Het spijt me. Hugh Curtin was ook op het diner. Hij heeft privé-problemen. We hebben een hele tijd zitten praten.'

'Dat zal wel,' zei ze koeltjes. 'En hoe gaat het met Hugh?'

'Gaat wel. Gewoon, z'n gangetje. Hugh is nog steeds dezelfde.'

Cindy hees zich overeind en ging met haar hoofd tegen het hoofdeinde van hun grote bed zitten. Een van de schouderbandjes van haar zijden nachthemd zakte af, waardoor hij de welving van haar linkerborst kon zien. Ze had asblond haar en een donkere teint. De meeste mannen vonden haar mooi en aantrekkelijk.

'Megan heeft je gemist,' zei ze. Ze wist dat Tim zich schuldig zou voelen. Hij kon niet bij haar wegblijven zonder ook bij zijn dochter weg te blijven. Megan was zijn oogappel.

'Het spijt me. Ik had toch gezegd dat ik zo vlug mogelijk naar huis zou komen,' zei hij terwijl hij zich uitkleedde.

'Wat was er precies met Hugh aan de hand?' vroeg Cindy op een toon waaraan hij kon horen dat ze zijn leugen doorhad.

'Het had met het beleid op zijn kantoor te maken. Partner zijn is toch niet wat hij zich ervan had voorgesteld,' antwoordde Tim vaag. Hij pakte zijn pyjama. 'Het ligt allemaal nogal moeilijk.'

Cindy wierp hem een minachtende blik toe maar ging niet op het onderwerp door. Tim liep naar de badkamer. Zij deed het lampje uit. Hij dacht aan Cindy, die daar nu boos en beledigd in het donker lag. Hij dacht er heel even aan om dicht tegen haar aan te kruipen, maar bij nader inzien leek hem dat toch geen goed idee. Ze zou het meteen doorhebben. Als hij haar aanraakte en streelde, zou dat tot seks kunnen leiden en daar was hij niet meer toe in staat. Hij was doodop. De mogelijkheid dat er tussen hen trouwens enige vorm van passie zou kunnen ontstaan, was haast uitgesloten. Seks maakte al een hele tijd vrijwel geen deel meer uit van hun huwelijk.

Kort nadat ze getrouwd waren, begon het tot Tim door te dringen dat hij niet met Cindy was getrouwd omdat hij van haar hield. Hij was met haar getrouwd om dezelfde reden dat hij rechten was gaan studeren. Het huwelijk en de universiteit waren plekken om je te verbergen, oases van rust na het waanzinnige mediacircus waarin hij na de Heismantrofee en zijn besluit om geen profvoetballer te worden, was beland. Op het moment dat Kerrigan dit besefte, was het of er een grijze deken over zijn hart werd gespreid.

Cindy was de dochter van Winston Callaway en Sandra Driscoll. De Driscolls, de Callaways en de Kerrigans behoorden tot de rijke elite van Portland, wat betekende dat Tim Cindy al sinds zijn vroegste jeugd kende. Ze kregen pas verkering toen ze in de hoogste klas van de middelbare school zaten. Toen Cindy net als Tim aan de universiteit van Oregon ging studeren, begon hun relatie vaste vorm te krijgen. In hetzelfde weekend dat Tim de Heismantrofee kreeg, waren ze getrouwd.

Tim had gehoopt dat het krijgen van een kind hun liefde zou doen opbloeien, maar dat experiment was, evenals alle andere pogingen om zichzelf te dwingen iets voor haar te voelen, jammerlijk mislukt. Vierentwintig uur per dag een rol spelen was dodelijk vermoeiend en had hem volkomen uitgeput. Cindy was niet dom. Hij vroeg zich af waarom ze bij hem bleef terwijl hij haar alleen maar verdriet deed. Tim had wel eens aan een scheiding gedacht, maar hij kon zich er niet toe brengen Cindy in de steek te laten, en hij moest ook aan Megan denken. Hij huiverde bij de gedachte dat hij haar kwijt zou raken of haar verdriet zou doen.

Kerrigan ging aan zijn kant van het bed liggen en dacht na over zijn avond met Jasmine. Seks was niet de drijfveer geweest die hem naar haar toe had gedreven. Hij was aangetrokken geweest door de vrijheid die zij hem bood. Toen hij naakt in die smoezelige motelkamer lag, voelde hij zich bevrijd van de verwachtingen die anderen van hem hadden. Toen hij voor Jasmine neerknielde, voelde Kerrigan de mantel van de roem van zijn schouders glijden. Toen hij haar met zijn mond bevredigde, was hij pervers en niet perfect, iemand met een afwijking, een misdadiger en niet langer een gevierd idool. Kerrigan wilde dat iedereen die hem ooit lof had toegezwaaid en hem aan anderen ten voorbeeld had gesteld, had kunnen zien hoe hij daar met zijn ogen dicht op die smerige lakens lag en een hoer smeekte om hem te vernederen. Ze zouden zich vol afschuw van hem afkeren, en dat zou voor hem de bevrijding betekenen van zijn roem, waarvan hij wist dat die op niets dan leugens berustte.

7

Harvey Grant, de president van de rechtbank van Multnomah County, was een man van slank postuur en normale lengte. Hij had peper-en-zoutkleurig haar, was verstokt vrijgezel en bevriend met William Kerrigan, de vader van Tim. Tims vader was een keiharde zakenman en een perfectionist, en het was Tim nooit gelukt om het hem naar de zin te maken. 'Oom' Harvey was al sinds Tims vroegste jeugd zijn vertrouwenspersoon. Toen Tim besloten had om rechten te gaan studeren, was Grant vrijwel onmiddellijk zijn mentor geworden.

Doorgaans trok de rechter weinig aandacht als hij niet in toga liep, maar nu stond hij op het punt een belangrijke hole te gaan scoren en zijn drie medespelers richtten al hun aandacht op hem. Grants putter raakte zachtjes de bal, die langzaam in de richting van de achttiende hole van de Westmont Country Golfclub begon te rollen. De putt leek geslaagd, maar op het laatste moment bleef het balletje op de rand van de hole liggen. Grant liet zijn schouders hangen en zijn partner, Tim Kerrigan, slaakte een diepe zucht. Harold Travis sloeg met zijn gebalde vuist in de lucht. Hij had de hele dag beroerd gespeeld, maar deze gemiste putt had hun redding betekend.

'Als ik het goed heb, hebben Harold en ik van elk van de heren vijf dollar tegoed,' zei Frank Jaffe tegen Grant en Kerrigan.

'Jij krijgt je geld, Frank,' mopperde Grant terwijl hij en Kerrigan bankbiljetten met het portret van Abraham Lincoln aan hun tegenstanders overhandigden, 'maar Harold zou eigenlijk geen cent moeten krijgen. Jij hebt hem de hele dag op sleeptouw genomen. Ik begrijp nog steeds niet hoe jullie bij de zeventiende hole uit die bunker zijn gekomen.'

Travis schoot in de lach en sloeg Grant op zijn rug.

'Het eerste rondje is voor mijn rekening. Uit medelijden,' zei de senator.

'Dat is het enige goede dat me sinds de eerste tee is overkomen,' antwoordde Kerrigan.

'Hij probeert je om te kopen, Tim,' bromde Grant. Hij bedoelde het niet kwaad. 'Hij wil dat je straks op hem stemt.'

'Bij welke verkiezingen?' vroeg Travis met een pesterige grijns.

De Westmont was de meest exclusieve golfclub in Portland. Het clubhuis, een groot natuurstenen bouwwerk, stond op de plaats waar in 1925 een klein gebouw was verrezen, dat in de loop der jaren, naarmate de leden van de club in aanzien stegen, steeds groter en imposanter was geworden. Toen de vier mannen over het grote, met flagstones geplaveide terras liepen, werden ze een paar keer door andere leden van de club staande gehouden. Ten slotte gingen ze aan een tafel in de schaduw van een donkergroene parasol zitten, waar Carl Rittenhouse, de administrateur van de senator, op hen zat te wachten.

'Hoe ging het?' vroeg Rittenhouse aan de senator.

'Frank heeft al het werk moeten doen. Ik sukkelde maar een beetje achter hem aan,' antwoordde Travis.

'Net zoals je bij je laatste verkiezing achter de president aan moest sukkelen,' grapte Grant. De mannen lachten.

Een serveerster kwam hun bestelling opnemen en Grant, Kerrigan en Jaffe praatten nog wat na over de wedstrijd. Ondertussen zat senator Travis met een tevreden blik voor zich uit te staren.

'Wat ben je toch stil,' zei Jaffe tegen Travis.

'Ja, sorry. Er is een probleempje met die landbouwnota. Twee senatoren dreigen dat ze mijn voorstellen gaan blokkeren als ik niet tegen de sluiting van een legerbasis stem.'

'Rechter zijn heeft zo z'n voordelen,' zei Grant. 'Als iemand het me lastig maakt, laat ik hem opsluiten wegens belediging van het Hof.'

'Ik heb duidelijk het verkeerde vak gekozen,' zei Travis. 'Maar opsluiten gaat me eigenlijk een beetje te ver. Hoewel... ik zou sommige van mijn collega's graag achter de tralies zien verdwijnen.'

'In de Senaat zitten is eigenlijk net zoiets als opgenomen zijn in een dure privé-kliniek,' viel Rittenhouse hem bij.

'Ik denk niet dat het me zou lukken om een politicus ontoerekeningsvatbaar te laten verklaren, Carl,' zei Jaffe. 'Het zijn slimme jongens. Ze zijn heus niet gek.'

'Dat klopt,' zei de rechter. 'Kijk maar eens hoe handig Harold het vandaag voor elkaar heeft gekregen dat hij samen met jou kon spelen.'

'Ik heb ergens gelezen dat niet alle psychopaten seriemoordenaars zijn,' zei Jaffe. 'Er zitten ook een heleboel succesvolle zakenlieden en politici tussen.'

'Denk je eens in wat voor voordelen het zou hebben als je in het zakenleven en de politiek geen last hoefde te hebben van je geweten,' zei Kerrigan peinzend.

'Is schuldgevoel volgens jou aangeboren of aangeleerd?' vroeg Travis.

'Aangeboren of aangeleerd,' antwoordde Jaffe schouderophalend. 'De eeuwige vraag.'

'Ik geloof dat de aanleg om schuld te ervaren een onderdeel is van Gods schepping,' zei Grant. 'Dat maakt ons juist menselijk.'

Harvey Grant was vroom katholiek. Hij en de Kerrigans gingen naar dezelfde kerk en Tim wist dat de rechter nooit een zondag oversloeg.

'Maar seriemoordenaars, beroepsmisdadigers en, zoals Frank net uitlegde, sommige politici en zakenlieden lijken niet over een geweten te beschikken. Als iedereen met een geweten wordt geboren, waar is het hunne dan gebleven?' vroeg Kerrigan.

'En als God nu eens helemaal niet bestaat?' vroeg Travis.

'Let op je woorden,' kwam Rittenhouse vol gespeelde ontsteltenis tussenbeide. 'Dat moet je niet al te hardop zeggen. Straks staat er nog een kop in de *Oregonian*: SENATOR TRAVIS TWIJFELT AAN HET BESTAAN VAN GOD. Dat is wel het laatste wat we kunnen gebruiken.'

Maar Travis was nog niet uitgepraat. 'Als God niet bestaat, wordt moreel besef een relatief begrip. Degene die de baas is, bepaalt dan de regels.'

'Daar zijn de geleerden het niet over eens, Harold,' zei Frank. 'Het feit dat de rechter die achttiende hole heeft gemist, bewijst wel degelijk dat er een god bestaat.'

Iedereen schoot in de lach. Travis stond op.

'En met deze woorden moet ik de heren helaas verlaten. Bedankt voor de wedstrijd. Het was een meer dan welkome afwisseling van het werk en campagne voeren.'

'Graag gedaan,' zei Grant tegen hem. 'Laat me even weten wanneer je er weer tussenuit kunt knijpen, dan kan ik tenminste mijn geld weer terugwinnen.'

Frank Jaffe kwam ook overeind. 'Bedankt voor de uitnodiging, Harvey. Jullie hebben hier een prachtige golfbaan.'

'Waarom word je geen lid? Ik steun je aanvraag.'

'Wacht even, Harvey. Ik ben maar een eenvoudige plattelandsadvocaat. Ik zou me geen raad weten tussen al die chic hier.'

'Heb je even een teiltje voor me, Frank? Maak dat je wegkomt voordat we het terras schoon moeten vegen,' antwoordde de rechter.

Travis, Jaffe en Rittenhouse begaven zich naar de kleedkamer met de bagagekluisjes. 'Harold was vandaag in een opperbeste stemming,' merkte Kerrigan op toen ze buiten gehoorsafstand waren.

'Waarom ook niet? Hij wordt de volgende president van de Verenigde Staten.' Grant gebaarde naar de serveerster en bestelde nog een rondje. 'En Tim, hoe gaat het ondertussen met jou?'

'Druk, druk, druk. Ik ben een beetje overwerkt.'

Grant glimlachte. 'En met Megan? Hoe gaat het met haar? Ik heb haar al een tijdje niet gezien.'

'U kunt ook zonder uitnodiging langskomen.' Kerrigan glimlachte. 'Ze vraagt de hele tijd naar u.'

'Misschien kom ik volgend weekend even langs.'

'Ze is zo bijdehand. Ik lees haar iedere avond voor. We zijn nu aan *Alice in Wonderland* bezig. Een paar dagen geleden zag ik haar in haar kamer op de vloer zitten met het boek op schoot. Ze probeerde de woorden hardop te lezen.'

'Dat heeft ze niet van een vreemde.'

Nu het gesprek over Megan ging, wilde Kerrigan het liefst naar huis. Hij vroeg zich even af of dit het goede moment was om de rechter in de steek te laten. De man woonde alleen en Kerrigan stelde zich voor dat hij bij tijd en wijle erg eenzaam moest zijn, ondanks de feesten die hij gaf en al de sociale verplichtingen die hij had. Toen dacht hij aan zijn eigen situatie. Hij was getrouwd met een lieve vrouw en had een schat van een dochter, maar toch voelde hij zich eenzaam. Misschien had de rechter het in zijn eentje nog niet zo gek. Hij had zijn werk en stond in de juridische wereld in hoog aanzien. Hij was ook een integer iemand. Kerrigan staarde over het groene terrein van de achttiende baan en vroeg zich af hoe het was om integer te zijn.

'Vanavond gaan we weer fondsen werven. Niet vergeten, het begint om half acht,' zei Carl Rittenhouse tegen zijn baas toen ze het clubgebouw verlieten.

'Bij de Schumans?'

'Precies. Ik kom u om zeven uur ophalen.'

'Tot dan.'

Rittenhouse bleef bij de ingang staan wachten tot de bediende zijn auto had gehaald. Een paar tellen later kwam een andere bediende met de Range Rover van de senator aanrijden en parkeerde de wagen bij de plek waar ze hun golftassen hadden achtergelaten. De bediende legde Travis' clubs in de achterbak van de Rover en sjokte ervandoor nadat de senator hem een ruime fooi had gegeven. Travis glimlachte en liep naar het portier aan de bestuurderskant. Alles liep uitstekend. Volgens een recente peiling van CNN lag hij, als er nu verkiezingen gehouden zouden worden, veertien procentpunten voor op de favoriete kandidaat bij de Democraten, en het geld voor zijn campagne bleef binnenstromen.

Travis werd ruw in zijn overpeinzingen gestoord door het geluid van de gierende banden van de Porsche van Jon Dupre, die vlak bij hem stopte. Dupre gooide het portier open en sprong zonder de motor uit te schakelen uit de auto.

'Lori is dood,' riep Dupre.

'Niet zo hard,' antwoordde Travis. Hij was doodsbang dat iemand het zou horen.

'Ik hou mijn mond, net zoals ik dat gedaan heb toen die aanklacht tegen me werd ingediend. Ik had je een hoop ellende kunnen bezorgen als ik de officier had verteld wat ik van je weet.'

'Dat stel ik zeer op prijs, Jon,' zei Travis. Hij wilde koste wat kost voorkomen dat Dupre hier de boel bij elkaar ging staan schreeuwen. Hij kon zich niet permitteren dat hij hier gezien werd terwijl hij ruzie stond te maken met een pooier.

'Dat zal best. En ik weet zeker dat de officier grote belangstelling heeft voor informatie over jouw relatie met een vrouw van wie ze net ontdekt hebben dat ze vermoord is. Doodgeslagen, om precies te zijn.'

'Toen Lori bij me wegging, was er niets aan de hand. Ik weet niet wat er daarna met haar gebeurd is.'

'Je weet verdomme heel goed wat er met haar gebeurd is,' zei Dupre. Hij duwde met zijn priemende wijsvinger tegen de borstkas van de senator. 'Ik zal niet moeilijk doen, Harold. Ik heb geld nodig.'

'Probeer je *mij* te chanteren?' vroeg Travis op ongelovige toon.

'Chanteren?' antwoordde Dupre met een vette grijns op zijn gezicht. 'Dat is in strijd met de wet. Dat zou ik nooit doen. Nee, Harold, ik wil dat je me helpt, net zoals ik jou heb geholpen. De politie zit me op de hielen. Ik kan op het moment niet eens de escortservice runnen. Ik heb al een groot risico genomen toen ik Lori en die andere meiden bij je kwam brengen.'

'Dit is niet de goede plaats voor een dergelijk gesprek,' antwoordde Travis woedend.

'Hier is de enige plek waar ik met je kan praten, want je belt me toch nooit terug.'

'Bel me morgen dan,' zei Travis, angstig om zich heen kijkend. 'Ik beloof je dat alles geregeld wordt.'

'Dat is je maar geraden, en haal het niet in je hoofd om Manuel of een van Pedro's andere jongens op me af te sturen.'

Dupre gaf hem een kopie van de cassette die Ally hem had gegeven toen hij Lori Andrews bij Travis kwam brengen.

'Wat is dit?'

'Een bandje waarop je maatjes alles vertellen over het smeergeld van die biotechbedrijven, dat je hebt gebruikt om de antikloonwet tegen te houden. Daar hoor je ze normaal nooit over, maar als ze gepijpt worden, praten ze ineens honderduit.'

Travis werd lijkbleek.

'Hou het maar,' zei Dupre. 'Ik heb nog meer kopieën. Ik wil dat dit snel geregeld wordt. Als jij geen belangstelling hebt voor wat er op dat bandje staat, weet ik nog wel een actualiteitenrubriek te vinden waar ze dol zijn op dit soort informatie.'

Plotseling zag Travis dat Carl Rittenhouse op hem af kwam lopen.

'Maak dat je wegkomt. Daar komt mijn medewerker.'

'Ik blijf hier heus niet rondhangen,' zei Dupre en sprong in zijn auto. Hij reed weg op het moment dat Rittenhouse de senator naderde.

'Toch geen problemen, senator?' vroeg hij terwijl hij de auto nakeek die met grote snelheid de oprijlaan afreed.

'Nee, nee, zeker niet,' antwoordde Travis. Zijn stem trilde een beetje.

'Wie was dat?' vroeg Rittenhouse.

'Laat maar, Carl. Het is niet belangrijk.'

'Echt niet?'

'Nee, het stelt niets voor.'

Het voorval liet Carl niet met rust, en nadat hij afscheid van de senator had genomen, noteerde hij het kenteken van de Porsche op de achterkant van een van zijn visitekaartjes. Ondertussen verliet senator Travis het terrein van de golfclub. Zodra hij de kans kreeg, parkeerde hij in een zijstraat en toetste een nummer in op zijn mobiele telefoon. Hij zweette heel erg. Zijn vingers beefden. Toen er aan de andere kant van de lijn werd opgenomen, zei Travis: 'We hebben een probleem.'

8

Twee jaar geleden had Amanda de verdediging op zich genomen van Alan Ellis, een bankier die door een pleegkind ten onrechte van seksueel misbruik was beschuldigd. Na verloop van tijd werd de aanklacht ingetrokken, naar in de tussentijd was de bankier zijn baan, zijn vrouw, zijn huis en het grootste deel van zijn spaargeld kwijtgeraakt. Amanda was ervan overtuigd dat haar cliënt overwoog om een eind aan zijn leven te maken, wat voor haar aanleiding was om links en rechts te informeren naar het adres van een psychiater die deskundig genoeg was om zich in het lot van de bankier te kunnen inleven.

De praktijk van Ben Dodson lag tegenover de bibliotheek, op de derde verdieping van een acht verdiepingen tellend gebouw waar verschillende medische diensten waren gevestigd. Dodson was een slanke man van tweeënveertig jaar met een gebronsd uiterlijk. Hij zag er jonger uit dan hij was. Zijn blauwe ogen leken groter achter de glazen van de omabril die hij droeg, en hij droeg zijn zwarte haar tot bijna op zijn schouders. Hij kwam overeind en glimlachte toen Amanda zijn gezellige spreekkamer binnenkwam.

'Leuk je weer eens te zien. Hoe gaat het met Alan?'

'Toen ik hem de laatste keer sprak, vertelde me hij dat hij bij een bank op Rhode Island werkt,' zei Amanda en ging zitten. 'Je hebt hem ontzettend goed geholpen.'

Dodson schudde zijn hoofd. 'Ik hoop dat ik nooit ook maar een tiende hoef mee te maken van wat die arme stakker mee heeft gemaakt. Maar goed, wat brengt jou hierheen? Heb je weer iemand met wie ik aan de slag moet?'

Amanda had lang nagedacht over wat ze tegen de psychiater zou gaan zeggen; ze had in haar appartement, op kantoor en tijdens haar wandeling naar de psychiater lopen oefenen, maar nu ze tegenover hem zat, stokten de woorden in haar keel. Dodson zag dat ze het moeilijk had. De glimlach verdween van zijn gezicht.

'Gaat het wel goed met je?'

Amanda wist niet wat ze hierop moest zeggen. Ze was geestelijk volkomen in orde en ze voelde zich meestal uitstekend. Misschien was het toch niet verstandig geweest om hierheen te komen.

'Wat een stomme vraag, hè?' zei Dodson. 'Als het goed met je ging, zou je hier niet zitten. Wil je me vertellen wat je problemen zijn?'

Het lukte Amanda nog steeds niet om Dodson recht in de ogen te kijken. 'Het is... Het is eigenlijk iets heel doms.'

'Maar wel ernstig genoeg om ermee in je lunchpauze, dwars door de stad in de regen hiernaartoe te komen lopen. Vertel het me dus maar.'

Amanda dacht aan Toby Brooks en aan haar nachtmerries en aan de herinneringen aan het voorval in de tunnel. Hier, in de spreekkamer van Dodson, leek het allemaal zo futiel. Iedereen is wel eens bang, en het feit dat zij geplaagd werd door boze dromen was alleszins verklaarbaar.

'Ik verknoei er waarschijnlijk alleen maar je tijd mee.'

'Ik heb op het moment toch niet veel te doen, dus dat geeft niet.'

Amanda voelde het bloed naar haar wangen stijgen. Sinds ze bij haar eerste rechtszaak een paar domme fouten had gemaakt, had ze zich niet meer zo gegeneerd gevoeld.

'Ik was, zowat een week geleden, bij de YMCA. Ik ga daar altijd heen voor mijn fitnesstraining. Op een gegeven moment was ik aan het zwemmen en er komt een man naar me toe. Het... het was een erg knappe man, ongeveer van mijn eigen leeftijd. Hij leek best aardig.'

Amanda's stem stokte. Dodson wachtte geduldig tot ze zichzelf weer een beetje onder controle had.

'Ik raakte in paniek. Ik was doodsbang. Ik kon geen adem meer halen.'

Ze zweeg. Ze had het idee dat ze zich belachelijk maakte.

'Is je dat wel eens eerder overkomen?' vroeg Dodson. Hij sprak op kalme toon en zonder meteen te oordelen, maar Amanda wist niet wat ze tegen hem moest zeggen.

'Heb je enig idee waarom je zo bang werd?' vroeg Dodson toen Amanda het antwoord op zijn vraag schuldig bleef. Ze begon in paniek te raken en zou het liefst de benen genomen hebben. 'Amanda?'

'Ik denk van wel.'

'Kun je daar met me over praten?' vroeg Dodson zachtjes.

'Weet je iets van wat mij vorig jaar is overkomen?'

'Ik heb de verhalen in de krant gelezen en het was ook op de tv. De chirurg die die vrouwen had gemarteld, heeft jou ook aangevallen.'

Het was erg warm en benauwd in Dodsons spreekkamer. Het deed haar weer aan de tunnel denken. Ze stond op.

'Ik moet nu gaan.'

Dodson kwam ook overeind. 'Amanda, ik wil je helpen en ik denk dat ik weet hoe ik dat het beste kan doen.'

Amanda verstijfde. 'Hoe weet je wat het beste is? Ik heb hier nooit met je over gepraat.'

'Kun je weer even gaan zitten? Kan ik er met je over praten?'

Amanda ging weer zitten. Ze voelde dat ze duizelig begon te worden.

'Ik ga een glas water voor je halen. Is dat goed?'

Amanda knikte. Dodson liep de spreekkamer uit en kwam even later terug met een glas water. Hij ging zitten en wachtte terwijl Amanda het glas half leegdronk.

'Ik heb een paar ideeën. Mag ik die aan je voorleggen?'

Amanda knikte. Ze was op haar hoede voor wat komen ging.

'Je was erg tevreden over de manier waarop ik met Alan Ellis heb gewerkt. Dat klopt toch?'

'Ja.'

'En je bent hierheen gekomen om met me te praten, omdat je je van het geval van Alan herinnerde dat ik mensen in moeilijkheden kan helpen.'

Amanda had het gevoel dat haar keel werd dichtgeknepen. Er kwamen tranen in haar ogen. Ze voelde zich zwak en belachelijk en moest de grootste moeite doen om haar kalmte te bewaren. Ze vond het niet prettig om de zwakste te zijn en de situatie niet in de hand te hebben.

'Maar je bent in de eerste plaats hierheen gekomen omdat je me vertrouwt, omdat je weet dat wat jij me vertelt en wat ik jou vertel onder ons blijft, en omdat je weet dat ik je wil helpen en dat ik alles zal doen wat ik kan om je met het probleem waarvoor je naar mij toe bent gekomen, te leren omgaan.'

Op dat moment kon Amanda zich niet langer inhouden. Ze barstte in snikken uit. Ze maakte daarbij geen geluid, maar haar hoofd ging onbeheerst op en neer. Ze duwde haar vuisten tegen haar ogen om de tranen te bedwingen, maar ze kon niet ophouden met huilen. Dodson liet haar begaan. Toen ze wat rustiger begon te worden, hield hij haar een doos met papieren zakdoekjes voor die hij op zijn bureau had staan.

'Ik wil dat je me precies vertelt wat er vorig jaar met die chirurg is voorgevallen,' zei Dodson toen Amanda een beetje was gekalmeerd.

Met haar hoofd voorover en haar blik afgewend, vertelde Amanda haar verhaal. Haar stem was volkomen emotieloos, alsof ze een film zat na te vertellen die ze een tijdje geleden had gezien. In die film werden al haar kleren van haar lijf gerukt. Ze kreeg een stuk plakband over haar mond en haar handen werden met plastic tiewraps op haar rug gebonden. Er werd een kap over haar hoofd getrokken. Vervolgens werd ze gedwongen om door een tunnel te rennen. Ze hijgde. Iemand stak haar met een scherp mes in haar achterste om haar te dwingen harder te lopen. En ondertussen vertelde de chirurg haar de hele tijd wat hij met haar van plan was. Uit zijn woorden werd ook duidelijk dat hij wilde onderzoeken waar bij een goedgetrainde atlete als Amanda de pijngrens lag. Hij wilde weten hoeveel pijn ze kon verdragen voordat ze stierf of krankzinnig werd.

'Hoe voelde je je voordat je kans zag te ontsnappen?' vroeg de psychiater.

'Ik was doodsbang,' antwoordde Amanda. In de korte tijd dat ze met Dodson had zitten praten, was ze volkomen uitgeput geraakt. Ze wilde niets liever dan op de vloer van de spreekkamer in elkaar kruipen en gaan slapen. 'Ik... ik wist zeker dat ik het er niet levend af zou brengen.'

'En hoe reageerde je daar fysiek op?'

'Hoe bedoel je?'

'Hoe was je ademhaling?'

'Ik kon amper ademhalen. Mijn mond was dichtgeplakt en ik had een kap over mijn hoofd. Op sommige momenten dacht ik dat ik bewusteloos zou raken.'

'En je hartslag?'

'Die liep ontzettend op, mijn hart ging vreselijk tekeer. Ik moest ook erg zweten.'

'Heb je sinds dat voorval, toen je eenmaal wist dat je het er veilig had afgebracht, dezelfde fysieke reacties wel vaker gehad?'

'Ja.'

'Goed. En wat voor gevoel had je na je ontsnapping?'

'Ik wist eerst helemaal niet dat ik was ontsnapt. Ik bleef maar doorrennen, want ik verwachtte dat hij me elk moment in zou halen. Pas toen de mensen van het reddingsteam me vonden, kwam er een gevoel van opluchting. Ik was ook even heel erg opgewonden.'

'Het leek er toch aanvankelijk op dat de chirurg ook kans had gezien te ontsnappen?'

Amanda knikte.

'Hoe voelde je je toen?'

'Erg bang. Ik had politiebewaking, maar bij het minste geringste geluid sprong ik overeind. Ik had de hele tijd het gevoel dat ik werd begluurd.'

'Hoe voelde je je toen je hoorde dat je kwelgeest dood was?'

'Ik was op dat moment bij mijn vader. Sean McCarthy, die de leiding had bij het onderzoek, kwam naar ons toe en heeft het ons persoonlijk verteld. Ik herinner me dat ik eerst niet eens hoorde wat hij zei. Het was net zoiets als wat wel eens in een droom gebeurt, dat er iemand vlak voor je staat en tegen je praat, maar dat je toch niet hoort wat er gezegd wordt. Ik geloof niet dat ik enige emotie toonde. Volgens mij geloofde ik het niet eens. Toen het eindelijk tot me doordrong wat Sean had gezegd, viel ik bijna flauw van opluchting.'

'Voelde je je toen ook weer veilig?'

'De eerste tijd wel.'

'Wanneer begon dat veilige gevoel te verdwijnen?'

Amanda kreeg het even benauwd toen ze zich de eerste keer dat ze een flashback had weer herinnerde.

'Neem nog wat water,' drong Dodson aan. 'Als je weer verder wilt praten, kun je me misschien vertellen wat toen de aanleiding was.'

'Het is eigenlijk te dom voor woorden.'

'Ik wil het toch weten,' zei Dodson. Hij moedigde haar met een begrijpende glimlach aan om verder te praten.

'Ik was alleen thuis. Ik zat naar de televisie te kijken, naar een of andere politieserie. Ik had de tv aangezet zonder te weten waar het over ging. Het ging over een seriemoordenaar.'

Amanda ging nerveus met haar tong langs haar lippen. Ze nam nog een slok water.

'Hij greep een vrouw op een parkeerterrein beet en sloot haar op in de laadruimte van zijn bestelbus. Ze gilde en bonkte op het achterportier. Het busje reed door het centrum van een grote stad. Niemand wist dat ze in dat busje zat. Het klamme zweet brak me uit en ik merkte dat ik in paniek begon te raken. Het was net of ik weer in die tunnel zat en voor mijn leven moest vechten.'

'Wat heb je toen gedaan?'

'Ik denk dat ik even buiten bewustzijn ben geraakt, want het volgende dat ik me herinner is dat ik op de vloer lag. Ik weet niet hoe ik daar terecht ben gekomen. Ik rende naar de badkamer en sprenkelde water op m'n gezicht. Ik haalde een paar keer diep adem. Ik was de hele avond ontzettend gespannen. Het duurde uren voor ik in slaap viel.'

'Heb je datzelfde gevoel vaker gehad?'

'Ja.' Ze vertelde Dodson over de paniekaanval die ze kort daarvoor op kantoor had gehad, toen ze bij toeval de foto's van een lijkschouwing onder ogen had gekregen. 'Ik heb ook last van nachtmerries.'

'Wat gebeurt er precies als je zo'n flashback krijgt?'

'Dan is het of ik weer in die tunnel sta. Soms kan ik zelfs het vocht ruiken en de aarde voelen. Het is een gevoel of ik... dan héb ik het gewoon niet meer.'

'Laten we nu even teruggaan naar wat er in het zwembad is gebeurd. Vertel me dat nog eens.'

Amanda vertelde Dodson hoe Toby Brooks haar had willen strikken voor het seniorenteam.

'Ik reageerde zo ontzettend stom. Het was toch doodnormaal dat hij me vroeg of ik bij het team wilde komen. Het was erg aardig. Toby leek ook erg vriendelijk. Hij wilde gewoon aardig tegen me doen. Maar ik was doodsbang.'

'Wat voelde je toen je met Toby praatte?'

'Voelen? Ik kende hem niet goed genoeg om daar iets bij te voelen.'

'Maar daarnet zei je dat je in paniek raakte toen hij tegen je begon te praten en dat je emotioneel zo van streek was dat je niet verder kon zwemmen.'

'Ja.'

'Waarom denk je dat je je zo voelde?'

'Dat weet ik niet.'

'Vertrouwde je hem?'

'Ik...' Amanda zweeg. 'Dat weet ik gewoon niet.' Ze sloeg haar ogen neer. 'Ik denk van niet,' fluisterde ze ten slotte.

'Kost het je moeite om andere mensen te vertrouwen?'

'Dat weet ik niet.'

'Denk daar eens over na. Heb je vrienden?'

Ze knikte.

'Heb je sinds het voorval veel contact met ze gehad?'

'Nee, eigenlijk niet. Ik voel me niet meer op mijn gemak als er mensen in de buurt zijn.'

Opeens kreeg Amanda ontzettend spijt van de manier waarop ze Mike Greene had behandeld.

'Er is iemand met wie ik zo nu en dan uitga. Hij is erg aardig. We zouden op de avond dat ik die foto's van de lijkschouwing had gezien, samen uitgaan. Maar toen ik die foto's zag, raakte ik in paniek. Ik was zo van streek dat ik onze afspraak helemaal vergat. Toen hij me kwam halen, heb ik... heb ik hem weggestuurd. Ik heb hem niet eens uitgelegd waarom. Ik weet zeker dat ik zijn gevoelens gekwetst heb, en dat terwijl hij altijd zo aardig voor me is.'

Amanda schaamde zich en wreef met een papieren zakdoekje in haar ogen.

'Je hebt me vandaag een heleboel verteld en het lijkt me beter om nu te stoppen. Maar voordat je gaat, wil ik nog een paar dingen tegen je zeggen. Ik wil ook dat je goed naar me luistert en nadenkt over wat ik nu ga zeggen – misschien helpt dat als je weer zo'n flashback krijgt.'

'Om te beginnen: geestelijk ben je helemaal in orde. Die reacties van je zijn niets abnormaals. Ze komen zo vaak voor dat er zelfs een naam voor is. We spreken in zo'n geval van een posttraumatische stressstoornis. Vroeger noemden ze het shellshock, omdat het tijdens de Eerste Wereldoorlog veel voorkwam bij soldaten die aan het front hadden gevochten. We hebben het ook geconstateerd bij soldaten die uit Vietnam terugkwamen. Maar oorlog is niet de enige oorzaak. Het kan ook voorkomen bij mensen die iets meemaken dat zo ingrijpend is dat ze geestelijk volkomen in de war raken. En meestal wordt het veroorzaakt door iets dat niet tot de normale dagelijkse ervaringen hoort, zoals een vliegtuigongeluk, marteling, een aardbeving of een ontvoering, kortom, alles waarbij sprake is van radeloze angst, schrik en hulpeloosheid. Het probleem lijkt zich in ernstiger mate voor te doen – en lijkt ook minder snel te genezen – als het door een persoon veroorzaakt wordt, zoals in jouw geval.

Een van de meest voorkomende symptomen van PTSS is het herbeleven van de traumatische ervaring via nachtmerries en flashbacks. Vaak ook kan de datum waarop het voorval plaatsvond een jaar later, en ook nog vele jaren daarna, gevoelens van paniek en angst oproepen. Dat kan ook gebeuren wanneer zich iets voordoet waardoor je aan het voorval wordt herinnerd, zoals een film over een seriemoordenaar, of een toevallige ontmoeting met iemand die je aan degene die de angst heeft veroorzaakt, doet denken.'

'Zoals Toby, bijvoorbeeld.'

Dodson knikte. 'Ik wil daar nu niet al te diep op ingaan, maar ik wil wel dat je inziet dat je reacties niet ongewoon waren.'

'Waarom reageerde ik dan niet zo vlak nadat het gebeurd was? Waarom duurde het een tijdje voordat ik flashbacks en nachtmerries begon te krijgen?'

'Dat is een goede vraag. In het begin, toen je nog dacht dat de chirurg nog steeds op vrije voeten was en opnieuw kon toeslaan, was alles in je erop gericht om te overleven. Je was toen veel waakzamer dan normaal en onderdrukte al je gevoelens om op eventueel gevaar te kunnen reageren. Maar op het moment dat je je veilig begon te voelen, werd je meer ontspannen en kregen je twijfels en angsten gelegenheid om naar boven te komen. Je afweermechanismen waren opeens veel minder alert. Maar toen je een prikkel kreeg, zoals bij de foto's van de lijkschouwing of je ontmoeting met Toby Brooks, maakte dat de beelden van het voorval in je wakker op een moment dat je er helemaal niet op was voorbereid en begon je je af te vragen of het weer zou kunnen gebeuren.'

'Wat moet ik doen om hiervan af te komen?' vroeg Amanda bijna fluisterend. 'Daarvoor ben ik hierheen gekomen. Ik wil dat het ophoudt. Voordien was ik gelukkig. Ik was een gelukkig iemand.' Er kwamen weer tranen in Amanda's ogen. Ze probeerde ze met een papieren zakdoekje weg te wrijven. 'Ik wil weer gelukkig kunnen zijn.'

Dodson boog zich naar haar toe. Toen hij tegen haar begon te praten, klonk zijn stem vol vertrouwen en troostend.

'Je hebt een heel sterke persoonlijkheid, Amanda. Je hebt heel wat moeten overwinnen voordat je hiernaartoe durfde komen. Ik kan je niet garanderen dat je je ooit weer net zo zult voelen als vóór die aanval, maar ik weet wel dat het anderen gelukt is om de gevolgen van een posttraumatische stressstoornis te overwinnen. Ik denk dat het op dit moment het beste is dat je gewoon doorgaat met dingen doen waar je plezier in hebt, en je omringt met mensen die je aardig vindt en kunt vertrouwen. Ik zou je ook willen aanraden om situaties, boeken of films die weer zo'n reactie kunnen oproepen, zoveel mogelijk te vermijden.'

'En mijn werk dan, Ben? Ik ben advocaat. Ik verdedig mensen bij strafzaken. Ik kom iedere dag met moord en verkrachting in aanraking. Hoe moet ik daarmee omgaan?'

'Dat is een vraag die ik op dit moment niet kan beantwoorden, maar het is wel iets waar we allebei eens goed over na moeten denken.'

Deel Twee

DE DRAAD WEER OPPAKKEN

9

Tim Kerrigan had Megan net weer een hoofdstuk uit *Alice in Wonderland* voorgelezen en was bezig haar in bed te stoppen toen hij de telefoon hoorde rinkelen.

'Nog een hoofdstuk, papa,' smeekte Megan.

'Nee, vanavond niet.'

'Waarom niet?'

'Als ik nog een hoofdstuk ga voorlezen, is het boek veel eerder uit. En als het verhaal is afgelopen, word je verdrietig omdat Alice en het Witte Konijn er niet meer zijn.'

'Maar als het boek uit is, word ik ook verdrietig.'

'Daarom kunnen we daar beter nog even mee wachten.'

'En als ze er niet meer zijn, kun je het toch nog een keer voorlezen?'

Kerrigan gaf Megan een zoen op haar neus. 'Je bent een bijdehante jongedame.'

Megan glimlachte en probeerde het complimentje meteen uit te buiten. 'Nog één hoofdstuk. Asjeblieft.'

Kerrigan stond op het punt om toe te geven toen Cindy Megans slaapkamer binnenkwam.

'Richard Curtis is aan de telefoon,' zei ze. Richard Curtis was Tims directe chef. Cindy leek geïrriteerd, zoals altijd als er door kantoor naar Tims huis werd gebeld.

'Ik neem 'm wel in de studeerkamer.'

Hij wendde zich weer tot Megan. 'Sorry, liefje.'

Kerrigan gaf Megan nog een zoen en een knuffel. Hij wenste haar welterusten en liep naar zijn studeerkamer.

'Wat is er, Dick?'

'Ik wilde je liever niet lastig vallen, maar Sean McCarthy heeft net gebeld. Hij is op de plaats van een misdrijf en ik wil dat jij die zaak onder je hoede neemt.'

'Kun je niet iemand anders inschakelen?'

'In dit geval niet. Het gaat om Harold Travis.'

'Dat méén je niet! Wat is er gebeurd?'

'Iemand heeft hem doodgeslagen.'

Tim deed zijn ogen dicht. Hij herinnerde zich hoe hij bij de golfclub afscheid van Travis had genomen.

'Dat kan ik niet doen, Dick. Ik heb hem persoonlijk gekend.'

'Dat zegt iedereen op kantoor. We hebben allemaal wel eens met hem te maken gehad.'

'Ik heb afgelopen weekend nog golf met hem gespeeld. Kun je Hammond of Penzler er niet heen sturen? Die zouden er heel wat voor over hebben om in de krant te komen.'

'Tim, luister. De dood van een senator krijgt alle aandacht in de nationale pers. Jij weet hoe je met die lui om moet gaan. Ik moet iemand hebben die niet de blits gaat staan maken als een of ander actualiteitenprogramma een microfoon onder zijn neus duwt.'

Kerrigan was even stil. Harold Travis. Wat kon er in hemelsnaam gebeurd zijn? Hij wilde liever niet geconfronteerd worden met de dood van iemand die hij goed had gekend.

'Tim?'

'Gun me even tijd om na te denken.'

'Ik heb je hulp hierbij nodig.'

Kerrigan haalde diep adem. Hij begon een licht gevoel in zijn hoofd te krijgen. Hij deed zijn ogen dicht en zuchtte.

'Oké, ik kom eraan.'

Als je Portland uit rijdt, zit je voor je het weet midden op het platteland. Toen Kerrigan een kwartier had gereden, bevond hij zich in een gebied waar geen straatlantaarns meer stonden; het enige licht was dat van de maansikkel aan de hemel. De aanklager was bang dat hij de plaats van het misdrijf ongemerkt voorbij zou rijden, maar aan het begin van de zijweg stond een politieauto om mensen die er niets te zoeken hadden op een afstand te houden. Hij zwaaide met zijn legitimatie en draaide een smalle oprijlaan op.

Tim reed een paar honderd meter over de hobbelige, onverharde weg. Toen hij de stad uit reed, had hij de autoradio aangezet, in de hoop dat de keiharde rockmuziek hem een beetje zou afleiden. Hij wilde niet de hele tijd denken aan wat hem te wachten stond. Toen hij hier en daar door de bomen het schijnsel van elektrisch licht gewaar werd, zette hij de radio uit. Voorbij een bocht in de onverharde weg zag de aanklager een aantal verschillende politievoertuigen, die voor een klein vakantiehuis stonden geparkeerd. Het leek of alle lampen in het huisje brandden. Het licht viel door de ramen op het gazon tot net voorbij Kerrigans auto.

Het huisje was zo klein dat het alleen geschikt leek voor een alleenstaande of een echtpaar zonder kinderen. Tim bleef een paar minuten in het donker staan. Hij was zich er volledig van bewust dat hij het onvermijdelijke alleen maar probeerde uit te stellen. Ten slotte stak hij het gazon over en liep naar het huis. Hij voelde zich een beetje misselijk en gedesoriënteerd, net als een nabestaande die op het punt staat een rouwkamer te betreden.

Achter de voordeur bevond zich een betegelde vestibule. Vlak voor zich zag hij twee hoge krukken staan, die een afscheiding vormden tussen de vestibule en het keukentje. Links zag Tim een woonkamer, waar het krioelde van de politiefunctionarissen en forensische specialisten, van wie er een met Sean McCarthy stond te praten. De rechercheur, die bij de afdeling moordzaken werkte, had de albasten huid van iemand die zelden buiten komt; zijn rode haar vertoonde grijze sporen. Tim had al eerder met McCarthy samengewerkt bij een aantal moordzaken en hij kon zich niet herinneren dat de broodmagere rechercheur er ooit anders dan doodmoe had uitgezien. McCarthy zag Kerrigan en gebaarde naar hem dat hij even moest wachten tot hij klaar was.

Tim stond naast een muurtje dat de woonkamer van de keuken scheidde. Het muurtje liep door tot aan de plek waar de tegels van de vestibule en het tapijt in de woonkamer samenkwamen. Het flitslicht van een camera deed hem zijn aandacht richten op de ruimte boven de woonkamer. Kerrigan had de onderkant van de geboende houten trap gezien toen hij in de keuken rondkeek. Hij vermoedde dat de slaapkamer zich vlak onder het spits toelopende dak moest bevinden. Toen hij omlaag keek, zag hij dat er een bloedspoor van de trap naar de keuken en over het tapijt in de woonkamer liep. Het bloedspoor was aan weerszijden met politieband afgezet, zodat niemand er per ongeluk op zou gaan staan. Het eind van het spoor werd aan het oog onttrokken door een groepje mensen die in de verste hoek van de woonkamer bezig waren.

'Ik weet dat je niet tegen bloed kunt. Bereid je maar op het ergste voor,' was het eerste dat McCarthy tegen Kerrigan zei toen hij naar hem toe kwam lopen. 'Het is geen prettig gezicht.'

Tim had het gevoel dat zijn maag omdraaide.

'Ben je er klaar voor?' vroeg McCarthy. Het was hem opgevallen dat de aanklager lijkbleek zag.

'Ja, ja. Het gaat wel, denk ik.'

Kerrigan kon het lijk niet zien, omdat er een fotograaf voor hem stond. Toen de fotograaf klaar was met het maken van foto's van Travis en de directe omgeving, stapte hij opzij. Kerrigan kneep zijn ogen stijf dicht en deed ze langzaam weer open om het tafereel stukje bij beetje op zich te laten inwerken. De senator lag met gespreide armen en benen als een lappenpop op de vloer. Zijn armen en benen lagen in vreemde hoeken ten opzichte van zijn lichaam en zijn hoofd lag in een onnatuurlijke houding op het tapijt. Hij was gekleed in een spijkerbroek en een t-shirt, maar had geen schoenen en sokken aan. Zijn voeten waren een bloederige massa. Iemand had iedere teen, en ook de voeten zelf, tot pulp geslagen. Ook de schenen en knieschijven van Travis waren kapot. Kerrigan vermoedde dat degene die Travis had vermoord het lichaam met een zwaar voorwerp van onder naar boven had bewerkt. Waarschijnlijk had hij het hoofd van de senator als laatste in elkaar geslagen. Van Travis' voorhoofd, neus, mond en kin was niet veel meer over dan een tot moes geslagen, bloederig geheel.

Kerrigan wilde niets liever dan zo gauw mogelijk deze kamer verlaten. McCarthy zag dat hij stond te wankelen en leidde hem naar buiten. De aanklager liep naar de achterkant van het huis, waar een steile helling in de duisternis verdween. Vanuit de diepte kwam een kille wind opzetten. Kerrigan richtte al zijn aandacht op een eenzame, met een snoer van lampen verlichte boot, die zich langzaam voortbewoog over het zwarte lint dat het dal in tweeën deelde. Het vaartuig voer landinwaarts over de Columbia-rivier in de richting van de haven van Portland.

'Heeft iemand Harolds vrouw op de hoogte gebracht?' vroeg Tim zodra hij weer normaal kon ademhalen.

'Ze vliegt op dit moment terug van een medisch congres in Seattle.'

'Dit is godverdomme afschuwelijk,' zei Kerrigan.

McCarthy wist dat de aanklager geen antwoord van hem verwachtte.

'Hebben we het moordwapen al gevonden?'

'Nee, maar volgens mij is het een honkbalknuppel of iets dergelijks.'

'Het leek of hij...' Kerrigan schudde zijn hoofd en maakte zijn zin niet af.

'Dick belde terwijl je onderweg hierheen was. Hij zei dat jij hem persoonlijk hebt gekend.'

'Ja. Ik heb het afgelopen weekend nog met hem gegolfd.'

'Kun je je iemand voorstellen die hem zo vreselijk haatte dat hij hem zo heeft toegetakeld?'

'Zo goed kende ik hem ook weer niet. Misschien kun je beter Carl Rittenhouse bellen, zijn administrateur. Misschien weet die meer.'

'Heb je zijn nummer?'

'Nee, maar rechter Grant kent Rittenhouse. Hij heeft Travis trouwens ook goed gekend. In de zomervakantie voor het laatste jaar van zijn rechtenstudie heeft Travis stage bij hem gelopen.'

Er kwam een man in een donkerblauw windjack naar McCarthy en Kerrigan toelopen. De man wees met zijn duim over zijn schouder naar de voorkant van het huis.

'We hebben bezoek. Het is iemand van een organisatie waarvan het hoofdkwartier gevestigd is in Washington DC,' zei Alex DeVore, een collega van McCarthy.

'Ik begon me al af te vragen hoe lang het zou duren voor de FBI opdook. Is het iemand die we kennen?'

'Hij heet J.D. Hunter. Ik heb hem nog nooit eerder gezien.'

'Tim?' vroeg McCarthy.

De aanklager schudde ontkennend zijn hoofd.

'Laten we onze gast gaan begroeten.'

McCarthy liep voorop. Ze liepen terug naar de vestibule, waar een atletisch gebouwde man stond te kijken naar wat er in de woonkamer gebeurde.

'Agent Hunter?'

De man draaide zich om. Hij droeg een bril met een hoornen montuur op zijn kleine, brede neus en hij had een opvallend donkere, bijna zwarte huid. McCarthy stelde zichzelf en de openbare aanklager voor.

'Je komt niet hier uit de buurt, als ik het goed begrijp,' zei Tim.

'Toen Washington hoorde dat het slachtoffer een senator was, stonden ze erop dat er iemand van het hoofdkwartier werd ingeschakeld.' Hij haalde zijn schouders op. 'Politiek. Maar goed, ik zou het op prijs stellen als jullie me het een en ander konden vertellen.'

'Natuurlijk,' zei McCarthy, 'maar we weten zelf ook nog niet echt veel. Er is een schoonmaakbedrijf dat hier de boel onderhoudt. Iemand had gevraagd of ze hier aan het eind van de middag langs konden komen. Een van de werksters heeft het lichaam omstreeks vijf uur gevonden en het alarmnummer gebeld.'

'Woonde de senator hier?' vroeg Hunter.

'Nee,' antwoordde Tim. 'Hij heeft een huis in Dunthorpe.'

'Van wie is dit huis dan?'

'Daar zijn we nog niet achter. Het onderhoud loopt via een makelaars-kantoor, maar die zijn nu natuurlijk dicht. We kunnen er dus pas morgen achter komen wie de eigenaar is.'

'En hebben jullie in het huis niets kunnen vinden waaruit je dat kunt afleiden?' drong Hunter aan.

McCarthy schudde zijn hoofd. 'Misschien kan de technische recherche ons wat aanwijzingen verschaffen als ze de vingerafdrukken en de bloed-sporen hebben onderzocht. Maar de laden in de slaapkamer waren leeg en er hingen ook geen rekeningen of briefjes op het prikbord in de keu-ken. We hebben wel sterke drank en cocaïne in een kast in de woonkamer gevonden...'

'Cocaïne!' zei Kerrigan.

'We hebben de verpakking meteen onderzocht op vingerafdrukken. Zo gauw we daarvan de uitslag hebben, weten we wie er aan heeft geze-ten.'

'Ik hoop maar dat het Harold niet is geweest,' mompelde Kerrigan te-gen niemand in het bijzonder.

'Hebben jullie nog meer ontdekt?' vroeg Hunter.

'Ja. Het lichaam van Travis werd aangetroffen in de woonkamer, maar er loopt een bloedspoor vanaf de zolder naar beneden. We gaan ervan uit dat de moordenaar hem in de slaapkamer heeft verrast en hem de trap af heeft gejaagd. Een van de technische jongens heeft onder het bed een oorringetje gevonden. Het is van zuiver goud en heeft de vorm van een kruis. Travis draagt geen oorringetjes. We hopen dat de moordenaar ze wel draagt.'

'Dat zou een duidelijke aanwijzing kunnen zijn,' zei Hunter.

'Hoe duidelijker hoe beter, zeg ik altijd maar,' merkte DeVore glimla-chend op.

'Ik wil graag even het lichaam zien, als dat kan,' zei Hunter tegen Mc-Carthy.

'Natuurlijk.'

Terwijl hij de FBI-agent naar het andere eind van de kamer zag lopen, besefte Kerrigan dat hem iets dwars zat. Het was echter niet iets voor de hand liggends, en hij kwam er niet achter wat het zou kunnen zijn.

Toen Tim weer thuis kwam, zat Cindy op hem te wachten.

'Ik hoorde je aan komen rijden,' zei ze en hield hem een glas whisky voor. De ijsblokjes tikten tegen de rand van het glas. Het klonk alsof er ergens belletjes rinkelden. 'Ik dacht dat je hier wel behoefte aan zou hebben.'

Tim pakte het glas aan. Hij was haar dankbaar voor dit vriendelijke gebaar.

'Was het erg?'

'Dit was de eerste keer dat het slachtoffer iemand was die ik persoonlijk heb gekend. Het had allemaal iets onwerkelijks. We hebben een paar dagen geleden nog golf gespeeld,' zei hij. Hij had de hele avond die laatste zin steeds weer herhaald, alsof het niet mogelijk was dat iemand die hij een paar dagen geleden nog gezien had, zo opeens was gestorven.

Tim dronk zijn whisky op en zette het glas op tafel.

'Weet Deborah het al?' vroeg Cindy.

'Ze was in Seattle. Ze heeft het eerste vliegtuig terug genomen.'

'Wat vreselijk voor haar. Ik kan het me haast niet voorstellen.'

'Ik zal morgen met haar moeten praten,' zei hij. 'Dat is niet iets waar ik me op verheug.'

Cindy aarzelde even, maar trok hem toen naar zich toe en sloeg haar armen om hem heen. Hij probeerde heel even weerstand te bieden, maar omhelsde haar toen ook. Cindy liet haar hoofd op zijn borst rusten. Tijdens zijn afwezigheid had ze een douche genomen. Haar haar rook naar lentebloemen. Cindy keek op. Ze vroeg hem met haar ogen en de manier waarop ze hem tegen zich aan drukte of hij zin had om met haar te vrijen. Het leek een eeuwigheid geleden. Hij merkte dat Cindy gespannen was; kennelijk bereidde ze zich voor op de zoveelste afwijzing. Tim wist dat ze het heel erg zou vinden als hij nu weigerde. Maar tegelijkertijd besefte hij ook dat hij niet wílde weigeren, dat hij er vreselijk naar verlangde dat iemand hem beethield en hem troostte. Hij zoende Cindy op haar voorhoofd. Hij voelde dat ze zich ontspande en gaf haar nog een zoen. Hij voelde het bloed naar zijn onderlichaam stromen. Cindy pakte zijn hand stevig beet. Ze liepen samen naar de slaapkamer.

10

Dunthorpe was een exclusieve woonwijk met riante huizen, waarvan de meeste een eind van de weg op grote, lommerrijke percelen waren gelegen. De rust werd er zelden verstoord, maar op de ochtend na de moord op Harold Travis moest Sean McCarthy langzaam langs de verslaggevers, de nieuwsgierige toeschouwers en de her en der geparkeerde wagens van de televisieomroepen rijden die de smalle straat voor het huis van de senator blokkeerden. Het huis was gebouwd in Tudorstijl. Door een hoge heg was het huis vanaf de straatkant niet te zien.

McCarthy zwaaide met zijn legitimatie naar de politieagent bij de versperring aan het eind van de oprijlaan. De agent trok de houten bok, die als wegversperring dienst deed, opzij en gebaarde dat McCarthy en Kerrigan door konden rijden. Een dienstmeisje deed open, en Kerrigan en de rechercheur liepen een vestibule binnen, waarvan de muren met hout betimmerd waren. Een kristallen kroonluchter hing boven een glimmend geboende hardhouten vloer, die grotendeels schuilging onder een Perzisch tapijt.

Carl Rittenhouse kwam aangesneld en greep Tims hand op het moment dat de aanklager over de drempel stapte. Rittenhouse was een man met een enigszins opgeblazen postuur en dunner wordend grijs haar, dat inderhaast gekamd leek te zijn. Zijn grote ogen gingen schuil achter een bril met een schildpadmontuur.

'Vreselijk wat er is gebeurd, Tim. Verdomd vreselijk.'

'Hoe is Deborah eraantoe?'

'Ze houdt zich een stuk beter dan ik. Ze is daar.' Rittenhouse wees in de richting van de woonkamer. 'Ze houdt zich flink. Ze probeert niets te laten merken, maar ik denk dat ze instort op het moment dat iedereen weg is en ze zichzelf geen houding meer hoeft te geven.'

Het was duidelijk dat de administrateur zich het gebeurde heel erg aantrok. Kerrigan stelde McCarthy aan hem voor. 'Luister even, Carl. Voordat we met Deborah gaan praten, moeten we eerst even een paar dingen met jou bespreken. Het is beter dat zij daar niet bij is. Kunnen we ergens rustig praten?'

Rittenhouse ging hen voor door een smalle gang waarvan de wanden waren versierd met exquise pentekeningen van Parijse boulevards. Hij nam hen mee naar een studeerkamer. Twee van de muren gingen schuil achter enorme boekenkasten. Het grootste deel van de muur tegenover de deur werd in beslag genomen door een raam. De grijze hemel buiten had iets bedreigends.

'Heb je enig idee wie hem vermoord heeft?' vroeg Tim.

'Nee.'

'Hij zou genomineerd worden als kandidaat voor het presidentschap. Als je zo hoog geklommen bent, heb je onderweg vast wel een paar vijanden gemaakt. Dat kan haast niet anders.'

'Ja, dat zal wel, maar ik kan me niet indenken dat iemand hem zo vreselijk haatte dat hij hem heeft doodgeslagen.'

'Even over het huis waar Harold vermoord is. Wie is de eigenaar?' vroeg McCarthy.

Rittenhouse verschoot van kleur.

'Als je daar iets over weet, moet je het me vertellen.'

'Hij was zelf de eigenaar. Ik weet niet of Deborah daarvan op de hoogte is.'

'Waarom niet?' vroeg Tim.

Rittenhouse maakte een gekwelde indruk. 'Tim, schiet op. Ik hoef het je toch niet allemaal voor te kauwen? Je weet net zo goed als ik dat Harold er vriendinnetjes op nahield.'

'Weet je waarom hij daar gisteren naar toe was gegaan?' vroeg McCarthy.

'Misschien wel. De laatste keer dat Harold bij de Westmont was, heeft hij op het parkeerterrein met iemand ruzie staan maken.'

Rittenhouse vertelde hun wat er na afloop van het partijtje golf was gebeurd.

'Kende je de man met wie Harold ruzie had?' vroeg McCarthy toen Carl was uitgepraat.

'Nee, maar ik heb hem goed kunnen zien. Als ik hem tegenkwam, zou ik hem meteen herkennen.'

'Heel goed,' zei Tim.

'En ik heb ook het nummerbord van zijn auto genoteerd.'

Rittenhouse haalde zijn portefeuille te voorschijn en liet hun zien wat hij op de achterkant van een van zijn visitekaartjes had geschreven.

'Waarom is hij naar zijn vakantiehuisje gereden? Wat heeft die ruzie bij de Westmont daar volgens jou mee te maken?' vroeg Kerrigan terwijl McCarthy de telefoon op Travis' bureau pakte om het kenteken op te vragen.

'We hebben twee dagen geleden hier met een man of wat vergaderd om het beleid voor Harolds campagne uit te stippelen. Dat deden we wel vaker sinds Whipple zich heeft teruggetrokken. We waren allemaal erg opgewonden omdat de senator een goede kans maakte om...'

Rittenhouse zweeg. 'Verdomme...' Hij beet op zijn onderlip en probeerde zijn tranen in bedwang te houden.

'Wil je een slokje water?'

Rittenhouse schudde zijn hoofd. 'Nee, dank je. Het gaat wel weer.'

Rittenhouse wachtte tot hij zijn emoties weer onder controle had. 'De vergadering duurde tot een uur of half negen, korter dan we gepland hadden, omdat Harold zei dat hij last van hoofdpijn had. Hij vroeg me om zijn afspraken voor de volgende ochtend te annuleren. Hij zei dat hij doodop was en dat hij even wat tijd voor zichzelf wilde. Nadat Harold iedereen de deur uitgewerkt had, vroeg ik hem weer over die kerel bij de golfclub, omdat ik me daar toch wel zorgen over maakte. Harold reageerde erg vreemd. Hij was ineens heel vrolijk, alsof hij zich helemaal geen zorgen maakte over wat er bij de golfclub was gebeurd. Hij zei tegen me dat ik dat hele voorval maar moest vergeten. Hij zei ook dat een zekere Jon het die avond allemaal goed zou komen maken. Het leek of hij ineens vergeten was dat hij geklaagd had over hoofdpijn.'

'Was die hoofdpijn volgens jou een smoes om iedereen de deur uit te krijgen?'

'Daar heb ik inderdaad aan lopen denken.'

'En denk je dat hij later die dag een afspraak had met die kerel met wie hij ruzie stond te maken?'

'Ik heb je alles verteld wat ik weet.'

Kerrigan stond op het punt om nog een vraag te stellen toen McCarthy tussenbeide kwam. 'Het kenteken staat op naam van Jon Dupre, 10346 Hawthorne Terrace in Portland.'

Kerrigan kon zijn verbazing niet onderdrukken. 'Kun je me de man die met de senator stond te ruziën nog een keer beschrijven?'

'Hij was jong, achter in de twintig of zo, en nogal knap.'

'Hoe lang was hij ongeveer?'

'Langer dan Harold, ik schat zo'n een meter tachtig.'

'En zijn haar?'

'Eh... donkerblond, als ik me goed herinner.'

'Droeg hij sieraden?'

Rittenhouse dacht even diep na. Toen leek het of hem iets te binnen schoot. 'Volgens mij droeg hij een oorringetje.'

'Kun je dat oorringetje beschrijven?' vroeg Kerrigan. Hij moest de grootste moeite doen om zijn opwinding te verbergen.

'Eh... het was een... ja, het had de vorm van een kruisje. Een gouden kruisje.'

Kerrigan herinnerde zich opeens weer de hoorzitting in de zaak-Dupre. Hij herinnerde zich hoe de beklaagde door het gangpad naar de beklaagdenbank was komen lopen, en daarbij arrogantie uitstraalde op dezelfde manier als zijn sieraden licht leken te verspreiden. Een van die sieraden was een oorringetje geweest, in de vorm van een kruis.

'Sean, bel Stan Gregaros even en zeg dat hij een serie opsporingsfoto's moet samenstellen met eentje van Jon Dupre ertussen. Zeg dat hij moet zorgen dat die foto's met spoed hierheen komen. Vraag maar of hij er een mooi rijtje van maakt. Misschien kunnen we er een prijs mee winnen.'

'Wie is die kerel, Tim?' vroeg Rittenhouse.

'Jon Dupre runt een chique escortservice, die eigenlijk meer een dekmantel is voor een callgirlorganisatie. We hadden een aanklacht die gebaseerd was op een getuigenverklaring van een van zijn meisjes, maar die hebben we in moeten trekken omdat iemand haar heeft doodgeslagen.'

Rittenhouse werd lijkbleek. 'Net als de senator,' zei hij.

'Ja,' herhaalde Tim, 'net als de senator.'

Toen Kerrigan en McCarthy de woonkamer binnenliepen, zat dr. Deborah Cable daar op de sofa. Ze was omringd door een aantal vrienden. De gesprekken verstomden en de mensen die om Deborah heen stonden, staarden de rechercheur en de aanklager aan. Deborah ging staan. Tim liep op haar toe en omhelsde haar. Zij was een stevig gebouwde vrouw met grijzend, donkerblond haar. Bij andere gelegenheden blaakte ze altijd van zelfvertrouwen en energie, maar nu zag ze er uitgeput en radeloos uit.

'Ik wilde dit onderzoek eigenlijk liever niet doen,' zei Tim nadat hij Sean McCarthy had voorgesteld.

'Ik wilde liever dat dit allemaal niet gebeurd was,' antwoordde ze.

'Kunnen we even onder vier ogen met je praten?' vroeg Tim, nadat hij een blik had geworpen op de mensen die gekomen waren om haar te troosten. Deborah zei op rustige toon iets tegen de mensen om haar heen. Enkelen omhelsden haar en sommigen gaven haar een hand voordat ze de woonkamer verlieten.

'Wanneer ben je teruggekomen?' vroeg Tim toen iedereen vertrokken was.

'Er ging om middernacht een vliegtuig. Carl heeft me op het vliegveld opgehaald. Goddank was de pers niet op de hoogte, anders was het daar ook een gekkenhuis geweest.'

Deborah ging weer op de sofa zitten. Tim en de rechercheur van de afdeling moordzaken namen tegenover haar plaats.

'Kun je me vertellen hoe Harold gestorven is?' was het eerste dat ze vroeg toen de mannen waren gaan zitten.

Kerrigan aarzelde.

'Ik ben arts, Tim, ik werk als hersenchirurg. Ik kan heus wel tegen gruwelijke details.'

Deborah ging recht overeind zitten. Ze vouwde haar handen in haar schoot, als een schoolmeisje. Ze bleef doodstil zitten toen Kerrigan vertelde wat hij in het vakantiehuisje had gezien, maar hij zag dat ze haar handen samenkneep.

'Als we de dader te pakken willen krijgen, moet ik je nu eerst een paar vervelende vragen stellen.'

'Je hoeft niet zo omslachtig tegen me te doen.'

'Oké. Kun je je voorstellen dat er iemand was die Harold zo haatte dat hij hem op zo'n beestachtige manier heeft vermoord?'

'Nee, maar er waren een heleboel dingen in Harolds leven waar ik niets van af wist.' Dr. Cable liet haar grote bruine ogen op Kerrigan rusten. 'Ik heb hier m'n werk en Harold zat het grootste deel van de tijd in Washington. Dat hield in dat we elkaar niet vaak zagen. De laatste paar jaar was dat met opzet zo.'

'Jammer.'

Deborah glimlachte vermoeid. 'Dat hoef je niet jammer te vinden. Ik vond het zelf prima zo. Ons huwelijk was vanaf het begin al een vergissing, maar we hadden het allebei zo druk met medicijnen en rechten studeren en met onze carrière dat we elkaar te weinig zagen om daar erg in te hebben. Toen ik ten slotte eens goed ging nadenken over ons huwelijk, drong het tot me door dat ik Harold eigenlijk helemaal niet kende.' Ze sloeg even haar ogen neer. Toen ze weer opkeek, viel het Tim op dat ze een hooghartige blik in haar ogen had. 'Ik kwam er ook achter dat hij me bedroog als hij de kans kreeg. Waarschijnlijk deed hij dat al vanaf het begin.'

'Waarom ben je niet bij hem weggegaan?'

'Geen idee. Misschien door gebrek aan wilskracht. Ik had het trouwens veel te druk om aan een scheiding te denken. Dat zou Harolds carrière hebben geschaad, en dat wilde ik ook niet. Ik had geen hekel aan hem. We kenden elkaar alleen niet goed genoeg om diepe gevoelens voor elkaar te koesteren.'

'Kun je iets bedenken dat voor ons van belang zou kunnen zijn bij het zoeken naar de dader?'

'Het spijt me, Tim. Ik kan je geen naam noemen. Ik kende zijn vriendinnetjes helemaal niet. Ik weet wel dat hij de afgelopen week erg opgewonden was. Ik vroeg hem nog of er iets was wat hem dwars zat, maar hij reageerde ontwijkend. Ik hield het er maar op dat het kwam door alle heisa rond de nominatie.'

'Denk je dat iemand hem bedreigd had?'

'Daar heeft hij het nooit met zoveel woorden met me over gehad, maar we gingen de laatste tijd ook niet erg vertrouwelijk met elkaar om. Als senator kon Harold trouwens een beroep doen op uitgebreide veiligheidsmaatregelen. Als iemand hem bedreigd had, zou hij de FBI hebben ingeschakeld.

'U heeft dus geen idee waarom Harold zo opgewonden was?' vroeg McCarthy.

'Nee.'

'Wist u dat Harold de eigenaar was van het vakantiehuisje waar hij vermoord is?' ging de rechercheur verder.

Deborah verschoot van kleur, maar haar stem was kalm toen ze hun vertelde dat ze niets over het huisje wist.

'Heb je Harold wel eens de naam Jon Dupre horen noemen?' vroeg Tim.

'Heeft hij hier mee te maken?'

'Ken je hem?'

'Niet persoonlijk, maar zijn ouders zijn lid van de Westmont; Clara en Paul Dupre.'

Tim fronste zijn voorhoofd. 'Ik geloof niet dat ik die ken.'

'Daar sta ik niet van te kijken. Ik ken ze ook niet. We zeggen elkaar alleen gedag. Ze zijn veel ouder dan Harold en ik. Ze hebben Jon pas op latere leeftijd gekregen.'

'Kende Harold Jon?'

'Ik weet zeker dat hij wist wie Jon was, maar ik heb ze nooit samen gezien.'

'Heb jij nog vragen, Sean?' vroeg Tim.

'Nee, ik niet.'

'Dan gaan we ervandoor. Als je nog iets te binnen schiet, of als je alleen maar wilt praten, bel me dan gerust.'

Sean McCarthy liep achter Tim aan de woonkamer uit. Deborah's vrienden schaarden zich weer om haar heen. Carl Rittenhouse kwam op Tim toelopen. Hij stond op het punt hem een vraag te stellen.

'Kom mee naar buiten,' zei Tim. 'Ik heb behoefte aan frisse lucht.'

De winter naderde met rasse schreden, en een gure wind blies goudkleurige en rode herfstbladeren over het gazon. Tim droeg een kostuum zonder overjas en hij kreeg het nu koud, maar na de benauwende sfeer in het huis van Travis vond hij de wind verkoelend.

'Heeft Deborah je kunnen helpen?' vroeg Carl.

Kerrigan wilde net antwoord geven toen er een auto door de afrastering werd gelaten. Stan Gregaros stapte uit en liep het laatste stukje van de oprijlaan af. Door zijn dikke benen had hij iets van een Grieks-Romeinse worstelaar. Toen hij Kerrigan en McCarthy zag, wuifde hij naar hen met een vlezige hand, waarin hij een bruine enveloppe hield.

'Ik heb de foto's,' zei hij tegen Kerrigan.

'Carl, laten we ergens naar toe gaan waar het rustig is,' zei Kerrigan.

11

Het strakgebouwde, moderne huis van Jon Dupre lag op de helling van een steile heuvel en werd door bebossing van de huizen ernaast gescheiden. Het bood een weids uitzicht op de glooiende heuvels en in de verte kon je de lage bergen langs de kust zien liggen. De voorgevel was versierd met donkerbruin stucwerk, maar aan de achterkant bestond de gevel voornamelijk uit glas, zodat het spectaculaire uitzicht zo weinig mogelijk werd belemmerd.

Sean McCarthy reed in een gewone auto. Achter hem reden twee politieauto's. De drie wagens stopten voor het huis en McCarthy en Stan Gregaros liepen naar de voordeur, op de voet gevolgd door een aantal agenten. Gregaros grijnsde en maakte zijn jasje los, zodat zijn revolver zichtbaar werd.

'Jon zal niet blij zijn als hij me ziet,' zei hij tegen McCarthy. Vervolgens belde hij drie keer aan. Toen de deur openging, zwaaide Gregaros met zijn legitimatie naar een in bikini geklede blondine. Toen ze de rechercheur herkende, wierp ze hem een nijdige blik toe.

'Is de heer des huizes aanwezig?' vroeg Gregaros.

'Krijg de tering, Stanley.'

Ze wilde de deur dichtdoen, maar Gregaros stak zijn voet ertussen.

'Doe toch niet zo onaardig tegen me, Muriel.'

De blondine draaide zich om en liep zonder een woord te zeggen bij de rechercheur vandaan.

'Lekker ding,' zei Gregaros tegen McCarthy. Hij zei het zo hard dat de blondine het kon horen. 'Haar echte naam is Muriel Nussbaum, maar als ze werkt heet ze Sapphire. Die pijpenkrullen heeft ze niet van zichzelf, maar verder is ze een natuurtalent in alles wat met pijpen te maken heeft.'

Muriel keurde Gregaros geen blik waardig toen ze de mannen voorging over het hoogpolige tapijt dat de vloer van de woonkamer bedekte. De kamer was opvallend hoog. Ze deed een stap opzij toen ze bij een glazen schuifdeur kwam, die toegang gaf tot een ruimte met een grote houten vloer. Gregaros liep langs haar heen. Dupre zat in gezelschap van een wezenloos voor zich uit kijkende brunette, tot borsthoogte in een warm bubbelbad. Zodra hij Gregaros zag, verscheen er een blik vol intense haat in de ogen van de niet onknappe pooier. Op een laag, glazen tafeltje lag een mobiele telefoon. Dupre kwam overeind uit het bad, greep het mobieltje en drukte een van de sneltoetsen in. Zijn blik bleef op Gregaros gericht toen deze over de houten vloer op hem af kwam.

McCarthy keek aandachtig naar Dupre. De pooier had het slanke, gespierde lichaam van iemand die regelmatig aan fitnesstraining doet. Zijn korte haar was goed geknipt. McCarthy wist zeker dat Dupre zijn nagels had laten manicuren. Vervolgens richtte hij zijn blik op Dupre's oorlel en zag dat hij daarin een diamanten sierknoopje droeg.

'De klootzak is er. Hij staat hier bij mij in huis,' hoorde McCarthy Dupre in de telefoon zeggen. De stem van de pooier verried dat hij zijn uiterste best deed om zijn woede te beheersen. Toen Gregaros op armlengte bij hem vandaan stond, duwde Dupre hem de telefoon onder zijn neus.

'Mijn advocaat wil met je spreken.'

'Maar natuurlijk,' antwoordde Gregaros met een beleefde glimlach.

Dupre gaf Gregaros de telefoon. De rechercheur liet het toestel uit zijn vingers vallen.

'O jee,' zei hij toen hij het mobieltje naar de bodem van het bubbelbad zag zinken. 'Wat dom van me. En ik had nog wel zo graag met meneer Baron willen praten.'

'Krijg de tyfus, Gregaros,' antwoordde Dupre grommend. De spieren in zijn lichaam spanden zich.

'Je staat onder arrest, Jonny,' zei Gregaros opeens op zakelijke toon tegen Dupre.

'Waarvoor?' vroeg Dupre op strijdlustige toon.

'Voor de moord op senator Harold Travis, klootzak.'

McCarthy dacht even dat dit voor Dupre werkelijk als een schok kwam, maar hij had in het verleden doortrapte misdadigers meegemaakt die iedere menselijke emotie feilloos wisten voor te wenden.

'Ik heb Travis niet vermoord,' protesteerde Dupre.

'En je hebt zeker ook geen ruzie met hem gemaakt toen je bij hem op de golfclub was?'

Dupre wilde iets zeggen, maar bedacht zich. Gregaros pakte hem ruw bij een schouder en draaide hem om zodat een van de geüniformeerde agenten hem een paar handboeien om kon doen. Dupre was alleen gekleed in een laag uitgesneden zwembroekje.

'Ik ga zo niet met jullie mee. Ik wil me eerst aankleden.'

'Ben je soms bang dat iemand je in de arrestantencel in je reet gaat neuken? Gek, maar als iemand dat met een van die meiden van je doet, heb je daar nooit problemen mee. Misschien is het wel goed dat je er zelf eens achter komt hoe dat voelt.'

Gregaros probeerde Dupre uit zijn tent te lokken, maar McCarthy kwam tussenbeide toen hij zag dat Dupre zich gereed maakte om hem aan te vallen.

'Ik denk dat we meneer Dupre even de gelegenheid moeten geven om zijn kleren aan te trekken, Stan,' zei hij, terwijl hij tussen de rechercheur en Dupre in ging staan. Gregaros werd rood van woede, maar hield zijn mond.

'Neem meneer Dupre mee naar binnen en laat hem zich aankleden,' gaf McCarthy een van de agenten opdracht. 'Blijf goed op hem letten en doe hem handboeien om als hij klaar is.'

Zodra de agent Dupre naar binnen had geduwd, draaide Gregaros zich om en keek Sean aan. 'Dat moet je nooit meer doen,' zei hij.

'Ik weet dat je Dupre het liefst in elkaar zou timmeren,' antwoordde McCarthy op kalme toon, 'maar ik wil niet dat Oscar Baron nog meer troeven in handen krijgt. Dat je die telefoon in het water hebt laten vallen, is voorlopig wel genoeg.'

'Nou moet jij eens even luisteren...'

'Nee, Stan, jij moet naar *mij* luisteren,' onderbrak McCarthy hem. Zijn stem klonk opeens ongewoon hard. 'Ik heb hier de leiding. Ze hebben jou hierbij betrokken omdat je het een en ander van onze verdachte weet. Maar ik wil niet dat je er een persoonlijke kwestie van maakt. Als Dupre senator Travis heeft vermoord, wil ik dat hij in de dodencel belandt en niet de kans krijgt om weer in z'n bubbelbad te kruipen omdat jij zo nodig wat stoom af moet blazen.'

Toen de bewaker Jon Dupre de van een glazen wand voorziene bezoekkamer van de gevangenis binnenliet, maakte hij net zo'n agressieve indruk als de wasbeer die ooit Oscar Barons garage was binnengedrongen. De advocaat was blij dat ze door een betonnen muur en kogelvrij glas van elkaar waren gescheiden.

'Hallo, Jon, zijn ze hier een beetje aardig voor je?' zei Baron in de hoorn van de telefoon die rechts van hem aan de muur hing.

'Zorg verdomme dat ik hier zo gauw mogelijk weg kom.'

'Zo eenvoudig is dat niet, Jon. Je wordt verdacht van de moord op een lid van...'

'Ik heb niemand vermoord. Die aanklacht is nergens op gebaseerd. Die klootzak van een Gregaros zit hier achter. Ik wil dat jij hem aanklaagt wegens onterechte arrestatie en poging tot mishandeling.'

'Kalm aan. We gaan niemand aanklagen tot we dit hebben opgehelderd.'

'Begin daar dan mee, verdomme. Zorg dat je erachter komt hoeveel borg ze willen en haal me hier weg.'

'Ik zei je al dat dat niet zo eenvoudig is. Bij een moordzaak zijn ze niet verplicht om een borg te stellen, zoals bij andere tenlasteleggingen. We moeten eerst een hoorzitting aanvragen en dat kan wel even gaan duren.'

'Ik wil hier weg, Oscar. Ik wil hier niet opgesloten zitten met een stelletje randdebielen.'

'Ik zie je ook liever op vrije voeten, Jon, maar er zijn nu eenmaal procedures die we moeten volgen. Ik kan niets forceren. En we moeten trouwens ook nog wat anders regelen – mijn honorarium.'

Op Dupre's slaap begon een adertje te kloppen. 'Wat is dit godverdomme voor onzin, Oscar? Heb ik niet altijd alles voor jou gedaan?'

'Zeker weten, Jon,' zei Baron op zakelijke toon. 'Maar bij een moordzaak ligt de verdediging heel anders dan toen met die zaak tegen dat escortbureau van je. Bij een moordzaak is dat allemaal veel ingewikkelder, en ook veel duurder. Ze gaan waarschijnlijk de doodstraf eisen, en dat betekent twee keer zoveel werk als bij een zaak waar alleen gevangenisstraf wordt geëist. We moeten het dus eerst eens worden over mijn honorarium voordat ik me met deze zaak ga belasten.'

'Over wat voor bedrag gaan we het dan hebben?'

Baron moest moeite doen om zijn stem zo neutraal mogelijk te laten klinken. Hij was van plan om meer geld te vragen dan hij ooit voor een zaak had gekregen en hij hoopte dat Dupre in staat zou zijn om het bedrag op te hoesten.

'We hebben een detective nodig – misschien wel meer dan één – en getuige-deskundigen die...'

'Lul er niet omheen, Oscar. Hoeveel?'

'Hm.' Barons hoofd ging een paar keer op en neer. 'Laten we zeggen tweehonderdvijftig. Om te beginnen.'

'Tweehonderdvijftigduizend dollar?'

'Als voorschot. Het kan natuurlijk oplopen naarmate het proces langer duurt en...'

Dupre schoot in de lach. 'Ik kan je geen tweehonderdvijftigduizend dollar betalen.'

'Jon, het heeft geen enkele zin om af te dingen. Het gaat om je leven, vergeet dat niet.'

'Zo veel geld heb ik niet.'

'Ik dacht anders dat je een behoorlijke cent overhield aan die meiden en de rest van je handel.'

'Ja, tot ze me arresteerden. Ik heb al maanden Exotic niet kunnen runnen en met de rest van de handel heb ik me ook gedeisd moeten houden. En je weet best dat ik niet alles wat binnenkomt in mijn eigen zakken laat verdwijnen. Er zijn anderen die... je weet wel.'

Dupre bleef met opzet vaag, omdat hij bang was dat de telefoon werd afgeluisterd.

'Wat kun je dan op het moment wel betalen?' vroeg Baron.

'Op het moment? Misschien vijftigduizend.'

'Dat is nog niet eens genoeg om aan een zaak als deze te beginnen, Jon.'

'Ik kan niet meer betalen, Oscar. Maar ik garandeer je dat je je geld krijgt. Ik heb je toch altijd stipt betaald?'

'Het gaat hier om de doodstraf. Dat zijn peperdure processen. En je ouders dan? Die hebben toch geld zat?'

'Als mijn ouders horen dat ik gearresteerd ben, gaan ze denk ik juichen. Sinds ik van de universiteit getrapt ben, heb ik geen cent meer van ze gekregen.'

'Denk er nog maar eens rustig over na, Jon, en bel me maar als je wat weet,' stelde Baron voor. Nu het ernaar uitzag dat Dupre zijn voorschot niet kon betalen, wilde hij het liefst zo gauw mogelijk maken dat hij weg kwam.

'Dit is klote,' zei Dupre. Van achter de glazen afscheiding keek hij Baron woedend aan. 'Je probeert er een slaatje uit te slaan, inhalige klootzak dat je bent.'

Baron schoot overeind en keek op zijn beurt woedend naar Dupre. Omdat er een betonnen muur met ramen van kogelvrij glas tussen hen in stond, was daar gelukkig niet al te veel moed voor nodig.

'Deze inhalige klootzak heeft pas nog een zaak voor je weten te winnen, ondankbare hufter die je bent.'

Dupre wilde niet dat Baron vertrok. Er was hem alles aan gelegen om zo gauw mogelijk weer op vrije voeten te komen.

'Sorry, Oscar. Ik zal proberen me in te houden, oké? Ik zit hier opgesloten en reageer daardoor misschien wat overspannen, snap je?'

De advocaat ging met geveinsde tegenzin weer zitten. Misschien blufte Dupre alleen maar, enkel om Baron zo ver te krijgen dat hij zijn honorarium liet zakken. Maar met zijn volgende vraag sloeg Dupre Barons hoop de bodem in.

'En als het me niet lukt om het geld bij elkaar te krijgen?'

'Dan moet je dat tegen de rechter zeggen. Dan krijg je een advocaat toegewezen.'

'Een pro-Deoadvocaat!' Dupre was in alle staten. 'Ik ga godverdomme m'n leven niet riskeren met zo'n gratis advocaat!'

'Daar is niets mis mee, Jon. Er zitten heel goede tussen. Ze worden speciaal getest voordat ze een moordzaak mogen behandelen. Ik weet bijna zeker dat je een goede verdediger krijgt.' Baron keek op zijn horloge. 'God, is het al zo laat? Ik heb nog een afspraak op kantoor. Probeer jij ondertussen of je het geld voor mijn voorschot bij elkaar kunt krijgen. Je hebt een ervaren iemand nodig en ik ben wat dat betreft gewoon de beste.'

Dupre klemde de hoorn steviger beet.

'Ik hoor nog van je,' zei Baron en liep achteruit naar de deur. Zo gauw hij in de gang stond, slaakte de advocaat een zucht van verlichting. Hij had een hekel aan agressieve cliënten in het algemeen, en aan ongeleide projectielen als Dupre in het bijzonder. Als ze konden betalen lag dat natuurlijk anders, maar dat leek in dit geval niet erg waarschijnlijk. Jammer, want een kwart miljoen dollar zou niet gek geweest zijn.

12

Eens per maand dineerden Tim, Cindy en Megan Kerrigan samen met Tims vader en diens vierde vrouw in de met eikenhout betimmerde eetzaal van de Westmont Country Club. Voor Tim waren deze diners een bezoeking, maar Cindy, die William Kerrigan een charmante oude baas vond, stond erop dat er niet van het maandelijkse ritueel werd afgeweken. Cindy kon ook goed opschieten met Francine Kerrigan, die twintig jaar jonger was dan Tims vader. Francine had de strakke, gebronsde huid van een vrouw die het hele jaar aan de rand van zwembaden in dure badplaatsen doorbracht, en het slanke figuurtje van iemand die aan anorexia lijdt.

Toen ze, op de avond na de arrestatie van Jon Dupre, bij de club aankwamen, zag Tim dat zijn vader ook nog een paar andere gasten had uitgenodigd. Harvey Grant zat samen met Burton Rommel en diens vrouw, Lucy, aan een tafel. Rommel was een schatrijke zakenman die binnen de Republikeinse Partij een vooraanstaande plaats innam.

William Kerrigan had het hele jaar door een gebronsd gelaat en een hoofd vol sneeuwwit haar. Hij hield zichzelf in topconditie doordat hij regelmatig trainde in de fitnessruimte die hij in zijn eigen huis had laten aanleggen. In zijn jeugd had Tim nooit veel contact met zijn vader gehad. Zijn vader had altijd het grootste deel van zijn energie in zijn eigen bedrijf, Sun Investments, gestoken. Als hij zich zo nu en dan eens thuis liet zien, was dat voornamelijk om Tim te laten merken hoe teleurgesteld hij was in zijn enige kind. Zo had William Tim duidelijk van zijn ongenoegen laten blijken toen deze een 'staatsschool' verkoos boven de universiteit van Pennsylvania, Williams eigen alma mater. En hij had ontzet gereageerd toen Tim voor een loopbaan als profvoetballer bedankte, waar hij ongetwijfeld schatrijk bij zou zijn geworden, en was met stomheid geslagen geweest toen zijn zoon een laagbetaalde kantoorfunctie bij het OM verkoos. Toen ze nog leefde, had Tims moeder vaak geprobeerd om tussen vader en zoon te bemiddelen. Na haar dood werd Tim echter met een reeks van steeds jongere stiefmoeders opgezadeld, die helemaal geen belangstelling voor hem hadden. En met een vader die nog minder vaak thuis was dan daarvoor.

Tijdens die diners bij de Westmont was het niet ongebruikelijk dat William hoogbetaalde vacatures in de zakenwereld opnoemde, waarop Tim kon solliciteren als hij mocht besluiten de overheidssector vaarwel te zeggen. Tim glimlachte dan altijd beleefd en beloofde steeds dat hij het zou overwegen, maar bad ondertussen dat iemand een ander gespreksonderwerp zou aansnijden. Deze avond was William stiller dan anders, maar Harvey Grant voorzag ruimschoots in die leemte: hij wist de dames te bekoren met prikkelende roddelverhalen en drong er bij de heren op aan om toch vooral een beetje op te scheppen over hun golfresultaten. Ook betrok hij Megan bij de gesprekken, zodat zij niet het gevoel kreeg dat zij er tussen al die volwassenen niet bij hoorde.

'We hebben vanmorgen een tuinfeest gehad,' zei Megan tegen de rechter. 'Net als Alice en de Gekke Hoedenmaker.'

'En was jij de Gekke Hoedenmaker?' vroeg Grant.

'Natuurlijk niet.'

'Was je dan soms de Zevenslaper?'

'Nee,' lachte Megan.

Grant krabde op zijn hoofd en deed of hij het nu ook niet meer wist. 'Wie was je dan?'

'Alice!'

'Maar Alice was een lief klein meisje, en jij bent al zo groot. Hoe kun je dan Alice geweest zijn?'

'Ik ben niet groot,' protesteerde Megan met een grijns. 'Oom' Harvey zat haar altijd te plagen en ze wist dat hij haar nu ook weer voor de gek zat te houden.

Toen Megans toetje kwam, stelde Tims vader voor dat de heren zich naar het terras zouden begeven om wat frisse lucht in te ademen.

'Verschrikkelijk, wat er met Harold Travis is gebeurd,' zei William, die aan tafel nooit minder prettige onderwerpen aanroerde.

'Jon Dupre is altijd al een rare geweest. Jullie hebben geen idee wat hij zijn ouders allemaal heeft aangedaan,' zei Burton Rommel, een man met een slank, atletisch postuur en haar dat, op zijn tweeënvijftigste, nog steeds gitzwart was.

'Ken je ze goed?' vroeg Tim.

'Goed genoeg om te weten wat ze allemaal hebben meegemaakt.'

'Iedereen is er diep door geschokt,' zei Harvey Grant.

'Ik heb gehoord dat de gouverneur Peter Coulter tot Harolds opvolger in de senaat gaat benoemen,' zei William.

'Is die daar niet een beetje te oud voor?' vroeg Tim.

'Daarom juist, Tim,' antwoordde William. 'Hij hoeft de zetel alleen maar warm te houden. Het is niet de bedoeling dat hij zich nog met politiek gaat bemoeien. Het is een soort bedankje, voor jarenlange trouwe dienst aan de partij. Pete blijft één jaar senator en dan treedt hij af. Hij gaat geen gekke dingen meer doen, daar hoef je echt niet op te rekenen. En het staat natuurlijk prachtig in zijn necrologie.'

Burton Rommel keek Tim recht in zijn ogen. 'Tim, hoor eens. Ik heb je vader speciaal gevraagd om mij vanavond ook uit te nodigen. Wat er met Harold is gebeurd, is natuurlijk diep treurig, maar we moeten er niet al te lang bij stil blijven staan. We zijn een presidentskandidaat kwijt, en we moeten zorgen dat we niet ook nog een zetel in de senaat kwijtraken. De partij moet zorgen dat ze volgend jaar een kandidaat heeft met een onberispelijke reputatie.'

Het duurde even voordat Tim begreep wat Rommel bedoelde.

'Wil je dat ik me kandidaat stel?' vroeg Kerrigan ongelovig.

'Je zult ervan staan te kijken hoeveel steun je hebt.'

'Ik ben zeer vereerd, Burt. Ik weet niet wat ik moet zeggen.'

'Niemand verwacht dat je je vanavond al vastlegt. De verkiezingen zijn pas over een jaar. Denk er eens goed over na. Praat er met Cindy over, en laat me dan weten wat je besloten hebt.'

Tot Tims grote opluchting ging Harvey Grant op een ander onderwerp over: het American footballteam van de universiteit van Oregon. Ondertussen staken Rommel en Tims vader sigaren op. Toen ze vonden dat ze de dames lang genoeg in de steek hadden gelaten, gingen Rommel en Grant terug naar binnen. Tim maakte aanstalten om hen te volgen.

'Tim, wacht even,' zei William. Tim draaide zich om en keek naar zijn vader. 'Een kans als deze moet je niet voorbij laten gaan. Je hebt gekozen voor een functie waarin je de gemeenschap dient. Hoe kun je de gemeenschap beter dienen dan als lid van het Congres?'

'Ik heb helemaal geen verstand van politiek, pa. Ik zou me geen raad weten.'

'Dat leer je gauw genoeg.'

'En dan zit ik het grootste deel van het jaar in Washington. Dan zie ik Megan ook bijna niet meer.'

'Doe niet zo dom. Je verhuist naar Washington, en Cindy en Megan gaan mee. Ik denk dat ze het in Washington heel fijn zullen vinden. Dit is een gouden kans voor je, Tim. Laat die kans niet lopen.'

Wat hij er nog net niet aan toevoegde was 'zoals je dat met al je andere kansen hebt gedaan'.

'Ik zal er serieus over nadenken,' antwoordde Tim om zijn vader tevreden te stellen. 'Het is best een enorme stap.'

'Natuurlijk. Maar zo'n kans krijg je maar één keer in je leven. Grijp hem dus.'

De beide mannen zwegen even. William legde zijn hand zachtjes op de schouder van zijn zoon. Tim was verrast door dit onverwachte blijk van genegenheid.

'We hebben het niet altijd even goed met elkaar kunnen vinden,' zei William, 'maar ik heb altijd het beste met je voorgehad. Als je je kandidaat wilt stellen, zal ik al m'n contacten gebruiken om ervoor te zorgen dat je gekozen wordt. En ik zal er ook voor zorgen dat je over al het geld kunt beschikken dat daarbij nodig is.'

Tim was volkomen verbijsterd. Het was erg lang geleden dat zijn vader hem met zoveel hartelijkheid had bejegend.

'Dat stel ik zeer op prijs.'

'Je bent mijn zoon.' Tim had het gevoel of zijn keel werd dichtgeknepen. 'Pak deze kans. Een dergelijke kans om iets groots voor je land te doen, krijg je maar eens in je leven. De mensen zullen nog van je horen, Tim. Ik weet hoe je in elkaar zit. Jij zult nog van je doen spreken.'

Tim was bezig zijn kleren weg te hangen toen Cindy de slaapkamer weer binnenkwam. Zij had net Megan onder de dekens gestopt.

'Moet je me niet iets vertellen?' vroeg ze met een ondeugende glimlach.

'Waarover?'

'Toen jullie op het terras zaten, vertelde Lucy Rommel me dat Burt iets belangrijks met je wilde bespreken.'

'Burt heeft me gevraagd of ik me kandidaat wil stellen voor de senaats-zetel van Harold Travis.'

Cindy's gezicht begon te stralen.

'O, Tim! Wat fantastisch!'

'Tja... Hm. Ik weet niet of...'

'Wat weet je niet?'

'Het overvalt me allemaal nogal. Ik weet niet of ik dat wel wil.'

'Dat méén je niet! Ik kan me niet voorstellen dat je het níét zou doen.'

Tim hoorde de opwinding in Cindy's stem en voelde dat hij pijn in zijn maag begon te krijgen.

'Ik weet niet of ik het wel aankan, Cindy.'

'Natuurlijk kun je dat. Je bent net zo slim als Harold Travis, slimmer zelfs. Dit is de kans van je leven. Bedenk eens wat het voor Megan bete-kent. Ze zal zo trots op je zijn. En denk eens aan al de mensen die we gaan leren kennen.'

'Ik weet dat het een prachtige kans is. Ik moet alleen nog even wennen aan het idee.'

Cindy omhelsde hem en liet haar wang tegen Tims borst rusten.

'Ik ben toch zo trots op je.' Ze pakte zijn gezicht in allebei haar handen en kuste hem. 'Ik heb altijd al geweten dat je tot grote dingen in staat bent.'

Plotseling deed Cindy een stap achteruit en pakte Tims handen beet. Ze keek hem recht in de ogen. Hij meende in haar blik iets van angst te bespeuren.

'Tim, ik hou van je, maar ik weet dat... Ik heb sinds we getrouwd zijn wel eens gedacht dat jij niet van mij hield.'

'Cindy...'

'Nee, laat me uitpraten.' Ze haalde diep adem. 'Ik heb altijd van je ge-houden, al zul je dat niet altijd zo gevoeld hebben. Misschien heb je wel eens gedacht dat ik boos op je was, of dat ik afstandelijk tegen je deed. Maar ik deed alleen maar zo omdat ik bang was dat ik je kwijt zou raken. Ik weet dat je van Megan houdt. Ik weet dat we het samen niet altijd even gemakkelijk hebben gehad. Ik weet niet wat ik verkeerd heb gedaan, maar als je me dat vertelt, zal ik daar verandering in aanbrengen.' Ze pakte hem steviger beet. Ze leek opeens erg fel. 'Ik wil dat ons huwelijk een succes wordt. Ik wil dat jij de dingen kunt doen die je altijd gewild hebt, en ik wil je daarbij helpen.' Haar greep werd nu iets minder stevig. 'Ik weet ook dat er momenten zijn dat je niet in jezelf gelooft. Het leven heeft je een hele-

boel gegeven, maar soms denk je dat je dat allemaal niet verdiend hebt.'
Tims ogen werden groot van verbazing. Hij had nooit ook maar vermoed
dat Cindy iets wist van de twijfels en angsten die hem het leven zuur
maakten. 'Maar dat is niet zo, Tim. Je bent een goed mens, je bent aardig
en je verdient het om in de schijnwerpers te staan. Je moet het aanbod
aannemen en je kandidaat stellen voor die senaatszetel. Twijfel niet aan
jezelf, en twijfel ook nooit aan mij.'

Nadat ze gevreeën hadden, viel Cindy uitgeput in slaap, maar Tim lag
klaarwakker. Hij stelde zich voor dat hij in Washington door de wandel-
gangen liep: Tim Kerrigan, Amerikaans senator. Het klonk ongelooflijk,
en hij werd doodsbang bij alleen al de gedachte dat hij zich kandidaat zou
stellen. Maar toch, het was een belangrijke positie, die hij kon gebruiken
om anderen te helpen, en het was ook een manier om bij Cindy iets van
het verdriet dat hij haar had bezorgd, weg te nemen. Ze zou deel gaan uit-
maken van het drukke sociale leven in Washington. Een vrouw van een
senator gaf feestjes en dineerde met ambassadeurs en generaals. Een
vrouw van een senator kwam vaak op de televisie en gaf ook regelmatig
interviews aan tijdschriften. Zij was geknipt voor deze rol.

Maar een senator kan zich nergens verstoppen. Stel dat iemand erachter kwam wat er vlak voor de Rose Bowl in het park was gebeurd? Hij wist
bijna zeker dat zijn geheim zo diep begraven was dat niemand het ooit
zou ontdekken, maar hij had geen flauw idee over wat voor middelen een
landelijke politieke partij beschikte om dingen uit het verleden aan het
daglicht te brengen.

Tim ging op zijn zij liggen. Hij wist niet wat hij moest doen. Hij was
bang, maar dat was voor hem niets ongewoons. Hij was altijd bang.

13

Het Justitieel Centrum was een gebouw van zestien verdiepingen, waarin
bij de bouw veel glas en beton was verwerkt. Het lag op loopafstand van
het gerechtsgebouw. De gevangenis van Multnomah was gevestigd op de
derde tot en met de negende verdieping. Op de andere verdiepingen be-

vonden zich het hoofdbureau van de politie van Portland, een bijkantoor van het OM en verschillende rechtszalen. In de grote glazen hal van het Justitieel Centrum stond een horde verslaggevers te wachten op de aankomst van Wendell Hayes. De strafpleiter was een opvallende verschijning: hij was bijna even breed als hij lang was.

'Kunt u ons zeggen waarom rechter Grant u heeft aangewezen om Jon Dupre te verdedigen?' vroeg een verslaggever.

'Is het niet erg ongebruikelijk voor u om een benoeming door het Hof te accepteren?' riep iemand anders.

Hayes groette een aantal verslaggevers terwijl hij puffend en hijgend langs de wenteltrap liep die naar de rechtszalen op de tweede verdieping leidde en de receptie van de gevangenis betrad. Hayes was een grote, pafferige man. De korte wandeling van het gerechtsgebouw naar de gevangenis had hem buiten adem gebracht. Zelfs zijn vakkundig gemaakte maatkostuum kon zijn dikke buik niet verhullen. Hij haalde een zakdoek te voorschijn en veegde daarmee het zweet van zijn roodaangelopen gezicht. Hij stond met zijn brede rug naar de beide beambten die de hele vertoning vanuit de veilige omgeving van de receptiebalie gadesloegen. De televisieploegen deden hun lampen aan en de beambten knipperden met hun ogen. Hayes baadde nu in het felle licht. De verslaggevers stonden om hem heen te dringen en herhaalden hun vragen.

Hayes glimlachte vriendelijk naar de vertegenwoordigers van de pers. Hij was dol op ze. Dankzij hun verslagen van zijn kleurrijke wapenfeiten in de rechtszaal was zijn naam een begrip geworden. Maar daar deed hij ook iets voor terug: hij was altijd goed voor een pittige uitspraak en hij had er ook geen moeite mee om informatie te laten uitlekken als hij dacht dat hij daar zijn voordeel mee kon doen.

Hayes stak een hand omhoog. Het vragen stellen hield op. 'Zoals u weet, neem ik zelden een benoeming door het Hof aan, maar in dit geval kon ik niet weigeren: rechter Grant is een oude vriend van me en het is erg moeilijk om dan nee te zeggen.'

'Waarom heeft rechter Grant niet een van de namen op de vaste lijst van pro-Deoadvocaten genomen?' riep een verslaggever van een van de omroepen.

'Jack Stamm gaat de doodstraf eisen, waardoor alleen degenen die bevoegd zijn om in dit soort zaken de verdediging te voeren, in aanmerking komen. Rechter Grant wilde koste wat kost de schijn vermijden dat meneer Dupre geen eerlijk proces krijgt omdat senator Travis een vooraanstaand persoon was.'

'Hoe gaat u de verdediging voeren?' vroeg een verslaggeefster van de *Oregonian*.

Hayes glimlachte. 'Grace, ik heb nog niet met meneer Dupre gesproken. Ik kan die vraag dus onmogelijk beantwoorden. Maar ik ga nu naar hem toe. Dus als jullie me willen excuseren...'

Hayes wendde zich tot een van de beambten bij de receptiebalie, een enorme kerel met rood haar, die bijna net zo lang was als de advocaat zelf.

'Mac, wil je me even helpen om aan dit gepeupel te ontkomen?' zei hij. Hij zei het zo hard dat de verslaggevers het konden horen. Er werd hier en daar gelachen.

'Natuurlijk, meneer Hayes.'

De advocaat wilde de beambte zijn vergunning laten zien, maar deze gaf met een armgebaar te kennen dat dat niet nodig was.

'Maar ik moet wel even uw koffer nakijken.'

Tussen Hayes en de ingang van de lift naar de gevangenis stond een metaaldetector. Hij gaf zijn koffertje aan de beambte en haalde zijn sleutels, munten en een klein Zwitsers legerzakmes uit zijn zakken. Vervolgens trok hij zijn jasje uit en gaf dat samen met de metalen voorwerpen aan de bewaker.

'Wat vond je van die transfer bij de Blazers?' vroeg Hayes terwijl de bewaker het jasje op de balie legde en de paperassen in het koffertje aan een vluchtig onderzoek onderwierp.

'Ik weet niet of het wel zo'n goed idee was om die Kroaat te nemen. Ik zou de voorkeur aan Drake hebben gegeven.'

'Die vent uit Dallas?' zei Hayes terwijl hij door het poortje van de metaaldetector liep. 'Een grote kerel, maar schieten kan hij niet.'

'Ja, maar hij kan wel een bal tegenhouden. En de verdediging is bij de Blazers altijd een zwak punt.' Mac gaf hem alles terug behalve het zakmes. 'Het spijt me, meneer Hayes, maar dat moet ik hier houden.'

'Ik kom het wel ophalen als ik klaar ben,' zei Hayes terwijl hij zijn jasje weer aantrok. 'Klaar voor de start, Mac.'

Dat waren de woorden die Hayes altijd gebruikte als hij de lift instapte. Mac glimlachte dan steevast en liep naar het bedieningspaneel, waar hij een paar toetsen indrukte. De liftdeuren sloten zich en Hayes zoefde naar de verdieping waar Jon Dupre werd vastgehouden.

Een van de taken waar Adam Buckley als bewaker mee belast was, was het begeleiden van advocaten, die in de drie geluiddichte bezoekkamers onder vier ogen met hun cliënten konden praten. Als Buckley door de smalle gang langs deze kamers liep, kon hij door de grote ramen naar binnen kijken. Aan het eind van de gang bevond zich een zware metalen deur. In die deur zat een raampje, dat uitzicht bood op een andere gang, waarop de liften vanuit de receptie uitkwamen.

'Ik kom voor Jon Dupre,' zei Wendell Hayes zodra Buckley de deur had geopend.

'Dat weet ik, meneer Hayes. Hij zit in kamer nummer twee.'

'Dank je,' antwoordde Hayes en keek door het raam naar een dame in mantelpak, die in het kamertje dat het dichtst bij de lift lag met een zwarte jongeman zat te praten. Ze zaten samen over een stapel politierapporten gebogen.

Buckley liep met Hayes naar de tweede bezoekkamer en hield de zware stalen deur voor hem open. Aan de overkant van de kamer bevond zich een tweede deur, die naar de afdeling leidde waar de gevangenen op deze verdieping waren ondergebracht. Jon Dupre was gekleed in een oranje gevangenisoverall. Hij zat breeduit op een van de twee plastic stoelen die aan weerszijden van een ronde tafel stonden. De tafel was met stalen schroeven aan de vloer bevestigd. Hayes liep langs Buckley heen naar binnen. De bewaker wees naar een zwarte knop aan de onderkant van een intercom die in een nis aan de gele betonnen muur hing.

'Als u hulp nodig heeft, moet u op deze knop drukken,' zei hij tegen Hayes, hoewel de bewaker wist dat de advocaat bekend was met de gang van zaken.

Buckley deed de deur weer op slot. Op dat moment begon zijn radio te kraken en meldde degene die de lift bediende dat er nog een advocaat op weg was naar boven. Hij liep op zijn gemak naar de deur en zag dat er een gekweld uitziende advocaat uit de lift stapte. Buckley herkende de man, die in een politierapport liep te lezen, en liet hem binnen.

'Dag, meneer Buckley. Ik kom voor Kevin Hoch.'

'Hij wordt op dit moment gehaald.'

Buckley liep langs de tweede bezoekkamer op het moment dat Wendell Hayes met een klap tegen het raam viel.

'Wat zullen we...' begon Buckley, maar bleef toen met zijn mond half open als aan de grond genageld staan. Hayes had zijn hoofd omgedraaid en Buckley zag nu dat er bloed uit zijn linkeroogkas tegen het raam spoot. De zojuist aangekomen strafpleiter stiet een gesmoorde kreet uit en probeerde zich met wild zwaaiende armen dwars door de muur in veiligheid te brengen. Ondertussen had Hayes zich omgedraaid en liep nu op Dupre af. Buckley zag dat de gevangene de advocaat neerstak. Toen er nog meer bloed tegen het raam spoot en Hayes op de vloer in elkaar zakte, kwam Buckley weer bij zijn positieven. Zijn eerste reactie was om naar binnen te rennen, maar hij herinnerde zich bijtijds wat hij bij zijn opleiding had geleerd. Als hij de deur opendeed, zou hij oog in oog komen te staan met een gewapende man. En omdat hij zelf ongewapend was, zou hij daarmee iedereen op de verdieping in gevaar brengen.

'Groot alarm. Aanslag in bezoekkamer twee,' riep hij in zijn radio. Hij ging voor het raam staan. 'Slachtoffer op de grond.'

Buckley ging vlak voor het raam staan om te zien hoe erg Hayes er aan toe was. Dupre stak met een puntig metalen voorwerp naar de bewaker. Buckley sprong achteruit, hoewel zich een ruit van gepantserd glas tussen hen in bevond.

'Assistentie,' riep Buckley. 'Dader is gewapend.'

Dupre trapte tegen het raam. Het gepantserde glas trilde, maar brak niet.

'Wat is de toestand van het slachtoffer?' vroeg de man die de lift bediende via de radio.

'Dat weet ik niet, maar hij bloedt heel erg.'

Dupre rende naar de deur aan de andere kant van de bezoekkamer en bonkte er met allebei zijn handen op. De stalen deur bleef gesloten. Hij begon nu koortsachtig heen en weer te rennen en in zichzelf te mompelen.

'Hoeveel mensen zijn er daar op de verdieping?' vroeg de man bij de lift.

'Een advocate met een gevangene in kamer één en een advocaat op de gang,' antwoordde Buckley terwijl Dupre nu zijn aandacht op de andere deur richtte.

'Ontruimen. Ik roep de brigadier op.'

'Eruit, eruit,' riep hij tegen de pro-Deoadvocaat toen hij de deur naar de gang had geopend. Toen hij de deur weer op slot had gedaan, deed Buckley de deur van kamer één open en beval de advocate te vertrekken. Haar cliënt keek hem niet-begrijpend aan.

'Noodgeval,' zei Buckley op kalme toon tegen de gevangene. 'De bewaker komt je zo ophalen.'

De advocate begon te protesteren. Op hetzelfde moment smeet Dupre een stoel tegen de glazen ruit. Het gepantserde glas was dik, maar Buckley twijfelde eraan of de ruit het zou houden.

'Eruit!' gilde hij en greep de advocate bij een arm beet en duwde haar de gang op. De gevangene ging staan.

'Mijn papieren...' begon ze. Op dat moment werd de stoel weer tegen het raam gesmeten. Ze sloeg een hand voor haar mond toen ze, nu voor het eerst, de bloedspatten op het raam zag. Buckley deed de bezoekkamer achter hen op slot en duwde de vrouw de gang op waar de liften zich bevonden. Ze protesteerde nu niet meer. Buckley volgde haar en deed de deur op slot. Zelfs als Dupre kans zou zien om het glas te verbrijzelen, zou hij nog steeds gevangen zitten in de smalle gang die langs de bezoekkamers liep.

'Brigadier Rice hier. Hoe is de situatie?' klonk een stem uit Buckley's radio.

'Er zit een gevangene in kamer één. Ik heb hem net ingesloten. Ik weet niet of er al een gevangene in drie zit, maar er was iemand op weg om Kevin Hoch op te halen. Ik sta met twee advocaten in de gang bij de liften. Volgens mij is Wendell Hayes dood.' Buckley hoorde de man aan de andere kant van de lijn zwaar ademhalen. 'Hij ligt in kamer twee op de grond. Jon Dupre is daar ook. Dupre heeft hem een aantal keren gestoken. Hij heeft een scherp voorwerp bij zich, waarschijnlijk een mes of zo.'

'Oké. Blijf waar je bent, Buckley. De gevangenis is volledig afgesloten en ik kom je zo helpen. We gaan met het oproerteam achterom naar binnen.'

Op hetzelfde moment gingen de deuren van de lift open en stormden tien leden van het oproerteam van de gevangenis naar buiten. Ze droegen kogelvrije vesten en hadden helmen op. Hun bewapening bestond uit – niet-dodelijke – traangasgranaten. Drie leden van het team droegen manshoge schilden van plexiglas.

'Buckley?' vroeg een van de mannen. Adam knikte. 'Ik ben wachtmeester Miller. Hoe is de situatie?'

Buckley herhaalde wat hij tegen brigadier Rice had gezegd.

'Oké, naar binnen,' zei Miller. Buckley deed de deur naar de gang open. Ondertussen hoorde hij via zijn radio dat brigadier Rice vanachter de deur naar de cellen tegen Dupre stond te praten.

'Meneer Dupre, brigadier Rice hier. Ik sta aan de andere kant van deze deur. Ik heb vijftien gewapende mannen bij me. Als u in de gang kijkt, zult u daar nog meer gewapende agenten zien.'

Dupre rende naar het raam. Hij leek wanhopig. Allebei zijn handen bloedden en hij hield een glimmend voorwerp beet. Wendell Hayes lag met gespreide armen en benen op de grond. Zijn keel en zijn gezicht zaten onder het bloed.

'We willen niet dat u iets overkomt,' zei brigadier Rice tegen Dupre. 'Als u uw wapen neerlegt en u overgeeft, wordt u geboeid en teruggebracht naar uw cel. Als u zich niet overgeeft, kan ik uw veiligheid niet garanderen.'

Dupre keek met schichtige blik naar de mannen op de gang. Met hun zwarte uniformen, hun wapens en hun schilden zagen ze er dreigend uit.

'Wat gaat u doen, meneer Dupre?' vroeg brigadier Rice op kalme toon.

'Blijf buiten!' schreeuwde Dupre.

Het bleef even stil. Een paar tellen later viel de deur aan de achterkant van de bezoekkamer met een klap naar binnen en stormden vier mannen met schilden de kamer in. De kamer was erg klein en Dupre kon geen kant uit. Hij stak een paar keer naar de schilden en werd in een hoek gedreven. Een van de mannen spoot traangas in zijn ogen. Dupre gilde het uit en twee leden van het team grepen hem bij zijn benen en haalden hem onderuit. De andere twee wrikten het mes uit zijn hand. Binnen een minuut was hij geboeid en werd hij teruggebracht naar zijn cel. Buckley zag dat een vrouwelijk lid van het gevangenispersoneel naar Hayes toe rende. Ze betastte zijn hals en zijn borstkas om zijn hartslag te kunnen voelen, maar even later schudde ze haar hoofd.

14

Het hof ging die dag vroeg uiteen en dus besloot Amanda naar de YMCA te gaan om te trainen. De mogelijkheid dat ze daar Toby Brooks tegen het lijf zou lopen, kwam even in haar op. Het gaf haar een onprettig gevoel. Ze probeerde hem uit haar gedachten te zetten, maar dat lukte haar niet. 'Doe niet zo stom,' zei ze hardop. 'Toby is een doodnormale jongen. Hij zal je heus niets doen.' Die gedachte stemde haar droevig. Vóór de zaak met Cardoni zou ze het erg leuk hebben gevonden om iemand als Toby Brooks te ontmoeten. Maar het ergste gevolg van de vernederingen die ze bij het voorval met de chirurg had moeten ondergaan, was dat ze nu niet meer in staat was om mensen te vertrouwen.

Amanda ging naar de kleedhokjes en kleedde zich snel om. Ze pakte haar duikbril, stopte haar lange zwarte haar onder haar badmuts en liep naar het zwembad. Haar adem stokte even toen ze de draaideur naderde. Ze had het gevoel dat ze zich aanstelde. Brooks was waarschijnlijk helemaal niet aan het trainen. En als dat wel zo was, zou hij bezig zijn met baantjes trekken en was er geen gelegenheid om met hem te praten.

Maar Toby zat aan de rand van het zwembad. Zodra hij Amanda zag, verscheen er een grijns op zijn gezicht. Hij zwaaide naar haar.

'Heb je je bedacht? Kom je toch bij ons team?' vroeg hij.

'Welnee,' lukte het haar te zeggen. 'Ik kom alleen maar trainen.'

'Jammer. Over een paar maanden zijn de seniorenkampioenschappen en daarna komt het wereldkampioenschap. Dat is dit jaar in Parijs.'

'Chloorbaden in Parijs. Wat ontzettend romantisch,' zei ze. Ze probeerde erbij te glimlachen.

Toby lachte. De senioren hadden net een trainingsronde afgewerkt en hadden zich bij de muur van het zwembad verzameld.

'Ik moet ze weer even in beweging zien te krijgen. Veel plezier met je training.'

Toby liep naar zijn zwemmers en riep de namen af voor de volgende oefenwedstrijd. Amanda pakte een paar zwemvliezen en een piepschuimen kickboard van een stapel bij de muur en liep ermee naar de rand van haar baan. Op het moment dat ze haar spullen daar neerlegde, zag ze Kate Ross vanuit de kleedkamer aan komen lopen. Kate was gekleed in een strakke spijkerbroek, een donkerblauw katoenen overhemd en een bomberjack. Ze droeg haar schoenen en sokken in haar hand. Kate was achtentwintig en had een gespierd lichaam. Ze was een meter zeventig lang en had een donkere huidskleur, grote bruine ogen en krullend zwart haar. Ze had vroeger bij de politie gewerkt, maar was nu gespecialiseerd in computerfraude. Een maand of wat geleden, toen ze als detective werkzaam was bij het grootste advocatenkantoor in Portland, had ze Amanda gevraagd om Daniel Ames te verdedigen. Ames was kort daarvoor bij haar kantoor in dienst getreden en werd van moord beschuldigd. Nadat het Amanda gelukt was om Daniels naam te zuiveren, had ze hem als partner aangenomen bij Jaffe, Katz, Lehane en Brindisi. Kort daarna had

Amanda Kate weten over te halen om ook bij hen te komen werken.

'Kom je ook zwemmen?' vroeg Amanda. Haar goede humeur verdween, want met Kate erbij kon ze haar vaste trainingsprogramma niet afwerken.

'Ik doe niet aan watersport.'

'Wat is er aan de hand?'

'Rechter Robard heeft geprobeerd om je in de rechtszaal bij rechter Davis te bereiken, maar je was 'm al gesmeerd. Hij zit in zijn kantoor op je te wachten. Je vader heeft me op pad gestuurd om te kijken waar je was.'

Amanda's moed zonk haar in de schoenen. Ze had een paar keer de pech gehad dat ze een zaak ten overstaan van rechter Robard moest verdedigen, en die paar keer had hij haar het leven behoorlijk zuur gemaakt. De enige troost als je bij hem terechtkwam, was dat hij het de aanklager al even moeilijk maakte. En nu had hij ook nog haar training verpest. Jammer genoeg was het voor Amanda vrijwel onmogelijk om een dergelijke dringende oproep van een rechter van het *circuit court* te negeren, omdat dat ernstige gevolgen zou kunnen hebben voor haar verdere carrière.

'Ik ga me omkleden en ga dan meteen naar hem toe,' zuchtte ze. 'Je kunt mijn vader gaan vertellen dat je je opdracht hebt uitgevoerd.'

'Hij is thuis met het eten bezig. Hij wil dat je bij hem langs komt als je met Robard hebt gesproken.'

Rechter Ivan Robard was een fitnessfanaat die al zijn vakanties besteedde aan het lopen van marathons. Als gevolg van al die training en zijn strikt vegetarische levenswijze had hij geen grammetje vet op zijn een meter zeventig lange lichaam. Door zijn ingevallen wangen en zijn diep liggende ogen deed zijn hoofd Amanda denken aan een gekrompen koppensnellerstrofee die ze ooit in een museum in New York had gezien. Amanda was ervan overtuigd dat de rechter een veel aangenamer mens zou zijn als hij meer at en minder trainde.

Robard zat achter zijn bureau een motivering te schrijven toen Amanda zijn kantoor werd binnengelaten. Aan de muren hingen foto's van de rechter, waarop hij te zien was tijdens marathons in de straten van Boston, New York en andere plaatsen. Er hingen ook foto's tussen waarop hij op bergtoppen stond, of aan het zeilvliegen, bungeejumpen of wildwatervaren was. Je werd al doodmoe als je alleen maar naar die foto's keek.

'Eindelijk,' zei Robard zonder van zijn werk op te kijken.

'Mijn detective heeft me uit het zwembad moeten halen,' antwoordde Amanda, in de hoop dat de rechter als mede-atleet enig begrip zou kunnen opbrengen voor het feit dat ze hem had laten wachten. Maar die hoop bleek vergeefs.

'Dat spijt me,' zei Robard op niet al te overtuigende toon. Ondertussen legde hij de stukken waar hij mee bezig was, netjes op een stapeltje en keek Amanda ten slotte aan. 'We zitten met een probleem.'

Amanda moest even denken aan de clou uit een oud grapje – 'Wat bedoel je met *wij*, blanke man?' – maar ze hield wijselijk haar mond.

'Heb je gehoord wat er met Wendell Hayes is gebeurd?'

'Er wordt over niets anders gepraat.'

'Weet je iets over die kerel die hem vermoord heeft, die Jon Dupre?'

'Niet meer dan wat ik in de krant heb gelezen.'

'Hij is een pooier en hij handelt in drugs. Ik had pas nog een hoorzitting waarin hij was aangeklaagd wegens prostitutie.'

Plotseling wist Amanda waarom rechter Robard haar met spoed had ontboden. Het idee stond haar helemaal niet aan.

'Hoe is die hoorzitting verlopen?' vroeg ze om tijd te winnen.

'De aanklacht moest worden ingetrokken, want de hoofdgetuige was niet komen opdagen. Later hebben ze haar dood gevonden. Maar hoe dan ook, Harvey Grant had het lumineuze idee om mij die moordzaak te laten behandelen, omdat ik die vorige zaak ook had gedaan. We zitten dus, zoals gezegd, met een probleem. De grondwet zegt dat ik een verdediger voor Dupre moet aanwijzen, maar in dat prachtige document staat nergens wat ik moet doen als iedere advocaat die ik bel, zegt dat hij liever niet de verdediging wil voeren van iemand die zijn vorige advocaat heeft doodgestoken.'

Amanda wist wat Robard van haar verwachtte, maar ze was niet van plan om hem zonder meer zijn zin te geven. Ze wachtte zwijgend op wat de rechter nog meer ging zeggen. Robard maakte een geïrriteerde indruk.

'Hoe denk je erover?' vroeg hij.

'Waarover?'

'Mevrouw Jaffe, u bent zeker niet dom. Probeer dus niet te doen alsof u niet weet waar ik het over heb. Ik heb u hier uitgenodigd omdat u meer lef hebt dan welke andere advocaat hier ook, en ik heb voor deze zaak een advocaat met lef nodig.'

Amanda wist dat hij aan Cardoni zat te denken, en zij wilde hem vertellen dat ze het de rest van haar leven zonder moed zou moeten doen, omdat ze vorig jaar alles al had opgebruikt.

'U zou eens moeten weten wat voor smoezen ik van uw collega's te horen heb gekregen,' ging Robard verder. 'Het zijn net een stelletje kinderen.'

'Ik dacht dat Dupre rijk genoeg was om een advocaat in de arm te nemen. Volgens de kranten heeft hij rijke ouders.'

'Ze hebben hun handen van hem afgetrokken sinds hij van de universiteit is getrapt en zich met drugs en vrouwenhandel bezig is gaan houden.'

'Hoe zit het dan met de advocaat die hem bij die aanklacht moest verdedigen?'

'Oscar Baron? Laat me niet lachen. Dat is net zo'n schijterd als de rest. Hij zegt dat Dupre hem niet kan betalen. Daar zit overigens wel wat in, want alleen miljonairs kunnen in een zaak waar de doodstraf wordt geëist het honorarium van een advocaat bij elkaar schrapen. En daar komt trouwens nog bij dat hij niet bevoegd is om een dergelijke zaak te behandelen. Wat is dus hierop uw antwoord?'

'Het overvalt me een beetje, edelachtbare. Ik wil er even rustig over nadenken en het eerst met mijn vader bespreken.'

'Ik heb eerder vandaag al met Frank gesproken,' antwoordde Robard met een vals lachje op zijn gezicht, 'en ik kan je vertellen dat hij er helemaal achter staat.'

'O ja? Is dat zo? Dan wil ik eerst wel eens weten waarom. U kunt nu dus kiezen: of u gunt me even de tijd of ik wijs uw aantrekkelijke aanbod om de komende maanden door te brengen in gezelschap van een moordlustige maniak beleefd van de hand.'

'Het is ook een kwestie van tijd, mevrouw Jaffe.'

Amanda slaakte een diepe zucht. 'Ik ga vanavond bij mijn vader eten. Ik kom hier morgen op terug.'

Robard knikte een paar keer. 'Dat lijkt me redelijk. Dat lijkt me alleszins redelijk. Ik ben meestal om zeven uur op kantoor.' Robard schreef iets op een visitekaartje. 'Dit is mijn rechtstreekse nummer. Mijn secretaresse begint pas om acht uur.'

Amanda Jaffes moeder was gestorven op de dag dat Amanda geboren werd. Frank Jaffe was dus de enige ouder die ze ooit gekend had. In zijn jonge jaren ging Frank het liefst met zijn vrienden op stap. Hij was een feestnummer van jewelste en een stevige drinker. Hij geloofde dat de plaats van de vrouw binnenshuis was en had zich nooit voor kunnen stellen dat hij in zijn eentje een meisje zou moeten opvoeden. Maar toen Amanda's moeder stierf, stortte Frank zich met volle overgave op zijn nieuwe taak. Omdat hij geen idee had wat er precies van hem verwacht werd, deed hij alles voor zijn dochter. Ze had met poppen gespeeld en balletlessen gevolgd, maar ook leren wildwatervaren, gewichtheffen en pistoolschieten. Toen ze een aanleg voor de zwemsport aan de dag legde, vond ze in Frank haar trouwste supporter. Als ze won – en dat gebeurde nogal eens – was hij vol lof, en als ze verloor, deed hij daar nooit vervelend over.

Zes jaar geleden had Amanda geaarzeld toen Frank haar aanbood om als partner tot zijn maatschap toe te treden. Indertijd had ze zich afgevraagd of haar vader dat wilde vanwege haar kwaliteiten als jurist of omdat ze zijn dochter was. Ten slotte had ze het aanbod verkozen boven een aantal andere, omdat Amanda zich alleen met strafrecht wilde bezighouden, en Frank Jaffe was nu eenmaal een van de beste strafrechtspecialisten in het hele land. Op dit moment stak ze haar vader qua reputatie al aardig naar de kroon en deden zich in haar beroepsleven nog maar zelden gelegenheden voor waarop hij haar als zijn dochter en niet als zijn collega behandelde. Telkens wanneer dat toch gebeurde, wees Amanda hem terecht. Ze was vastbesloten dat ook nu te gaan doen. Ze sloeg de weg af en reed de oprijlaan van het Victoriaanse huis aan East Lake op. In dit huis, met het opvallend steile dak, was ze opgegroeid.

Franks kookkunst stelde niet veel voor, maar zijn soep met matseballen en zijn aardappelpannenkoeken waren ronduit voortreffelijk. Het waren de lievelingsrecepten van zijn moeder geweest. Toen Amanda nog klein was, maakte Frank deze gerechten altijd voor haar als er iets bijzonders te vieren viel. Toen Amanda zag wat er allemaal op het aanrecht klaar stond, begreep ze dat haar vader zich schuldig voelde.

'Ik dacht dat we altijd goed met elkaar konden opschieten, en ik heb ook geen berichten gehoord dat het kantoor in moet krimpen,' zei ze nadat ze haar jas op een stoel had gegooid. 'Is er soms een andere reden dat je wilt dat ik doodga?'

'Toe nou, Amanda...'

'Heb je de edelachtbare Ivan Robard verteld dat ik zijn aanbod om een advocatenmoordenaar te verdedigen maar wat graag zou accepteren?'

'Nee, Amanda, dat heb ik zo niet gezegd. Ik heb alleen maar gezegd dat jij dat best aan zou kunnen.'

'Jij zou het zelf anders ook best aankunnen. Waarom heb je jezelf niet beschikbaar gesteld om het voor die arme sloeber op te nemen?'

'Ik kan die zaak niet aannemen. Ik kende Travis persoonlijk. Ik heb vorige week bij de Westmont nog met hem gegolfd.'

'Aha, dat is dus de reden. Je wilt jezelf niet opofferen omdat Travis een oud golfmaatje van je is. En ik speel geen golf, dus dan pakken ze mij maar. Hoe kun je in hemelsnaam zoiets bedenken?'

'Ik had een paar redenen om Ivan voor te stellen jou hiervoor te vragen. Algemeen gesproken, heeft iedere verdachte recht op een zo goed mogelijke verdediging en het zit me ook dwars dat er advocaten zijn die deze zaak weigeren omdat ze bang zijn. Maar dat zijn niet de redenen waarom ik graag zou zien dat jij Dupre verdedigt.'

Frank zweeg even. Toen hij weer verder ging, had hij een bezorgde blik in zijn ogen.

'Wat er vorig jaar gebeurd is, is natuurlijk verschrikkelijk. Je weet zelf hoe trots ik op je ben om de manier waarop je daarmee om bent gegaan, maar ik weet ook dat je sinds de zaak-Cardoni geen zaken meer hebt behandeld waarbij sprake was van geweld. Ik begrijp wel waarom je dat doet. Ik zou je maar al te graag van al die boze herinneringen verlossen. En nu heb ik lopen denken dat er misschien toch een manier is om dat voorval van je af te zetten: door te proberen de draad weer op te pakken.'

Amanda moest toegeven dat ze sinds de zaak-Cardoni maar bij een paar moordzaken en andere geweldsdelicten betrokken was geweest en dat ze zich zelfs daarbij nog beperkt had tot het verlenen van assistentie aan de andere advocaten van de maatschap en zich alleen maar had beziggehouden met onderzoek en het opstellen van de verzoekschriften die moesten worden ingediend voordat de processen begonnen. De verdediging van Daniel Ames was hierop een uitzondering geweest. Ze wilde niet meer geconfronteerd worden met geweld. Maar als je je met strafrecht bezighield, was het onmogelijk om daaraan te ontkomen.

'Je hebt gelijk, papa. Ik ben de hele tijd overal bang voor. Maar die rechtszaak...' Ze huiverde toen ze zich weer de videobeelden van Mary Sandowski herinnerde. 'Ik heb een heel moeilijke tijd achter de rug.'

Frank dacht met pijn in zijn hart aan wat zijn dochter allemaal had meegemaakt.

'Dat weet ik, kindje,' zei hij. 'Ik zou het je ook niet kwalijk nemen als je iets anders wilde gaan doen op juridisch gebied. Maar als je strafrecht wilt blijven doen, moet je je angsten onder ogen durven zien. Het is jouw eigen keuze, en ik zal iedere beslissing die je neemt respecteren en steunen, maar als je in onze praktijk wilt blijven werken is dit wel zo'n goede manier om er voor jezelf achter te komen of dat verstandig is.'

'Ik zal er over nadenken.'

'Prima, maar je kunt niet denken op een lege maag. Genoeg gepraat over strafrecht. We gaan nu eerst eten.'

Deel Drie

...TOTDAT HET TEGENDEEL IS BEWEZEN

15

Vlak voor het einde van de dagelijkse werktijd vroeg Jack Stamm of Tim Kerrigan even bij hem op kantoor wilde komen. Toen zijn aanklager binnenkwam, gebaarde de officier van justitie van Multnomah County dat hij moest gaan zitten. Hij gaf zijn secretaresse een teken dat ze de deur dicht moest doen. Stamm, die doorgaans altijd vrolijk was, keek Tim ernstig aan. 'Het is toch ongelooflijk, Tim, wat er met Wendell Hayes is gebeurd. En uitgerekend in de gevangenis! Je houdt het toch niet voor mogelijk. Iedereen die zich met ordehandhaving bezighoudt, staat op deze manier toch volkomen voor joker.'

Stamm ging met zijn vingers door zijn dunner wordende, donkerblonde haar. Hij had donkere wallen onder zijn bloeddoorlopen ogen. Kerrigan vermoedde dat zijn chef sinds de moord op Hayes erg weinig had geslapen.

'Ik wil dat jij deze zaak behandelt, Tim. Ik wil dat Dupre in de dodencel terechtkomt wegens moord op Wendell Hayes en Harold Travis.'

Eigenlijk was dit wel het laatste wat Kerrigan wilde horen. Het zou een grote zaak worden, dat was zeker, maar hij moest ook rekening houden met Ally Bennett. Toen ze in de motelkamer de liefde hadden bedreven, had ze niet laten blijken dat ze wist wie hij was, maar als hij belast werd met de vervolging van Jon Dupre zou zijn gezicht dagelijks op de televisie en in de kranten te zien zijn. Wat zou ze doen als ze erachter kwam wie hij was? Door al die publiciteit zou hij een gemakkelijke prooi vormen als ze van plan was hem te chanteren.

'Kan iemand anders dat niet doen?' vroeg Tim.

Stamm was hoogst verbaasd toen hij Kerrigan hoorde weigeren om de beide zaken, die ongetwijfeld heel veel aandacht in de pers zouden krijgen, onder zijn hoede te nemen.

'Jouw afdeling heeft die aanklacht tegen Dupre wegens pooieren ook behandeld,' antwoordde de officier. 'En je bent al bezig met het onderzoek naar de moord op de senator.'

Kerrigan wilde tijd winnen om rustig te kunnen nadenken en stelde dus een vraag om het gesprek een andere wending te geven.

'Gaan we Dupre nu ook vervolgen voor de moord op Travis? We hebben haast geen bewijs. We kunnen niet eens aantonen dat hij op het moment van de moord ook maar in de buurt van Travis' huis was...'

'Ten eerste is er dat oorringetje. Ten tweede weten we dat hij kort voor de moord op Travis met hem heeft staan ruziën. Het doet er trouwens niet toe hoeveel bewijs we hebben voor de moord op Travis. We voegen de twee zaken gewoon samen. Je vervolgt hem eerst voor de moord op Hayes. Die zaak is een eitje. Dupre bevond zich met Wendell in een afgesloten ruimte. We hebben een ooggetuige. De klootzak had het moordwapen meegebracht naar de bezoekkamer. Het moet een koud kunstje zijn om opzet en voorbedachte rade aan te tonen.'

'Als dat zo is, heb je mij voor de moord op Hayes niet nodig. De eerste de beste aanklager kan er onder die omstandigheden doodstraf voor een gewelddadige pooier uitslepen.'

'Zo eenvoudig is dat niet, Tim.' Stamm ging voorover zitten. 'Ik heb een paar telefoontjes gehad van zéér invloedrijke personen. Ik hoorde dat ze willen dat je je kandidaat gaat stellen voor Harold Travis' senaatszetel.'

Kerrigan vloekte binnensmonds. Dit had hij kunnen zien aankomen.

'Door deze zaken sta je maandenlang in de schijnwerpers en, zoals je zelf al zei, de moord op Wendell is een abc'tje – zo eenvoudig dat een pasbenoemde aanklager er een doodstraf uit kan slepen. Je kunt je geen betere manier wensen om publiciteit te krijgen. Je naam komt in alle kranten.'

Kerrigan wilde de zaak weigeren, maar wat voor reden kon hij Jack geven? Hij kon tegen hem niet over Ally Bennett beginnen.

'Kunnen we het niet met een bekentenis afdoen?' vroeg Kerrigan. 'Bij de moord op Wendell is er toch geen verdediging mogelijk. Ik denk dat de tegenpartij een volledige bekentenis aanbiedt in ruil voor levenslang.'

Stamm schudde zijn hoofd. 'Geen denken aan. We gaan niet voor strafvermindering. Die hufter heeft eerst een senator vermoord en daarna nota bene in onze eigen gevangenis een van de meest vooraanstaande advocaten van Oregon doodgestoken. Het spijt me, Tim, maar mijn besluit staat vast. Die klootzak heeft van té dichtbij toegeslagen. Hij gaat de dodencel in en jij gaat ervoor zorgen dat hij daar terechtkomt.'

Toen Tim terugkwam van het gesprek met Jack Stamm, liep Maria Lopez zijn kantoor binnen. De meeste andere aanklagers waren al naar huis. Buiten begon de hemel donkerder te worden.

'Heb je even?' vroeg Maria.

'Natuurlijk.'

'Het gerucht doet de ronde dat ze jou hebben benaderd om als aanklager op te treden in die zaak tegen Jon Dupre.'

'Het is geen gerucht,' zuchtte Tim. 'Ik ben al benoemd.'

Maria richtte nu al haar aandacht op Kerrigan.

'Dan wil ik je assistent zijn. Ik wil meehelpen om ervoor te zorgen dat hij zijn straf niet ontloopt.'

'Ik weet niet of...'

'Er is niemand die meer over Dupre weet dan ik. Ik kan je zo vertellen welke getuigen je moet oproepen als de strafmaat bepaald gaat worden en waar je alles kunt vinden wat je nodig hebt om het gevaar voor herhaling te kunnen aantonen.' Ze tikte tegen haar voorhoofd. 'Het zit allemaal hier, klaar voor gebruik. Ieder ander heeft er uren voor nodig om achter dingen te komen die ik je zo kan vertellen.'

Maria sprak de waarheid, maar ze had geen enkele ervaring met zaken waarin de doodstraf moest worden geëist. Maar daar stond tegenover dat ze zo betrokken was bij deze zaak dat ze er geen enkele moeite mee zou hebben om zich er zestien uur per dag en zeven dagen per week aan te wijden. Bij een zaak waarin de staat werd gevraagd om iemand te executeren, waren dit de gebruikelijke werktijden.

'Oké,' zei hij. 'Jij wordt mijn assistent.'

Lopez grijnsde. 'Daar zul je geen spijt van krijgen, chef. We krijgen die Dupre te pakken, dat beloof ik je. Hij zal zijn straf heus niet ontlopen.'

Even na zevenen belde Tim Kerrigan met Hugh Curtin. Hugh was een aan zijn werk verslaafde vrijgezel en Tim wist dat hij altijd en overal met hem kon afspreken om iets te gaan drinken, als Hugh tenminste op dat moment geen afspraakje had met een van zijn vele vriendinnetjes. Ze spraken af in de Hardball, een arbeiderscafé in de buurt van het honkbalstadion. Ze gingen hier wel vaker naar toe, omdat de klanten daar zich nooit met andermans zaken bemoeiden en de kans dat ze een bekende tegen het lijf zouden lopen erg klein was.

Tim wachtte even tot zijn ogen aan het halfdonker gewend waren en keek toen het café rond of hij zijn vriend ergens zag zitten. Binnen een paar tellen zag hij Hugh in een van de zitruimtes achter in het café. Hugh schonk een groot glas bier voor hem in toen hij Kerrigan zag. Tim ging op de bank zitten en goot meteen de helft van het bier naar binnen. Toen hij zijn glas weer op het tafeltje zette, schonk Curtin het meteen weer vol.

'En wat,' zei Curtin, 'is de reden dat je me hebt gestoord terwijl ik voor de achtentwintigste keer naar *Predator* zat te kijken, waarin mijn absolute held op actiefilmgebied, Jesse 'The Body' Ventura, de hoofdrol speelt?'

'Ik heb je raad nodig.'

'Dat heb je zeker.'

Curtin schonk de kan leeg en bestelde meteen een nieuwe. Toen ze nog studeerden, had Tim 'Huge' wel eens zonder noemenswaardige gevolgen een hele kan bier leeg zien drinken.

'Ik ben pas met mijn vader naar de Westmont geweest voor ons maandelijkse etentje.'

'En zo te zien heb je dat overleefd.'

Tim knikte. 'We waren daar niet alleen. Hij had Burton Rommel en Harvey Grant ook uitgenodigd.' Hij zweeg even. 'De partij wil dat ik me bij de volgende verkiezing kandidaat stel voor de senaatszetel van Harold Travis.'

Curtin wilde net zijn glas naar zijn mond brengen, maar bleef nu even, volkomen perplex, roerloos zitten. 'Dat méén je niet!'

'Denk je dat ik dat aan zou kunnen?' vroeg Kerrigan op bezorgde toon.

'Natuurlijk kun je dat aan. Dat hele Congres stelt geen reet voor. Je weet zelf ook wel wat voor sukkels daar in het verleden hebben rondgelopen. Maar als jij verdomme senator wordt, moet ik voortaan natuurlijk wel aardig tegen je doen, want anders stuur jij de belastingdienst op m'n dak om mijn aangifte te controleren.'

Kerrigan glimlachte.

'De vraag is natuurlijk niet of je het kunt, maar of je het ook *moet* doen. Het levert wel een heleboel prestige op, en je hebt de kans om veel goeds voor een heleboel mensen te doen. Maar je bent er wel vierentwintig uur per dag mee bezig. Je komt amper nog thuis. Megan zal je ontzettend missen. En jij maakt het grootste deel van haar jeugd niet mee. Maar toch, als je de kans krijgt om senator te worden... Het is niet niks. Wat vindt Cindy ervan?'

'Zij wil dat ik me kandidaat stel.'

'En ik hoef je natuurlijk niet te vragen wat de reactie van je ouweheer was. Wat zei hij?'

'Hij wil dat ik het doe. Toen ik het aanbod niet meteen aannam, sprong hij zowat uit zijn vel.'

'Maar heb je wel tegen hem gezegd dat je erover nadenkt?'

'Natuurlijk. Ik wilde niet dat hij een beroerte zou krijgen.'

'Het zou heel veel voor hem betekenen, Tim.'

'Dat zal best. Dan kan hij tenminste tegen iedereen gaan lopen opscheppen dat hij een senator in de familie heeft.'

'Hij heeft het beste met je voor, Tim.'

'Hij heeft het beste voor met William Kerrigan.'

'Je moet niet altijd zo negatief over hem doen.'

'Hij is geen gemakkelijk mens. Dat is hij nooit geweest. Het gaf niet wat ik deed, het was bij hem nooit goed genoeg. Zelfs niet toen ik die klotetrofee kreeg. Toen ik geen prof wilde worden en het grote geld liet schieten, vond hij die trofee ook ineens niet belangrijk meer.

En toen mijn moeder doodging was hij ook in geen velden of wegen te bekennen.' Tim nam nog een slok van zijn bier. Hij staarde naar het tafelblad en vervolgde: 'Ik verdacht hem ervan dat hij de hele tijd bij een van zijn andere vrouwen zat. Ik kan het me nog steeds niet goed voorstellen. Mijn moeder ligt te creperen van de kanker en hij neukt ondertussen een of ander mokkel.'

'Daar heb je geen bewijzen voor.'

'Nee, dat klopt. Maar hij is wel erg snel met nummer twee getrouwd.' Het lukte Kerrigan ook nu niet om de naam van de vrouw die zijn moeder als vrouw des huizes was opgevolgd, over zijn lippen te krijgen.

'Misschien zie ik het verkeerd, en misschien ben ik wel niet eerlijk tegenover hem, maar wat was er nou zo belangrijk aan zijn zakelijke transacties dat die niet even konden wachten? Mijn moeder was verdomme stervende, en hij wist dat ze nog maar korte tijd te leven had. Waarom heeft hij dan niet bij haar willen zijn?'

'Dus Cindy wil dat je je kandidaat stelt,' zei Hugh om het gesprek een andere wending te geven. 'Je vader wil het en de partij wil het ook. Wat wil je zelf?'

'Ik twijfel eraan of ik wel een goede senator zou zijn.' Hugh zag dat zijn vriend het er moeilijk mee had. 'Waarom ik, Huge?'

'Dat kan ik je wel vertellen, maar ik denk niet dat je daar blij mee bent.'

'Maar daarom vráág ik het je toch. Je bent tegen mij altijd open en eerlijk.'

'Ze hebben jou gevraagd omdat ze denken dat jij die zetel kunt winnen. Dat is het enige waar het in de politiek om draait. En ze denken dat je kunt winnen omdat je "De Flits" bent. En het wordt zo zoetjesaan tijd dat jij je erbij neerlegt dat "De Flits" voor altijd onlosmakelijk met jouw persoon is verbonden, of je dat nu leuk vindt of niet. Het is bijna tien jaar geleden dat je de Heisman hebt gewonnen. Ik weet dat je denkt dat je hem niet hebt verdiend, maar er zijn een heleboel mensen, waaronder ikzelf, die vinden van wel. En het wordt tijd dat je dat onder ogen ziet en verder gaat met je leven.

Je moet het zo bekijken: dit is voor jou de kans om helemaal overnieuw te beginnen, om iets goeds voor de mensen tot stand te brengen, en om erachter te komen of je werkelijk "De Flits" bent. En volgens mij ben je daar bang voor. Je bent bang dat je die verkiezingen gaat winnen en dat je vervolgens het werk niet aankunt.

Je hebt me meer dan eens Oliver Wendell Holmes horen citeren, Tim: "Het leven bestaat uit passie en daadkracht, en een ieder moet deelnemen aan de passie en de daadkracht van zijn tijd, omdat men anders geacht zal worden niet echt te hebben geleefd." En dat geloof ik echt. Je hebt je al die tijd verscholen in het kantoor van het OM. Je hoopte maar dat niemand je in de gaten zou krijgen, maar vroeg of laat komt er een tijd dat je je niet meer kunt verschuilen. Je zult het best moeilijk krijgen, ouwe jongen. Je loopt het risico dat het allemaal mislukt. Maar wie weet, sta je misschien nog eens van jezelf te kijken.'

16

In haar slaap werd Amanda geplaagd door nachtmerries. Toen ze wakker werd, lag ze te baden in het zweet. Het was nog donker. Ze keek op de wekker en zag dat die pas over een uur zou aflopen. Ze was volkomen uitgeput en voelde zich een beetje misselijk. Meestal begon Amanda de dag met gymnastiekoefeningen, zo nu en dan gevolgd door een heerlijk decadent pannenkoekenontbijt in een cafetaria dat al sinds de jaren vijftig bij haar in de buurt was gevestigd. Maar op deze morgen nam ze genoegen met een ijskoude douche, een bagel uit het broodrooster en een kop sterke thee.

Amanda woonde in Pearl, een wijk waar vroeger pakhuizen hadden gestaan die nu tot luxe appartementen waren verbouwd. Ze kon, als ze stevig doorliep, in een kwartier op kantoor zijn. Ze besloot om haar auto in de garage te laten staan. Misschien zouden de frisse kou en wat lichaamsbeweging helpen om haar een beetje te kalmeren. Ze zou in de loop van de ochtend een eerste gesprek met een brute moordenaar moeten voeren, maar, zo hield ze zichzelf voor, dat was niet degene die de oorzaak was van de gruwelen die haar slaap zo wreed hadden verstoord. Degene die dat op zijn geweten had, was nu dood. Jon Dupre zou geboeid worden binnengeleid en Kate Ross zou haar in de bezoekkamer terzijde staan. Logisch gesproken, was er geen enkele reden tot bezorgdheid, maar toen ze bij het kantoor van Jaffe, Katz, Lehane en Brindisi aankwam, had ze toch nog steeds een licht gevoel in haar hoofd. En terwijl ze zat te werken, bleven de vage angstgevoelens aan haar knagen. Het was of er ergens onder in haar maag een klein insect heen en weer rende. Ze probeerde uit alle macht om de angst van zich af te zetten, maar dat lukte niet.

Kate Ross had de stukken die betrekking hadden op de moorden op Travis en Hayes bij de officier van justitie opgehaald. Toen Amanda haar kantoor binnenkwam, lagen de stukken op haar bureau. Amanda las eerst de politierapporten door en stelde het moment dat ze de foto's die op de plaats van de misdrijven en tijdens de lijkschouwing waren genomen, moest bekijken zo lang mogelijk uit.

Amanda legde de foto's van de lijken van Harold Travis en Wendell Hayes naast elkaar op haar bureau. Ze hoopte dat ze bij het bekijken van de foto's geen flashbacks zou krijgen. Ze hield zichzelf voor dat het bekijken van die foto's nu eenmaal bij haar werk hoorde en dat het misschien niet het prettigste, maar wel een heel belangrijk onderdeel daarvan was. Amanda probeerde rustig adem te blijven halen terwijl ze aandachtig de foto's bekeek die op de plaatsen waar de moorden hadden plaatsgevonden, waren gemaakt. Ze had de rapporten van de patholoog-anatoom al gelezen, zodat ze met een vluchtige blik op de foto's van de lijkschouwingen kon volstaan. Toen ze daarmee klaar was, stopte ze de foto's terug in het dossier. Ze merkte dat haar handen beefden. Ze deed haar ogen dicht en leunde achterover op haar stoel. Ze probeerde zich te ontspannen. Het ergste was nu voorbij: ze had de foto's bekeken en daarbij geen flashbacks gekregen, maar Amanda vroeg zich toch af of ze geen vergissing had gemaakt toen ze ermee had ingestemd om de verdediging van Jon Dupre op zich te nemen.

Amanda en Kate arriveerden om half elf bij het Justitieel Centrum. Ze lieten bij de receptiebalie van de gevangenis hun legitimatie aan de dienstdoende bewaker zien. Amanda vroeg of ze in een van de open spreekkamers met Jon Dupre konden praten. De bewaker pakte de telefoon. Meteen nadat hij had opgehangen, zei hij tegen Amanda dat Matthew Guthrie, de gevangenisdirecteur, haar persoonlijk wilde spreken. Een paar minuten later sjokte de directeur de receptieruimte binnen. Guthrie was een joviale, breedgeschouderde Ier van begin vijftig, met peper-en-zoutkleurig haar en het begin van een bierbuikje.

'Goedemorgen, Amanda.'

'Goedemorgen, Matt. Kom je even langs voor de gezelligheid?'

'Helaas niet. Ik kan geen toestemming geven voor een gesprek met Dupre in een open spreekkamer. Ik wilde je dat persoonlijk komen vertellen omdat ik weet dat je daar vreselijk tegen tekeer zult gaan.'

'Reken maar. Ik wil niet dat mijn cliënt tijdens ons gesprek achter een raam van kogelvrij glas zit. Dupre is toch geen beest.'

'Dat is nou juist het probleem, Amanda,' antwoordde Guthrie op kalme toon. 'Dat is hij namelijk wél. De vorige keer dat we hem in een open bezoekkamer met een van je vakbroeders lieten praten, heeft hij hem in zijn oog gestoken en zijn keel doorgesneden. Ik wil niet dat hij de kans krijgt om dat nog een keer te doen. En voordat jij erover begint: dat zeg ik niet omdat je een vrouw bent. Toen ik het verbod op rechtstreeks contact met Dupre instelde, had ik nog geen idee wie er met de verdediging van onze gewaardeerde gast zou worden opgezadeld.'

'Matt, ik stel het zeer op prijs dat je je zorgen maakt over mijn veiligheid, maar als ik een vertrouwensrelatie met Dupre wil opbouwen, is het noodzakelijk dat ik rechtstreeks met hem kan praten. Zo'n eerste gesprek is erg belangrijk. Als hij denkt dat ik bang voor hem ben, zal hij nooit vrijuit tegen me praten.'

'Ik blijf bij mijn besluit. Eén dode advocaat in mijn gevangenis vind ik meer dan genoeg.'

'Je kunt hem laten boeien. En Kate is er ook bij. Ze heeft bij de politie gewerkt. Ze beheerst alle zelfverdedigingstechnieken.'

Guthrie schudde zijn hoofd. 'Het spijt me, Amanda, maar ik kan hier niet van afwijken. Je kunt gebruikmaken van een van de kamers met kogelvrij glas of anders gaat het verhaal niet door.'

'Ik kan een gerechtelijk bevel aanvragen.'

'Dat zul je wel moeten.'

Amanda besefte dat het geen zin had om te blijven aandringen. Ze twijfelde niet aan Guthries goede bedoelingen.

'Voorlopig zal ik het ermee moeten doen, maar zo gauw ik hier klaar ben, ga ik naar rechter Robard.'

Guthrie knikte. 'Dat dacht ik al. Ik hoop dat je het me niet kwalijk neemt.'

'Het bevestigt alleen maar opnieuw mijn mening dat je een bekrompen, reactionair mannetje bent,' zei Amanda met een glimlach op haar gezicht.

'En daar ben ik nog trots op ook,' lachte Guthrie. Vervolgens ging hij op serieuze toon verder: 'Kijk verdomd goed uit met die klootzak. Luister niet naar zijn mooie praatjes en blijf voortdurend op je hoede. Jon Dupre is héél, héél gevaarlijk.'

'Maak je maar geen zorgen, Matt. Als er één cliënt is die ik niet onderschat, is hij het wel.'

'Oké.' Hij stak een grote hand uit om afscheid van Amanda te nemen. 'Doe je vader de groeten van me.'

Guthrie vertrok en Amanda liet de bewaker de inhoud van haar koffertje zien, waarna ze door het poortje van de metaaldetector liep. Terwijl ze op Kate stond te wachten, moest Amanda toegeven dat de gedachte dat ze door een betonnen muur en een raam van kogelvrij glas van Jon Dupre gescheiden zou zijn haar een gevoel van opluchting gaf.

De bezoekkamer met kogelvrij glas was zo klein dat Kate Ross met haar rug tegen de deur achter Amanda moest blijven staan. Amanda ging op een grijze metalen klapstoel zitten en legde haar notitieblok en haar map met stukken op de metalen rand van de muur die zich vóór haar bevond. Het onderste deel van de muur was van massief beton. Het raam erboven was van dik, kogelvrij glas. Het glas was geluiddicht, zodat de advocaat en diens cliënt met elkaar moesten communiceren via telefoons die aan weerszijden aan de muur waren bevestigd.

Aan de andere kant van het glas ging nu een deur open. Een bewaker duwde Jon Dupre naar binnen. De ruimte aan de andere kant van het glas was precies even groot als die waar Amanda en Kate zich bevonden. De eerste indruk die Amanda van Dupre kreeg, was dat haar cliënt een knappe man was. Hij leek ook tot het uiterste op zijn hoede te zijn voor wat hem boven het hoofd hing. Zijn benen waren bij de enkels geboeid, zodat hij alleen maar een beetje vooruit kon schuifelen. De gevangene richtte zijn blik op Amanda en keek haar een hele tijd strak aan. Het maakte haar nerveus, maar Amanda bespeurde in de blik van Dupre nog iets anders dan agressie: er sprak ook angst uit. Toen hij dichterbij kwam, zag ze dat zijn ogen rood opgezet waren en ook dat hij schrammen op zijn gezicht had.

De bewaker duwde Dupre op een stoel en vertrok. Amanda's cliënt droeg een overall met korte mouwen. Hij ging met zijn geboeide handen op de rand van de muur vóór hem zitten. Amanda zag dat zijn rechteronderarm op een aantal plaatsen was gehecht en dat hij ook een paar snijwonden aan de vingers van allebei zijn handen had.

Amanda forceerde een glimlach en pakte de hoorn van haar telefoon. Ze gebaarde naar Dupre dat hij hetzelfde moest doen.

'Wie ben jij nu weer?' snauwde hij.

'Mijn naam is Amanda Jaffe en ik ben door de rechtbank gevraagd om u te verdedigen.'

'Jezus christus, krijg ik daar godverdomme een of andere trut als advocaat! Waarom geven ze me niet meteen een spuitje?'

Amanda glimlachte niet meer. 'Ze hebben een trut benoemd om u te verdedigen omdat de lulhannesen allemaal te bang waren om uw zaak op zich te nemen.'

'En jij niet?' zei Dupre. Hij tikte met de hoorn tegen het kogelvrije glas.

'De directeur wilde niet dat we in een open kamer met elkaar praatten. Zo gauw ik hier klaar ben, ga ik naar de overkant om bij de rechter een bevel te krijgen om het volgende gesprek in een open ruimte te laten plaatsvinden.'

Dupre wees met de hoorn naar Kate. 'Is dat je lijfwacht?'

'Nee, meneer Dupre. Dat is de detective die uw zaak gaat onderzoeken. Gaat u me nog langer op de proef stellen of kunnen we nu aan de slag? Ik wil u een aantal vragen stellen. U zit behoorlijk in de problemen. U heeft een vooraanstaande advocaat vermoord en de kans dat het om de doodstraf tegen u gaat eisen, is levensgroot aanwezig.'

Dupre sprong overeind. Hij moest tegen de metalen rand leunen om zijn evenwicht te bewaren. Hoewel er een muur tussen hen in stond, schoof Amanda haar stoel achteruit. Ze was zich rotgeschrokken van Dupre's plotselinge woedeaanval.

'Ik heb niemand vermoord en ik zit ook niet te wachten tot de rechtbank een of andere trut op me afstuurt. Rot toch op, godverdomme.'

'Menéér Dupre,' riep Amanda in de hoorn. Dupre smeet de hoorn tegen het glas en strompelde naar de achterste muur van de kamer, waar hij met zijn geboeide handen op de stalen deur ging staan bonken. De deur ging open en de bewaker deed een stap achteruit om Dupre door te laten. Dupre schuifelde de gang in waar zich de cellen bevonden. Amanda zakte uitgeput op haar stoel.

'Wat een eikel,' zei Kate.

Amanda zocht haar paperassen bij elkaar. Ze keek nog steeds naar de deur waardoor haar cliënt was verdwenen.

Kate deed de deur naar de gang open. 'Wat ga je nu doen?' vroeg ze.

'Ik ga Dupre even tijd gunnen om af te koelen. Ondertussen ga ik bij rechter Robard een bevel halen voor een gesprek in een open kamer. Dan maak ik een afspraak met Dupre en hoop ik dat het de volgende keer wat beter gaat dan nu.'

'Succes ermee.'

'En in de tussentijd gaan we samen een schema opstellen voor het verloop van het proces en wat daarna komt.'

Kate drukte op de knop van de lift.

'Ik denk dat we de meeste tijd moeten besteden aan het bedenken van een manier om te voorkomen dat de jury Dupre ter dood veroordeeld. Ik heb de politierapporten gelezen. Ik denk niet dat het al te lang duurt voordat Dupre schuldig wordt bevonden.'

'Je stelt je negatief op,' antwoordde Amanda met een vermoeide glimlach. 'En dat doen we bij Jaffe, Katz, Lehane en Brindisi nóóit.'

'Ho even. Ik stel me juist positief op. Ik heb zelfs een paar ideeën over wat we allemaal ter verdediging aan kunnen voeren. Bijvoorbeeld dat Marsmannetjes krachtige stralen hebben gebruikt om Dupre, dwars door de betonnen muren heen, te dwingen om meneer Hayes af te slachten. Ik heb op *SciFi* pas nog een documentaire gezien over mensen die door de duivel bezeten waren. Misschien kunnen we hun onderzoeksmateriaal ter inzage vragen.'

De lift bracht hen terug naar de receptieruimte van de gevangenis. Toen de deuren opengingen, zagen ze dat het in de hal wemelde van de verslaggevers.

'Daar baal ik van,' zei Amanda. 'Iemand heeft ze natuurlijk getipt.'

De verslaggevers riepen vragen naar Amanda terwijl ze door de receptie liep. Ze bleef in de hal staan. De felle lampen van een van de televisieploegen verblindden haar. Ze kneep even haar ogen half dicht.

'Gaat u Jon Dupre verdedigen?' vroeg een verslaggever.

'Heeft u rechtstreeks met hem kunnen spreken?'

Amanda stak een hand omhoog. De vragen hielden op.

'Rechter Robard heeft me verzocht om de heer Dupre te vertegen-woordigen. Ik heb zojuist met mijn cliënt gesproken en...'

'Was u bang?' riep iemand.

'Heeft Dupre toegegeven dat hij senator Travis heeft vermoord?'

Amanda wachtte geduldig tot de verslaggevers een beetje tot bedaren waren gekomen.

'Degenen die me kennen, weten dat ik de mening ben toegedaan dat de enige juiste plaats om een ernstige zaak als deze te behandelen, de rechtszaal is, en nergens anders. Ik ga deze zaak dus hier niet met u be-spreken en ik ga ook geen mededelingen doen over wat er tussen de cliënt en zijn advocaat is besproken.'

Een aantal van de verslaggevers ging door met vragen stellen en ook nu wachtte Amanda weer geduldig tot het geschreeuw wat minder werd.

'Ik ga over deze zaak geen mededelingen doen aan de pers,' herhaalde Amanda. 'Het spijt me, maar zo liggen de zaken. We moeten nu gaan. Ga je mee, Kate?'

Amanda liep met haar detective bij de verslaggevers vandaan. Ze lie-pen juist door de hal van het Justitieel Centrum naar buiten toen Tim Kerrigan de trappen op kwam rennen. De aanklager keek Amanda even aan alsof hij zich probeerde te herinneren waar hij haar eerder had ge-zien. Toen hij zich hun vorige ontmoeting herinnerde, verscheen er een glimlach op zijn gezicht.

'Nee maar, Amanda! Dat is een tijd geleden.'

'Twee jaar. Bij de zaak-Harrison.'

'Waaruit jij als glorieuze overwinnaar te voorschijn kwam, als ik me goed herinner.'

'Ken je Kate Ross, mijn detective? Ze heeft vroeger bij de politie ge-werkt.'

'Natuurlijk. Je was toch betrokken bij die zaak tegen Daniel Ames?'

'Dat klopt,' antwoordde Kate.

De verslaggevers en de cameramensen waren bezig het gebouw te ver-laten, maar toen ze zagen dat Kerrigan met Amanda stond te praten stortten ze zich op hen als een troep hongerige wolven.

'Wat doen die verslaggevers hier?'

Amanda keek achterom en grijnsde. 'Ik ga Jon Dupre verdedigen.'

'Dan hebben we in elk geval iets gemeen, want ik ben de aanklager.

Misschien lukt het me om de stand weer gelijk te trekken.'

'Dat zullen we nog wel eens zien,' zei Amanda zonder al te veel overtuiging.

'Meneer Kerrigan!' riep iemand.

'Dan laat ik je nu alleen met je trouwe bewonderaars,' zei Amanda.

'Je wordt bedankt,' antwoordde Kerrigan.

De verslaggevers dromden nu om de advocaat van de tegenpartij heen. Amanda en Kate maakten ondertussen dat ze wegkwamen en renden de trappen af.

'Dat is toch die sporter?' vroeg Kate.

'Ja, en niet de eerste de beste. Hij heeft een jaar of tien geleden de Heisman gewonnen.'

Kate floot tussen haar tanden. 'Hoe is hij in de rechtszaal?' vroeg ze.

'Goed. Hij is heel pienter en hij werkt ontzettend hard.' Amanda zuchtte. 'Maar zoals het er nu naar uitziet, zal hij zich voor deze zaak niet in het zweet hoeven te werken.'

17

Het kantoor van Oscar Baron bevond zich op de zeventiende verdieping van een modern, uit glas en staal opgetrokken kantoorgebouw. De wachtruimte voor bezoekers was smaakvol gemeubileerd, wat de indruk wekte dat het Baron voor de wind ging, maar Amanda wist dat hij hier kantoorruimte huurde van het vastgoedbedrijf dat de eigenaar van het gebouw was en dus niets te maken had met het uitkiezen, of het bekostigen, van het meubilair in de receptieruimte.

De receptioniste belde naar Baron en zei dat Amanda bij de receptie op hem wachtte. Na vijf minuten begon ze een nummer van *Time* door te bladeren. Een kwartier later snelde Baron de wachtruimte binnen.

'Het spijt me dat ik je heb laten wachten,' zei hij terwijl hij haar een hand gaf. 'Ik had een advocaat in New York aan de lijn over een zaak waar we samen aan werken.'

Amanda deed of ze onder de indruk was van het feit dat Baron samenwerkte met een advocaat in New York. Ondertussen ging hij haar voor door een lange gang en liet haar zijn bescheiden kantoor met uitzicht op de rivier binnen.

'Robard heeft jou dus opgezadeld met Dupre,' zei Baron toen ze waren gaan zitten.

'Ik heb de zaak aangenomen om hem een plezier te doen. Hij kon niemand anders krijgen. Het verbaast me dat jij Dupre niet vertegenwoordigt. Het zou je een heleboel aandacht van de media hebben opgeleverd.'

'Ja... Daar ben ik ondertussen ook achter.' Baron maakte met zijn duimen en wijsvingers een rechthoek zoals filmregisseurs dat doen om het beeld van een opname af te bakenen. 'CLIËNT VAN BARON KRIJGT ELEKTRISCHE STOEL.' Hij schoot in de lach. 'Of misschien wel GESTOORDE POOIER VERMOORDT TWEEDE ADVOCAAT. Precies het soort publiciteit dat ik nodig heb. Hij kon trouwens mijn honorarium niet betalen.' Baron leunde voorover en ging op vertrouwelijke toon verder: 'En onder ons gezegd, ben ik daar niet rouwig om. Die arme Wendell.' Hij keek Amanda met wijdopen ogen aan. 'Maar Gods wegen zijn nu eenmaal ondoorgrondelijk... Weet je dat die klootzak van een Dupre me nachtmerries heeft bezorgd? Voor hetzelfde geld had ik daar bij hem in die bezoekkamer gezeten.'

'Denk je dat Dupre geprobeerd zou hebben om jou ook te vermoorden?'

'Wie zal het zeggen. Wie weet waartoe die gek in staat is?'

'Heeft hij je ooit bedreigd toen jij hem indertijd verdedigde?'

'Uuh... Niet rechtstreeks, nee. Maar het is een heel eng mannetje. Ik had het idee dat hij elk moment kon ontploffen. Misschien heb ik gewoon mazzel gehad. Maar goed, hoe kun jij het met hem vinden?'

'Op het moment zijn we elkaar nog aan het aftasten. Je weet zelf wel hoe dat gaat.'

'Nou en of! Je bent nu in het stadium dat ze je niet vertrouwen en er maar op los liegen. Als je dat stadium eenmaal bent gepasseerd, is dat vertrouwen er wel, maar liegen ze er nog even vrolijk op los.'

Baron liet een korte, droge lach horen en Amanda forceerde een glimlach.

'Hoe lang ben jij Jons advocaat geweest?' vroeg ze.

'Alleen die ene keer, maar ik heb daarvóór een paar van zijn meisjes verdedigd toen die in de problemen waren geraakt.'

'Waren dat de vrouwen die voor die escortservice van hem werkten?'

Baron knikte bevestigend.

'Wat kun je me over die zaak tegen Jons escortservice vertellen?'

'Ik kan je geen mededelingen doen over wat er op basis van wederzijds vertrouwen tussen ons is besproken. Daar heb ik eerst Jons toestemming voor nodig.'

'Dat begrijp ik, maar ik wil alleen maar weten wat er in de openbare stukken van de zaak staat. In de politierapporten, bijvoorbeeld. Daar wil ik trouwens kopieën van hebben. Ik dacht dat je me misschien mondeling alvast een beknopte versie kunt geven.'

'Waar heb je de politierapporten van de zaak tegen Jons escortservice voor nodig?'

'Die moet ik hebben als de aanklager met zijn eis komt. Ik heb begrepen dat Dupre tegen sommige van zijn meisjes nogal ruw tekeer kon gaan. De aanklager kan die incidenten aanvoeren als bewijs van de mogelijkheid tot herhaling.'

'Ja, natuurlijk.' Baron zweeg even. 'Dat is een omvangrijk dossier. Als daar kopieën van gemaakt moeten worden, zijn daar nogal wat kosten aan verbonden.'

'Die kosten worden vergoed, Oscar.'

Het leek of die mededeling Baron opluchtte.

'Hoe zit die escortservice precies in elkaar? Hoe werkt zoiets?'

'Exotic Escorts is vrij eenvoudig van opzet. Jon werft de meisjes en...'

'Hoe doet hij dat?'

'Je hebt ondertussen kennis met hem gemaakt. Jon is het type van een dekhengst en hij is rad van tong. Hij bezoekt de gelegenheden waar voornamelijk jonge meisjes komen. Hij is gek op studententypes. Hij zoekt net zolang tot hij een eerstejaars in het oog krijgt die voor het eerst van huis is. Hij neukt haar eerst suf en geeft haar dan wat cocaïne. Daarna mag ze een tijdje in zijn warme bubbelbad gaan liggen om weer bij te komen. De meesten vallen voor hem als een blok. Daarna begint hij over de problemen van zijn escortbureau. Hij heeft net een goede klant weten te strikken voor die avond, maar het meisje dat met die klant zou gaan stappen, heeft zich ziek gemeld. Hij legt zijn liefje uit dat het net zoiets is als een blind date en laat haar dan de juwelen en de designkleding zien die ze bij die gelegenheid aan moet – allemaal namaak, natuurlijk.'

'Beseffen ze dat het de bedoeling is dat ze met hun klant naar bed gaan?'

'Als ze daarover beginnen, is Jon ineens de voorkomendheid zelve. Hij geeft toe dat de klant waarschijnlijk zal vragen of het meisje met hem naar bed wil, maar hij zegt erbij dat ze dat zelf moet beslissen. Hij zegt er ook meteen bij dat ze behoorlijk wat extra's kan verdienen als ze erop ingaat.'

'En werkt dat altijd?'

'Natuurlijk niet. Maar het heeft zo vaak gewerkt dat Jon kans heeft gezien om een hele schare meisjes aan zich te binden. Hij lokt ze met het gemakkelijk verdiende geld of met de coke. Hij is wel zo slim dat hij een meisje niet al te vaak gebruikt, tenzij ze er zelf om vragen.'

'Maar hebben die vrouwen dat dan niet door? Snappen ze niet dat hij hen gebruikt?'

'Een paar wel.'

'Wat gebeurt er dan?'

'Dan laat hij ze net zo gemakkelijk weer schieten. Maar als hij bang is dat er moeilijkheden komen, kan hij vreselijk tekeergaan als ze niet precies doen wat hij zegt.'

'Gaat de aanklager vrouwen laten opdraven die komen verklaren dat ze door Dupre zijn geslagen?'

Baron haalde zijn schouders op.

'Hoe erg kan hij tekeergaan?'

'Dat staat allemaal in de rapporten. Maar het zijn allemaal maar hoeren. Bij een kruisverhoor zou ik zonder meer gehakt maken van hun verklaringen.'

'Hoe komt Dupre aan zijn klanten?'

'Gewoon. Hij heeft een aantal portiers bij de betere hotels volkomen in zijn macht. Hij betaalt ze niet van tevoren, maar misschien krijgen ze wel een gratis voorproefje van de kwaliteit van de dienstverlening.' Baron wierp Amanda een veelbetekenende glimlach toe. Ze vroeg zich af hoe vaak Oscar zelf zo'n 'voorproefje' had mogen nemen. 'Het echte geld dat ze verdienen komt van het aandeel van de omzet dat ze krijgen als ze een klant naar Jon verwijzen. Hij heeft dezelfde regelingen lopen met de barkeepers van de stripclubs.'

'Mond-tot-mondreclame is natuurlijk het meest effectief, maar hij zet ook advertenties in tijdschriften voor alleenstaande mannen. Advertenties in de stijl van "Breng een nacht door met het meisje van uw dromen". Er staat meestal ook nog een kreet bij als "alleen bonafide geïnteresseerden", maar er staan ook fotootjes bij van blote dames in verleidelijke poses die meer zeggen dan duizend woorden. De klanten die bellen, vragen meestal naar de meisjes die in de advertentie staan, maar dat zijn natuurlijk fotomodellen, die alleen maar als lokkertje fungeren. Dupre heeft een meisje bij de telefoon zitten om de aandacht van de klanten af te leiden. Ze heet Ally Bennett. Ally is echt een heel bijzondere meid. Als je haar stem hoort, lijkt het of je al met haar in bed ligt.'

'Is Ally zijn compagnon?'

'Jon heeft geen compagnons. En als hij die wel had, zouden dat geen vrouwen zijn. Hij moet niets van ze hebben. Vrouwen zijn voor hem verachtelijke wezens. Ik sta ervan te kijken dat hij zich door een vrouw wil laten verdedigen.'

Amanda glimlachte, maar ging hier niet op in.

'Wat is dan precies zijn relatie met Ally Bennett?'

'Zij is een tussenpersoon. Ze handelt de telefoontjes af, stuurt de meisjes op pad en zorgt dat het geld binnenkomt.'

'Maar dan moet hij haar toch op een of andere manier vertrouwen?'

Baron haalde zijn schouders op. 'Misschien wel, voorzover je bij hem tenminste van vertrouwen kunt spreken. Ally werkt zelf ook als escort voor een paar van Jons belangrijke klanten.'

'Zoals wie?'

'Dat is vertrouwelijke informatie tussen advocaat en cliënt. Als Jon dat wil, zal hij je dat zelf wel vertellen. Je zult staan kijken van de namen die ertussen zitten.'

'En wat gaat dat de klant allemaal kosten?'

'Het begint met driehonderd dollar voorrijkosten om het meisje bij je op de kamer te krijgen. Jon vraagt zo'n hoog bedrag omdat hij daarmee de gewone hoerenlopers buiten de deur denkt te houden. Als het meisje eenmaal bij de klant op de kamer is, geldt er een tarievenlijst voor van alles en nog wat, van buikdansen tot artistieke poses. Als dat achter de rug is, vraagt het meisje om een fooi. Dat is een hint voor de klant om aan te geven wat hij nog meer wil. En dan treedt er weer een andere tarievenlijst in werking.'

'Zo te horen kan dat nogal oplopen.'

'Dat doet het meestal ook. Jon opereert uitsluitend in de bovenste laag van de markt. Daar zit meer geld en doen zich minder moeilijkheden voor. De politie denkt wel twee keer na voor ze het een senator of een rechter van het *circuit court* moeilijk gaan maken. De kans dat hij met de politie in aanraking komt, wordt daardoor ook meteen een stuk kleiner. En als de een of andere moraalridder het toch in zijn hoofd haalt om hem te arresteren, wat heeft de politie dan voor bewijs? Jon laat Ally alle inkomende gesprekken opnemen, en ze horen dus alleen maar dat ze tegen meneer de rechter zegt dat de meisjes van Exotic Escorts niet voor geld met hun klanten naar bed gaan.'

'En de meisjes zelf dan? Die kunnen toch een verklaring afleggen?'

'Dat zou kunnen, maar dat gebeurt nooit. Als ze gepakt worden, betaalt Jon alle kosten, en de straffen die er op prostitutie staan zijn niet zo hoog dat de meisjes uit de school gaan klappen.'

'Hoe heeft het OM dan die aanklacht tegen Dupre voor elkaar gekregen?'

'Dankzij Lori Andrews. Lori was een alleenstaande moeder en de politie had gedreigd dat ze haar dochtertje bij haar weg zouden halen.'

'Ze is toch vermoord?'

'Ja, dat was ook erg tragisch,' zei Baron zonder al te veel emotie in zijn stem. 'Toen ze niet kwam opdagen bij het proces tegen Jon, moest de aanklacht worden ingetrokken. Maar na wat er met Wendell is gebeurd, heeft Kerrigan natuurlijk niet veel getuigenverklaringen meer nodig om de doodstraf te kunnen eisen. Hoewel, als de jury uit mensen bestaat die een hekel aan advocaten hebben, kun je nooit weten wat de uitspraak zal zijn. Mijn voorstel zou zijn om tijdens het samenstellen van de jury een heleboel grapjes over advocaten te maken en dan goed op te letten wie er het hardst lachen. Dat zijn de mensen die je moet hebben.'

18

Tim Kerrigan hoorde het geluid van snelle voetstappen op de marmeren vloer van het gerechtsgebouw van Multnomah County. Hij hoorde iemand zijn naam noemen. Toen hij zich omdraaide, zag hij J.D. Hunter, de FBI-agent die hij in het vakantiehuisje van senator Travis had ontmoet, op zich af komen.

'Ik was op je kantoor, maar ze zeiden dat je hier was,' zei Hunter. 'Ik ben blij dat ik je nu te pakken heb.'

'Ik heb net een verzoek moeten toelichten.'

'En werd het ontvankelijk verklaard?'

'Het was een fluitje van een cent.'

'Zullen we even koffie gaan drinken? Het is bijna drie uur. Waar ik vandaan kom, is het om drie uur altijd koffiepauze.'

'Bedankt voor de uitnodiging, maar ik zit tot over m'n oren in het werk. Ik moet meteen weer terug naar kantoor.'

'Mag ik zover met je meelopen?'

'Natuurlijk. Wat is er aan de hand?'

'Jon Dupre. De moord op Wendell Hayes.'

'Waarom hou jij je daarmee bezig? Dat is toch geen zaak voor het federale hof?'

'Nee, tenminste... niet rechtstreeks. Maar het zou kunnen zijn dat Dupre banden heeft met de leider van een internationaal drugsnetwerk dat terrorisme financiert. Mijn belangstelling voor Dupre is dus min of meer van zijdelingse aard. Ik probeer gewoon wat losse eindjes aan elkaar te knopen.'

'Wie is die leider, voor het geval ik iets op het spoor kom?'

'Hij heet Mahmoud Hafnawi, een Palestijn die in Beiroet woont. Laat het me weten als Dupre die naam noemt.'

'Dat zal ik zeker doen.'

Hunter schudde zijn hoofd. 'Die Dupre is een héél vreemde vogel.'

'Waarom zeg je dat?'

'Hij heeft verdomme z'n eigen advocaat vermoord. Waarom zou hij dat gedaan hebben?'

'Dat vragen we ons allemaal af.'

'Kenden Hayes en Dupre elkaar? Was er oud zeer tussen die twee?'

'Hayes kende Jon via zijn ouders, maar we hebben verder geen connecties tussen hem en Dupre kunnen vaststellen. Dupre heeft Hayes niet eens zelf aangenomen. De president van de rechtbank heeft Hayes gevraagd om bij wijze van gunst als pro-Deoadvocaat op te treden.'

'Ik zou zo denken dat Dupre al een advocaat had.'

'Die had hij ook. Een zekere Oscar Baron, maar Baron voelde er niets voor om Dupre te verdedigen omdat Dupre zijn honorarium niet kon betalen.'

'Twijfelt iemand er nog aan of Dupre schuldig is?'

'Aan de moord op Hayes? Nee, niemand. Wendell werd in een open bezoekkamer in de gevangenis doodgestoken. Ze zaten daar met z'n tweeën ingesloten. Het is dus zo klaar als een klontje. Ik heb nog nooit een zaak meegemaakt waarin de bewijsvoering zo eenvoudig was.'

Hunter was even stil. Even later schudde hij zijn hoofd.

'Er klopt iets niet. Als je bedenkt wat voor problemen hij heeft, is het toch heel vreemd dat hij zijn advocaat vermoordt?'

'Heb jij je wel eens afgevraagd wat de motieven van dat soort mensen zijn?'

'Daar zeg je wat. Maar Hayes was toch een van de beste advocaten die er zijn?'

Tim knikte.

'Je zou je toch voor kunnen stellen dat Dupre blij zou zijn dat hij iemand als Hayes had om hem te verdedigen. Hayes zou gebrek aan overtuigend en wettig bewijs hebben kunnen aanvoeren om te voorkomen dat Dupre in de dodencel belandde. Als ik in Dupre's schoenen stond, zou Wendell Hayes wel de laatste zijn die ik zou vermoorden.'

'Maar dat heeft hij dus wél gedaan. We hebben een ooggetuige. Een van de bewakers heeft alles gezien. De arme drommel is er zó van overstuur geraakt dat hij nog steeds met ziekteverlof is.'

'Dat verbaast me niets. Je moet er toch niet aan denken dat iemand voor je ogen overhoop wordt gestoken terwijl je niets kunt doen? Waar heeft Dupre hem mee doodgestoken?'

'Met een of ander scherp stuk metaal,' antwoordde Tim. 'Zo te zien is het zo'n metalen hendel die ze in de gevangenis gebruiken om de ventilatie te regelen. Iemand had er een scherpe punt aan geslepen.'

'Hoe heeft hij daar aan kunnen komen?'

Kerrigan haalde zijn schouders op. 'Er zijn in iedere gevangenis wel scherpe voorwerpen te vinden. Ook zelfgemaakte. We zijn nu bezig om de cel van Dupre en de rest van het blok waar hij zit, te onderzoeken. Misschien heeft hij het zelf gemaakt, maar het kan ook zijn dat hij het van iemand heeft gekocht.'

Ze kwamen nu bij de liften. Kerrigan duwde op het knopje voor omhoog. Hunter moest de lift naar beneden hebben. Het pijltje voor omhoog werd groen.

'Ga je terug naar Washington?' vroeg Kerrigan toen de deuren opengingen.

'Straks.'

'Goede reis.'

'Wacht even, ik vergeet nog iets,' zei Hunter. Hij gaf Kerrigan een van zijn visitekaartjes. 'Voor het geval dat.'

Hunter glimlachte toen de deuren dichtgingen, alsof hij als enige op de hoogte was van een of ander geheim. Er was iets aan de agent dat Kerrigan irriteerde. Hij herinnerde zich dat hij datzelfde gevoel ook had gehad toen ze elkaar voor het eerst ontmoetten, op de plek waar Travis was vermoord. Toen was er ook iets aan Hunter geweest dat hem dwarszat. Plotseling drong het tot hem door wat het was: de schoonmaakploeg had het lichaam van de senator pas een paar uur voordat Richard Curtis Tim had gebeld en gezegd had dat hij naar het vakantiehuisje moest gaan, gevonden. J.D. Hunter had tegen Kerrigan gezegd dat hij belast was met het onderzoek naar de moord op Travis. De FBI wilde een federale agent ter plekke omdat het slachtoffer een senator was. Hoe was het Hunter gelukt om zo snel in Portland te zijn? Het moest toch even geduurd hebben voordat Washington op de hoogte was gesteld van de dood van de senator. Zelfs al was Hunter met een eigen toestel van de FBI naar Portland komen vliegen, had hij nooit zo snel bij het huis van Travis kunnen zijn.

Kerrigan liep hier nog steeds over na te denken toen hij de receptieruimte van het OM betrad en daar Carl Rittenhouse aantrof, die op hem zat te wachten. Carl was ongeschoren en had bloeddoorlopen ogen. Hij zag er veel slechter uit dan de vorige keer dat Tim en hij elkaar hadden gesproken. De eerste gedachte die bij Tim opkwam, was dat Carl moeite had om de dood van zijn baas te verwerken.

Zodra Rittenhouse Kerrigan in de gaten kreeg, ging hij staan. 'Tim, heb je even?' vroeg hij op bezorgde toon.

'Natuurlijk, Carl.'

Kerrigan gebaarde dat Rittenhouse hem moest volgen naar zijn kantoor.

'Toen je bij het huis van de senator was, had je het over een zekere Dupre,' zei Rittenhouse zodra Tim de deur van zijn kantoor dicht had gedaan. 'Je zei dat hij een escortservice had en dat een van zijn meisjes was vermoord.'

'Dat klopt.' Kerrigan legde de mappen met stukken neer en ging achter zijn bureau zitten.

'Ik wilde er toen al over beginnen, maar ik wist het niet precies meer. Ik heb het krantenartikel over de moord erbij gezocht. Er stond een foto bij.' Rittenhouse sloeg zijn ogen neer. 'Het gaat om hetzelfde meisje.'

'Ik kan je nu even niet volgen, Carl.'

'Ik heb haar eerder gezien, deze Lori Andrews. Ik heb haar zelf naar het vakantiehuis gebracht.'

'Naar het vakantiehuis van de senator?' Tim boog zich voorover. 'Wanneer was dat? Op de avond dat ze vermoord werd?'

'Nee, een paar maanden eerder. We hadden in de stad een paar geldinzamelingen gehouden. Harold vroeg of ik haar op wilde halen en haar naar het huisje wilde brengen. Dat is alles. Ik heb haar daarna niet meer gezien.'

'Waarom vertel je me dat nu?'

'Stel dat die ruzie tussen Dupre en de senator bij de Westmont over Lori Andrews ging. Stel dat de senator iets met haar dood te maken had, wat dan?'

Rittenhouse zat te zweten.

'Heb je de senator wel eens eerder geholpen bij zijn buitenechtelijke contacten, Carl?'

'Een paar keer. Het is niet iets waar ik trots op ben.'

'Heeft hij ooit iets met een van die meisjes uitgespookt waardoor je zou kunnen vermoeden dat hij Lori Andrews iets heeft gedaan?'

De administrateur keek handenwringend naar de vloer.

'Ja, die ene keer was er iets met een meisje. Dat was in Washington. Er was een feestje geweest op een van de ambassades. Hij belde me thuis op, het was erg laat, om een uur of drie in de ochtend. Ik moest haar naar huis brengen, naar haar appartement. Ze had een blauw oog en een paar schrammen.'

'Had de senator haar geslagen?'

'Hij zei dat ze een ongelukje had gehad.'

'En wat zei het meisje zelf?'

'Niets. Ze was doodsbang en ik durfde ook niets te vragen. Harold zei dat ik geld mee moest brengen. Vijfhonderd dollar. Die heb ik aan haar gegeven. De senator heeft er verder nooit meer iets over gezegd.'

Kerrigan stelde Rittenhouse nog een paar vragen, zei tegen hem dat hij Sean McCarthy langs zou sturen om een officiële verklaring op te nemen en bedankte hem voor zijn komst. Zodra Rittenhouse vertrokken was, pakte Kerrigan de politierapporten over de moord op Travis. Op pagina zeven van een rapport van een van de detectives van het gerechtelijk laboratorium vond hij een aantekening over bloedsporen op een plint in de woonkamer. Deze bloedsporen waren volgens het rapport al van oudere datum. Kerrigan belde het laboratorium en vroeg naar degene die het rapport had opgesteld. Voordat hij ophing, vroeg de aanklager aan de detective of hij deze bloedsporen aan een DNA-test wilde onderwerpen, waaruit zou kunnen blijken of het bloed op de plint afkomstig was van Lori Andrews.

19

Zodra Amanda na het gesprek met Oscar Baron weer terug op kantoor was, zocht ze in de politierapporten het adres van Ally Bennett op. Veertig minuten later stond ze samen met Kate Ross voor de deur van een appartement met tuin in Beaverton.

Amanda was benieuwd hoe een luxeprostituee eruitzag, maar toen de deur openging was ze toch een beetje teleurgesteld. Ally had kortgeknipt zwart haar. Ze had best een aardig gezicht, maar ze was niet opvallend knap. Met de juiste kleding en bijbehorende make-up zou ze er waarschijnlijk sexy hebben uitgezien, maar nu had ze zich niet opgemaakt. Ze droeg een spijkerbroek, een T-shirt en sportsokken en zag eruit als een vermoeide studente die had zitten blokken voor haar tentamens.

'Ik ben Amanda Jaffe,' zei ze. Ze liet haar visitekaartje zien. Ally keek er naar, maar pakte het niet aan.

'Ja, en?'

'Ik ben advocaat. Dit is Kate Ross, een van onze detectives. De rechtbank heeft mij als verdediger van Jon Dupre benoemd. We willen graag even met u over hem praten.'

Amanda aarzelde even. Ze hoopte op een reactie, maar toen die niet kwam, ging ze verder.

'De kans is groot dat hij de doodstraf krijgt, mevrouw Bennett. Kate en ik willen er alles aan doen om hem te redden, maar daarvoor hebben we gegevens nodig. Op dit moment weet ik nog haast niets over hem, en dat is ook de reden dat we hier zijn.'

Ally deed de deur open en liet Amanda en Kate binnen in een kleine, propere voorkamer. Op de vloer lag een tapijt en aan de muur hingen ingelijste posters van werken van Monet en Van Gogh. Het meubilair was van een goedkoop soort, maar de kamer was wel smaakvol ingericht. Ally plofte neer in een stoel en vouwde haar armen voor haar borst. Uit haar lichaamstaal merkte Amanda op dat Ally haar niet vertrouwde.

'Waar willen jullie over praten?' vroeg Ally.

'De officier heeft Jon aangeklaagd wegens moord op Wendell Hayes, de advocaat die Jon zou verdedigen voordat ik bij de zaak betrokken werd. Hij wordt ook beschuldigd van de moord op senator Harold Travis. We willen graag alles weten wat u over Jon en over deze twee mannen weet. Alles dat ons kan helpen om straks een goede verdediging te voeren.'

'Ik weet niets over Hayes, maar ik kan jullie wel wat over Travis vertellen,' zei Ally. Er klonk woede in haar stem. 'Als je de kranten moet geloven, was hij een heilig boontje, maar in werkelijkheid was hij een beest van een mens.'

'Waarom zegt u dat?'

Ally's ogen werden vochtig. 'Hij heeft Lori vermoord.'

Alle goede strafpleiters ontwikkelen een zekere vaardigheid om hun emoties in bedwang te houden als er iets volkomen onverwachts gebeurt, en dus lukte het Amanda aardig om haar verbazing niet te laten merken.

'Bedoelt u Lori Andrews?' vroeg Kate. 'De vrouw die ze in het Washington Park hebben gevonden?'

Ally knikte.

'De politie denkt dat Jon Lori Andrews heeft vermoord om te voorkomen dat ze tegen hem zou getuigen,' zei Kate op effen toon.

'Op de dag dat Lori verdween, had Travis speciaal om haar gevraagd. Een van de mannen van Pedro Aragon moest haar ergens naar toe brengen waar hij haar later kon ontmoeten.'

'Hoe weet u dat?' vroeg Kate.

'Ik was er zelf bij. Travis hield een inzamelingsactie onder een stelletje hoge pieten. Ze waren allemaal naar dat grote huis van hem buiten de stad gekomen. Hij had met Jon geregeld dat ik, Lori en nog een paar meisjes zijn speciale gasten zouden vermaken nadat de gewone gasten waren vertrokken.'

'Bedoelt u dat daarbij sprake was van seks?' vroeg Amanda.

'Wat denkt u?' vroeg Ally en liet daarbij haar ogen rollen.

'Wat is er tussen Travis en Lori gebeurd?'

'Ik was zelf met de drie andere meisjes het grootste deel van de avond bij het feest. Ze hadden ons gezegd wie onze partners waren, maar we liepen de hele avond van de een naar de ander, zodat ze niet in de gaten zouden krijgen dat er na het feest nog een feest kwam, dat pas zou beginnen wanneer de gewone gasten vertrokken waren. Op het moment dat wij nog als enigen over waren, kwam Jon met Lori aanrijden. Travis zei tegen een van de mannen van Aragon dat hij haar weg moest brengen.' Ally zweeg even. Toen ze weer verder ging, haperde haar stem. 'Lori was doodsbang. Ik probeerde Jon duidelijk te maken dat hij in moest grijpen, maar...'

Ally schudde haar hoofd.

'Waarom moest Pedro Aragon ervoor helpen zorgen dat senator Travis van vrouwen werd voorzien?'

Ally maakte een schouderophalend gebaar. 'Het enige dat ik weet is dat Lori al eens eerder bij Travis was geweest. De eerste keer heeft hij haar vreselijk mishandeld. Een van de mannen van Aragon moest haar naar de eerste hulp brengen. Onderweg zei hij dat hij haar en Stacey zou vermoorden als ze de politie belde.'

'Maar als Travis Lori heeft mishandeld, waarom ging ze dan weer naar hem toe?' vroeg Amanda.

Ally leek aangeslagen.

'Ze kwam er pas achter wat Jon voor haar in petto had toen ze bij het huis van Travis aankwam. En toen was het te laat.'

'Waarom heeft Jon Lori daar dan naar toe gebracht? Waarom heeft hij niet geweigerd toen Travis hem vroeg of...'

'Hij had het geld nodig. Sinds zijn arrestatie functioneert de escortservice amper. Volgens mij heeft Jon voor die avond een heleboel geld van Travis gekregen.'

'Maar liep de senator dan geen risico door in zee te gaan met een souteneur tegen wie een aanklacht liep?' vroeg Kate. 'Stel dat de pers daar lucht van had gekregen?'

'Lori werkte voor Jon, en Travis was helemaal weg van haar. Ze was klein en ze zag er jong uit. Ze deden spelletjes, waarbij Travis deed of zij een stout meisje was dat gestraft moest worden.' Er kwamen tranen in Bennetts ogen. 'En ik durf te wedden dat hij er geen moment aan gedacht heeft dat hij in moeilijkheden zou komen. Hij stond op de nominatie om president te worden. Hij dacht waarschijnlijk dat hij alles ongestraft kon doen.'

Bennett zweeg. Er kwam een harde trek om haar mond. 'Als je sm doet, vallen er altijd wel een paar klappen, maar wat hij deed... Toen Lori de eerste keer bij hem was geweest, heb ik haar uit het ziekenhuis opgehaald. Jullie hebben geen idee hoe ze er toen uitzag.'

Bennett huiverde even.

'Ik neem aan dat ze nooit overwogen heeft om de politie in te schakelen,' zei Kate.

'Ze wilde er alleen maar met mij over praten. Ze was bang voor Aragon, maar ze was net zo bang dat de Kinderbescherming Stacey bij haar weg zou halen als ze openlijk toegaf wat er gebeurd was. Uiteindelijk zijn ze daar toch achter gekomen. Maar wie zou haar geloofd hebben? Lori was een hoer en Travis was een hoge piet.'

'Bent u verliefd op Jon?' vroeg Kate.

De vraag verraste Bennett. 'Wat heeft dat er mee te maken?'

'Als u voor Jon getuigt, kan de aanklager u van alles vragen om een motief te ontdekken waarom u hem niet de waarheid zou vertellen,' legde Kate uit.

Ally dacht even na over de vraag. Toen ging ze rechtop zitten en vouwde haar handen in haar schoot. Ze zat met haar schouders iets naar voren. Ze was duidelijk gespannen.

'Of ik verliefd ben op Jon doet niet ter zake. Ik ben dankbaar voor wat hij voor me heeft gedaan.'

'Hoezo?'

'Mijn moeder is een paar jaar geleden gestorven en mijn vader... Hij had behoefte aan een vrouw,' zei ze vol verbittering in haar stem. 'En ik was het dichtst in de buurt. Ik maakte dat ik zo gauw mogelijk weg kwam. Ik wilde zo ver mogelijk bij hem vandaan. Ten slotte kwam ik terecht in een appartement in het complex waar Lori woonde. Ik had amper geld om rond te komen toen ze me aan Jon voorstelde.' Ze haalde haar schouders op. 'Het geld was gauw verdiend en ik ben best goed in dat soort dingen,' voegde ze er met enige nadruk aan toe. 'Maar Jon merkte ook dat ik niet op m'n achterhoofd ben gevallen. Hij was de eerste die dat tegen me zei. Hij legde me uit hoe ik de telefoontjes af moest handelen en hoe ik de administratie moest bijhouden.'

Ally sloeg haar ogen neer. Toen ze weer opkeek, zag Amanda dat ze een innerlijke kracht uitstraalde die haar niet eerder was opgevallen.

'Jon vertrouwt op me. Dankzij hem heb ik ook weer zelfvertrouwen gekregen. Ik heb me zelfs ingeschreven bij het Portland Community College om mijn middelbare school af te maken. Jon heeft me daarbij aangemoedigd.'

'Gaan jullie met elkaar naar bed?'

'Naar bed?' Ally schoot in de lach. 'We hebben het wel eens samen gedaan, maar onze verhouding is van een heel andere aard. Jon heeft ook seks met de andere meisjes, en hij gaat met ze naar feestjes en zo, maar ik ben de enige die hij vertrouwt. Ik ben degene die eropuit wordt gestuurd als een belangrijke klant een meisje wil. En er is verder niemand die zoveel over de zaak weet als ik. Toen de politie me bang probeerde te maken en wilde dat ik tegen Jon zou getuigen, heb ik gezegd dat ze de tyfus konden krijgen. Het antwoord is dus nee, we hebben geen vaste relatie, maar Jon betekent wel iets voor me.'

'Ally, ik zit met een probleem en ik denk dat jij degene bent die me kan helpen om het op te lossen,' zei Amanda op vertrouwelijke toon. 'Jon vertrouwt jou wel, maar mij niet. Toen ik bij hem in de gevangenis was, liep hij weg. Ik wil je duidelijk maken dat ik de enige advocaat in Oregon ben die zijn zaak wil behandelen. Ik ben dus de enige advocaat in Oregon die Jon uit de dodencel kan houden. Ik wil dat jij met hem gaat praten en hem uitlegt dat hij met me moet samenwerken. Zou je dat willen doen?'

'Ik ga met Jon praten. En ik zal zorgen dat hij meewerkt.'

20

Hij vroeg zich niet af óf ze zouden komen. Hij vroeg zich alleen af *wanneer*.

Sinds de moord op Wendell Hayes zat Jon Dupre opgesloten in een kleine eenpersoonscel, waarin hij de beschikking had over een aan de muur vastgeschroefde metalen slaapbank, een wc, een stalen wastafel en verder niets. Dupre vond het ook niet erg dat zijn cel tijdens de nachtelijke uren hermetisch werd afgesloten, hoewel zijn angst om te gaan slapen er niet minder om werd, want, zo wist hij, als ze kwamen, zou dat 's nachts zijn. Hij was, hoe dan ook, ten dode opgeschreven.

Ook deze nacht deed hij alle moeite om wakker te blijven, maar ten slotte won zijn uitputting het van zijn wilskracht. Maar zelfs terwijl hij sliep, bleven zijn instincten klaarwakker. Hij was voortdurend op zijn hoede voor dreigend gevaar en toen hij het piepende geluid van naderende voetstappen hoorde, ging hij meteen overeind zitten. Toen hij de klik hoorde waarmee de deur van slot ging, sprong hij overeind en balde zijn vuisten, klaar om toe te slaan.

Een lange, zwarte man stapte zijn cel binnen. De deur viel achter hem dicht. Dupre was doodsbang. Zijn ademhaling haperde.

'Kalm blijven, Jon,' zei de man. J.D. Hunter wist alles van vlucht-of-vechtgedrag en wist ook dat Jon nergens heen kon. De agent stond met zijn handen omhoog en hield zijn handpalmen naar Jon toegekeerd. Als

Dupre hem te lijf wilde gaan, kon hij binnen de tijd die Dupre nodig had om bij hem te komen zijn vuisten ballen om het gevaar af te wenden.

'Rustig maar. Ik ben gekomen om je te helpen.' Hunter sprak met rustige, diepe stem. 'Ik ben de agent die met de moord op Lori Andrews bezig was en, geloof het of niet, jij bent niet degene die we zoeken. Als jij mij helpt, help ik jou, en jij hebt alle hulp die je kunt krijgen hard nodig.'

Het lukte Dupre helemaal niet om rustig en kalm te blijven. Hij zwaaide heen en weer met zijn bovenlichaam en hield zijn blik voortdurend op Hunter gericht.

'Wie heeft je gestuurd?' vroeg Dupre. Zijn stem klonk hees en verstikt door angst.

'Ik ben van de FBI.'

'Gelul.'

Hunters hand verdween langzaam in zijn jaszak om zijn legitimatie te voorschijn te halen.

'Maak dat je wegkomt,' zei Dupre.

'Misschien is dit je enige kans, Jon.'

'Kom geen stap dichterbij,' waarschuwde Dupre.

'Oké, Jon, als je het zo wilt, ga ik ervandoor.'

Hunter tikte op de deur. De deur zwaaide open. Voordat hij vertrok, gooide de agent zijn visitekaartje op de slaapbank.

'Maak het jezelf niet nog moeilijker en bel me.'

'Rot op!'

De deur van de cel viel dicht en het licht ging uit. Dupre ging met zijn hoofd in zijn handen op de slaapbank zitten. Hij beefde. Na een tijdje werd hij wat kalmer en ging languit liggen. Toen zijn hand de matras raakte, voelde hij het kaartje van Hunter. Hij kon het logo van de FBI en de naam 'J.D. Hunter' onderscheiden. Dupre's eerste reactie was om het kaartje te verscheuren, maar stel nu eens dat Hunter echt van de FBI was en hem op een of andere manier zou kunnen helpen, wat dan? Hij hield het kaartje vlak bij zijn ogen om het in het halfduister nauwkeuriger te kunnen bestuderen. Het kaartje leek echt, maar dat hoefde niets te betekenen. Hij wilde het verfrommelen, maar bedacht zich toen weer en stopte het in de zak van zijn overall. Hij was veel te gespannen om rustig te kunnen nadenken. Als hij nu kon slapen en een beetje tot rust kon komen, zou hij morgenochtend wel verder zien.

21

Amanda's handen waren klam en ze voelde zich een beetje duizelig worden. Ze stond te wachten op de bewaker, die haar naar dezelfde bezoekkamer zou brengen waar Jon Dupre Wendell Hayes had vermoord. Rechter Robard wilde alleen het gerechtelijk bevel, waarmee de gevangenis werd gedwongen om een bezoek in een open kamer toe te staan, ondertekenen als ze instemde met alle veiligheidsmaatregelen die Matt Guthrie had voorgesteld. Ze wist dus dat er achter allebei de deuren van de bezoekkamer bewakers zouden worden opgesteld en dat Dupre tijdens het bezoek geboeid zou zijn. Desondanks lukte het haar niet om kalm te blijven. De gevangenisdirecteur had ook gewild dat Kate Ross bij het gesprek aanwezig zou zijn, maar dat ging Amanda te ver. Ze wist dat ze een gesprek onder vier ogen met Dupre moest hebben om de schade van het vorige gesprek in de kamer met de glazen tussenwand enigszins te herstellen.

Amanda moest alles doen om zich ervan te weerhouden om weg te rennen toen de bewaker kwam om haar in te sluiten. 'Ik kan dit wel aan,' zei ze bij zichzelf. 'Ik kan dit aan.'

Er waren geen zichtbare sporen meer van de moord, maar Amanda had de foto's die hier na de moord gemaakt waren, bekeken. Ze zat met haar rug naar de plek waar Hayes was vermoord. Ze probeerde er niet aan te denken en haalde haar notitieblok en haar dossier te voorschijn. Ze legde de spullen voor zich op een kleine ronde tafel. Op dat moment werd de deur aan de andere kant van de kamer van slot gedaan en gebaarde de bewaker dat Jon Dupre naar binnen moest gaan. Hij staarde haar even aan voordat hij naar binnen schuifelde en aan de tafel ging zitten.

'Wij blijven vlak bij de deur staan,' zei de bewaker die Dupre naar binnen had gebracht en wees naar zijn collega die voor het raam in de gang stond te kijken. Amanda nam haar cliënt in zich op. Hij zag er nog net zo agressief en opstandig uit als toen ze hem de eerste keer had gesproken, maar ze meende ook nog iets anders te bespeuren – wanhoop.

'Goedemiddag, Jon,' zei Amanda toen de bewaker ook de andere deur op slot had gedaan.

Dupre zat onderuitgezakt in zijn stoel en gaf geen antwoord. Amanda besloot om eerst een paar standaardformaliteiten af te handelen, om Dupre bij de zaak betrokken te krijgen en ook omdat ze daardoor even tijd kreeg om zelf een beetje tot rust te komen.

'Voordat we over de zaak zelf gaan praten, wil ik proberen je duidelijk te maken wat de relatie tussen een advocaat en zijn cliënt precies inhoudt.'

'Die onzin heb ik allemaal al van Oscar Baron te horen gekregen.'

'Je zult misschien in de loop van ons gesprek merken dat Oscar en ik er niet dezelfde juridische opvattingen op na houden, dus luister even naar me, ja?'

Dupre haalde zijn schouders op.

'Ten eerste dit: alles wat je tegen me zegt is strikt vertrouwelijk, wat wil zeggen dat ik met niemand over onze gesprekken praat zonder dat jij daar toestemming voor hebt gegeven, uitgezonderd de advocaten die op mijn kantoor aan jouw zaak werken en Kate Ross, onze detective.

Ten tweede: het staat je vrij om tegen me te liegen, maar besef dan wel dat ik de informatie die ik van jou krijg, ga gebruiken bij de beslissingen die ik in de loop van het proces moet nemen. Als je me met alle geweld om de tuin wilt leiden en ik daardoor iets doe waardoor jij het proces verliest, besef dan wel dat jij terug de gevangenis in gaat en ik naar huis kan om televisie te kijken.

Ten derde wil ik niet dat je meineed pleegt. Als je tegen me zegt dat je senator Travis hebt vermoord, ga ik je niet laten verklaren dat je op het moment van de moord in Idaho was. Ik zal dergelijke informatie verder aan niemand doorspelen, omdat de relatie tussen advocaat en cliënt op wederzijds vertrouwen is gebaseerd, maar ik trek dan wel mijn handen van de zaak af. Wat ik je probeer duidelijk te maken is dat ik volkomen open en eerlijk tegen je wil zijn en dat ik werk volgens ethische principes. Ik wil dat je dat van tevoren weet, zodat daar later geen misverstand over kan ontstaan. Heb je hierover nog vragen?'

'Ja. Waarom doe je dit? Pro-Deoadvocaten krijgen niet meer dan een fooi. Je moet wel erg om geld verlegen zitten als je voor zo'n schijntje gaat werken.'

'Moordzaken behandelen is een vak apart. Er zijn maar weinig advocaten die opgeleid zijn om een zaak te behandelen waarin de doodstraf kan worden geëist. Rechter Robard heeft me gevraagd of ik hem een plezier wilde doen door jouw verdediging op me te nemen.'

'Waarom?'

'Ik zal het je eerlijk vertellen, Jon. Hij heeft me dat om twee redenen gevraagd: ten eerste omdat ik een heel goede advocaat ben, en ten tweede omdat de andere advocaten die bevoegd zijn om moordzaken te behandelen allemaal bang voor je waren.'

'En ben jij dan niet bang?' zei Dupre met een grijns. Hij hield zijn geboeide handen omhoog, zodat Amanda weer zag dat hij snijwonden in zijn vingers en op zijn onderarmen had.

'Je hebt geen idee wat voor moeite ik heb moeten doen voordat ik rechter Robard en de gevangenisdirecteur zover had dat ze instemden met een bezoek in een open kamer.'

'Dat geloof ik graag,' antwoordde Jon op sarcastische toon. 'Als ik die boeien niet aanhad, zou je er vast niet zo happig op zijn om samen met mij in een afgesloten ruimte te zitten. Volgens mij ben je doodsbang.'

'En is die vrees volgens jouw nergens op gebaseerd? Sta eens even stil bij het feit dat ik bereid ben om voor jou tot het uiterste te vechten terwijl je nota bene je eerste advocaat vermoord hebt.'

Dupre sprong ziedend van woede overeind.

'Godverdomme, teringtrut dat je bent. Ik heb je de vorige keer al verteld dat ik niemand vermoord heb en ik wil ook geen advocaat die denkt dat dat wel zo is.'

De deuren aan allebei de kanten van de bezoekkamer vlogen open op het moment dat Dupre overeind sprong en tegen Amanda begon te schreeuwen.

'Nee, laat hem asjeblieft...' begon Amanda toen de bewakers Dupre beetpakten, maar haar cliënt viel haar ruw in de rede.

'Haal me hier weg,' schreeuwde hij. De bewakers voldeden zonder veel omhaal aan zijn verzoek en sleepten Dupre de kamer uit.

De deuren vielen dicht en Amanda was even alleen met haar gedachten. Op deze manier zou het nooit lukken. Dupre was krankzinnig, daar twijfelde ze niet aan. Hij had twee mensen vermoord en verdiende het niet om zijn straf te ontlopen. Plotseling drong het tot Amanda door dat Dupre pas in woede was ontstoken na haar opmerking over de moord op Wendell Hayes. Nu ze erover nadacht, herinnerde ze zich ook dat Dupre de eerste keer dat ze suggereerde dat hij daaraan schuldig was, volledig over de rooie was gegaan. En allebei die keren had Dupre met nadruk gezegd dat hij niemand vermoord had, wat gezien de bewijzen eigenlijk belachelijk was. Toen herinnerde ze zich iets dat ze in alle opwinding even was vergeten, iets dat haar de eerste keer dat ze Dupre had gesproken, had dwarsgezeten en dat haar nu nog steeds dwarszat: iets waardoor ze zich afvroeg of het toch mogelijk was dat Dupre de waarheid had gesproken.

De receptioniste van Oscar Baron belde hem met de mededeling dat Jon Dupre aan de lijn was en om een collect-call had gevraagd. Baron weifelde even of hij het gesprek zou aannemen, maar het zou natuurlijk kunnen dat Dupre een cliënt naar hem wilde doorverwijzen.

'Hallo, Jon. Zorgen ze daar een beetje goed voor je?' vroeg Baron op een ouwe-jongens-krentenbroodtoon, alsof hij helemaal niet wist dat Dupre een van zijn collega's om het leven had gebracht.

'Het is hier klote, Oscar. Ik zit godverdomme in een isoleercel en ze hebben me een wijf als advocaat gegeven. Een of andere stomme trut die zeven kleuren stront schijt als ze met mij in één kamer zit.'

'Bedoel je Amanda Jaffe?'

'Hoe weet jij dat?'

'Ze is hier geweest.'

'Wat heeft ze verdomme bij jou op kantoor te zoeken?'

Dupre klonk woedend. Baron glimlachte.

'Kalm blijven, Jon. Ze wilde alleen maar de politierapporten over die zaak waarvan de aanklacht is ingetrokken.'

'Geef haar verdomme niks, Oscar. Ik probeer zo gauw mogelijk van haar af te komen.'

'Heb je de poen om mijn honorarium te betalen dan toch bij elkaar kunnen krijgen?'

'Nee, dat lukt me niet.'

'Dan kun je beter bij Jaffe blijven. Ze is redelijk goed.'

'Ik wil niet iemand die "redelijk goed" is, Oscar. Mijn leven staat godverdomme op het spel.'

'Ze heeft die seriemoorden gedaan en er was ook nog die zaak tegen die partner van Reed & Briggs. Ze weet heus wel waar ze aan begint.'

'Oscar, ik bel je niet om naar jouw lofzang op Amanda Jaffe te luisteren. Je moet wat voor me doen.'

'Wat dan?'

'Dat kan ik niet telefonisch met je bespreken. Ik wil dat je nu naar de gevangenis komt. En maak je geen zorgen over je honorarium, dat komt allemaal in orde. Ally is onderweg hierheen en ze heeft genoeg geld bij zich om het honorarium voor wat ik wil dat je gaat doen, te betalen.'

22

Het kantoor van Oregon Forensic Investigations bevond zich op een industrieterrein aan de oever van de Columbia-rivier. Aan het eind van de middag na het mislukte gesprek met Jon Dupre reed Amanda door de smalle straten met aan weerszijden pakhuizen tot ze het gebouw had gevonden waar Paul Baylor werkte. Via een betonnen helling kwam ze op een looppad dat voor de kantoren van een im- en exportbedrijf en een aannemer langs liep. De laatste deur in het rijtje gaf toegang tot een kleine wachtkamer. Er stonden twee stoelen aan weerszijden van een lange tafel. Op de tafel lag een stapel wetenschappelijke tijdschriften. Ze drukte op de knop van een bel naast de deur. Een paar tellen later kwam Paul Baylor de wachtkamer binnen. Baylor was een slanke, belezen Afro-Amerikaan die aan de universiteit van Michigan was afgestudeerd in zowel forensische wetenschappen als strafrecht. Voordat hij voor zichzelf was begonnen, had hij tien jaar bij het gerechtelijk laboratorium van Oregon gewerkt. Amanda maakte steeds van zijn diensten gebruikt als ze deskundig advies op forensisch gebied nodig had.

Baylor ging Amanda voor naar een klein kantoor dat was ingericht met goedkoop meubilair. Er stond een klein bureau, dat bedolven lag onder stapels papierwerk, en een boekenkast waar de boeken over forensische wetenschap uitpuilden.

'Ik wil je een paar vragen stellen over een zaak waar ik pas aan begonnen ben,' zei Amanda terwijl ze haar koffer opende en een bruine envelop te voorschijn haalde.

'De moorden op Travis en Hayes?'

Amanda glimlachte. 'Meteen de eerste keer goed.'

'Dat is niet zo moeilijk. Ik kan geen krant lezen of de tv aanzetten zonder jou te zien. Misschien moet ik je om een handtekening vragen.'

'Als ik je mijn handtekening geef, kun je die voor veel geld verkopen en rustig gaan rentenieren. Waar moet ik dan heen als ik een patholoog nodig heb?'

Baylor lachte terwijl Amanda een stapel foto's uit de envelop haalde en aan hem overhandigde.

'Deze foto's zijn door het personeel in de gevangenis gemaakt, vlak nadat Wendell Hayes werd doodgestoken. Wat kun je over deze snijwonden zeggen?'

Baylor bladerde door de stapel foto's. Hij bekeek sommige ervan wat aandachtiger dan de andere.

'Dat zijn duidelijk verwondingen van iemand die geprobeerd heeft zich te verdedigen,' zei Baylor toen hij alle foto's had bekeken. 'Als er een moordaanslag wordt gepleegd met een mes, zijn de wonden bij het slachtoffer in de meeste gevallen diep, of lang en ook vaak lukraak toegebracht. Verwondingen zoals op die foto's bevinden zich altijd op de handen, de vingers, de handpalmen en de onderarmen van het slachtoffer, omdat die in een reflex zijn armen en handen gebruikt om de aanval af te slaan en misschien ook probeert om de dader het wapen afhandig te maken. Dat zien we hier ook. Een diepe vleeswond op de onderarm, snijwonden op de rug van de hand en op de handpalmen en de vingers.'

'Is het ook mogelijk dat degene die met het mes liep te zwaaien dergelijke verwondingen heeft opgelopen?'

'Dat is zeker mogelijk. Als de dader en het slachtoffer allebei gewapend waren, of als een van de twee het mes is kwijtgeraakt en de ander het in handen heeft gekregen, kan dat. Maar de verwondingen op deze foto's zijn duidelijk van degene die aangevallen werd.'

'Heel interessant.'

'Ik sta er niet van te kijken. Je zou niet anders verwachten dan dat Wendell bij de aanslag zulke verwondingen aan zijn armen en handen heeft opgelopen.'

'Dat ben ik helemaal met je eens. Alleen zijn de armen en de handen op deze foto's die van Jon Dupre.'

Frank Jaffe had een ruim kantoor. Het lag op de hoek van een straat en de inrichting bestond voornamelijk uit antieke meubels. Sinds de oprichting van het kantoor, vlak nadat hij, nu meer dan dertig jaar geleden, zijn rechtenstudie had beëindigd, was er aan de inrichting weinig veranderd. Op het moment dat Amanda op de deurpost van Franks werkkamer klopte, zat hij aan een conclusie te werken. Hij keek op.

'Papa, heb je even een ogenblikje?'

Frank legde zijn pen neer en leunde achterover. 'Voor jou altijd.'

Amanda liet zich in een stoel zakken die voor Franks enorme bureau stond en vertelde haar vader over de heftige manier waarop Dupre gereageerd had toen ze min of meer liet doorschemeren dat hij schuldig was aan de moorden op Hayes en Travis. Ze vertelde hem ook dat Ally Bennett had beweerd dat senator Travis Lori Andrews had mishandeld. Ten slotte vertelde ze hem over haar gesprek met Paul Baylor.

'Wat denk je zelf?' was Franks eerste vraag toen Amanda was uitgepraat.

'Die verwondingen van Dupre zitten me een beetje dwars. Volgens Paul kan hij die alleen opgelopen hebben toen hij zich probeerde te verdedigen. Ze hebben die wonden meteen nadat ze hem in de bezoekkamer hadden gearresteerd, behandeld.'

'Bestaat er een kans dat hij die wonden zelf heeft toegebracht?' vroeg Frank.

'Waarom zou hij dat gedaan hebben?'

'Om als uiterste redmiddel zelfverdediging te kunnen aanvoeren. Dat lijkt me de enige manier om onder de doodstraf uit te komen.'

'Maar wie zou Dupre geloven, papa?'

'Geen mens. En dat wordt een probleem voor je als je jouw theorie aan een jury moet gaan uitleggen. De meest logische verklaring voor die verwondingen is dat Dupre het mes de bezoekkamer heeft binnengesmokkeld en dat Hayes het hem op een of andere manier afhandig heeft kunnen maken en vervolgens Dupre uit zelfverdediging te lijf is gegaan. Maar voordat je kunt aantonen dat Dupre uit zelfverdediging heeft gehandeld, zul je eerst moeten kunnen bewijzen dat niet hij, maar Hayes het wapen mee naar binnen heeft gesmokkeld. En daar heb je weer een probleem: wat kan in godsnaam het motief van Hayes geweest zijn om Dupre aan te vallen?'

'Wat voor motief had Jon dan om Hayes te vermoorden?' wierp Amanda tegen. 'Je moet niet vergeten dat Dupre vreselijk in de problemen zat toen Hayes naar de gevangenis kwam. Als hij veroordeeld wordt voor de moord op senator Travis, krijgt hij levenslang of een dodelijke injectie. Wendell Hayes was een geweldige strafpleiter. Waarom zou hij iemand vermoorden die zijn leven had kunnen redden?'

'Daar zit wat in. Maar helaas hoeft de aanklager geen motief aan te tonen.'

'Ja, dat is ook zo.' Amanda maakte een verslagen indruk. 'Maar er is ook nog iets anders dat me dwarszit. Als Dupre het mes de bezoekkamer heeft binnengesmokkeld om Hayes te vermoorden, zou hij toch moeten hebben geweten dat Hayes degene was die hem zou komen bezoeken. Maar Grant heeft Hayes pas benoemd vlak voordat Hayes naar de gevangenis ging.'

'Dan moeten we er dus achter zien te komen wanneer Dupre precies te horen kreeg dat Hayes zijn advocaat zou worden.'

'Precies. Als Jon pas in de bezoekkamer voor het eerst te horen kreeg dat Hayes hem zou verdedigen, waarom zou hij dan een mes meegebracht kunnen hebben?'

'Misschien had hij dat altijd bij zich, om zich tegen andere gevangenen te beschermen.'

'Maar hij zou het niet bij zich hebben gehad op het moment dat ze hem naar de bezoekkamer brachten. Hij zou het risico dat het bij het fouilleren werd gevonden, veel te groot hebben gevonden.'

'Misschien was Dupre wel van plan om elke willekeurige advocaat die zich zou aandienen, te vermoorden om op die manier ontoerekeningsvatbaar te kunnen worden verklaard.'

'Maar waarom gedraagt Jon zich dan niet alsof hij gestoord is, en maakt hij ook niet die indruk?'

'En dan zijn er nog die snijwonden,' mompelde Frank tegen niemand in het bijzonder.

'Wat kun je me over Wendell Hayes vertellen?'

'Weinig. Ik heb hem een paar keer ontmoet bij vergaderingen van de Oregon Criminal Defense Lawyers Association en van de Orde van Advocaten. Ik heb met hem in commissies gezeten en we hebben wel eens samen wat gedronken.'

'Heb je ooit iets opgevangen dat de indruk zou kunnen wekken dat er iets niet met hem in de haak was?'

'Als je als advocaat veel met drugszaken te maken hebt, doen er altijd wel geruchten de ronde.'

'Geef eens een voorbeeld.'

'Het witwassen van zwart geld, dat soort dingen. Maar dat verklaart niet waarom Hayes jouw cliënt te lijf is gegaan.'

'Het enige dat ik kan bedenken is dat hij zelf ergens bij betrokken was. Dat zou de enige reden kunnen zijn om iemand te vermoorden.'

'Wendells carrière begon met een klapper. Eerst was er die zaak met die Blanton, en daarna dat geval met die huurmoordenaar – ik ben de naam even kwijt. Die zaken hebben hem geen windeieren gelegd.'

'Hoe bedoel je?'

'Bij Blanton leek het of de aanklager de zaak in kannen en kruiken had tot het moment dat zijn ooggetuigen hun verklaringen introkken en bij die andere zaak bleek het belangrijkste bewijsmateriaal opeens uit de politiearchieven te zijn verdwenen. De meeste mensen dachten dat Wendell enorme mazzel had gehad, maar ik ken ook een paar officieren die er aan twijfelden of zijn succes wel helemaal toeval was.'

'Maar daarna heeft Hayes toch nog maar weinig strafzaken gedaan?'

'Wendell heeft nog wel een paar in het oog lopende strafzaken behandeld, maar het grootste deel van de tijd hield hij zich bezig met de zakelijke problemen van mensen met geld.'

'Wat voor problemen waren dat?'

'Hij heeft voor het aannemingsbedrijf van Burton Rommel een heel lucratief contract, op federaal niveau, weten los te krijgen en hij heeft voor een paar projectontwikkelaars een aantal wijzigingen in bestemmingsplannen er doorgedrukt. Dat moet ze miljoenen hebben opgeleverd. Hij was de laatste tijd voornamelijk met dat soort zaken bezig.'

'Voor dat soort zaken moet je toch ook over politieke invloed beschikken?'

Frank knikte. 'Daaraan had Wendell geen gebrek. Hij was lid van de Westmont en bewoog zich in de kringen van de rijke elite van Portland. Hij kende de meeste invloedrijke mensen in Oregon al vanaf zijn jeugd.'

Amanda bleef nog even met haar vader zitten praten. Ze waren allebei nog laat aan het werk en dus besloten ze om over een uur snel ergens even wat te gaan eten. Amanda liep terug naar haar eigen kantoor en zette in de tussentijd alles wat ze over Dupre te weten was gekomen op een rijtje. Een van de dingen waar ze over nadacht was het beeld dat Ally Bennett van Harold Travis had geschetst: het was een beeld dat sterk afweek van wat de pers over hem schreef. Maar jammer genoeg was het enige bewijs dat Ally over het karakter van Travis kon leveren, gebaseerd op wat ze van Lori Andrews had gehoord. Dergelijke, indirecte bewijzen waren voor de rechtbank niet toelaatbaar. En het bewijs dat Travis perverse afwijkingen had, deed niets af aan de beschuldiging van het OM dat Dupre de senator had vermoord. De informatie van Ally kon Jons zaak alleen maar schade toebrengen. Als Travis, ondanks Jons waarschuwing, toch een van Dupre's meisjes had mishandeld, zou dat voor Jon een motief geweest kunnen zijn om de senator te vermoorden.

Maar daar stond tegenover dat, als Tim Kerrigan bij het proces tegen Jon bewijzen zou aanvoeren omtrent de moord op Lori Andrews, het bewijs dat de senator Andrews had geslagen, goed van pas zou komen. Amanda zat manieren te bedenken waarop ze de indirecte informatie die ze van Ally had gekregen als bewijsmateriaal kon gebruiken, toen ze zich herinnerde dat er ook cocaïne in het huisje van de senator was aangetroffen. Ze vroeg zich af of het laboratorium vingerafdrukken van Travis op het zakje had gevonden en raadpleegde de politierapporten. Maar daar vond ze tot haar teleurstelling alleen maar dat de vingerafdrukken op het zakje te vlekkerig waren om bij het onderzoek van enig nut te zijn. Ze moest dus een andere manier bedenken om aan te kunnen tonen dat de senator cocaïne had gebruikt. Ze haalde het autopsierapport te voorschijn. Bij het toxicologisch bloedonderzoek waren geen sporen van cocaïne aangetroffen, maar er was wel iets anders ontdekt. Volgens het rapport bevonden zich in het bloed van de senator sporen van alprazolam. Amanda vroeg zich af wat dat voor goedje was. Ze wilde het net gaan opzoeken, toen haar vader haar via de intercom meldde dat hij klaar stond om te vertrekken. Amanda was doodop en ze had ook vreselijke honger. Ze maakte snel een aantekening dat ze erachter moest zien te komen wat alprazolam was, pakte haar jas en liep naar de gang, waar haar vader al op haar stond te wachten.

23

Oscar Baron stond op het punt om het voor gezien te houden. Om twee uur 's nachts bij een verlaten benzinestation in de kou op iemand zitten wachten, was nu niet bepaald zijn idee van een gezellige avond. Verdomme, hij was toch advocaat. Normaal gesproken moesten de mensen op hem wachten, en niet andersom. Als Jon Dupre niet akkoord was gegaan met het buitensporig hoge honorarium dat Baron had bedongen, zou hij hier al lang weg geweest zijn. Baron begon zich af te vragen of het, ondanks het tarief dat hij Dupre in rekening bracht, allemaal wel de moeite waard was.

Om te beginnen had hij met die verwaande troela Bennett te maken gekregen. Ongeveer een uur nadat Baron Dupre's telefoontje had aangenomen, was ze het geld en de troef die Jon bij de onderhandelingen wilde uitspelen naar Barons kantoor komen brengen. Baron ging nu weer verder aan Jons zaak werken, en om dat te vieren, had hij haar vriendelijk gevraagd of ze hem wilde pijpen. Ze had nota bene het lef gehad om te weigeren. Zou ze soms denken dat ze te goed voor hem was?

Daarna had Oscar in de gevangenis het geraaskal van Dupre moeten aanhoren. Jezus christus, wat kon die vent tekeergaan! Maar Baron was als het moest prima in staat om vervelende cliënten te negeren, en met het honorarium dat Dupre hem betaalde, nam hij zelfs het ergste gezeik en gezever voor lief.

En ten slotte had hij ook nog naar deze uithoek moeten rijden. Belachelijk, als je erover nadacht, maar Dupre had er op gestaan dat Baron met een FBI-agent, een zekere Hunter, ging praten. Baron had het FBI-kantoor in Portland gebeld en zijn nummer achtergelaten. Hunter had hem thuis gebeld en tegen hem gezegd dat ze direct met elkaar moesten praten. De agent had deze plek voorgesteld: een zo te zien niet meer in gebruik zijnd benzinestation aan een verlaten stuk van de snelweg naar de kust. Toen Oscar hem erop had gewezen dat het één uur in de ochtend was en dat hij in bed lag, had de agent volgehouden dat het uit veiligheidsoverwegingen noodzakelijk was dat de ontmoeting op een afgelegen plek zou plaatsvinden. Als Dupre hem niet een aanzienlijke bonus had beloofd als het gesprek goed verliep, zou Oscar gezegd hebben dat de agent wat hem betrof de kolere kon krijgen.

Er kwam een auto het parkeerterrein opgereden. Oscar doofde zijn sigaret. Daar was Hunter dan eindelijk! De advocaat stapte uit en sloeg de kraag van zijn kameelharen overjas op om zijn wangen tegen de gure wind te beschermen. Het weer was in de loop van de nacht omgeslagen en de temperatuur was nu bijna tot het vriespunt gedaald. De auto kwam vlak naast Oscar tot stilstand. De chauffeur boog zich naar het portier aan de passagierskant en deed het open. Oscar zag dat het een Latino was. De man had een vierkant, pokdalig gezicht en een klein snorretje. Dat klopte niet, want Oscar kon zich nog precies herinneren dat Dupre had gezegd dat Hunter zwart was. Maar goed, het was in ieder geval geen blanke. Het kon Baron eigenlijk ook niet zo veel schelen; zo lang hij maar betaald kreeg, maakte het hem niet uit met wie hij zaken deed.

'Agent Hunter werd plotseling weggeroepen, meneer Baron.' De man liet zijn legitimatie zien. 'Ik ben agent Castillo.'

'Hunter heeft me daarnet gebeld.'

'Hij vond het net zo vervelend als u, maar er kwam onverwachts iets tussen. Ik kan u om veiligheidsredenen niet zeggen wat precies, maar ik neem aan dat u daar wel voor begrip heeft.'

'Het enige dat ik weet is dat hij me midden in de nacht uit bed heeft gebeld,' mopperde Oscar terwijl hij in de auto stapte.

'Als wij ons geen zorgen om uw veiligheid zouden maken, lag ik nu zelf ook lekker onder de wol.'

'Ja, nou, vooruit. Laten we maar opschieten. Mijn ballen bevriezen zowat.'

'Wat wil meneer Dupre?'

'Zo snel mogelijk de gevangenis uit.'

'Dat zal niet meevallen. Hij heeft een senator vermoord en...'

'Hij ontkent dat hij het gedaan heeft.'

'Hm. En dan is er nog die kwestie van de moord op meneer Hayes, maar dat is een zaak van de staat, waar wij als federale recherche verder geen zeggenschap over hebben. Ik weet eigenlijk niet of ik wel met u moet praten. Ik heb namelijk gehoord dat Amanda Jaffe meneer Dupre gaat verdedigen.'

'Ziet u Jaffe hier soms ergens? Jaffe is een pro-Deoadvocaat. Jon vertrouwt haar niet. Ik ben de enige die hij vertrouwt.'

'Zij is dus niet op de hoogte van deze onderhandelingen?'

'Nee. Laten we nu maar beginnen, dan kan ik tenminste naar huis. Als jullie kans zien om Jon te helpen, zal hij ervoor zorgen dat jullie een paar grote jongens kunnen inrekenen.'

'Zoals wie?'

'Pedro Aragon, bijvoorbeeld.'

'Daar geloof ik niets van.' Castillo zei het op een toon alsof hij totaal niet onder de indruk was, maar uit zijn lichaamstaal sprak het tegendeel.

'Mijn cliënt weet hoe Aragon werkt. Hij kan jullie precies vertellen hoe het spul het land binnen komt en hij kan zo een organogram voor jullie tekenen waar alles...'

'Een heleboel van deze informatie is al in ons bezit, meneer Baron.'

'Maar kunnen jullie ook met bewijzen komen? Jon heeft in het geheim opnamen gemaakt, op geluidsband en video, van gesprekken met de mannen van Aragon, juist om in situaties als deze een stok achter de deur te hebben. Met de bewijzen die Jon in handen heeft, kunnen jullie een paar van Aragons naaste medewerkers oppakken. Misschien slaan ze door en kunnen jullie de hele bende oprollen. En Jon zegt ook dat hij nog meer materiaal heeft, waarbij vergeleken de arrestatie van Aragon maar een kleinigheid is.'

'O ja? En wat zou dat voor materiaal kunnen zijn?'

'Dat heeft hij me niet verteld. Ik moest alleen maar tegen jullie zeggen dat hij over uiterst explosief materiaal beschikt.'

Baron haalde een cassetterecorder uit zijn jaszak en legde hem op de bank tussen hen in.

'Ik zal u een stukje laten horen van het materiaal dat hij tegen Aragon heeft verzameld.'

Baron drukte op PLAY en het bandje begon te lopen. Na een minuut of wat hield Oscar op met luisteren. Het materiaal was prima als bewijs, maar nogal langdradig. Het grootste deel bestond uit onbegrijpelijk drugsjargon over kwaliteit en prijzen. De mannen die op het bandje te horen waren, zouden het net zo goed over tweedehands auto's gehad kunnen hebben. Pas toen Castillo een paar keer met de koplampen van de auto knipperde, schrok Oscar op.

'Wat is daar de bedoeling van?' vroeg de advocaat. Op dat moment werd de deur aan de passagierskant opengerukt en pakte een hand zijn kraag beet. Een grote kerel begon hem uit de auto te trekken. Oscar hield zich vast aan het dashboard, maar hij werd met de kolf van een pistool hard op zijn vingers geslagen. Hij gilde het uit van de pijn. Hij lag al op de grond toen het tot hem doordrong dat Castillo degene was geweest die hem op zijn vingers had geslagen. Oscar deed zijn mond open om te protesteren, maar op dat moment duwde de grote kerel hardhandig de loop van een ander pistool in zijn mond. Een paar van zijn tanden werden verbrijzeld. Oscar probeerde weer te schreeuwen, maar hij stikte zowat in de loop van het pistool. De man die hem uit de auto had gesleurd, duwde de loop nog dieper in zijn mond. Oscar zag dat Castillo nu ook was uitgestapt en op hem af kwam lopen.

'Als je ook maar één geluid maakt, duwt hij de loop in je keel en stik je. Knik als je begrijpt wat ik bedoel.'

Oscar ging met zijn hoofd op en neer. De metalen loop zat helemaal tot achter in zijn mond en hij kon de neiging tot kokhalzen ternauwernood onderdrukken. Castillo knikte. De man haalde het pistool uit Oscars mond. De advocaat hapte naar lucht.

Castillo ging naast Baron op zijn hurken zitten. Hij pakte Oscars oor en draaide het om. Barons gezicht vertrok van de pijn, maar hij was zo doodsbang dat hij niet durfde schreeuwen.

'Je zei dat dit bandje maar een stukje was. Heb je nog meer bandjes?'

'Auw. Niet doen. Er liggen nog meer bandjes in mijn brandkast.'

Castillo's greep op Oscars oor werd iets minder stevig.

'Je bent aan ons overgeleverd, Oscar. Niemand weet dat je hier bent.

Niemand zal je hier komen redden. Of je leeft of sterft, hangt er enkel van af of en in hoeverre je met ons meewerkt. Begrijp je dat?'

Oscar knikte.

'Goed zo. Toen je gisteren in de gevangenis was, hebben we afluisterapparatuur in je huis en in je kantoor geplaatst. We hebben ook je telefoon afgeluisterd. Zodoende wisten we dat je de FBI had gebeld. Probeer dus geen geintjes uit te halen.'

'N-nee.'

'Ik wil de cijfercombinatie van je brandkast en de sleutels van je huis en je kantoor hebben. We nemen je nu mee naar een veilige plek. Als je ons de waarheid hebt verteld, kom je weer ongedeerd vrij. Als je hebt zitten liegen, word je net zo lang gemarteld tot je ons hebt verteld wat we willen weten. Begrijp je dat?'

Baron knikte. Hij begreep precies wat er bedoeld werd. Hij kon zijn belagers identificeren, en dat betekende dat ze hem zonder pardon zouden vermoorden. Hij hoopte alleen maar dat, in ruil voor zijn volledige medewerking, zijn dood snel en pijnloos zou zijn.

24

Jon Dupre had Ally Bennett vanuit de gevangenis opgebeld en haar de cijfercombinatie van een brandkast doorgegeven, die zich op een geheime plaats in het souterrain van een afgelegen huis aan de oever van de Willamette bevond. Jon had het huis, dat een kilometer of tien ten zuiden van Portland lag, onder een andere naam gekocht en gebruikte het soms om zijn 'speciale' klanten in de gelegenheid te stellen om hun feestjes te houden op een plek waar ze – zelfs niet bij toeval – zouden worden opgemerkt. De brandkast bevatte geld en enveloppen met videobanden en geluidscassettes. Ze had een deel van het geld en een paar geluidscassettes en videobanden naar Oscar Baron gebracht. Jon had haar niet verteld wat er op de banden stond, maar hij was ervan overtuigd dat ze hem konden helpen om uit de gevangenis te komen.

Behalve het voorschot voor Baron, had Ally ook een deel van Jons geld uit de brandkast gepakt om zelf te houden. Sinds de politie Exotic Escorts had gesloten, had ze de grootste moeite om de eindjes aan elkaar te knopen. Uit arren moede had ze een baantje genomen als barkeeper bij een café in de buurt van haar appartement. Ze deed het werk met tegenzin, maar ze moest geld verdienen om te kunnen leven. Toen haar dienst bij het café erop zat, reed ze terug naar appartement. Onderweg hoorde ze de naam van Oscar op de autoradio.

'... in zijn woning, waar hij op gewelddadige wijze om het leven was gebracht. Volgens de politie was Baron gemarteld voor hij stierf en lijkt diefstal het motief voor dit misdrijf te zijn geweest.'

Ally minderde vaart. Ze geloofde niet in het toeval; de moord moest iets te maken hebben met de banden die ze aan Baron had gegeven. Toen ze besefte dat Oscar haar naam wist, kreeg ze koude rillingen. Stel dat hij die aan de moordenaars had verteld, wat dan? En als ze erachter kwamen waar ze woonde?

Opeens leek het haar geen goed idee om terug te gaan naar haar appartement. Ally deed haar koplampen uit en reed voorzichtig het parkeerterrein op. Toen ze aan de overkant van het parkeerterrein de koplampen van een andere auto zag, bedacht ze zich geen moment. Ze gaf plankgas en reed het parkeerterrein weer af. Ze sloeg bij de eerste zijstraat rechtsaf en begon de zijstraten in en uit te rijden. Ally minderde vaart, maar ze bleef voortdurend in haar achteruitkijkspiegel kijken. Na een paar minuten bedacht ze dat het eigenlijk niet zo slim was wat ze nu deed. Was ze uit paranoia op de vlucht geslagen? Misschien wel, maar Ally besloot om geen risico te nemen. Ze pakte de geladen .38, die ze sinds de keer dat een van haar klanten haar een paar rake klappen had verkocht altijd bij zich droeg, uit haar tas en legde het wapen naast zich op de passagiersstoel. Toen de auto die ze op het parkeerterrein had gezien niet op kwam dagen, gaf ze weer gas en reed in de richting van de snelweg.

Het afgelegen huis van Jon Dupre keek uit op de rivier. Het was koud buiten en Ally had de kraag van haar jas hoog opgeslagen. Ze had behoefte aan frisse lucht en een plek waar ze even rustig kon nadenken. Ally stak een sigaret op en vroeg zich af wat er op de banden stond die ze aan Oscar Baron had gegeven. Als Jon ervan overtuigd was dat de banden hem konden helpen de dans te ontspringen, terwijl hij nota bene beschuldigd werd van de moord op een senator, moest er wel iets wereldschokkends op staan. Er lagen nog meer banden in de brandkast. Ze trapte haar sigaret uit en ging naar binnen.

De brandkast was verstopt onder een losliggend stuk zeil in het souterrain, in een bijkeukentje waar ook een wasmachine en een droogtrommel stonden. Ze maakte de brandkast open en telde het geld. Er was nog twintigduizend dollar over. Als iemand haar achterna zat, zou ze het geld kunnen pakken en op de vlucht slaan. Maar ze kon nergens heen. Ze moest bij Stacey, het dochtertje van Lori Andrews, blijven. Het idee dat Stacey van het ene pleeggezin naar het andere zou worden gesleept, vond ze vreselijk. Als ze nu eens genoeg geld had...

Ally rommelde verder tussen de inhoud van de brandkast. Ze vond een paar notitieboekjes en bladerde er even in. Haar oog viel op de namen, telefoonnummers en adressen van klanten van Exotic Escorts. Er stonden cijfers bij, die verwezen naar de inhoud van de banden. Ally pakte een paar willekeurige videobanden. Er stond ook een grootbeeldtv in het souterrain. Ze zette het apparaat aan, schoof een cassette in de videorecorder en drukte op PLAY. Wat ze zag, kwam niet als een verrassing. Er verscheen een dikke, al wat oudere man in beeld, die Ally herkende als een invloedrijk politicus. De man betastte het naakte lichaam van een oosters meisje. Dat was Joyce Hamada, wist Ally. Ze bleef een paar minuten staan kijken en haalde de cassette toen weer uit het apparaat. Ze stopte er een andere in, waarop nog meer van hetzelfde was te zien, alleen nu met andere mensen. Ally vond het vreemd. De politie zou ongetwijfeld in deze opnamen geïnteresseerd zijn, maar als Jon dacht dat hij in ruil hiervoor de dans zou ontspringen, had hij het toch bij het verkeerde eind. En als hij dat wel dacht, zou hij toch met iets anders moeten komen dan wat hier te zien was. Op dat moment herinnerde ze zich weer de cassette die ze bij het inzamelingsfeestje van Travis in Jons zak had gestopt.

Het eerste dat Ally gedaan had toen ze bij het landhuis was gearriveerd, was het, op aanwijzingen van Jon, verstoppen van minicassetterecorders in de studeerkamer en in een aantal slaapkamers. Voordat de nacht voorbij was, had ze de recorders en de bandjes weer weggehaald. De meisjes moesten altijd proberen om hun klanten over zichzelf aan de praat te krijgen, en dit was zeker niet de eerste keer dat ze bandjes bij Dupre had afgeleverd. Hoewel Jon haar iedere keer dat ze hem had geholpen om een klant op de band vast te leggen wat extra's had gegeven, had hij haar nooit verteld wat hij met de bandjes deed, maar Ally was ook niet gek. Ze kon het wel raden: als de informatie op de bandjes pikant genoeg was, gebruikte hij ze om zijn klanten af te persen. En op het feestje van Travis waren een heleboel belangrijke personen aanwezig geweest.

Ally liep terug naar de brandkast. De bandjes die op het feest bij Travis waren gemaakt, waren minicassettes, en het duurde even voor ze ze gevonden had. Maar wat erop stond, was vele malen interessanter dan de beelden van de seksuele uitspattingen die ze daarnet had gezien.

25

Jon Dupre had nog steeds handboeien om toen Amanda de open bezoekkamer binnenkwam, maar hij vertoonde niet meer de agressie en de spanning die haar bij haar vorige bezoeken waren opgevallen. Hij zat nu voorovergebogen met zijn armen op de tafel. Hij zat met zijn hoofd in zijn handen. Hij leek uitgeput en maakte een gelaten indruk.

Amanda nam tegenover haar cliënt plaats. Ze was gespannen, maar niet meer zo bang als de vorige keer. Dupre keek op. Zijn ogen waren bloeddoorlopen en hij had zich niet geschoren.

'Bedankt dat je me weer hebt laten komen, Jon.'

'Je moet me helpen,' antwoordde hij.

Amanda wist uit ervaring dat psychopaten erg goed waren in het veinzen van oprechtheid – daar was ze al eens eerder ingetrapt – maar ze raakte niet in paniek.

'Ik doe de hele tijd al m'n best om je te helpen.'

'Ja... dat weet ik ook wel. Het spijt me.'

'Laten we dan de vorige gesprekken even vergeten. Waarom vertel je me niet hoe je die snijwonden aan je handen en onderarmen hebt opgelopen?'

Dupre reageerde verbaasd. 'Waarom wil je dat weten?'

'Ik dacht dat we hadden afgesproken dat je me zou vertrouwen.'

Dupre schoof heen en weer op zijn stoel.

'Jon?'

'Dat geloof je toch niet.'

'Vertel het me dan.'

Dupre wendde zijn blik af.

'Jon, je weet waarom ik hier ben,' zei ze op kalme toon. 'Ik ben de enige advocaat die jouw zaak wilde behandelen, ik ben de enige die je wil helpen. Maar als jij niets zegt, lukt me dat niet.'

Dupre keek Amanda recht in de ogen. Hij sprak langzaam, alsof hij over ieder woord moest nadenken.

'Wendell Hayes heeft me gestoken.'

'Met dat mes?'

'Ja.'

'Hoe is hij aan dat mes gekomen?' vroeg Amanda. 'Heeft hij het van jou afgepakt?'

'Hayes heeft het mes de gevangenis binnengebracht. Het was van hem. Hij heeft mij aangevallen, en niet andersom. Ik weet dat het krankzinnig klinkt, maar zo is het gebeurd.' Dupre tilde zijn geboeide handen op en wreef over zijn voorhoofd. 'Het lijkt wel een nachtmerrie.'

'Hoe kan Hayes in godsnaam een mes door de metaaldetector naar binnen hebben gesmokkeld?'

'Dat weet ik niet. Ik weet alleen maar dat Hayes me besprong op het moment dat de bewaker uit het zicht was verdwenen.' Dupre wees naar de hechtingen op zijn onderarm en de snijwonden aan zijn handen. 'Die liep ik op toen ik hem probeerde af te weren. Ik leef nog omdat ik Hayes een klap op zijn keel heb kunnen geven. Dat is mijn geluk geweest. Toen hij het mes uit zijn hand liet vallen, heb ik het opgeraapt en hem ermee in zijn oog gestoken.'

'Waarom ben je daarna doorgegaan?'

Dupre keek haar ongelovig aan. 'Hij probeerde me verdomme te vermoorden. Ik zat samen met hem opgesloten. Hayes is een grote stevige kerel en ik wist niet of hij ook nog andere wapens bij zich had. Ik moest hem wel van kant maken.'

'Laten we de dingen eerst even rustig op een rijtje zetten, Jon. Dit klinkt nogal... vergezocht. Waarom zou Wendell Hayes jou hebben willen vermoorden?'

Dupre keek omlaag naar het tafelblad en schudde zijn hoofd.

'Wist hij wie je was voordat rechter Grant hem tot jouw verdediger benoemde?' vroeg Amanda.

'Niet echt. Mijn ouders kenden hem, maar ze waren niet met hem bevriend. Voordat ik bij de Westmont werd geroyeerd, ben ik hem daar een paar keer tegengekomen.'

Amanda schudde haar hoofd. 'Dit klinkt niet erg overtuigend.'

'Denk je soms dat ik zit te liegen?' vroeg Dupre boos.

'Dat zei ik niet. Ik heb trouwens een getuige die jouw verhaal ondersteunt.'

Amanda vertelde hem tot welke conclusies Paul Baylor was gekomen nadat hij de foto's die in de ziekenboeg van de gevangenis waren gemaakt, had bekeken.

'Maar ik ben bang dat de verklaring van Paul alleen niet voldoende is om vrijspraak te garanderen,' zei Amanda tot slot. 'Kun je nog iets bedenken waaruit blijkt dat Hayes degene was die jou aanviel?'

'Nee.'

'Dat zul je begrijpen dat we een probleem hebben. Ik denk niet dat een jury je op je woord gelooft als je zegt dat een vooraanstaande advocaat geprobeerd heeft om een cliënt die hij amper kende, te vermoorden. Wat kan voor Hayes het motief zijn geweest? Hoe gaan we het argument dat het Hayes nooit gelukt zou zijn om een mes door de metaaldetector te smokkelen, ontkrachten? Jij bent niet eerst door een metaaldetector gegaan, en het wapen is typisch het soort steekwapen dat gevangenen zelf fabriceren.'

'Ik kan een leugendetectortest laten doen.'

'Het resultaat van een leugendetectortest is als bewijs niet toelaatbaar.'

Dupre gooide zijn hoofd achterover en bonkte met zijn handen op de tafel. De bewaker aan de andere kant van het raam ging al met zijn radiozender naar zijn mond en wilde de deur openmaken. Amanda gebaarde naar hem dat hij niet naar binnen hoefde te komen.

'Laten we het nu even niet meer over Hayes hebben. Vertel eens wat over senator Travis,' zei Amanda.

'Ik heb hem niet vermoord.'

'Waarover ging de ruzie die je op de avond dat hij vermoord werd met hem had?'

'Hij had een van mijn meisjes besteld, en die is toen spoorloos verdwenen.'

'Lori Andrews?'

Dupre knikte. 'De laatste keer dat ze bij hem was, heeft hij haar vreselijk geslagen. Ik wilde proberen erachter te komen wat er met haar was gebeurd.'

'Heeft Travis ooit toegegeven dat hij iets met de verdwijning van Lori Andrews te maken had?'

'Nee. Hij zei dat hij haar niet aangeraakt had. Maar ik geloofde hem niet.'

'Het verbaast me dat je je zo druk maakte om Andrews. Haar verdwijning kwam jou toch juist goed uit? Ze moesten die aanklacht tegen je toen toch intrekken?'

'Ik was blij dat Lori niet kwam opdagen, maar ik wilde haar beslist niet dood.'

'De politie heeft in het huisje van Travis een oorring gevonden waarvan ze zeggen dat hij precies lijkt op de oorring die jij droeg toen je bij de golfclub ruzie met hem stond te maken.'

'Is dat zo?'

'Wist je dat niet?'

'Nee. Hoe zag die oorring eruit?'

'Goud, het is een gouden kruisje.'

'Ik heb er wel zo een, maar ik zou niet weten hoe die in het huisje van Travis terecht moet zijn gekomen. Daar ben ik nog nooit geweest.'

'Heb je na die ruzie bij de golfclub nog met Travis gesproken?' vroeg Amanda.

'Nee.'

'Heb je hem de avond voor hij vermoord werd, niet opgebeld?'

'Beslist niet.'

Amanda maakte een aantekening op haar notitieblok. 'Was er iemand bij je op de avond dat Travis werd vermoord?'

'Aan het begin van de avond had ik een paar meisjes over de vloer. Ik had wat gebruikt en raakte bewusteloos. Toen ik de volgende ochtend wakker werd, waren ze verdwenen.'

'Ik moet de namen van die meisjes weten, zodat Kate Ross die gegevens kan natrekken.'

'Joyce Hamada was er bij. Ze studeert aan de universiteit van Portland. En Cheryl... eh, Cheryl Riggio. Ga maar met ze praten.'

'Dat zullen we doen. Morgen is er een hoorzitting waarbij je verzoek om borgtocht wordt besproken. Stel je daar maar niet te veel van voor. Bij zaken waarin de doodstraf kan worden geëist, komt vrijlating tegen borgtocht haast nooit voor.'

'Dat weet ik.' Dupre leek nu uiterlijk doodkalm. 'Dat heeft Oscar me verteld.'

'Ik neem aan dat je het gehoord hebt?'

Dupre knikte. 'Weet je wat er precies met hem gebeurd is?'

'Alleen wat ik in de krant heb gelezen en op de radio heb gehoord, niet veel dus.'

'Hebben ze hem gemarteld?'

'Volgens de krant wel.'

'Waren het inbrekers?'

Amanda knikte. 'Het lijkt allemaal zo onwerkelijk. Ik heb een paar dagen geleden nog met hem over je gepraat.'

'Ja... onwerkelijk. Dat is precies het juiste woord.' Dupre was het helemaal met Amanda eens.

26

Toen het gerechtsgebouw van Multnomah County in 1914 werd voltooid, was het het grootste gerechtsgebouw aan de westkust. Het besloeg een heel blok in het centrum van Portland en lag tussen Main Street, Salmon Street, Fourth Street en Fifth Street. Aan de buitenkant maakte het gebouw een ongenaakbare en haast onheilspellende indruk, maar de hal bezat vroeger, voordat er overal metaaldetectors en hokjes voor de bewakers werden gebouwd, een sierlijke, majestueuze schoonheid.

Amanda en Kate moesten zich een weg banen langs de tv-camera's en dwars door de horde verslaggevers die vragen op Amanda begonnen af te vuren zodra ze de hal binnenkwamen. In de hoop dat het trappenklimmen de zwaar beladen cameralieden en de verslaggevers, die doorgaans een zittend leven leidden, zou ontmoedigen hen te volgen, haastten ze zich de brede marmeren trappen op die naar de zaal op de derde verdieping leidden waar rechter Robard altijd zitting hield. Een paar van de meer sportieve types holden hen toch achterna en stelden hijgend een paar vragen, waar Amanda echter geen aandacht aan schonk.

De gang naar de rechtszaal stond propvol mensen die wilden proberen een zitplaats te bemachtigen. Ze moesten in de rij gaan staan en nogmaals een metaaldetector passeren voordat ze naar binnen konden. Amanda zwaaide met haar legitimatie, waarna de bewaker gebaarde dat zij en Kate konden doorlopen. Rechter Robard was de rechter met de meeste dienstjaren. Hij hield zitting in een van de oudste rechtszalen in het gebouw. Steeds als ze hier kwam, kon Amanda zich niet aan de indruk onttrekken dat het hoge plafond, de marmeren Corinthische zuilen en het overdadige lijstwerk wonderwel pasten bij een rechter die zichzelf zo ontzettend belangrijk vond.

De publieke tribune zat bijna vol en Tim Kerrigan had al plaatsgenomen aan de tafel voor de aanklager; zijn assistente was een jonge vrouw met een Latijns-Amerikaans uiterlijk. Amanda had haar nog nooit eerder gezien. Kerrigan hoorde het rumoer in de rechtszaal toen Amanda binnenkwam en draaide zich om. De aanklager fluisterde iets tegen zijn collega, waarna ze allebei gingen staan.

'Dag, Amanda, dag Kate,' zei Kerrigan. 'Dit is Maria Lopez, mijn assistente.'

De vrouwen knikten Maria toe, waarna Kate aan het verste eind van de tafel die voor de verdediging was gereserveerd, ging zitten.

'Je gaat toch geen compleet verzoek om vrijstelling tegen borgtocht indienen, hoop ik?' vroeg Kerrigan aan Amanda.

'Yes sir.'

'Ik denk niet dat Robard daar op ingaat.'

'Dan loop ik hier dus m'n tijd te verknoeien.'

De aanklager lachte. 'Ik wist wel dat je het me moeilijk zou gaan maken.'

'Daar word ik toch voor betaald.'

Kerrigan wilde nog iets zeggen, maar op dat moment werd Jon Dupre de rechtszaal binnengeleid. Hij was aan handen en voeten geboeid. Maria Lopez keek met grote voldoening hoe Dupre naar voren strompelde. Amanda herinnerde zich dat Lopez de inmiddels ingetrokken aanklacht wegens prostitutie had behandeld.

'Ga daar bij je advocaat zitten,' beval Larry McKenzie, een van de bewakers die Dupre naar binnen hadden gebracht.

'Ga je zijn boeien niet losmaken?' vroeg Amanda toen McKenzie geen aanstalten maakte om haar cliënt van de boeien te ontdoen.

'Voorschrift. Het is de bedoeling dat hij bij de hoorzitting geboeid blijft.'

'Dat zullen we nog wel eens zien.'

'Daar moet u mij niet op aanspreken. Ik doe alleen maar wat me gezegd wordt.'

'Sorry, Mac,' zei Amanda tegen de bewaker.

'Geeft niet, mevrouw Jaffe, maar ik zou er maar niet al te moeilijk over doen als ik u was. Ik had dienst bij de receptie op de dag dat Wendell

Hayes in de gevangenis werd vermoord. Ik wou dat ik tegen hem gezegd had dat hij voorzichtiger had moeten zijn.'

Amanda trok de stoel voor Dupre van onder de tafel en hielp hem te gaan zitten voordat ze naast hem plaats nam. De griffier sloeg met zijn hamer op tafel en Ivan Robard schreed met snelle pas door een deur achter het podium de rechtszaal binnen.

'Gaat u zitten,' zei hij, en verzocht vervolgens de griffier de zaak aan te kondigen.

'Dit is het vastgestelde tijdstip voor een verzoek om vrijlating tegen borgtocht in de zaak die door de staat Oregon aanhangig is gemaakt tegen Jonathan Edward Dupre.'

Zodra de griffier het nummer van de zaak in het verslag van de hoorzitting had genoteerd, ging Tim Kerrigan staan en deelde de rechter mee dat hij gereed was om te beginnen.

'Amanda Jaffe namens de heer Dupre, edelachtbare. Voordat we met het verzoek om vrijstelling tegen borgtocht beginnen, wil ik u vragen om de boeien van mijn cliënt te laten verwijderen. Hij...'

Robard stak zijn hand op. 'Daar kan ik niet op ingaan, mevrouw Jaffe, maar het staat u uiteraard vrij om bij de autoriteiten een verzoek om een rechterlijke uitspraak in te dienen. Een dergelijk verzoek zal door het Hof van Beroep behandeld moeten worden, want uit mijn gesprekken met de gevangenisdirecteur is mij gebleken dat de heer Dupre te gevaarlijk is om hem hier ongeboeid te laten verschijnen.'

'Edelachtbare, dit is een hoorzitting. U zult hier een beslissing moeten nemen met betrekking tot de vrijlating van de heer Dupre. Uit uw besluit om hem hier geboeid te laten verschijnen, blijkt dat u in deze zaak al tot een oordeel bent gekomen. Ik wil u dan ook vragen om op uw besluit terug te komen of u anders terug te trekken.'

Er verscheen een humorloze glimlach op het gezicht van Robard. 'Leuk geprobeerd, maar nogmaals: ik ga niet op uw verzoek in. De boeien worden uit veiligheidsoverwegingen niet verwijderd, en iedere rechter die hier werkt zal het op dit punt met me eens zijn. Er is nog door niemand gesproken. Pas als de heer Kerrigan zijn verzoek om uw cliënt in voorarrest te houden niet kan staven, gaan we over vrijlating tegen borgtocht praten. Laten we dat eerst eens doen.'

Rechter Robard richtte nu zijn aandacht op de aanklager.

'Meneer Kerrigan, de heer Dupre wordt onder andere het plegen van tweemaal moord met geweldpleging ten laste gelegd. Volgens ORS

135.240(2)(a) moet ik de verdachte in vrijheid stellen, tenzij u me kunt overtuigen dat er duidelijke bewijzen zijn, of sterke vermoedens bestaan, dat de heer Dupre hieraan schuldig is. Wat voor bewijzen heeft u?'

'Edelachtbare, ik ben voornemens om in de zaak tegen de heer Dupre in verband met de moord op Wendell Hayes één getuige op te roepen. Diens verklaring zou voldoende moeten zijn om het hof ervan te overtuigen dat er een sterk vermoeden bestaat dat de heer Dupre schuldig is aan het ten laste gelegde. Edelachtbare, de staat roept Adam Buckley op om te getuigen.'

Net als de meeste gevangenbewaarders was Adam Buckley een forse kerel, maar sinds hij getuige was geweest van de dood van Wendell Hayes was hij enorm afgevallen. Hij droeg een slechtzittend tweedjasje dat veel te ruim om zijn afgezakte schouders hing en terwijl hij naar de getuigenbank liep, hield hij zijn blik voortdurend op de grond gericht. Amanda had het verslag van Buckley's debriefing gelezen en wist ook dat het gebeurde op hem een zo traumatische uitwerking had gehad dat hij nog steeds met ziekteverlof was. Ze had met Buckley te doen, omdat ze zelf maar al te goed wist wat hij moest doorstaan.

'Agent Buckley,' vroeg Kerrigan nadat de bewaker was ingezworen en verklaard had wat zijn beroep was, 'kende u Wendell Hayes?'

'Ja, meneer.'

'Hoe heeft u hem leren kennen?'

'Hij kwam nu en dan naar de gevangenis om met arrestanten te praten. Het was mijn taak om hem naar binnen en weer naar buiten te laten.'

'Heeft u de heer Hayes op de dag van zijn overlijden binnengelaten in een van de open bezoekkamers van het Justitieel Centrum?'

'Ja, meneer.'

'Wie was de arrestant die hij daar kwam bezoeken?'

'Dat was Jon Dupre.'

'Is de heer Dupre op dit moment hier aanwezig?'

Buckley keek heel even Dupre's kant uit en wendde toen zijn blik weer af. 'Ja, meneer.'

'Kunt u hem voor de rechtbank aanwijzen?'

'Het is de man die daar bij die twee dames zit,' zei Buckley zonder naar de tafel van de verdediging te kijken.

'Bevond de heer Dupre zich in de bezoekkamer op het moment dat u de heer Hayes daar binnenliet?'

'Ja, meneer.'

'Heeft u hem gezien?'

'Ik liep samen met meneer Hayes de kamer binnen. Dupre zat daar op een stoel. Ik zei nog tegen de heer Hayes dat hij op de knop op de intercom moest drukken als hij hulp nodig had. Daarna heb ik ze ingesloten.'

'Was er nog iemand anders in de bezoekkamer?'

'Nee. Alleen de heer Hayes en de beklaagde.'

'Was de heer Dupre tijdens het bezoek van de heer Hayes net als vandaag geboeid?'

'Nee, hij had zijn handen en voeten vrij.'

'Dank u. Agent Buckley, heeft u de beide heren, nadat u hen had ingesloten, nog gezien?'

Buckley werd bleek. 'Ja, meneer,' antwoordde hij met bevende stem.

'Kunt u het Hof vertellen wat u gezien heeft?'

'De heer... de heer Hayes... Hij stond tegen de glazen ruit gedrukt.' Hij zweeg even. 'Het was verschrikkelijk,' zei hij. Hij schudde met zijn hoofd alsof hij wilde proberen de herinnering uit zijn geheugen te wissen. 'Het hele raam zat onder het bloed. Het spoot uit zijn oog.'

'Wat heeft u daarna nog meer gezien?'

Buckley wees nu naar Dupre. 'Dat hij bezig was om hem dood te steken.'

'Kon u zien waarmee de heer Dupre dat deed?'

'Nee. Daar ging het allemaal veel te snel voor.'

'Edelachtbare,' zei Kerrigan, terwijl hij een doorzichtige plastic zak met 'bewijsmateriaal' erop omhoog hield en aan de rechter liet zien, 'mevrouw Jaffe heeft er, ten behoeve van een vlot verloop van deze hoorzitting, mee ingestemd dat het wapen waarmee de heer Hayes om het leven werd gebracht, wordt aangeduid als bewijsstuk nummer één.'

'Klopt dat, mevrouw Jaffe?' vroeg Robard.

'Jawel, edelachtbare,' antwoordde Amanda.

'Agent Buckley, heeft u kunnen zien wat er met de heer Hayes gebeurde nadat hij door de heer Dupre werd aangevallen?'

'Ja, meneer. Hij had meerdere verwondingen opgelopen en bloedde hevig.'

'Heeft de heer Dupre ook geprobeerd om u aan te vallen?'

'Ik stond met mijn gezicht tegen de ruit omdat ik wilde proberen vast te stellen hoe ernstig de verwondingen van de heer Hayes waren, en ondertussen maakte hij steekbewegingen naar me.'

'Waar bevond de heer Hayes zich op dat moment?'

'Hij lag op de vloer.'

'Edelachtbare, wederom ten behoeve van een vlot verloop van deze hoorzitting: mevrouw Jaffe heeft ermee ingestemd dat hier wordt vastgesteld dat de heer Hayes is overleden als gevolg van de verwondingen die door de heer Dupre met bewijsstuk nummer één zijn toegebracht.'

'Waarvan akte. Heeft u verder nog vragen, meneer Kerrigan?'

'Nee.'

'Mevrouw Jaffe?' vroeg rechter Robard.

'Ik heb een paar vragen, edelachtbare,' zei ze. Ze stond op en liep in de richting van de bewaker. 'Agent Buckley, waar heeft u de heer Hayes die dag voor het eerst gezien?'

'Toen hij uit de lift kwam en aanbelde om binnengelaten te worden. Ik had op dat moment dienst in de gang waar de bezoekkamers zijn.'

'En toen heeft u hem naar de bezoekkamer gebracht waar de heer Dupre zat te wachten?'

'Ja.'

'Heeft u de heer Hayes gefouilleerd voordat u hem in de bezoekkamer binnenliet?'

Deze vraag leek Buckley te verrassen. 'Dat doe ik nooit. De advocaten worden beneden gefouilleerd voordat ze naar boven mogen.'

'Uw antwoord komt er dus op neer dat u de heer Hayes *niet* gefouilleerd hebt?'

'Ja, dat klopt.'

'Had u voortdurend zicht op de heren Hayes en Dupre nadat u de heer Hayes had ingesloten?'

'Nee.'

'Waarom niet?'

'Er kwam nog een advocaat naar boven om met een arrestant te praten. Ik moest weer terug naar de ingang om hem binnen te laten.'

'Hoe lang heeft u de heer Hayes en de heer Dupre niet kunnen zien tussen het moment dat u de heer Hayes insloot en het moment dat u zag dat ze aan het vechten waren?'

'Dat weet ik niet precies. Eén minuut, misschien twee.'

'U weet dus niet wat er in de bezoekkamer is voorgevallen tussen het moment dat u de heer Hayes insloot en het moment dat u zag dat ze aan het vechten waren?'

'Nee, mevrouw.'

'Ik heb verder geen vragen meer.'

'Ik ook niet,' zei Kerrigan. 'En verder ook geen getuigen meer, edelachtbare.'

'Mevrouw Jaffe?' vroeg Robard.

'Ik heb nog één getuige, edelachtbare. De heer Dupre vraagt Larry McKenzie om te getuigen.'

'Wát?' zei de duidelijk geschrokken gevangenbewaarder.

Kerrigan en de rechter keken ook verbaasd, maar Robard herstelde zich snel en gebaarde dat de roodharige bodybuilder naar de getuigenbank moest komen. McKenzie wierp Amanda een nijdige blik toe toen hij langs haar tafel liep, maar Amanda zat verdiept in haar aantekeningen en had het niet in de gaten.

'Agent McKenzie,' zei Amanda toen de bewaker was ingezworen, 'als ik het juist heb, had u dienst bij de receptiebalie van de gevangenis op de dag dat Wendell Hayes werd vermoord. Klopt dat?'

'Ja.'

'Kunt u ons een beschrijving geven van de receptieruimte en van de procedure die u volgt als er een advocaat naar de gevangenis komt om in een open bezoekkamer met een cliënt te spreken?'

'De receptie is bij de ingang aan Third Avenue, naast de hal van het Justitieel Centrum. Als de advocaat binnenkomt, zitten wij achter de balie. Naast de balie staat tussen de wachtruimte waar de mensen kunnen zitten en de ingang van de liften die naar de gevangenis gaan, een metaaldetector.'

'Juist. Dus wat gebeurt er als ik naar de gevangenis kom om een arrestant te bezoeken en me bij u aan de balie meld?'

'Dan vraag ik of u uw vergunning wilt laten zien en controleer ik uw legitimatie.'

'En daarna?'

'Vervolgens haalt u alle metalen voorwerpen uit uw zakken en laat u mij uw koffertje nakijken als u dat bij u heeft. Daarna gaat u door de metaaldetector.'

'Hoe laat arriveerde de heer Hayes bij de receptiebalie?'

'Om een uur of een, denk ik.'

'Was hij alleen?'

McKenzie snoof verachtelijk. 'Nee, hij had een heel circus bij zich – tv-camera's, en verslaggevers die aldoor vragen stelden.'

'Hield de heer Hayes een persconferentie?'

'Hij heeft een paar vragen beantwoord, ja. De verslaggevers waren zo opdringerig dat hij met zijn rug tegen de balie stond geklemd. Toen hij het te benauwd begon te krijgen, vroeg hij of ik hem uit zijn benarde positie wilde bevrijden.'

'Door hem de gevangenis binnen te laten?'

'Dat is juist.'

'Wat deed u toen?'

'Wat ik altijd doe. Ik controleerde zijn legitimatie en liet hem door de metaaldetector naar binnen.'

'Had de heer Hayes een koffertje bij zich?'

'Ja, maar dat heb ik ook nagekeken.'

'Heeft u het koffertje door de metaaldetector gehaald?'

Het duurde even voordat McKenzie antwoord gaf.

'Nee, nu ik het me goed herinner. Ik heb er alleen maar even in gekeken.'

'En wat deed de heer Hayes terwijl u daarmee bezig was?'

'Hij was eh... Even goed nadenken. O ja, we stonden te praten.'

'Waarover?'

'Over de Blazers.'

'Terwijl u in zijn koffertje keek?'

'Ja.'

'Begrijp ik hieruit dat u niet met uw volle aandacht bij het fouilleren was?'

'Bedoelt u dat ik mijn werk niet goed deed?'

'Nee, agent McKenzie. Ik weet dat u *probeerde* om uw werk zo goed mogelijk te doen, maar u had geen enkele reden om aan te nemen dat Wendell Hayes zou proberen om iets de gevangenis binnen te smokkelen, of wel?'

'Hayes heeft niets mee naar binnen gesmokkeld.'

'Is hij met al zijn kleren door de metaaldetector gegaan?'

McKenzie keek naar het plafond, in een poging zich alles precies te herinneren. Toen hij weer naar Amanda keek, had hij een bezorgde blik in zijn ogen.

'Hij deed zijn jasje uit en... en dat vouwde hij op. Hij gaf het aan me, samen met zijn koffer en de metalen voorwerpen uit zijn zakken. Dat waren zijn sleutels en een Zwitsers legerzakmes. Ik heb het mes achtergehouden.'

'Heeft u het jasje grondig doorzocht?'

'Ik ben er een paar keer met mijn handen langs gegaan voor ik het terug gaf,' zei McKenzie, maar hij leek nu niet meer zo zeker van zichzelf.

'Stonden de verslaggevers op dat moment nog steeds bij de balie te dringen?'

'Ja.'

'Stonden ze daar te praten?'

'Eh... ja.'

'Ik heb in het tv-journaal een reportage over de dood van de heer Hayes gezien. Er waren beelden te zien van het moment waarop hij door de metaaldetector ging. Werd hij ook gefilmd terwijl u hem fouilleerde?'

'Dat denk ik wel.'

'Brandden die felle lampen op dat moment nog steeds en werd u door van alles afgeleid?'

'Ja, maar ik ging wel grondig te werk.'

'Agent McKenzie, probeert u zich het volgende goed te herinneren, alstublieft. Heeft u de heer Hayes zijn jasje en zijn koffer teruggeven voor of nadat hij de metaaldetector passeerde?'

McKenzie aarzelde even voor hij antwoord gaf. 'Erna.'

'Zou het dan mogelijk zijn dat de heer Hayes iets in zijn jasje of in zijn koffer had zitten dat u ongemerkt is gepasseerd, terwijl hij met u over de Blazers stond te praten en u afgeleid werd door de verslaggevers met hun felle lichten en hun geklets?'

'Zoals wat?'

'Zoals bijvoorbeeld bewijsstuk nummer één.'

McKenzies mond viel open van verbazing en Kerrigan keek Amanda ongelovig aan. In het bezoekersgedeelte steeg vaag gemompel op. Rechter Robard sloeg met zijn hamer op zijn tafel.

'Zo is het niet gebeurd,' hield McKenzie vol.

'Maar zou het gekund hebben?'

'Alles is mogelijk. Maar Hayes heeft geen mes mee naar binnen gesmokkeld, en zelfs als dat wel zo zou zijn, is die moord nog steeds het werk van hem daar.'

'Ik verzoek u om dat laatste te schrappen, edelachtbare,' zei Amanda. 'En ik heb verder ook geen vragen meer.'

'Het wordt geschrapt, mevrouw Jaffe,' zei rechter Robard, 'maar ik heb er de grootste moeite mee om te begrijpen waar u heen wilt. Ik neem aan dat u mij hierover duidelijkheid zult verschaffen als u met uw pleidooi begint.'

'Ik heb geen vragen meer aan agent McKenzie,' zei Tim Kerrigan met een geamuseerde blik in zijn ogen.

'Wil een van beide partijen hier nog iets aan toevoegen?'

'Nee,' antwoordden Amanda en Kerrigan allebei.

'Uw betoog graag, meneer Kerrigan. De bewijslast ligt bij u.'

'De vraag die hier gesteld wordt, is of de staat heeft voldaan aan de eisen, zoals die zijn vastgelegd in ORS 135.240(2)(a), en heeft bewezen dat de schuld van de heer Dupre aan de moord op Wendell Hayes onomstotelijk is komen vast te staan, c.q. dat er ernstige vermoedens van die schuld bestaan. Als dat het geval is, dient het verzoek om vrijstelling tegen borgtocht te worden afgewezen. Agent Buckley heeft verklaard dat er maar twee personen in de open bezoekkamer aanwezig waren, te weten het slachtoffer, Wendell Hayes, en de beklaagde, en dat deze hier waren ingesloten. Hij heeft ook verklaard dat hij gezien heeft dat de heer Dupre de heer Hayes neerstak, en er is hier al eerder vastgesteld dat bewijsstuk nummer één het wapen is waarmee de heer Hayes om het leven werd gebracht. Ik kan me niet herinneren dat ik ooit een overtuigender bewijs van schuld heb meegemaakt, edelachtbare.'

Kerrigan ging weer zitten en Amanda ging staan.

'Laten we ons nu even tot de feiten beperken, mevrouw Jaffe,' zei Robard. 'Gaat u proberen aan te tonen dat Wendell Hayes bewijsstuk nummer één de gevangenis heeft binnengesmokkeld?'

'Er is geen enkel bewijs dat dat niet kan zijn gebeurd.'

Robard glimlachte en schudde zijn hoofd. 'Ik heb u altijd al een van de slimste en meest creatieve advocaten van Oregon gevonden, en wat dat betreft heeft u me vandaag zeker niet teleurgesteld. Daarom wil ik nu graag van u weten wat de volgende logische stap in uw argumentatie is.'

'Als Wendell Hayes inderdaad het mes de gevangenis heeft binnengesmokkeld, handelde mijn cliënt uit zelfverdediging, waardoor het bewijs waarmee de heer Kerrigan zijn schuld heeft willen aantonen, wordt ontkracht.'

'Dat klopt, mits zou zijn bewezen dat de heer Hayes uw cliënt heeft aangevallen, maar het enige dat ik heb gehoord is dat de heer Dupre degene was die met het mes stond te zwaaien. Hij heeft er zelfs agent Buckley mee bedreigd.'

'Agent Buckley heeft niet alles gezien wat er in de bezoekkamer is gebeurd. Het is van het grootste belang dat we precies weten wat zich in de tijd die verstreek tussen het insluiten van de heren Hayes en Dupre en het moment waarop agent Buckley zag dat mijn cliënt de heer Hayes neerstak, heeft afgespeeld.'

Robard grinnikte en ging met zijn hoofd heen en weer. 'U krijgt een tien, nee – een tien-plus voor uw moeite, maar zonder griffel. Ik wijs het verzoek om vrijlating tegen borgtocht in verband met de moord op Wendell Hayes af, en in de zaak met betrekking tot de moord op senator Travis stel ik een borgsom vast van één miljoen dollar. Tenzij er nog andere, zwaarwegende argumenten zijn, sluit ik hierbij deze zitting.'

'Hij luisterde helemaal niet naar wat je zei,' zei Dupre verbitterd.

'Dat had ik ook niet verwacht, Jon.'

'Bedoel je daarmee dat ik de doodstraf krijg?'

'Zover is het nog lang niet. Ik heb je toch verteld dat onze forensische deskundige nog een verklaring gaat afleggen waaruit blijkt dat jouw verwondingen het gevolg waren van een poging om jezelf te verdedigen en dat je die alleen maar had kunnen oplopen als je door iemand met een mes werd aangevallen?'

'Waarom heb je dat niet tegen de rechter gezegd?'

'Ik denk niet dat dat iemand met zoveel vooroordelen als Robard overtuigd zou hebben, en ik wil ook nog een paar verrassingen bewaren voor het proces. We zijn ook nog in andere richtingen aan het zoeken. Je moet dus de moed niet opgeven.'

Amanda en Dupre praatten nog enkele minuten met elkaar, waarna ze naar Larry McKenzie gebaarde dat haar cliënt weer naar zijn cel teruggebracht kon worden.

'Ik heb er de pest over in dat dit stuk ongedierte een loopje met u probeert te nemen,' zei McKenzie toen hij Dupre aan zijn boeien overeind hees.

'Het spijt me dat ik je pas op het laatste moment heb laten oproepen, maar het kwam pas in me op toen agent Buckley aan zijn verklaring begon.'

'Geeft niet,' zei McKenzie tegen haar, maar Amanda was er niet van overtuigd dat hij het echt meende.

'Ik ben erg blij dat we alvast een voorproefje hebben kunnen krijgen van wat ons nog allemaal te wachten staat, Amanda,' zei Tim Kerrigan toen Dupre buiten gehoorsafstand was.

'We doen ons best om het de mensen naar de zin te maken.'

'Je gaat toch niet echt proberen aan te tonen dat Dupre Wendell Hayes uit zelfverdediging heeft doodgestoken?'

'Daar kom je nog wel achter.'

'Succes ermee, dan.'

Amanda stopte net haar dossier in haar koffertje toen Grace Reynolds, een rechtbankverslaggeefster van de *Oregonian*, naar de lage balustrade liep die de publieke tribune scheidde van de tafels waarachter de advocaten zaten. Grace was een slanke brunette van achter in de twintig. Ze had Amanda in het verleden twee keer geïnterviewd voor een hoofdartikel in haar krant en ze waren ooit samen uit geweest toen ze allebei een afspraakje hadden met advocaten van hetzelfde kantoor.

'Hallo,' zei Grace. 'Je hebt wel indruk gemaakt op de rechter, zeg. Ik heb Ivan de Verschrikkelijke sinds de vorige keer dat hij de doodstraf uitsprak niet meer zo zien glimlachen.'

'Blijft dit onder ons, Grace?'

'Je bent voor je ouwe drinkmaatje toch niet opeens Amanda "Geen Commentaar" Jaffe?'

'Ik vrees van wel.'

'Ik hoopte zo op een exclusief verhaal over die moordzuchtige pooier.'

Amanda huiverde. 'Zo ga je hem hoop ik toch niet noemen?'

'Daar moeten we het op de redactievergadering nog over hebben. Natuurlijk kan ik wel bezwaar maken als jij denkt dat dat smaad is. Maar probeer me asjeblieft niet dat idiote argument te verkopen dat je tegen de rechter hebt gebruikt.'

'Misschien begin ik mijn vaardigheid om te debatteren een beetje kwijt te raken.'

'Of anders je gezonde verstand: dat was het meest waanzinnige argument dat ik gehoord heb sinds die zaak met die homo's.'

'En wie heeft die ook alweer gewonnen?'

'Dat weet ik niet meer. Krijg ik nu mijn primeur?'

'Op het moment niet. Maar ik beloof je dat ik aan je zal denken als het zover is, als je tenminste nu een vraag kunt beantwoorden.'

'En die is?'

'Jij was toch in de gevangenis op het moment dat Hayes werd vermoord?'

'Ik was bij de receptie.' Ze schudde haar hoofd. 'Wat een toestand.'

'Ik heb bij het kantoor van Harvey Grant geïnformeerd. Grant heeft Wendell Hayes pas even voor enen op dezelfde dag dat Hayes vermoord werd als verdediger van Jon Dupre aangesteld. De benoeming vond achter gesloten deuren plaats, bij hem op kantoor. Er was geen pers bij aanwezig. Hayes is een half uur nadat hij was benoemd naar het Justitieel Centrum gelopen. Hoe wisten jij en de andere verslaggevers dat Hayes onderweg was naar de gevangenis?'

'Iemand heeft ons getipt.'

'Wie?'

'Een anonieme tipgever.'

'Weet je of die tipgever voor iedereen anoniem was?'

'Dat heb ik niet gevraagd.'

'Oké, bedankt zover.'

'Wat is er aan de hand, Amanda?'

'Ik beloof je dat jij de eerste bent die dat te horen krijgt als ik daarachter ben.'

'We moeten binnenkort weer eens samen wat gaan drinken, of naar de bioscoop gaan,' zei Grace. 'Even loskomen van het werk.'

'Dat lijkt me een prima idee.'

Kate had meegeluisterd. 'Waarom vroeg je dat?' vroeg ze toen Grace de rechtszaal had verlaten.

'Alleen rechter Grant, Wendell Hayes zelf en Grants secretaris wisten dat de rechter Hayes zou gaan benoemen. Als Hayes van plan was om de bewaker bij de receptiebalie af te leiden zodat hij het mes naar binnen kon smokkelen, had hij daarvoor geen betere manier kunnen bedenken dan een horde schreeuwende verslaggevers uitnodigen om met hun tv-camera's, flitslicht en een heleboel herrie Larry McKenzie van de wijs te brengen.'

27

Toen Tim Kerrigan en Maria Lopez het gerechtsgebouw verlieten, stonden de verslaggevers hen op te wachten. De meeste toeschouwers waren al vertrokken, maar Kerrigan zag dat een jonge blonde vrouw, die tegen een marmeren pilaar stond geleund, aandachtig naar hem stond te kijken. Ze had een zonnebril op en was gekleed in een spijkerbroek, een t-shirt en een leren jasje. Toen er een cameraman voor haar ging staan, kon hij haar niet meer zien. Even later liep de cameraman weg en was ze verdwenen.

Zodra de persconferentie was afgelopen, voegden Stan Gregaros en Sean McCarthy zich bij de aanklagers.

'Wat vond je van die hoorzitting?' vroeg Kerrigan aan de rechercheurs.

'Kat in 't bakkie,' antwoordde Gregaros. 'Als Jaffe bij haar idiote theorie blijft en volhoudt dat Dupre uit zelfverdediging heeft gehandeld, is het hele proces een fluitje van een cent.'

'We hebben nog meer bewijzen tegen Dupre,' zei McCarthy. 'Weet je nog dat Rittenhouse zei dat Travis hem, vlak voordat hij werd vermoord, had verteld dat een zekere Jon het allemaal goed kwam maken?'

Kerrigan knikte.

'Ik heb een uitdraai laten maken van Dupre's telefoongesprekken. Er is op de avond dat Travis vermoord werd vanuit zijn huis gebeld naar de woning van Travis in Dunthorpe.'

'Weer een nagel in Jonny's doodkist,' zei Gregaros.

De rechercheurs en de aanklagers stonden nog een paar minuten te praten, waarna Tim en Maria met de lift naar het kantoor van het OM gingen.

'Ik moet eigenlijk nog even aan een andere zaak werken, Maria,' zei Kerrigan. 'Maar misschien kun jij ondertussen het bewijsmateriaal waar we het over hadden, verder onderzoeken. Dan gaan we daar morgen mee verder.'

'Ik begin er meteen aan.'

Maria liep de gang in en Kerrigan betrad zijn kantoor. Hij deed de deur dicht, legde zijn dossiers op zijn bureau en hing zijn jasje aan een haak. Terwijl hij zijn stropdas losmaakte, dacht hij ineens weer aan de blondine die hij heel even in de rechtszaal had gezien. Ze kwam hem ergens bekend voor.

De intercom op Kerrigans bureau ging over.

'Een zekere mevrouw Jasmine op lijn twee voor u,' zei zijn secretaresse.

Kerrigan verstijfde. Op dat moment zag hij de blondine weer voor zich en wist hij zeker dat het Ally Bennett was geweest.

Kerrigan pakte de hoorn van de haak.

'Hallo, Frank,' zei een maar al te bekende, zwoele stem.

'Volgens mij bent u verkeerd verbonden,' probeerde hij voorzichtig.

'O ja, *Frank*? Moet ik de krant bellen en vragen of ze dat voor me uit kunnen zoeken?'

'Ik denk niet dat je daar erg ver mee komt.'

'Denk je dat de kranten niet geïnteresseerd zijn in een verhaal over een hulpofficier van justitie die een pooier aanklaagt terwijl hij *erg* ruige seks bedrijft met een van zijn hoeren?'

Tim deed zijn ogen dicht en dwong zichzelf om kalm te blijven. 'Wat wil je van me?'

'Als je naar de plek komt waar we de vorige keer zijn geweest, kan ik je dat persoonlijk vertellen. Zorg dat je daar om acht uur bent. En kom op tijd, *Frank*, want anders wordt Jasmine héél erg boos.'

Haar woorden riepen bij Kerrigan een beeld op van 'de vorige keer', zoals zij het noemde, en hij voelde dat hij een erectie begon te krijgen. Hij voelde een waanzinnig verlangen om weer seks met haar te hebben in zich opkomen, maar tegelijkertijd wist hij dat een tweede ontmoeting met haar alleen maar tot zijn ondergang zou leiden.

En toen dacht hij aan Cindy. Er was iets tussen hen wat hij niet had kunnen voorzien. Sinds zij hem die avond na de moord op senator Travis had getroost, leek het wel of ze dichter tot elkaar gekomen waren.

Als hij met zijn vrouw de liefde bedreef, had hij niet de energie die hij bij Bennett voelde, waar een combinatie van wellust en schaamte hem verboden genoegens had geschonken. Maar toen hij bij het motel wegging, had hij het gevoel dat hij iets smerigs had gedaan, terwijl hij in Cindy's armen juist volkomen tot rust kwam.

Kerrigan bedacht heel even dat hij Ally het hoofd kon bieden, maar daar had hij de moed niet toe. Ze kon van alles doen om hem het leven zuur te maken: ze kon de pers inlichten, naar Jack Stamm gaan of, wat nog veel erger was, Cindy op de hoogte brengen. Een gevoel van verslagenheid maakte zich van Tim meester. Ally Bennett had hem opgedragen om terug naar het motel te gaan, en hij was te zwak en te bang om haar niet te gehoorzamen.

Deel Vier

HET VAUGHN
STREET KOOR

28

Kort na drie uur liep Smith Hall leeg. Het was niet moeilijk om Joyce Hamada te ontdekken te midden van de menigte studenten die het gebouw verlieten. Kate Ross had haar foto gevonden in het dossier dat Oscar Baron aan Amanda had gegeven, maar de foto deed haar eigenlijk geen recht. Een slobberige spijkerbroek en een ruimzittende trui met het logo van de universiteit van Portland konden haar weelderige figuur niet verbergen. Haar ravenzwarte haar hing tot op haar middel en glom in de middagzon alsof het gepolijst was. Haar grote, levendige, amandelvormige ogen vormden het mooiste onderdeel van haar gezicht, dat op het omslag van een modetijdschrift niet zou hebben misstaan.

Kate volgde de negentienjarige tweedejaarsstudente naar de overkant van de straat, waar zich de parkeergarage bevond. Ze vergrootte de afstand tussen hen beiden toen Hamada de trap op ging en naar de tweede verdieping liep. Pas toen ze haar boeken op de achterbank van een afgereden Mazda smeet, kwam Kate dichterbij.

'Mevrouw Hamada?'

De vrouw draaide zich geschrokken om en keek Kate met grote ogen aan. Kate liet haar legitimatie zien.

'Het spijt me dat ik u liet schrikken. Ik ben Kate Ross, en ik werk als detective voor de advocaat die Jon Dupre verdedigt. Kan ik even met u praten?'

'Ik weet niet over wie u het heeft. Ik ken niemand die zo heet.'

'Mevrouw Hamada, ik ben u hierheen gevolgd omdat ik het gênant voor u zou vinden als we hier in het openbaar over zouden moeten praten.'

'Ik ben al laat. Ik moet ervandoor,' zei Hamada terwijl ze het portier aan de bestuurderskant opende.

'U bent drie maanden geleden gearresteerd wegens prostitutie, maar die aanklacht werd ingetrokken nadat Jon Dupre uw borgsom en het honorarium van Oscar Baron had betaald. Vindt u het niet vreemd dat hij dat voor u doet terwijl hij u helemaal niet kent?'

Hamada vloekte en liet haar schouders zakken.

'Ik wil u niet nodeloos kwetsen. Ik ben niet geïnteresseerd in wat u in het verleden hebt gedaan. Ik wil alleen een paar dingen met u bespreken die voor Jons zaak misschien van belang zouden kunnen zijn.'

Hamada zuchtte. Ze stapte in de auto en gebaarde dat Kate aan de passagierskant in moest stappen.

'Stel uw vragen maar,' zei Hamada toen Kate het portier had dichtgetrokken.

'Laten we bij het begin beginnen. Hoe heeft u Jon leren kennen?'

Hamada lachte, maar aan haar ogen was te zien dat ze het allemaal niet leuk vond. 'Ik was met de bus uit Medford hierheen gekomen. Misschien gelooft u het niet, maar ik was voor het eerst in de grote stad. Een paar weken na het begin van het schooljaar ging ik met een paar meisjes van school naar een club. Jon probeerde me te versieren en ik wist niet wat me overkwam. Hij is een knappe kerel, al wat ouder, en hij weet zich goed te kleden. Kortom: een vlotte vent, niet zo'n oen als de meeste eerstejaars jongens. Voor ik het wist, kwam ik terecht in een huis dat ik alleen maar uit films kende. Ik kreeg cocaïne van hem en hij neukte me tot ik niet meer wist hoe ik het had. Ik dacht dat ik doodgegaan was en in Hollywood was beland.'

'Hoe heeft hij voor elkaar gekregen dat u voor hem ging werken?'

'Daar wil ik het niet over hebben. Nu hij achter de tralies zit, hoef ik dat soort werk niet meer te doen.' Hamada zweeg even en schudde haar hoofd. 'Zoals hij die advocaat heeft vermoord! Dat had ik net zo goed kunnen zijn.'

'Heeft Jon u wel eens geslagen?'

'Ja,' zei Hamada. Ze liet haar hoofd voorover zakken.

'Waarom bent u niet bij hem weggegaan?'

Ze lachte wrang. 'Denkt u dat je zomaar bij iemand als Jon kunt weglopen?'

'Jon zegt dat u samen met een ander meisje bij hem was op de avond dat senator Travis werd vermoord.'

'En?' vroeg Hamada op afwerende toon.

'Klopt dat?'

'Ja.'

'Kunt u zich herinneren dat Jon die avond met iemand heeft gebeld?'

'Hij hing altijd aan de telefoon. Daar lette ik nooit op.'

178

'Heeft u hem wel eens over senator Travis horen praten?'

'Nee, maar we waren ook niet de hele tijd in dezelfde kamer. We zijn trouwens vroeg vertrokken.'

'Waarom?'

'Jon had behoorlijk last van een of ander middel dat hij gebruikt had. Ally joeg ons de deur uit.'

'Ally Bennett?'

'Ja. Ze zat Jon altijd te bemoederen als ze bij hem in de buurt was. Ze deed altijd of hij niet zonder haar kon.'

'Kon u niet goed met Bennett opschieten?'

'Dat was het probleem niet. Ze heeft een beetje last van territoriumdrang als het om Jon gaat. Ze kon ook best aardig zijn.'

'Het kan zijn dat de officier een aantal vrouwen die voor Jon werkten, wil dagvaarden om de jury ervan te overtuigen dat Jon een gewelddadig karakter heeft. Wat kunnen we van u verwachten als u gaat getuigen?'

'Hij heeft me een keer een pak slaag gegeven toen ik weigerde om met een klant naar bed te gaan. Maar de angst die ik voelde, was erger dan de pijn. Toen ik hem uiteindelijk zijn zin had gegeven, deed hij weer aardig tegen me.'

'Kunt u iets bedenken waar we Jon mee kunnen helpen?'

'Niet echt. Ik ben eigenlijk best opgelucht dat hij in de gevangenis zit. Ik wilde stoppen, maar daar deed hij ontzettend moeilijk over. Ik had vreselijk de pest aan het soort werk dat ik moest doen. Steeds maar weer een of ander kwijlende viespeuk die boven op je ligt... Ik ging daarna altijd heel lang onder de douche staan, maar dat hielp soms ook niet. Het leek of ik die vieze lucht gewoon niet kwijtraakte.'

'Bent u alleen maar bij Jon gebleven omdat u bang voor hem was?'

'Nee, dat niet. Ik heb er flink aan verdiend. Mijn ouders zijn niet rijk en ieder extraatje was welkom. Maar alles bij elkaar genomen, ben ik toch blij dat ik nu een excuus heb om ermee te stoppen.'

Zodra het gesprek met Joyce Hamada was afgelopen, ging Kate op weg naar het appartement van Ally Bennett. Ze moest erachter zien te komen hoe lang Ally Bennett op de dag dat Travis werd vermoord bij Jon Dupre was gebleven. Kate probeerde zich te herinneren of de patholoog-anatoom een tijdstip van overlijden had genoemd. Als Bennett tot laat in de avond bij Jon was gebleven, kon dat een alibi voor hem zijn.

Kate reed het parkeerterrein op en liep naar de deur van Ally's appartement. De deur stond op een kier. Ze klopte aan. Er kwam geen reactie. 'Ally?' riep Kate toen ze de deur helemaal open duwde. Het leek of er een vrachttrein in volle vaart door het appartement heen was gedenderd. Iemand had de posters van Van Gogh en Monet van de muur gerukt en op de grond gesmeten. Het glas was stuk. De kussens van de sofa waren aan repen gescheurd, en overal op de vloer lagen boeken. De boekenkast zelf was omvergetrokken.

Kate liep door de woonkamer en liep de gang op in de richting van de slaapkamer. Ze hoopte vurig dat ze Bennetts lichaam daar niet zou aantreffen. In de slaapkamer was het net zo'n ravage als in de woonkamer. Lakens en dekens waren op de vloer gesmeten en de matras van het bed was opengescheurd. Alle laden waren opengetrokken en Bennetts kleren lagen overal in het rond.

Kate vertrok weer, nadat ze een vluchtige blik in de keuken en de badkamer had geworpen, waar het al net zo'n onbeschrijflijke rommel was. Toen ze de voordeur achter zich dicht had getrokken, wreef ze eerst haar vingerafdrukken van de deurknop. Vervolgens reed ze naar het parkeerterrein van een supermarkt in de buurt en belde Amanda.

'Wat denk je dat er gebeurd is?' vroeg Amanda nadat Kate haar had verteld dat ze met Joyce Hamada had gesproken en Bennetts appartement had bezocht.

'Ik heb geen flauw idee, maar ik denk dat we nu al het mogelijke moeten doen om Bennett te vinden.'

'Als ze Jon een alibi kan verschaffen voor de dag waarop senator Travis werd vermoord, kan ik Tim Kerrigan misschien zover krijgen dat hij die aanklacht intrekt.'

'Ik ga er meteen aan werken.'

'Dan bel ik Sally Grace om te vragen of ze inmiddels bij benadering heeft kunnen vaststellen hoe laat Travis is overleden.'

'Oké. Bel me zo gauw je wat weet.'

'Doe ik. Waar ga je beginnen met zoeken?'

'Ik ga in de computer kijken of Bennett de laatste tijd betalingen met haar creditcard heeft gedaan, en ik ga met de andere bewoners van het appartementencomplex praten. Misschien kan ik erachter komen of Hamada of die andere vrouw weet of ze ergens anders een baan heeft nu Exotic Escorts niet meer functioneert.'

'Dat lijkt me een goed idee.'

Ze beëindigden het gesprek en Amanda dacht na over deze nieuwe wending. Waarom zou het appartement van Bennett overhoop zijn gehaald? Misschien was Bennett wel dood, of anders zo bang dat ze op de vlucht was geslagen. En als ze dood was, wat dan? Amanda hoopte dat ze haar zouden vinden, en dat ze in veiligheid was.

Amanda's moeder was bij haar geboorte gestorven, maar ze had tenminste één ouder gehad, die haar een onbezorgde jeugd had kunnen geven. Ze vond altijd dat ze ontzettend had geboft met wat het leven voor haar in petto had gehad. Amanda huiverde. Ze probeerde zich voor te stellen hoe het moest zijn als je van huis wegliep omdat je vader een wellusteling was en daarna je lichaam moest verkopen omdat dat de enige manier was om geld te verdienen. Ze dacht aan de littekens op haar eigen ziel, die ze had overgehouden aan die ene keer dat ze met totale verloedering in aanraking was gekomen. Hoe moest het zijn als je iedere dag van je leven werd geconfronteerd met wat zij in die paar minuten dat de chirurg haar in zijn macht had, had meegemaakt?

Amanda hoopte dat het Ally was gelukt om te ontsnappen aan de lieden die haar appartement waren binnengedrongen en ze hoopte, omwille van Jon, dat het Kate zou lukken haar te vinden. Een callgirl was misschien niet het best denkbare alibi voor een pooier, maar het was in ieder geval een stuk beter dan wat ze nu hadden.

29

Tim parkeerde op het terrein van het motel. Hij had tegen Cindy gezegd dat hij later op de avond nog een gesprek met een weerbarstige getuige moest voeren, en hij wist niet zeker of ze hem had geloofd. Hij had wel eens eerder tegen haar gelogen en daar eigenlijk nooit meer dan een wat onaangenaam gevoel aan overgehouden, maar nu had hij het gevoel dat hij een stukje van zichzelf dreigde kwijt te raken. De andere keren dat hij een prostituee had bezocht, was dat bijna altijd zonder gevolgen gebleven. Maar Ally Bennett vormde niet alleen maar een bedreiging voor zijn carrière. Hij zag nu eindelijk in dat zij ook een bedreiging vormde voor zijn gezin. Hoe had dit allemaal kunnen gebeuren? Als Bennett in de openbaarheid trad, zou Megan moeten opgroeien met de schande die hij zijn gezin had aangedaan, en Cindy zou... Het zou voor haar iets vreselijks zijn.

Ally bevond zich al in de kamer. Ze droeg een zwarte coltrui en een spijkerbroek. Ze zat een sigaret te roken en televisie te kijken. Toen Tim binnenkwam en de deur achter zich dichtdeed, zette ze het toestel uit. Ze zat nu in het donker, in de enige leunstoel die de kamer rijk was.

'Gaat u zitten, meneer de officier,' zei ze, en maakte een gebaar naar de stoel bij het bureau. Tim trok de stoel te voorschijn en ging zitten. Het bureau stond aan de andere kant van de kamer. Hij was blij dat het bed tussen hen in stond.

'Wat wil je van me?' vroeg Kerrigan.

'Gaan we zo beginnen? Meteen ter zake komen? Wil je niet eerst een fijn voorspel?'

Kerrigan reageerde niet.

'Houdt Cindy van voorspel?'

'Laat haar hier buiten,' zei Tim woedend. Hij kwam overeind. Ally liet hem haar .38 zien.

'Ga zitten,' beval ze. Tim aarzelde even en liet zich toen weer op de stoel zakken.

'Goed zo, Timmy. Wees een brave jongen en doe wat je gezegd wordt. Dan kan je ook niets overkomen.'

Kerrigan balde zijn vuisten maar hij durfde geen vin te verroeren. Ally legde de revolver op het tafeltje naast haar stoel.

'Ik ben een heleboel interessante dingen over je aan de weet gekomen. Ik wist niet dat je vroeger een grote sterke voetbalheld bent geweest,' zei ze spottend. 'De vorige keer dat we hier waren, was je helemaal niet zo sterk.'

'Ally, je bent niet voor niets hierheen gekomen. Zeg me wat je van me wilt. Gaat het om geld? Wil je geld hebben?'

'Ja... geld. Maar ik wil ook nog wat anders.'

'Wat dan?'

'Ik wil dat je de aanklacht tegen Jon Dupre intrekt.'

'Dat zal niet lukken.'

'Maar als je je baantje wilt houden en je gezin en je goede naam wilt redden, lukt dat vast wel.'

'Zelfs al zou ik willen, kan ik die beschuldigingen nog niet intrekken. Jack Stamm is de officier van justitie in Multnomah en hij is dus mijn chef. Als ik hem een goede reden zou kunnen geven om de beschuldigingen in te trekken, zou hij dat zeker zonder meer doen, maar als ik dat op mijn eigen houtje ga proberen, zou hij mijn beslissing naast zich neer leggen.'

'Zorg dan dat hij een reden krijgt.'

'En wat zou die reden moeten zijn?'

'Dat Jon senator Travis niet heeft vermoord.'

'Dat geloof ik geen moment, maar zelfs als dat zo zou zijn, is er nog altijd de moord op Wendell Hayes.'

'Dan vertel je Stamm dat Jon Hayes uit zelfverdediging heeft neergestoken, precies zoals Amanda Jaffe op de hoorzitting zei.'

'Er is geen enkel bewijs dat Dupre uit zelfverdediging handelde. Was jij in de rechtszaal toen die bewaker zijn verklaring aflegde?'

Ally knikte.

'Dan heb je gehoord wat hij zei.'

'Hij heeft niet alles gezien.'

'Ally, ik kan niets voor Jon Dupre doen.'

'Dan maak ik je helemaal kapot.'

Kerrigan voelde dat alle vechtlust uit zijn lichaam verdween. Hij liet zijn hoofd voorover zakken.

'Wil je precies weten hoe het zit? Er is helemaal niet zoveel om kapot te maken. Ik ben maar gewoon een ambtenaar die zijn vrouw bedriegt.'

'Ik hoop niet dat je denkt dat ik medelijden met je heb, want dat kun je wel vergeten.' Ally ging staan. 'Bedenk maar een manier om Jon vrij te krijgen. En zorg ook dat ik vijftigduizend dollar krijg.' Kerrigan was hevig geschokt. 'En probeer me vooral niet wijs te maken dat je maar een eenvoudige ambtenaar bent. Je vrouw en je vader zijn allebei stinkend rijk. Zie maar dat je het geld van hen loskrijgt, of probeer het voor mijn part op een andere manier, als je maar zorgt dat het er komt.'

Ally haalde een minicassette uit haar zak. 'Kop op, Timmy. Bij mij krijg je waar voor je geld. Dat zou je ondertussen toch wel moeten weten.' Ze hield de cassette omhoog. 'Als ik het geld krijg, krijg jij deze cassette. Dan hoef je je geen zorgen meer te maken over je verdere carrière.'

'Wat staat er dan op?'

'Het is een opname die ik gemaakt heb van een gesprek tijdens het inzamelingsfeestje van senator Travis. Er staat interessante informatie op over hoe het voorstel voor de antikloonwet in de Senaat is tegengehouden. Met dit bandje haal je de krantenkoppen, en op zo'n manier dat iedereen Jon Dupre meteen is vergeten. Tot gauw.'

Terwijl Ally naar de deur liep, hield ze de revolver op Kerrigan gericht.

'Hoe kan ik je bereiken?' vroeg Tim.

'Maak je daar maar geen zorgen over. Ik bel jou wel.'

De deur ging achter Ally dicht. Tim zat roerloos op zijn stoel. De bureaustoel zat erg ongemakkelijk, maar dat merkte hij niet eens. Voor zijn geestesoog verscheen heel even het beeld van een instortend kaartenhuis.

Toen ze elkaar de vorige keer in deze motelkamer hadden ontmoet, had Jasmine aan hem gevraagd wat hij lekker vond en toen had hij gezegd dat hij gestraft wilde worden. Misschien was het juister geweest als hij gezegd had dat hij gestraft *moest* worden, dat hij zijn straf had *verdiend*.

Kerrigan deed zijn ogen dicht en ging met zijn hoofd achterover zitten. Hij was aanklager. Het was zijn werk om ervoor te zorgen dat misdadigers met de gevolgen van hun daden werden geconfronteerd, maar hij had tot nu toe nooit de gevolgen van zijn eigen, allerergste daad onder ogen willen zien. Dat was hem al zo lang gelukt dat hij zichzelf wijs was gaan maken dat hij zijn straf voor altijd zou ontlopen.

De weken voor de Rose Bowl waren voor hem één grote roes geweest. De pers zat hem voortdurend op de hielen en de oefenwedstrijden hadden het uiterste van hem gevergd; en de gesprekken over zijn aanstaande huwelijk met Cindy droegen nog eens extra bij aan alle chaos en verwarring. Het was bijna onmogelijk om ergens een plekje te vinden waar hij alleen kon zijn om rustig na te denken. Er waren te veel mensen die een beroep op hem deden, en Cindy wilde niets liever dan de hele dag bij hem zijn. Tim woonde samen met Hugh Curtin en nog twee andere spelers in een huis waar constant feest werd gevierd.

Op een natte, koude donderdag, anderhalve week voor de grote wedstrijd, was het Tim gelukt om er even tussenuit te knijpen en zich te verschansen in het duister van een zitje in een arbeiderskroeg langs de snelweg. De kroeg lag maar vijf kilometer bij de campus vandaan, maar er kwamen alleen stugge drinkers en qua sfeer was dit geen plek waar studenten op af kwamen. Het was in elk geval een plek waar de spelverdeler, de ster van het veld bij de Pac-10 wedstrijden, kon drinken zonder dat iemand hem in de gaten kreeg.

Tegen twee uur in de ochtend stond er een rij lege whiskyglazen op het gehavende tafelblad voor Tims neus. Hij was verre van nuchter, maar het drinken had de oplossing voor zijn persoonlijke problemen niet dichterbij gebracht. Cindy rekende erop dat hij met haar zou trouwen, maar wilde hij dat zelf eigenlijk wel? Hij was nog jong en had nog een heel leven voor zich.

Hoe wist hij dat Cindy de Ware was? Maar hij wist één ding zeker: als hij hun verloving verbrak, zou Cindy daaraan kapot gaan. Maar was een drama dat maar even duurde eigenlijk niet veel beter dan een drama dat zijn hele verdere leven in beslag zou nemen?

Met het oog op de komende wedstrijden had de trainer van Oregon een avondklok ingesteld. Tim had al uren geleden thuis moeten zijn. Als hij hier, dronken of nuchter, werd betrapt, kon de trainer hem uit het team zetten. Tim keek om zich heen. De klanten begonnen zo langzamerhand te vertrekken en hij had nog steeds geen besluit genomen. Misschien dat frisse lucht zou helpen.

Tim kwam moeizaam overeind en liep in de richting van de deur. Toen hij buiten stond, voelde hij dat de harde wind de koude regen in zijn gezicht blies. Tims auto stond op het parkeerterrein, maar hij was wel zo verstandig dat hij niet achter het stuur kroop. Hij zou Hugh wel vragen of hij hem hier morgenochtend even wilde afzetten. Als hij terug liep, kon hij onderweg rustig nadenken en proberen om weer een beetje nuchter te worden.

Tim had geen idee hoe lang hij al gelopen had toen een auto vaart minderde en stapvoets naast hem kwam rijden. Het was een nieuwe, dure wagen, een rijkeluisauto – het soort waar de zonen en dochters van de leden van de Westmont Country Club in rondreden. Het raampje aan de passagierskant ging omlaag.

'Tim. Hallo.'

Het was de stem van een meisje. Hij strompelde naar de auto en bukte, zodat hij kon zien wie er achter het stuur zat. Ze was alleen.

'Ik ben het. Melissa Stebbins.'

Tim wist meteen wie hij voor zich had: het was een van Cindy's medestudenten. Melissa stond erom bekend dat ze drugs gebruikte, dronk en met jan en alleman naar bed ging.

'Stap maar in,' zei Melissa.

Tim wilde het aanbod eerst afslaan, maar hij was inmiddels weer zo nuchter geworden dat hij zich van het in de stromende regen lopen behoorlijk ellendig was gaan voelen. Toen hij het portier opende, ging de binnenverlichting branden, zodat Melissa een blik had kunnen werpen op zijn bleke gezicht en zijn bloeddoorlopen ogen. Het ontging Tim ook niet dat Melissa een strakke trui droeg, die haar borsten goed deed uitkomen. Voordat hij goed en wel zat, begon hij al een stijve te krijgen.

'Wat doe jij zo laat nog buiten?' vroeg Melissa. 'Er geldt toch een avondklok voor sporters?'

185

'Ik moest vanavond wat doen. De trainer vond het goed.'

De dranklucht ontging Melissa niet, en Tim zag er trouwens belabberd uit.

'Echt waar?' lachte ze. Ze zag de bezorgde uitdrukking op Tims gezicht.

'Wees maar niet bang. Ik zal je heus niet aangeven.'

De auto nam een ruime bocht en kwam bijna in de berm terecht.

'Hopla,' lachte Melissa en reed weer terug het wegdek op. Tim besefte dat hij niet de enige dronken passagier was en ook dat ze niet de kant van zijn huis uitgingen.

'Ik woon in Kirby,' zei Tim.

'Tyfus voor Kirby,' lachte Melissa.

'Gaat het wel? Zal ik rijden?'

Melissa gaf geen antwoord. Ze reed het park in en reed naar het beboste gedeelte, dat al sinds de opkomst van de auto bekend stond als 'Lovers' Lane'. Melissa glimlachte naar Tim. Tim wist maar al te goed wat haar bedoeling was. Als hij nuchter was geweest, zou hij er bang voor geweest zijn, maar door de drank waren zijn remmingen grotendeels verdwenen.

Ergens tussen het moment waarop ze de auto parkeerde en het ogenblik dat ze elkaar begonnen te zoenen, ging Melissa met haar hand naar Tims kruis en begon door de stof van zijn spijkerbroek heen zijn penis te strelen. Toen ze haar zoen even onderbrak en hem aankeek, zag Tim wel de glazige blik in haar ogen, maar verder had hij niets in de gaten.

'Jij ook een paar?'

Melissa hield een handvol pillen onder zijn neus. Tim was behoorlijk aangeschoten, maar hij was toch nog zo helder van geest dat hij besefte dat hij nu geen drugs moest gaan gebruiken. Hij schudde zijn hoofd. Melissa haalde haar schouders op. Ze stopte de pillen in haar mond en spoelde ze door met een slok uit een fles die Tim nog niet eerder was opgevallen. Hij voelde haar hand weer in zijn kruis. Melissa trok aan de ritssluiting van zijn gulp en maakte zijn broekriem los. Hij hoorde de regen op het dak van de auto kletteren. Tim dacht heel even aan Cindy, maar het volgende moment boog Melissa zich over hem heen en kon hij nergens meer aan denken. Hij deed zijn ogen dicht en voelde de spieren in zijn onderlichaam samentrekken. Hij kwam bijna klaar toen Melissa ineens opzij gleed.

Tim deed met een ruk zijn ogen open. Hij zag dat Melissa's ogen begonnen te rollen. Een seconde later sloeg ze met een klap tegen het portier aan de bestuurderskant. Tim ging recht overeind zitten. Hij was verlamd van schrik en angst. Hij kon niet meer normaal denken. Melissa zwaaide wild met haar armen. Hij wist dat hij iets moest doen, maar had geen flauw idee wat. Toen zakte ze plotseling voorover. Haar lichaam vertoonde een paar stuiptrekkingen en bleef toen beweginloos tegen het stuur liggen.

'O, god! Melissa! Melissa!'

Tim moest zichzelf dwingen om zich naar Melissa toe te buigen en in haar hals te voelen of haar hart nog klopte. Haar lichaam voelde klam aan en hij trok zijn hand geschrokken terug. Had hij haar hartslag gevoeld? Hij wist het niet meer zeker. Hij wilde alleen nog maar zo vlug mogelijk de auto uit.

Het regende nog steeds. Hij deed de ritssluiting van zijn broek dicht. Wat moest hij doen? Iemand bellen waarschijnlijk: een ziekenwagen, de politie. Maar wat zou er met hem gebeuren als hij dat deed? Hij was dronken, hij had zich niet aan de avondklok gehouden, hij was verloofd en had zich laten pijpen door een griet die helemaal high was van god mocht weten wat. Zou de politie denken dat hij haar de drugs had gegeven?

Ik kan maar beter maken dat ik hier wegkom, zei hij tegen zichzelf. Tim begon te hollen, maar even later stond hij weer stil. Hij moest eerst bellen. Als hij haar hier achterliet en ze stierf, dan... Hij moest er niet aan denken wat dan de gevolgen zouden zijn.

Er schoot hem ook nog iets anders te binnen: vingerafdrukken. Hij had vaak genoeg politieseries op de televisie gezien. Daarin zochten ze toch ook altijd naar vingerafdrukken? Waar had hij met zijn handen aangezeten? Steeds als Tim sinds die nacht probeerde te beredeneren wat hij toen had gedaan, stond hem nog het helderst voor de geest dat hij de portierkrukken en het dashboard had staan afvegen.

Toen hij het park uitrende, begon de regen iets af te nemen. Hij was nog drie kilometer van huis. Aan de overkant van de straat stonden huizen, maar er brandde nergens licht. Kon hij zomaar ergens op een deur gaan staan bonken en vertellen wat er met Melissa was gebeurd? Hij kon natuurlijk altijd een verhaal verzinnen en zeggen dat hij... dat hij wát? Dat hij stomdronken om drie uur 's nachts in de regen door het park liep te wandelen? En ze zouden hem vast herkennen, ook dat nog. Hij was een plaatselijke beroemdheid. Als de trainer via de politie te weten kwam wat hij had uitgespookt – en dat hij dronken was– zou hij zonder pardon uit het team gezet worden. Hij had geen keus.

Tim rende verder. Een paar straten bij zijn huis vandaan was een dag-en-nachtwinkel. Hij maakte een omweg om bij de winkel te komen en liep er eerst een paar keer langs. Hij keek of er auto's op de parkeerplaats stonden.

De enige klant in de winkel was een kerel die sigaretten stond te kopen. Tim wachtte tot hij de winkel uit was en liep op een sukkeldrafje naar de munttelefoon aan de muur. Hij belde, zonder zijn naam te noemen, met de politie. Zodra hij zeker wist dat de politie had begrepen waar ze Melissa konden vinden, hing hij op.

Het was stil en donker in het huis waar Tim woonde. Hij deed de voordeur open en liep meteen naar zijn kamer, waar hij zich begon uit te kleden. Het zou allemaal wel goed komen met Melissa, hield hij zich voor. Ja, ze was waarschijnlijk alleen maar bewusteloos geraakt. Dat kwam wel vaker voor als je drugs en drank door elkaar gebruikte. Dat zou het wel geweest zijn. Het kwam allemaal wel weer in orde.

Tim ging naar bed, maar hij kon niet in slaap komen. Steeds als hij zijn ogen dicht deed, zag hij Melissa tegen het portier hangen, met haar rollende ogen en het speeksel op haar onderlip. Toen hij weer helemaal nuchter was, barstte hij in snikken uit, maar hij wist niet of hij om Melissa of om zichzelf moest huilen.

De volgende dag kwam Tim er tijdens de training achter dat Melissa dood was. In de krant stond iets over een reeds aanwezige hartafwijking en een combinatie van drugs en drank. Er werd nergens melding gemaakt van een passagier. Tim vroeg zich af of Melissa het zou hebben overleefd als hij meteen nadat hij uit het park kwam om hulp had gebeld. Was ze gestorven terwijl hij wegrende om zijn eigen hachje te redden? Zou een dokter haar hebben kunnen redden?

Het ergste was nog dat hij kostbare tijd had verspild met het verwijderen van zijn vingerafdrukken, alleen maar om zijn eigen spoor uit te wissen. Hadden die paar minuten voor Melissa het verschil tussen leven en dood betekend? Als hij bij haar was gebleven tot de ziekenauto was gearriveerd, zou Melissa Stebbins dan nu nog in leven zijn geweest?

Tim wachtte de hele week tot de politie hem zou komen halen. Er waren ogenblikken dat hij verlangde naar de klop op de deur en de kans die dit hem zou bieden om alles op te biechten en zich van zijn schuldgevoel te bevrijden. Maar er kwam niemand. Was dat nu gerechtigheid? In plaats van in de gevangenis te belanden, won Tim de grote wedstrijd en kreeg een trofee uitgereikt waarmee hij tot de beste footballspeler van alle Amerikaanse studententeams werd uitgeroepen. Hij werd bejubeld als een held, maar Tim wist zelf wel beter.

30

Vanaf de overkant van de eetzaal van Junior's Café zat Billie Brewster naar Kate Ross te zwaaien. Bij Junior's kon je heerlijk sterke, zwarte koffie en appeltaart met slagroom krijgen, maar koffieverkeerd en tiramisu stonden niet op het menu. Brewster was een slanke, Afro-Amerikaanse met kortgeknipt haar. Zij werkte bij de afdeling Moordzaken. Ze was met Kate bevriend geweest in de tijd dat Kate nog op het politiebureau van Portland werkte. Daarna waren ze elkaar uit het oog verloren, maar tijdens het proces tegen Daniel Ames hadden ze hun vriendschap weer nieuw leven ingeblazen. Kate bleef even bij de toonbank staan om Junior haar bestelling op te geven en ging vervolgens bij Billie aan een tafeltje zitten.

'Hoe gaat het met jou?' vroeg Kate terwijl ze zich op de bank liet zakken.

'Het is wel eens beter geweest. De paroolcommissie heeft het verzoek van mijn broertje vanmorgen afgewezen.'

'Ben je bij de hoorzitting geweest?'

'Nee. Daar erger ik me altijd groen en geel.'

'Ik vind het jammer voor je dat het niet anders is afgelopen.'

Billie was vanaf haar zestiende noodgedwongen verantwoordelijk geweest voor de opvoeding van haar jongere broer. In datzelfde jaar had haar vader het gezin in de steek gelaten en had haar moeder twee baantjes moeten nemen om het hoofd boven water te houden. Billie verweet zichzelf dat het met haar broertje helemaal mis was gelopen. Hij zat op dat moment vast in de staatsgevangenis van Oregon in verband met een gewapende overval.

'Wanneer moet hij weer voorkomen?' vroeg Kate.

'Weet ik veel. Dit is de derde keer dat ze hem gepakt hebben, en ik denk dat ze hem voorlopig niet laten gaan.' Billie nam een slok van haar koffie. 'Misschien is dat nog het beste. Iedere keer als hij vrijkomt, maakt hij er toch weer een puinhoop van.'

Ze schudde haar hoofd. 'Maar laat ik ophouden met dat negatieve gezeik. Vanwaar dat geheimzinnige telefoontje?'

'Het spijt me dat ik niet wat duidelijker kon zijn. Ik loop eigenlijk in het duister te tasten.'

'Tast wat je wil, meid, zolang je mijn koffie met appeltaart maar betaalt.'

'Weet je dat Amanda Jon Dupre verdedigt?'

'Wie weet dat niet?'

'Heb je gehoord wat er bij de borgzitting is gebeurd?'

Billie wierp haar hoofd in haar nek en schoot in de lach. 'Nou en of! Die durft! Zelfverdediging, hoe verzint ze het?'

'Ik ben blij dat we tenminste nog een klein beetje vreugde in je leven kunnen brengen.'

Billie schoot weer in de lach. 'Dit menen jullie toch niet, hè Kate? Jij kon toch zo goed leren? Jij hebt in Californië toch op de Technische Hogeschool gezeten? Je gaat me toch niet vertellen dat je een beurs had gekregen om daar football te spelen?'

Kate zei niets. Billie zat haar even aan te staren. 'Jullie menen het dus wél.'

'Ik weet dat het vergezocht klinkt, maar we hebben bewijzen waarmee we Dupre's beweringen kunnen staven.'

'Die zou ik wel eens willen zien.'

'Als het zover is, zeker. Maar ik heb nu genoeg vragen beantwoord.' Kate wees naar Billies koffie met appeltaart. 'Ik betaal ten slotte een heleboel smeergeld om informatie van je los te krijgen.'

'Vraag maar raak.'

'Heb je ooit gehoord dat er met Wendell Hayes iets niet in de haak zou zijn?'

Billie kauwde op een stukje appeltaart terwijl ze over die vraag nadacht.

'Als je daarmee bedoelt of er momenteel een onderzoek naar hem loopt... voorzover ik weet niet. Als je als advocaat voor drugsbaronnen gaat werken, krijg je natuurlijk altijd wel verdachtmakingen. Wendell verdedigde immers de leden van Pedro Aragons bende. Die geruchten zul jij ook wel gehoord hebben toen je bij Narcotica werkte.'

'Daarvoor heb ik daar niet lang genoeg gezeten,' antwoordde Kate. Ze probeerde haar stem niet bitter te laten klinken. Het politiebureau van Portland had haar al aangetrokken toen ze nog op de Technische Hogeschool van Californië zat, waar ze informatica als hoofdvak had. Ze moest zich bezig gaan houden met computerfraude, maar dat was Kate al snel gaan vervelen. Ze had zelf om een overplaatsing naar de afdeling Zedendelicten en Narcotica gevraagd. Toen ze als infiltrant bij een drugsbende was gestationeerd, was ze betrokken geweest bij een schietpartij in een winkelcentrum, waarbij enkele burgers en een belangrijke informant om het leven waren gekomen. Haar afdeling had Kate als de zondebok aangewezen, wat uiteindelijk tot haar ontslag had geleid.

'Het enige dat ik verder nog kan bedenken, heeft meer iets van een broodje-aapverhaal.'

'Ik luister.'

'Heb je wel eens van het Vaughn Street Koor gehoord?'

'Nee.'

'Een jaar of zeven geleden, toen ik nog in uniform liep, was ik de eerste agent ter plaatse toen Michael Israel, een vooraanstaande bankier, zelfmoord had gepleegd. Het was een klassiek geval van zelfmoord. Hij had zich in zijn studeerkamer door het hoofd geschoten en een briefje achtergelaten waarin hij de moord op een jonge vrouw, Pamela Hutchinson, bekende. In het briefje stond dat hij haar zwanger had gemaakt.'

'En hebben jullie iets over die moord terug kunnen vinden?'

'Ja. Dat was acht jaar eerder gebeurd. Hutchinson werkte als caissière bij de bank van Israel en ze was zwanger. Na Israels zelfmoord hebben we het wapen waarmee hij zichzelf had doodgeschoten ballistisch onderzocht. Het was hetzelfde wapen als dat waarmee Hutchinson werd vermoord.'

'Zijn er ooit verdenkingen tegen Israel geweest voor de moord op Hutchinson?'

'Nee, nooit. Hij is toen wel ondervraagd, maar dat was meer een routinekwestie. We hebben het hele personeel van de bank ondervraagd. Er was trouwens geen enkele reden om Israel te verdenken. Hij was getrouwd, en lid van een vooraanstaande familie uit Portland. Het lichaam van Hutchinson werd gevonden op een parkeerterrein, kilometers uit de buurt. Iemand had haar eerst geslagen en vervolgens doodgeschoten. Haar tas was ook verdwenen, en dus ging iedereen ervan uit dat ze het slachtoffer van een gewapende overval was geworden.'

'En wat had Hayes daarmee te maken?'

'Niet alles tegelijk,' zei Billie. Ze nam nog een hap van haar appeltaart. 'In het jaar dat ik bij de recherche kwam, arresteerde het drugsteam een zekere Sammy Cortez, een Mexicaan die voor Pedro Aragon werkte. De FBI had Cortez bij z'n kladden vanwege zijn betrokkenheid bij een groot drugsnetwerk. Hij zat tegen levenslang zonder mogelijkheid tot vervroegde invrijheidsstelling aan te kijken. Cortez praatte als Brugman in de hoop dat ze een schikking zouden voorstellen, en een van de dingen waarover hij naar eigen zeggen opheldering kon verschaffen, was de moord op een bankier in Portland een paar jaar daarvoor.'

'Israel?'

Billie knikte. 'Hij zei dat er een samenzwering bestond van rijke lieden met goede connecties, die opdracht hadden gegeven om Israel te vermoorden. Het moest op zelfmoord lijken. Cortez zei dat de samenwerking tussen Aragon en die rijkelui al van jaren terug dateerde.'

'Zei hij ook dat Hayes daar bij betrokken was?'

'Hij noemde geen enkele naam, hij gaf niets prijs zolang er geen schikking in het vooruitzicht werd gesteld, op één ding na: hij zei dat die bende al zo lang bestond dat hij zelfs een bijnaam had gekregen – het Vaughn Street Koor.'

Kate keek haar sceptisch aan. 'Wat zou Aragon in godsnaam ooit met een koor te maken gehad kunnen hebben?'

'Geen idee, en Cortez kon ook niet uitleggen wat die naam betekende. Hij zei dat het een grapje was dat alleen ingewijden konden begrijpen. Narcotica dacht trouwens ook dat Cortez maar wat uit z'n nek zat te kletsen met die verhalen over dat koor, maar ze stelden ons toch op de hoogte. Ik ben toen zelf nog naar het arrestantenlokaal van de FBI geweest om met hem te praten, omdat ik eerder ook bij het onderzoek naar de zelfmoord van Israel betrokken was geweest. Toen ik daar aankwam, kreeg ik te horen dat er net een advocaat een half uur lang bij Cortez was geweest. Toen ze Cortez de bezoekkamer binnenbrachten, zag hij er doodsbang uit en wilde nergens meer een woord over zeggen. Wie denk je dat die advocaat was?'

'Wendell Hayes?'

Brewster knikte. 'Weet je, ik weet ook het een en ander over Cortez naar aanleiding van weer een andere zaak. Hij was zonder meer een keiharde misdadiger, maar hij was ook erg aan zijn gezin gehecht. Uit een soort ingeving heb ik toen een onderzoekje gedaan naar zijn vrouw en hun achtjarige dochtertje. En wat bleek? Het meisje was de dag voordat Hayes bij Cortez op bezoek ging niet op school geweest, en op de dag zelf ook niet. Nadat Cortez zijn medewerking had ingetrokken, ging ze weer normaal naar school. Ik heb geprobeerd met het meisje te praten, maar de moeder wilde niet eens dat ik bij haar in de buurt kwam.'

'Denk je dat iemand haar had ontvoerd om te voorkomen dat Cortez iets over dat koor zou loslaten?'

'Misschien, maar het kan ook zijn dat die praatjes over dat koor allemaal onzin waren. Maar Cortez had de FBI wel het een en ander over die organisatie van Aragon kunnen vertellen. Ze hadden in ieder geval genoeg redenen om ervoor te zorgen dat hij zijn mond hield.'

'Zit Cortez nog steeds in de gevangenis?'

'Cortez zit ondertussen in de hel. Kort nadat hij aan zijn straf was begonnen, heeft iemand hem op de binnenplaats van de gevangenis doodgestoken.'

31

Tim Kerrigan had hulp nodig. Hulp van iemand die macht bezat en over de nodige connecties beschikte. Hugh Curtin was Tims beste vriend, maar wat kon 'Huge' aan de problemen met Ally Bennett doen? William Kerrigan was zo'n machtig, invloedrijk iemand, maar als hij zijn vader zou vertellen dat hij er een vunzige verhouding met een prostituee op nahield, zou hem dat alleen maar sterken in zijn overtuiging dat zijn zoon een mislukkeling was. Als hij er goed over nadacht, was er in feite maar één persoon die hij om hulp kon vragen.

Harvey Grant woonde alleen, ver van het stadscentrum in een door stenen muren omgeven huis in een rustig deel van de West Hills. Tim stopte bij het ijzeren hek dat de toegang tot het landgoed van de rechter afsloot en sprak in een zwarte metalen intercom. Victor Reis, een voormalige politieagent van in de vijftig, die nu als butler, lijfwacht en secretaris voor de rechter werkte, antwoordde. Een paar tellen later ging het hek open. Tim reed een lange oprijlaan op, die naar een negentiende-eeuws bakstenen huis van drie verdiepingen leidde.

De meeste ramen van Grants riante woning waren donker, maar vaak kon het er levendig aan toe gaan en baadde het huis in een zee van licht en geluid. De rechter stond bekend om zijn uitbundige feesten en intieme soirees. Een uitnodiging voor zo'n feest ten huize van de rechter was een felbegeerd iets, omdat dat betekende dat je tot de elite van Portland behoorde.

Tim parkeerde voor de galerij bij de voordeur. Harvey Grant stond hem al op te wachten.

'Kom mee naar de studeerkamer,' zei de rechter op bezorgde toon. 'Zo te zien kun je wel een borrel gebruiken.'

'Ik heb iets ontzettend stoms gedaan,' zei Kerrigan terwijl ze door een lange gang naar een met hout betimmerde studeerkamer liepen.

'Wacht maar even tot je wat gekalmeerd bent,' zei Grant, terwijl hij Tim in een leunstoel bij een open haard liet plaatsnemen. De schoorsteenmantel was van fraai bewerkt kersenhout. Het vuur in de haard brandde. Tim leunde met zijn hoofd achterover en voelde hoe de warmte bezit nam van zijn lichaam. Zodra hij zijn ogen dichtdeed, merkte hij dat hij doodop was.

'Asjeblieft,' zei Grant. Kerrigan schrok. Hij was meteen weer klaarwakker. Hij had niet beseft dat de ontmoeting met Ally Bennett het uiterste van hem had gevergd. De rechter duwde Kerrigan een koud glas in zijn hand en nipte aan het glas dat hij voor zichzelf had ingeschonken.

'Bedankt,' zei Kerrigan en dronk zijn glas in één keer halfleeg.

Grant glimlachte welwillend naar Tim. De rust en kalmte die zijn mentor uitstraalde, hadden Tim altijd verbaasd. Ook in de rechtszaal wist Harvey Grant zelfs in de meest penibele situaties boven het gekrakeel uit te stijgen en de twistende partijen met zijn kalme, geruststellende stem van advies te voorzien.

'Voel je je nu al wat beter?' vroeg Grant.

'Nee. Om mijn probleem op te lossen is meer nodig dan een glas whisky.'

'Wat is er dan gebeurd?'

Kerrigan durfde Harvey Grant niet in de ogen te kijken terwijl hij zijn verhaal deed over zijn slippertje met Ally op de avond na zijn toespraak voor de bijeenkomst van de Vereniging van Strafpleiters en wat daarna was gebeurd. De rechter nam zo nu en dan een klein slokje uit zijn glas, maar vertrok verder geen spier van zijn gezicht terwijl hij naar Tim zat te luisteren. Toen Kerrigan zijn verhaal eenmaal kwijt was, gaf hem dat een gevoel van opluchting. Hij wist dat hij een risico nam door dit allemaal aan een rechtsdienaar te vertellen, maar hij was ervan overtuigd dat Grant het in hem gestelde vertrouwen niet zou beschamen en hoopte dat de rechter hem kon helpen een oplossing voor zijn problemen te vinden.

'Is dit de enige keer dat je zoiets hebt gedaan?' vroeg Grant.

'Nee.' Kerrigan liet zijn hoofd zakken. 'Maar ik ben altijd erg voorzichtig geweest. Met Ally... Ik weet niet wat er in me omging. Ik was dronken en depressief...'

Kerrigan zweeg. Zijn excuus klonk zwak en niet erg overtuigend.

'Cindy is een schat van een vrouw, Tim.'

Toen Kerrigan opkeek, stonden zijn ogen vol tranen.

'Dat weet ik. Ik heb de pest aan mezelf omdat ik tegen haar heb gelogen. Ik word er ziek van.'

Grant herinnerde hem eraan dat hij ook aan Megan moest denken.

Kerrigan moest moeite doen om niet in snikken uit te barsten. Het leek of zijn hele wereld instortte. Grant bleef een hele tijd zwijgend zitten om Tim de gelegenheid te geven zijn verdriet te uiten.

'Heb je met je vader over mevrouw Bennett gesproken?' vroeg hij toen Tim ophield met huilen.

'God, nee. Dat zou ik niet kunnen. U weet hoe het tussen ons is.'

'Ben je dus rechtstreeks hierheen gekomen?'

Tim knikte.

'Heb je de indruk dat mevrouw Bennett niet met anderen heeft gesproken over wat ze weet?'

'Dat weet ik niet, maar als onze verhouding algemeen bekend zou worden, zou dat alleen maar nadelig voor haar zijn.'

'Wat denk je dat er zou gebeuren als ze naar de pers stapte en jij haar aantijgingen ontkent?'

'Bedoelt u of ze kan bewijzen dat ik seks met haar gehad heb?'

Grant knikte. Kerrigan wreef aan zijn voorhoofd. Hij probeerde zich te herinneren wat er die avond was gebeurd.

'Ik heb een valse naam opgegeven toen ik die kamer boekte, maar misschien dat de receptionist me zou herkennen. En ik ben daar vanavond weer geweest. Misschien heb ik daar wel vingerafdrukken achtergelaten. Het duurt een hele tijd voor vingerafdrukken verdwijnen, en er wordt daar trouwens niet erg grondig schoongemaakt.'

'Maar het meest aannemelijke is toch dat het uiteindelijk neerkomt op jouw woord tegenover het hare, niet?'

Er schoot Kerrigan iets te binnen. 'Telefoongesprekken. Ik heb Ally op de avond dat ik haar voor het eerst had gezien, gebeld vanaf kantoor. En na mijn toespraak heb ik een munttelefoon gebuikt om haar vanuit het hotel te bellen. Niemand kan bewijzen dat ik degene was die belde, maar de uitdraai van de gebelde nummers kan als indirect bewijs dienen om aan te tonen dat zij de waarheid spreekt.'

'Maar wat doet het er eigenlijk toe of zij kan bewijzen wat er gebeurd is? Als er eenmaal zo'n beschuldiging tegen je is geuit, raak je daar nooit meer van af, of het nou waar is of niet.'

'Daar heb je gelijk in, Tim. Als dit bekend wordt, zou dat een regelrechte ramp zijn. En je kans om senator te worden, is dan ook voor eens en voor altijd verkeken.'

Grant zweeg en nipte van zijn whisky. Hij fronste zijn voorhoofd. 'En wat denk je dat ze met die cassette van plan is?'

'Dupre runde een behoorlijk chique escortservice. We weten dat er door politici en rijke zakenmensen gebruik van werd gemaakt. Het kan zijn dat Bennett in de gelegenheid was om belastend materiaal op te nemen, dat Dupre als chantagemiddel zou kunnen gebruiken.'

Grant knikte en zat weer even te peinzen. Kerrigan wachtte. Het gesprek had hem nog verder uitgeput en hij was blij dat hij even niets hoefde te zeggen. Toen de rechter het woord nam, klonk hij afgemeten en bedachtzaam.

'Wat je gedaan hebt, was erg dom, Tim. Je hebt er jezelf en je gezin mee in een heel vervelende positie gebracht, maar misschien kan ik je helpen. Ik stel voor dat je nu naar huis gaat en mij hier verder aan laat werken. Als mevrouw Bennett contact met je opneemt, moet je haar aan het lijntje proberen te houden. Beloof haar dat je zult doen wat ze zegt, maar zeg haar ook dat je tijd nodig hebt om te bedenken wat de beste manier is om haar doel te helpen bereiken. Ik bel je wel als ik wat meer weet.'

Grant ging staan en Tim hees zich ook overeind. Gaan staan kostte hem evenveel moeite als het beklimmen van een berg. Zijn lichaam leek loodzwaar en hij voelde zich geestelijk zo zwak dat hij eigenlijk niet verder wilde leven.

'Bedankt. U weet niet wat het voor me betekent dat ik met u kan praten.'

Grant legde een hand op Kerrigans schouder. 'Misschien zie je het zelf niet zo, Tim, maar jij hebt alles waar de meeste mannen alleen maar van durven dromen. En ik zal mijn best doen om te zorgen dat dat zo blijft.'

32

Amanda ging vroeg naar bed. Voordat ze van pure uitputting in een diepe slaap viel, lag ze, zoals de laatste tijd wel vaker gebeurde, een hele tijd te woelen en te draaien. Maar zelfs in haar slaap lieten haar zorgen haar niet met rust. Ze droomde dat ze aan boord van een cruiseschip was. Amanda had geen idee waar het schip heen voer, maar de zee leek kalm en de hemel was helder. Maar toch voelde ze zich niet helemaal op haar gemak. Het was of ze het gevoel had dat het weer ieder moment kon omslaan.

De gangen aan boord van het schip leken nergens heen te leiden en Amanda voelde zich alleen en verlaten. Ze was op zoek naar iemand, maar de identiteit van die persoon was door een waas van geheimzinnigheid omgeven. Ze kwam langs een hut die haar bekend voorkwam. Toen ze de deur aanraakte, ging deze heel langzaam verder open en zag ze een man die met zijn rug naar haar toe stond. De man begon zich om te draaien. Zijn bewegingen waren net zo traag als die van de opengaande deur. Vlak voordat ze zijn gezicht kon zien, schrok Amanda wakker.

Amanda wist heel even niet of ze in haar eigen bed lag of dat ze zich nog steeds aan boord van het schip bevond. Toen haar blik op de rood oplichtende cijfers van haar wekker viel, besefte ze dat ze thuis was. Het was vijf uur. Amanda probeerde nog even om weer in slaap te komen, maar merkte al gauw dat dat geen enkele zin had. De droom had haar erg van streek gebracht. Het idee om iets in te nemen waardoor ze beter zou kunnen slapen, begon haar steeds meer aan te spreken en ze nam zich voor om het daar die middag met Ben Dodson over te hebben.

De YMCA was 's morgens al vroeg open. Amanda reed erheen om te gaan trainen, in de hoop dat haar hoofd daarna weer een beetje helder zou zijn. Terwijl ze zwom, dacht ze na over haar vriendschap met Mike Greene. Ze vond hem aardig, en ze voelde zich bij hem ook op haar gemak, maar er was geen vonk die oversloeg.

Amanda was, sinds ze aan Berkeley was gaan studeren, alleen maar zo nu en dan even terug in Oregon geweest. Toen ze zich er weer had gevestigd om op Franks kantoor te komen werken, was ze tot de ontdekking gekomen dat de meeste van haar vriendinnen van de middelbare school waren vertrokken. De meesten die gebleven waren, waren inmiddels getrouwd of hadden een serieuze relatie, en als ze hen op feestjes tegenkwam, had ze vaak het gevoel dat ze er niet meer bij hoorde. Een paar van haar vriendinnen hadden een carrière verkozen boven het huwelijk, maar als ze samen ergens iets gingen eten of drinken, waren mannen toch het voornaamste onderwerp van gesprek. Amanda hield van haar werk, maar haar gelukkig getrouwde vriendinnen hadden een onderlinge band waar ze jaloers op was, en ze voelde zich vaak gedeprimeerd als ze na een bezoek weer naar huis ging.

Mike had, voordat hij naar Portland verhuisde, in Los Angeles net een vervelende echtscheiding achter de rug, maar desondanks had ze het idee dat hij meer van hun relatie verwachtte. Amanda gaf om Mike, maar diep in haar binnenste wist ze dat er iets aan hun relatie ontbrak. Ze voelde zich veilig bij hem. Maar als ze trouwde, zou ze dat niet doen omdat ze zich veilig wilde voelen. Ze wilde liefde voor hem voelen.

Na haar training, reed Amanda de stad in. Er lag nog een instructie die voor aanstaande vrijdag bij het Hof van Beroep moest zijn, en ze kon nu nog een heleboel doen omdat de telefoon toch niet begon te rinkelen voordat de receptioniste om acht uur kwam. Amanda haalde een scone en een koffieverkeerd bij de koffiebar in Nordstrom en liep vervolgens het Stockmangebouw binnen. Op weg naar haar eigen kantoor kwam ze langs dat van Daniel Ames.

Daniel had een vreselijke jeugd achter de rug. Toen hij bijna twintig was, was hij bij zijn aan drank verslaafde moeder en een hele reeks scheldende en tierende pleegvaders weggelopen. Hij was een tijdje dakloos geweest, tot hij zich ten slotte uit pure wanhoop had aangemeld bij het leger. Na zijn militaire dienst had Daniel eerst de middelbare school afgemaakt en was toen rechten gaan studeren. Hij was een van de beste leerlingen van zijn klas, en kreeg als beloning een baan aangeboden bij het grootste advocatenkantoor van Portland.

Daniel zat net een medische tekst te raadplegen. Hij werkte aan een zaak waarin sprake was geweest van medische fouten, en daarvoor moest hij zich door een stapel medische rapporten heen worstelen. Hij keek op en grijnsde naar Amanda. Daniel was knap; hij had stevige schouders en een innemende glimlach. Amanda kon zich haast niet meer voorstellen hoe overspannen en ten einde raad haar vriend had geleken toen ze in de gevangenis van Multnomah County voor het eerst kennis met hem had gemaakt. Daniel was valselijk beschuldigd van de moord op een van de oudste partners van zijn kantoor, en Kate en Amanda hadden hem toen weten te redden. Kate had toen het onderzoek geleid, en sinds die tijd woonde hij met haar samen. Amanda's ervaring in de rechtszaal had hem uiteindelijk van alle blaam gezuiverd.

'Ik wist niet dat de bazen hier ook zo vroeg begonnen,' grapte Daniel.

'Ik kom alleen maar even kijken of het personeel wel doorwerkt.'

'Kate is er ook al. Ze wilde ergens met je over praten.'

Amanda liep met haar koffie en het zakje met de scone naar het eind van de gang, waar de detective een klein, rommelig kantoortje had.

'Wat heb je voor me?' vroeg Amanda, terwijl ze een stapel papieren op Kate's bureau opzij schoof om een plekje vrij te maken voor haar etenswaren. Kate vertelde haar over haar gesprek met Billie Brewster en Amanda at ondertussen haar scone en nam kleine slokjes van haar koffie.

'Wat denk je er zelf van?' vroeg Amanda toen Kate was uitgepraat.

'Als dat Vaughn Street Koor werkelijk bestaat, en Wendell Hayes er lid van was, kan het best zo zijn dat ze hem naar de gevangenis gestuurd hebben om Dupre te vermoorden.'

'Waarom?'

Kate haalde haar schouders op. 'Geen idee. Had Dupre een vermoeden waarom Hayes hem uit de weg wilde ruimen?'

'Nee.'

Amanda at de rest van haar scone op en spoelde het laatste stukje weg met een slok koffie.

'Wat ga je nu doen?' vroeg ze aan Kate.

'Ik heb een afspraak gemaakt met Sally Grace, om het autopsierapport van Michael Israel door te nemen. Misschien vinden we daar aanwijzingen dat er sprake was van moord.'

Amanda kwam overeind. 'Ik wil graag weten wat jullie ontdekken.'

'Ik laat het je meteen weten.'

Amanda schudde haar hoofd. 'Het wordt er allemaal niet eenvoudiger op.'

Amanda had nog steeds moeite met haar bezoeken aan Ben Dodson en ze had tegen niemand, zelfs niet tegen haar vader, gezegd dat ze een psychiater bezocht.

'Ik heb in de kranten van alles over je gelezen,' zei Dodson toen Amanda in zijn spreekkamer had plaatsgenomen.

'De verslaggevers laten me geen moment met rust,' antwoordde Amanda stijfjes.

'Kost het je moeite om met de druk om te gaan?'

Amanda knikte. 'Bij de eerste twee gesprekken met Jon Dupre stond ik doodsangsten uit.'

'Dat vind ik geen abnormale reactie, gezien het feit dat hij zijn vorige advocaat om het leven heeft gebracht.' Dodson glimlachte. 'Ik kan je verzekeren dat ik ook behoorlijk zenuwachtig zou zijn geweest als je mij had gevraagd om hem te testen.'

Amanda schoot in de lach. Ze voelde dat haar opgewonden gevoel een beetje begon te zakken.

'Daar heb je misschien wel gelijk in.'

'Angstreacties zijn namelijk niet allemaal ongegrond.'

'Maar het was ook weer niet zo dat ik door mijn angst werd verlamd,' zei Amanda trots. 'Ik was doodsbang, maar ik dwong mezelf toch om met Jon in een en dezelfde kamer te gaan zitten.'

'Prima. Wat ik ook wil weten is of je nog meer van die flashbacks hebt gehad, of van gevoelens die zich onverwacht aandienen.'

'Ik raakte nogal van streek toen ik de foto's van de lijkschouwing van senator Travis en van die van Wendell Hayes bekeek, en dat was eigenlijk een beetje ongewoon. Ik bedoel, bij het werk dat ik doe zie je de hele tijd dat soort dingen.'

Dodson glimlachte Amanda geruststellend toe.

'Maar toch, die foto's deden me op een of andere manier iets, en mijn angst bij de gesprekken met Dupre was veel heviger dan de normale spanning die ik altijd voel als ik met mijn meer gevaarlijke cliënten in een kleine ruimte zit.'

'Maar je kon er wel mee omgaan.'

Amanda knikte.

'Toen we bij je eerste bezoek hier zaten te praten, zei je dat je je afvroeg of je nog wel als strafpleiter kon blijven functioneren. Hoe sta je daar nu tegenover?'

'Ik heb daar nu niet meer zo'n moeite mee.' Amanda zweeg even. 'Er is iets geks met die zaak van Dupre. Net of het me niet lukt de feiten te achterhalen...'

'Dat spreekt vanzelf.'

'... maar het kan ook best zo zijn dat Jon onschuldig is. Toen die mogelijkheid in me opkwam, wist ik ook ineens weer waarom ik indertijd dit vak heb gekozen: om mensen te beschermen die daar zelf niet toe in staat zijn. Ik kan dus wel zeggen dat deze zaak me een goed gevoel geeft over wat ik doe.'

'Dat is fijn. En hoe zit het met die nachtmerries? Kun je goed slapen?'

'Niet al te best. Het is niet zo dat ik iedere nacht nachtmerries heb, maar het overkomt me toch wel een paar keer per week. En ik kan moeilijk in slaap komen. Ik denk dat ik bang ben om te gaan slapen vanwege die nachtmerries. Sinds ik Jons zaak heb aangenomen, voel ik me vaak doodop.'

'Misschien moeten we eens denken aan een of andere vorm van medicijnen.'

'Dat weet ik niet,' zei ze, hoewel ze zich had voorgenomen om het innemen van slaaptabletten ter sprake te brengen. Om de een of andere reden vond ze het een beetje een gênant idee.

'Denk er eens rustig over na en laat me dan de volgende keer dat je hier komt, weten wat je ervan vindt.'

Toen ze in de lift terug naar de receptie van de praktijk van dr. Dodson stond, dacht Amanda na over het Vaughn Street Koor. Het idee dat er al tientallen jaren een samenzwering op hoog niveau bestond, boeide haar enorm, maar het kwam haar eigenlijk ook een beetje vergezocht voor. Er was heel wat fantasie voor nodig om een verband te kunnen leggen tussen de dood van Israel en de zaak-Dupre.

De deuren van de lift gingen open en Amanda bleef even in de ontvangstruimte staan. Relaties, samenzweringen: het had allemaal te maken met samenwerking tussen mensen. Sammy Cortez had de politie verteld dat de samenzwering tussen Aragon en de anderen al van heel lang geleden dateerde. Was er voordat Hayes advocaat werd al sprake geweest van een of andere relatie tussen Aragon en hem? Amanda liep naar buiten en wandelde even later in de schaduw van het gebouw van de openbare bibliotheek van Multnomah County. Plotseling kreeg ze een ingeving. Ze stak de straat over.

Het bibliotheekgebouw, dat een hele straat in beslag nam, was in Georgian stijl gebouwd. De gevel op de begane grond was opgetrokken uit grijze kalksteen, terwijl de verdiepingen daarboven met rode baksteen waren afgewerkt. Amanda beklom de brede granieten trap die toegang gaf tot de hoofdingang, en liep meteen door naar de afdeling Geschiedenis op de tweede verdieping, waar ook de catalogus stond: ellenlange rijen, bijna antieke houten laden vol vergeelde cataloguskaartjes, gerangschikt op onderwerp. Op de kaartjes stonden verwijzingen naar krantenartikelen waarin het betreffende onderwerp werd genoemd. Amanda haalde de lade die begon met APRAXIE eruit en had al gauw enkele kaartjes te pakken waarop naar artikelen werd verwezen die betrekking hadden op ARAGON, PEDRO (1952-...). Ze noteerde alle verwijzingen op een blaadje van haar gele, gelinieerde schrijfblok. Vervolgens deed ze hetzelfde met Wendell Hayes. Toen ze daarmee klaar was, maakte Amanda een aparte lijst van alle artikelen waarin beide namen voorkwamen.

De afdeling Tijdschriften bevond zich een verdieping lager. Amanda besloot om met de oudste artikelen te beginnen. De eerste verwijzing in de catalogus was die naar een bericht in de *Oregonian* uit 1971. De oudste kranten waren alleen op microfilm beschikbaar. Amanda vond de betreffende film en liep met het doosje naar het grijsmetalen microfilmapparaat. Ze deed het doosje erin en draaide aan de knoppen. De film werd zo snel doorgespoeld dat ze er hoofdpijn van kreeg. Ze draaide weer aan de knop om hem langzamer te laten lopen, tot ze ten slotte het stadsnieuws van 17 januari 1971 te pakken had. Onder aan de pagina vond ze een aanvulling op een bericht over het onderzoek naar een bloedbad dat in december 1970 in Noord-Portland had plaatsgevonden, waarbij Pedro Aragon als een van de mogelijke verdachten werd genoemd. Het bericht uit januari betrof de ontdekking van een drietal handwapens op een vuilnisbelt even buiten Portland. Onderzoek had uitgewezen dat deze wapens bij de schietpartij in december waren gebruikt. De wapens waren afkomstig uit het huis van Milton Hayes, een rijke advocaat uit Portland en tevens wapenverzamelaar. Hij had aangifte gedaan van een inbraak op de avond van de schietpartij, waarbij de wapens waren gestolen. Uit het artikel werd ook min of meer duidelijk hoe de inbrekers zich toegang tot het huis van Hayes hadden weten te verschaffen. Zijn zoon Wendell studeerde aan de universiteit van Georgetown, maar bracht de kerstvakantie thuis door. Toen hij met een aantal vrienden het huis verliet om naar een kerstfuif te gaan, had hij vergeten om het alarm in te schakelen.

Amanda vond het doosje met de microfilm van de krant uit december 1970 en had even later het bericht over het bloedbad in het drugspand gevonden. Op de begane grond van een leegstaand pand waren op verschillende plaatsen lichamen aangetroffen. De meeste slachtoffers waren doodgeschoten, maar in de gang hadden ze een slachtoffer gevonden van wie de keel was doorgesneden. In een aantal kamers had men sporen van heroïne aangetroffen. De politie had een aantal van de slachtoffers kunnen identificeren. Een paar waren leden van een zwarte bende die connecties in Los Angeles had, en de anderen waren Latino's die banden hadden met Jesus Delgado, die ervan werd verdacht voor een Mexicaans drugskartel te werken. Pedro Aragon, van wie bekend was dat hij met Delgado samenwerkte, was de dag na de moorden gearresteerd, maar de politie had hem weer laten gaan toen hij een waterdicht alibi bleek te hebben.

Hadden Hayes en Aragon iets met het bloedbad in het drugspand te maken gehad? Amanda kon zich haast niet voorstellen dat een bekakte student uit West Hills in een van de beruchtste wijken van Portland een aantal gewapende drugsdealers had neergeknald, maar het kon natuurlijk ook zijn dat Hayes daar aanwezig was om drugs te kopen, of dat hij zelf de wapens van zijn vader had gestolen om die te ruilen voor drugs.

Amanda vroeg zich af wie in december 1970 Hayes' vrienden waren geweest. Waarschijnlijk waren dat dezelfde vrienden die op de avond dat de wapens van zijn vader waren gestolen bij hem waren. Het zou interessant zijn om de politierapporten te pakken te krijgen om erachter te komen wie de jongens in Hayes' gezelschap waren op de avond dat de inbraak had plaatsgevonden.

Amanda onderbrak het bekijken van de microfilms even en liep naar de leestafel, waar de meest recente kranten lagen. Ze bladerde erin tot ze de necrologie van Wendell Hayes had gevonden. Hayes had tot juni 1970 op een katholieke middelbare school in Portland gezeten. Dat was hetzelfde jaar als waarin het bloedbad had plaatsgevonden. Hij was vervolgens aan de universiteit van Georgetown rechten gaan studeren. Amanda vroeg aan de medewerkster van de naslagafdeling waar ze de jaarboeken van het Portland Catholic kon vinden. Ze pakte het jaarboek van 1970 uit de kast en liep ermee naar een tafeltje, waar ze het ging zitten doorbladeren.

Hayes was een van de klassenoudsten geweest. De klassenvoorzitter was Harvey Grant. Bij het verder bladeren vond Amanda nog meer bekende namen. Burton Rommel en William Kerrigan, de vader van Tim, hadden samen met Hayes in het footballteam en de worstelploeg gezeten. Amanda herinnerde zich dat Grant ook op Georgetown rechten had gestudeerd, en ze was er vrijwel zeker van dat hij daar ook was afgestudeerd.

Amanda onderzocht ook de achtergrond van Burton Rommel en William Kerrigan. Geen van beiden had op Georgetown gezeten. Rommel had een graad van het Notre Dame en Kerrigan van de Wharton School aan de universiteit van Pennsylvania.

Amanda liep terug naar het microfilmapparaat en stopte er nog een doosje in, waarop ze weer een oud bericht vond dat betrekking had op Pedro Aragon. Ze wilde erachter zien te komen hoe iemand die begonnen was met een drugspand in Portland het tot hoofd van een drugskartel in Mexico had gebracht. Een uur later had Amanda ontdekt waarom Aragon zo snel carrière had kunnen maken: het had te maken met een reeks moorden, waarvan de eerste in 1972 had plaatsgevonden. Het slachtoffer was Jesus Delgado, Pedro's directe chef. De moord had plaatsgevonden op een parkeerterrein bij een winkel in een buitenwijk van Portland.

Amanda ging verder met het zoeken naar berichten waarin Pedro Aragon en Wendell Hayes werden genoemd, maar de meeste waren rechtbankverslagen van zaken waarin Hayes een cliënt had verdedigd die banden had met Aragon. Ze zette de doosjes met de microfilms weer terug en begaf zich naar haar kantoor. Toen Amanda de bibliotheek binnenkwam, had ze niet al te veel geloof gehecht aan de verhalen die Sammy Cortez over het Vaughn Street Koor had verteld, maar ze had in de krantenberichten toch iets gevonden wat haar aan het denken had gezet: het drugspand waar het bloedbad had plaatsgevonden, had in Vaughn Street gestaan.

33

Tim Kerrigan en Maria Lopez zaten al een uur lang hun strategie voor het komende proces te bespreken. Het was bijna vijf uur. Kerrigan had zijn jasje uitgetrokken en zijn stropdas losgeknoopt. Lopez had haar jasje over de rugleuning van een stoel gehangen. Haar haar zat door de war omdat ze er steeds met haar handen in zat te wroeten.

'Jaffe heeft een verzoek ingediend om het bewijs van de moord op Travis buiten de zaak over de moord op Hayes te houden,' zei Tim. 'Wat vind jij daarvan? Kunnen wij met bewijsmateriaal van de moord op Travis komen als we Dupre voor de moord op Hayes gaan vervolgen?'

'Ik zou op dat punt maar toegeven,' antwoordde Maria. 'Waarom zou je een revisie riskeren? Die moord op Hayes is zo klaar als een klontje. Die zaak winnen we zonder meer. Ik denk dat het hele proces niet meer dan een week in beslag gaat nemen, als je tenminste de tijd die nodig is om een jury samen te stellen niet meerekent. Ik denk dat wij ons deel binnen één à twee dagen kunnen afhandelen. Als Jaffe bij haar pleidooi weer dat onzinnige verhaal over zelfverdediging gaat afsteken, is de kans groot dat het hele proces op een circus uitdraait en ze er zoveel mogelijk verslaggevers bijhaalt en een demonstratie gaat geven met de metaaldetector in de receptie. Maar zoals ik het zie, is het nog steeds kat in 't bakkie. Zodra Dupre veroordeeld is, kunnen we het vonnis als belastend materiaal gebruiken als hij voor de moord op de senator terecht moet staan.'

'Goed geredeneerd. Maar...'

De telefoon ging. Tim maakte een geïrriteerde indruk toen hij de hoorn van de haak nam. 'Ik zit midden in een vergadering, Lucy. Ik wil niet gestoord worden.'

'Dat weet ik, maar er staat een zekere mevrouw Bennett bij de receptie. Ze staat erop dat u haar te woord staat.'

Kerrigan voelde het bloed uit zijn gezicht wegtrekken. Ally Bennett had al een paar keer gebeld, maar hij had de receptioniste steeds tegen haar laten zeggen dat hij de deur uit was. Kerrigan keek naar Maria, maar die zat verdiept in haar aantekeningen en scheen niets te merken van het probleem dat zich nu aandiende.

'Oké, geef me de receptie maar even,' zei Kerrigan. Een paar tellen later had hij Ally aan de lijn.

'Fijn dat je even langs bent gekomen,' zei Kerrigan snel. 'Ik zit momenteel in een vergadering, maar ik vind wel dat we elkaar even moeten spreken.'

'Ja,' zei Bennett, 'dat lijkt me een heel goed idee.'

'Ik bel je zo gauw ik hier klaar ben, laten we zeggen over een uur. Is dat goed?'

'Ik wacht op je telefoontje. Als ik niets van je hoor, ben ik heel, heel diep teleurgesteld.'

De verbinding werd verbroken. Kerrigan voelde het zweet op zijn voorhoofd parelen. Hij had nooit verwacht dat Ally zich hier zou laten zien. Maria wist wie Ally was. Stel dat zij haar bij de receptie had gezien, wat dan?

'Gaat het wel goed met je?'

Maria zat hem aan te staren. Hij forceerde een glimlach.

'Ik geloof dat ik ergens last van krijg. Zullen we maar even stoppen?'

'Prima.' Maria kwam overeind en raapte haar dossiers bij elkaar. 'Ik hoop dat het gauw weer overgaat.'

'Dank je. Je hebt het tot nu toe prima gedaan, Maria.'

Lopez bloosde. Ze liep zijn kantoor uit en trok de deur achter zich dicht. Kerrigan koos het rechtstreekse nummer van Harvey Grant.

'Bennett was daarnet hier, bij de receptie,' zei Kerrigan toen Grant zijn toestel opnam.

'Heeft iemand haar gezien?'

'Ik weet niet wie er bij de receptie rondliepen.'

'Wat heb je dan gedaan?'

'Ik heb via de telefoon bij de balie met haar gesproken.'

'Dus niemand heeft jullie samen gezien?'

'Nee. Het lukte me om van haar af te komen. Ik heb haar beloofd dat ik haar binnen een uur zou bellen. Ik heb nu dus nog vijftig minuten.'

'Oké, Tim. Geen paniek.'

'Maar wat moet ik in godsnaam tegen haar zeggen?'

Het bleef even stil aan de andere kant van de lijn. Kerrigan wachtte. De hoorn voelde klam aan. Het leek of zijn maag zich omdraaide.

'Zeg maar tegen mevrouw Bennett dat je in de loop van volgende week alles voor elkaar denkt te hebben.'

'Hoe moet ik dat in vredesnaam voor elkaar krijgen?'

'Zeg maar dat je het geld bijna bij elkaar hebt, en laat doorschemeren dat je samenwerkt met iemand van de recherche die jou nog een weder-dienst schuldig is. Laat alles een beetje in het midden. Zeg maar dat die rechercheur bewijsmateriaal kan laten verdwijnen, maar dat hij je niet wil vertellen hoe hij dat precies aanpakt.'

'Wat gebeurt er dan volgende week, als Dupre nog in de gevangenis zit?'

'Daar zullen we het vanavond wel over hebben.'

Kerrigan had zich de nodige moed ingedronken voordat hij naar Harvey Grant reed. Hij zag eruit of hij met zijn kleren aan had geslapen. Victor Reis deed de deur al open voordat Tim had aangebeld. Er verscheen een glimlach op het bonkige gelaat van de lijfwacht. Kerrigan wist zeker dat het Victor niet was ontgaan hoe onverzorgd hij er bijliep, want Victor zag altijd alles. Reis maakte echter geen enkele opmerking.

'Kom binnen. De rechter is in de studeerkamer. Heeft u al gegeten?'

'Laat maar. Ik vind hem wel. Bedankt.'

Kerrigan liep door de gang naar de kamer waar hij de vorige keer ook met Grant had gesproken. De rechter was gekleed in een kakibroek, een geruit overhemd en een slobberige trui. Naast hem lag een boek over Britse militaire geschiedenis. Hij glimlachte uitnodigend en gebaarde naar Tim dat hij moest gaan zitten.

'Hoe staan de zaken ervoor?' vroeg Grant.

'Niet al te best,' antwoordde Tim terwijl hij zich in een leunstoel liet zakken.

'Wil je soms iets drinken?'

Tim schudde zijn hoofd. 'Ik heb er al een paar op.'

De glimlach van Grant kreeg iets weemoedigs. 'Hoe lang ken ik je nu al, Tim?'

'M'n hele leven.'

Grant knikte. 'Ik was erbij toen je gedoopt werd, ik was op je eerste verjaardag en bij je eerste communie. Ik ben altijd erg trots op je geweest.'

Kerrigan sloeg zijn blik neer. Er kwamen tranen in zijn ogen en zijn stem stokte.

'Het spijt me dat ik u teleur heb gesteld.'

'Dat heb je niet, jongen. We zijn allemaal maar mensen. We maken allemaal wel eens fouten.'

'Dit is meer dan een fout.'

'Nee, nee. Wat jou is overkomen, is niet meer dan een hobbel in de weg. Meer niet. Het lijkt nu een berg waar je niet overheen kunt, maar daar gaan we wat aan doen. Over een jaar weet je niet eens meer dat je zo van streek was.'

Kerrigan keek de rechter vol verwachting aan.

'Tim, vertrouw je me?'

'Ja.'

'En geloof je me als ik zeg dat ik enkel het beste met je voorheb?'

Tim wilde tegen de rechter zeggen dat hij zich meer met hem verbonden voelde dan met zijn eigen vader, maar het lukte hem niet om de juiste woorden te vinden.

'Ik heb een oplossing voor je probleem,' zei de rechter. 'Die vrouw is een hoer, tuig van de richel. Zo iemand moet niet de kans krijgen om jouw leven kapot te maken.'

Kerrigan boog zich voorover en wachtte gespannen af wat Grant zou gaan zeggen.

'Weet je nog dat Harold Travis zat te filosoferen over het bestaan van God toen we bij de Westmont op het terras zaten? Dat was nadat we golf hadden gespeeld.'

'Dat was de laatste keer dat ik hem in leven heb gezien.'

'Ik wil je wat vragen, Tim, en wel dit: geloof jij dat er een God is, een Opperwezen dat alles ziet en ons straft voor wat we verkeerd doen?'

Tim wist niet hoe hij hierop moest antwoorden. Hij was godsdienstig opgevoed, en zo nu en dan leek het leven zelf wel een wonder. Toen Megan werd geboren, had hem dit een gevoel van zekerheid gegeven zoals hij dat daarvoor en daarna niet meer gekend had, maar toch had hij nu en dan het gevoel dat de wereld om hem heen zo'n schoonheid uitstraalde dat hij, of hij wilde of niet, haast wel moest geloven dat er een goddelijk plan aan ten grondslag lag. Maar er waren ook momenten dat hij er moeite mee had om het idee dat er een dergelijk plan bestond, te aanvaarden. Het was erg moeilijk om in goddelijke genade te geloven als je een misbruikt kind moest verhoren dat geen enkele emotie toonde. Een jongen of een meisje met een lichaam waaraan te zien was dat het leven hem of haar alleen maar pijn en wanhoop had gebracht. De dagelijkse gang van zaken op het kantoor van een hulpofficier van justitie liet weinig heel van je religieuze gevoelens.

'Als je zo'n vraag moet beantwoorden, is enige aarzeling volkomen normaal,' zei Grant. 'En voor iemand die ervoor is opgeleid om logica te gebruiken, is het moeilijk om het bestaan van wat dan ook – laat staan van een goddelijk, alwetend wezen – zonder bewijs te accepteren. Misschien is dat trouwens wel een van de nadelen van een rechtenstudie.'

'Maar gelooft u zelf in God?'

'Harold geloofde dat het idee dat er een god bestaat, een verzinsel is om het gepeupel eronder te houden,' antwoordde Grant in een poging Tims vraag te ontwijken. 'Harold kon erg cynisch zijn, maar had hij ook gelijk? Als de armen niet zouden geloven in een beloning in het hiernamaals, zouden ze dan toch het lijden in dit aardse leven accepteren of zouden ze juist in opstand komen tegen hun meerderen? Harold geloofde dat God en de aardse wetten door heersers zijn bedacht om de massa onder de duim te houden. Hij geloofde ook dat moreel besef een relatief begrip is.'

'Maar er zijn toch regels. Moreel besef is toch geen relatief iets? Als we iets verkeerds doen, wéten we toch dat het verkeerd is?' Kerrigan liet zijn hoofd zakken. 'Ik wel tenminste.'

'Dat is een kwestie van schuldgevoel, en we ervaren schuldgevoelens alleen als zodanig als we er blindelings van uitgaan dat er een god bestaat die ons normen en waarden heeft opgelegd waar we ons aan moeten houden. Maar als je nu eens met zekerheid zou kunnen zeggen dat er geen God bestaat en dat de enige regels waar je je aan moet houden je *eigen* regels zijn? Als dat namelijk zo is, ben je volkomen vrij, omdat de beperkingen die je verlangens in toom moeten houden dan niet meer bestaan.'

'Wat heeft dit met Ally Bennett te maken?'

'Als God niet bestaat, en onze heersers zich alleen maar aan hun eigen regels hoeven te houden, en als er geen goddelijke straffen bestaan... dan vormt Ally Bennett ook geen probleem meer.'

'Bedoelt u daarmee dat ze dan vermoord zou kunnen worden?'

'Verwijderd, Tim, verwijderd, op dezelfde manier waarop je een lastige zin verwijdert als je een stuk voor de rechtbank zit te schrijven of een insect dat je rust verstoort, van je af probeert te slaan.'

'Maar er bestaan toch regels en wetten...'

'Maar die gelden niet voor iedereen. Harold was daar heilig van overtuigd.'

'Wat bedoelt u daar precies mee? Ik geloof niet dat ik u kan volgen.'

'Dat komt omdat je bang bent om me te volgen. Er is wel degelijk een verschil. Beantwoord deze vraag eens: wat zou je doen als ik je kon verzekeren dat het geen gevolgen voor je zou hebben als je Ally Bennett uit je leven liet verdwijnen?'

'Die verzekering kunt u me niet geven. Dat kan niemand.'

'Stel je eens voor dat ik het wél kan.'

'Ik... ik zou niemand kunnen vermoorden, zelfs niet als ik wist dat ik er nooit voor gestraft zou worden.'

'Stel eens dat er een inbreker bij je binnendringt en van plan is om Megan te vermoorden? Zou je dan niets doen? Zou je die inbreker niet neerschieten?'

'Maar dat is anders. Dan is het noodweer!'

'Hebben we het dan nu *niet* over noodweer? Vormt dat mens geen bedreiging voor jouw leven en dat van degenen die je dierbaar zijn? Stel je eens voor dat je straks senator wordt, Tim, want die mogelijkheid heb je. Probeer nu eens een paar jaar vooruit te denken. Zie jij jezelf als president van de Verenigde Staten, de machtigste man ter wereld?'

Kerrigans mond viel open van verbazing. Vervolgens schoot hij in de lach. 'Moet je me zien. Ik ben toch niet geschikt om president te worden. Ik ben een stevige drinker en een hoerenloper die motels bezoekt waar je per uur kunt betalen.'

'Dat is het beeld dat je van jezelf hebt, maar als je de mensen in Oregon vraagt wat ze van Tim Kerrigan vinden, zullen ze zeggen dat je een man met karakter bent die zijn kansen op persoonlijke roem en rijkdom heeft laten schieten om de samenleving te kunnen dienen. Er is maar één iemand die kan bewijzen dat dat niet zo is. Er is maar één iemand die je huwelijk kapot kan maken en het beeld dat Megan van je heeft, kan beschadigen. Eén iemand die tussen jou en je dromen en het geluk van je gezin staat.'

'Ik kan niet geloven dat u dit allemaal zomaar zegt. U gelooft in God. U bent vroom katholiek.'

Grant reageerde niet. Hij nam nog een slokje van zijn whisky.

'U loopt er toch niet serieus over te denken om Ally Bennett te laten vermoorden?' zei Tim. 'Dat is toch zeker een grapje?'

Grant bleef even zwijgend voor zich uit zitten kijken. Kerrigan probeerde zich heel even voor te stellen hoe het zou zijn als Ally Bennett dood was. Al zijn problemen zouden dan in een klap uit de wereld zijn. Hij kon dan weer proberen om de averij die zijn huwelijk had opgelopen te herstellen en ervoor te zorgen dat Megan een leven zou krijgen waarin ze trots op hem kon zijn. Maar toen hij aan Megan moest denken, bracht dat hem weer terug tot de werkelijkheid.

'Ik ken je al m'n hele leven, Harvey,' zei Tim. Hij noemde de rechter voor het eerst sinds lange tijd bij zijn voornaam. 'Ik kan niet geloven dat jij iemand in koelen bloede zou kunnen vermoorden. Ik zou dat zelf ook niet kunnen. Hoe kan ik Megan onder ogen komen als ik een moordenaar ben? Het zou altijd aan me blijven knagen.'

Tim stond op en ijsbeerde door de kamer. 'Al dat gepraat over moreel besef en God heeft trouwens niets om het lijf, want als er iets is wat ik als openbaar aanklager heb geleerd is het wel dat ze iedereen vroeg of laat toch te pakken krijgen.'

'Je bent bang, Tim, maar dat is volkomen normaal. Maar toch denk ik dat je er anders tegenaan zou kijken als je wist dat het geen gevolgen had.' De rechter zweeg even om het dramatische effect van zijn woorden ten volle te benutten. 'En dat is iets dat ik je kan garanderen.'

'Hoe kun je me in godsnaam garanderen dat we niet gepakt worden?'

'Je hebt meer vrienden dan je zelf beseft, Tim. Mensen die in je geloven en alles willen doen om je te helpen.'

'Wie zijn dat dan?'

'Vrienden, Tim, goede vrienden. Meer zeg ik op dit moment niet, maar er zijn politiemensen bij die het onderzoek in bepaalde banen kunnen leiden, en officieren van justitie...'

Tim keek met een ruk op.

'Jazeker, Tim, ook mensen van je eigen kantoor. Ze zullen je dekken. Als Ally Bennett eenmaal dood is, ben jij vrij. Denk daar maar eens over na. En denk je ook eens in wat dat voor Megan zou betekenen.'

Grant tilde het boek over militaire geschiedenis op en pakte een dossier dat eronder lag.

'Volgens mij moet je daar toch geen enkele moeite mee hebben. Je hebt zelf jarenlang volgens je eigen regels geleefd. Ik denk ook dat je dat deed omdat je zelf geloofde dat het geen gevolgen zou hebben.'

Grant gaf het dossier aan Kerrigan. Tim sloeg de map open en keek naar de inhoud. Bovenop lag een foto van Ally Bennett, die zijn motelkamer binnenging op de avond dat ze daar seks hadden gehad. Er waren nog meer foto's, ook waar ze samen op stonden terwijl ze in de kamer in verschillende standjes de liefde bedreven. Onder deze foto's lagen nog meer foto's van Tim, op andere plaatsen en met andere vrouwen. Er waren foto's bij van seksuele ontmoetingen die jaren geleden hadden plaatsgehad. Op een aantal foto's zat Tim cocaïne te snuiven of marihuana te roken. De inbreuk die deze foto's op zijn privacy maakten, zou Tim in woede hebben moeten doen ontsteken, maar het enige dat hij voelde was een soort verdoving.

'Hoe...?'

'We weten het al een tijdje. Daardoor raakten we ook overtuigd van je mogelijkheden.'

Kerrigan plofte weer in zijn stoel en ging met zijn hoofd in zijn handen zitten.

'Ik beschouw je als mijn zoon, Tim. Ik wil je helpen om uit deze netelige situatie te raken. Alles wat ik vanavond tegen je gezegd heb, was nieuw voor je en ik kan me voorstellen dat je geschokt bent en even tijd nodig hebt om eraan te wennen. Maar je zult ook inzien dat ik alleen maar zinnige dingen heb gezegd en dat het allemaal voor je eigen bestwil is.'

'Ik ga haar niet vermoorden. Dat kán ik gewoon niet. Ik neem ontslag. Ik ga naar de pers en ga opbiechten wat... wat ik heb gedaan. Ik kan niet zomaar iemand vermoorden.'

'Ik had wel verwacht dat je zo zou reageren, Tim. Het is altijd moeilijk om de eerste stap te zetten. Ga nu maar naar huis en slaap er eerst eens een nachtje over. Als je morgen wakker wordt, zul je merken dat je een stuk helderder kunt denken. Dan zul je ook inzien dat Ally Bennett vermoorden de enig logische manier is om je problemen op te lossen. Je hebt de keuze tussen het uit de weg ruimen van iemand die jou en je gezin te gronde wil richten of je gezin beschermen. Wil je de toekomst van al je dierbaren in de waagschaal stellen omdat je het niet over je hart kunt verkrijgen een hoer uit de weg te ruimen?'

Kerrigan reed naar huis. Halverwege stopte hij in de berm, deed het portier open en begon te kotsen. Hij zat met zijn voeten op de grond en zijn hoofd tussen zijn knieën. Na een tijdje wreef hij zijn mond af met zijn zakdoek, die hij vervolgens weggooide. De temperatuur was bijna tot het vriespunt gedaald. Zijn wangen deden pijn van de kou. Hij keek op. Het was een heldere nacht en de sterren waren duidelijk te zien, maar toch leek het of de wereld voor zijn ogen draaide.

Harvey Grant, een man voor wie hij zijn leven zou hebben gewaagd en die hij hoger achtte dan zijn eigen vader, was al jarenlang op de hoogte van zijn meest intieme en smerige geheimen en had foto's gemaakt van zijn vernedering en die kennis gedeeld met mensen met wie Tim waarschijnlijk elke dag contact had. Wie waren dat? Hoeveel van hen hadden altijd tegen hem gedaan of hij volkomen normaal was, terwijl ze zich ondertussen een beeld vormden van hoe hij er naakt uitzag en zich in de meest vernederende posities bevond, terwijl hij smeekte om gestraft te worden en ondertussen genoot van zijn eigen vernedering?

Als Harvey Grant hem de waarheid had verteld, werd de wereld die hij dacht te kennen beheerst door een harde kern van lieden die dachten dat ze boven de wet stonden en die met het grootste gemak iemand zouden vermoorden om hun doel te bereiken. En diezelfde lieden hadden nu ook hem opgedragen een moord te plegen.

Er was geen sprake van dat hij naar de politie of naar een andere officier van justitie kon gaan. Als Harvey Grant, de opperrechter en een van de meest invloedrijke mannen in Oregon, ook tot deze harde kern behoorde, kon vrijwel iedereen er bij betrokken zijn.

Kon hij naar de FBI gaan? Hij zou contact kunnen opnemen met iemand in Washington, maar wat zouden ze hem daar vertellen? Het verhaal klonk volkomen krankzinnig. En daar kwam nog bij dat de rechter over die foto's beschikte, waardoor hij zichzelf natuurlijk helemaal te schande zou maken.

Zelfmoord. Dat was natuurlijk ook een mogelijkheid. Kerrigan wreef in zijn ogen. We gaan allemaal dood. Waarom zou hij er nu niet een einde aan kunnen maken en zichzelf alle verdere ellende besparen? Zijn hele leven was één grote rotzooi geweest, en misschien was het ook maar beter dat daar een eind aan kwam. Het idee om de rust van de dood te zoeken leek opeens heel verleidelijk.

Kerrigan dacht na over een paar van de dingen die Grant hem verteld had. De rechter was ervan overtuigd dat hij Bennett uit de weg zou kunnen ruimen zonder dat hij daarvoor zou worden gestraft. Als hij tot deze ene, vreselijke daad in staat was, zou hij daar in elk geval zijn directe problemen mee hebben opgelost en zou hij een toekomst tegemoet gaan waar hij zelfs niet van had durven dromen. Aanvankelijk had het idee dat hij ooit president van de Verenigde Staten zou kunnen worden hem volkomen absurd geleken, maar als je er even objectief over nadacht, was het helemaal niet zo belachelijk als het leek.

Hij kon zich voorstellen dat hij zonder al te veel moeite in de Senaat zou worden gekozen; hij zag eruit als een senator, hij was bekend en in heel Oregon razend populair. En als hij eenmaal die senaatszetel had behaald, was het ook niet moeilijk om zichzelf als president voor te stellen. Elke senator kon immers meedingen naar het hoogste ambt.

Kerrigan herinnerde zich weer hoe opgewonden Cindy was geweest over het vooruitzicht dat hij zou gaan meedingen naar de zetel van Travis. Megan zou beseffen dat haar vader een vooraanstaand iemand was. Er zouden talloze deuren voor haar opengaan. Misschien zou het hem zelfs lukken om bij zijn vader respect af te dwingen.

Kerrigan merkte de kou niet meer. Hij besefte niet eens meer waar hij precies was. Het leek of hij zich op de grens van twee werelden bevond en op het punt stond een wereld te betreden die heel anders was dan de wereld die hij zijn hele leven had gekend. Nog één stap, en dan was hij die grens gepasseerd. Nog één stap, en dan bevond hij zich in een nieuwe wereld, waar geen beperkingen golden en waar hij alles kon doen wat hij wilde zonder ergens bang voor te hoeven zijn.

De rechter had op een groot aantal punten gelijk gehad. Ally Bennett was een hoer – een hoer die hem in haar macht had en zijn leven kapot kon maken. En hoe gebruikte ze haar macht? Door van hem te eisen dat hij ervoor zou zorgen dat een meedogenloze moordenaar op vrije voeten kwam. Maar Tim beschikte helemaal niet over de mogelijkheden om te doen wat ze van hem vroeg. En dat hield in dat Ally Bennett zijn leven kapot zou maken en dat zijn lieve, onschuldige dochtertje de rest van haar leven de last van haar vaders schande met zich mee zou moeten dragen.

Kerrigan keek op. De sterren draaiden niet meer voor zijn ogen. Zijn blik was nu veel scherper en hij kon ook weer helder nadenken. Hij vroeg zich ook niet meer af of hij Ally Bennett *moest* vermoorden. Zijn gedachten richtten zich nu op een nieuwe vraag: *kon* hij Ally Bennett om het leven brengen?

34

Ben Dodson verkeerde in een opperbeste stemming toen hij op maandagmorgen zijn praktijkruimte betrad. Hij had een volle agenda, maar zijn secretaresse zei dat een van zijn patiënten, die voor vier uur stond genoteerd, had afgebeld. Dat betekende dus dat hij vroeg naar huis kon! Terwijl hij naar zijn archiefkast liep om de hangmap met de gegevens van zijn eerste patiënt van die dag te pakken, viel zijn oog op een stukje papier dat half onder zijn bureau uitstak. Hij raapte het op en zag dat het een aantekening was die hij voor zichzelf had gemaakt tijdens een van de gesprekken die hij met Amanda Jaffe had gevoerd. Dodson fronste zijn voorhoofd. Die aantekening had in Amanda's dossier moeten zitten. Hoe kwam dat briefje hier op de vloer terecht?

Dodson vond het dossier van Amanda en sloeg de map open. Zo te zien was er niets mee aan de hand. Hij stopte de aantekening terug in de map en hing de map weer op de juiste plaats in de kast. Hij pakte de map met de gegevens van zijn eerste patiënt en begon die door te nemen. Na een paar minuten hield hij even op, omdat de gedachte aan het aantekeningenbriefje uit de map van Amanda hem afleidde. Dodson herinnerde zich weer dat hij na het gesprek met Amanda het briefje in de map had gestopt en de map had teruggehangen. Hij vroeg zijn secretaresse via de intercom of zij misschien de map uit de kast had gehaald, maar dat bleek niet het geval.

Dodson was er zeker van dat hij Amanda's dossier sinds hun vorige afspraak niet meer had doorgenomen. Toen had hij ook die aantekening gemaakt. Amanda was op vrijdag bij hem geweest. Was het mogelijk dat het briefje de hele dag onopgemerkt onder zijn bureau had gelegen? Dat moest haast wel, want verder was er maar één mogelijkheid: dat er in zijn praktijkruimte was ingebroken.

Het eerste dat Amanda deed toen ze die maandag achter haar bureau zat, was het speciale nummer van het politiebureau van Portland bellen waar politierapporten konden worden opgevraagd. Op een bandje werd haar meegedeeld dat alle verzoeken om politierapporten in te zien schriftelijk moesten worden ingediend, maar er werd ook een telefoonnummer van de afdeling Archiefzaken genoemd. Ze hoorde een vrouwenstem aan de andere kant van de lijn.

'U spreekt met Amanda Jaffe. Ik ben advocaat en ik probeer een aantal oude politierapporten uit het begin van de jaren zeventig te pakken te krijgen.'

'O jee, de archieven worden hier na vijfentwintig jaar vernietigd. Begin jaren zeventig... ik denk niet dat we dat nog hebben.'

'Ook niet als het om een moordzaak gaat?'

'O, maar dat is iets heel anders. Die worden niet vernietigd, omdat er voor moordzaken geen verjaringstermijn geldt.'

'Kan ik die dan inzien?'

'Dat is in principe wel mogelijk, maar ik mag ze u niet geven. Die rapporten zitten achter slot en grendel in een kast in een afgesloten archiefruimte. De enigen die er bij kunnen zijn de mensen van de technische recherche.'

'Kunt u me doorverbinden?' vroeg Amanda.

'Natuurlijk, maar zij kunnen u die rapporten ook niet geven. Daar is speciale toestemming voor nodig.'

'Wie kan die toestemming geven?'

'De rechercheurs die indertijd aan die betreffende zaak hebben gewerkt.'

'Maar die zijn ondertussen met pensioen, neem ik aan?'

'Eh... ja.'

'En dus?'

'Als de rechercheur van toen niet meer beschikbaar is, kan iedere rechercheur van de afdeling Moordzaken uw verzoek behandelen.'

'Dank u.'

Amanda belde de afdeling Moordzaken en vroeg naar Sean McCarthy.

'Hoe gaat het met mijn lievelingsadvocaat?' vroeg McCarthy.

'Redelijk.'

'Bel je over Dupre?'

'Goed geraden. Sherlock Holmes zou het je niet kunnen verbeteren, Sean.'

McCarthy lachte. 'Wat kan ik voor je doen?'

'Ik probeer een paar politierapporten uit het begin van de jaren zeventig te pakken te krijgen. De afdeling zelf kan me die niet geven zonder toestemming van de rechercheur die er indertijd aan gewerkt heeft of, als die er niet meer is, van een van de andere rechercheurs van de afdeling Moordzaken.'

'Hebben die rapporten iets te maken met de zaak van Dupre?'

'Dat zou kunnen. Ik zou ze zelf moeten zien om daarachter te komen.'

'Wat verwacht je in die rapporten aan te treffen?'

'Dat vertel ik je liever niet voordat ik zeker weet dat ik ze ook ga gebruiken.'

'Dan kan ik je helaas niet helpen.'

'Dan moet ik via de rechtbank een officieel verzoek om inzage indienen. Waarom maken jullie het me zo lastig?'

'Kerrigan heeft deze zaak in behandeling. Hij is degene met wie je moet praten. Als hij toestemming geeft, zal ik ervoor zorgen dat je die stukken krijgt, maar het is aan hem om die beslissing te nemen.'

Amanda had gehoopt dat Sean haar de rapporten zou geven zonder te vragen waarvoor ze ze nodig had, maar ze had eigenlijk wel verwacht dat hij zou weigeren. Het zat ook nooit mee.

35

Het weekend was voor Tim Kerrigan een hel geweest. Ieder moment dat hij thuis was, maakte hij zich zorgen dat de telefoon kon gaan en Ally Bennett zou bellen. En als hij zich even geen zorgen over Ally maakte, werd hij gekweld door de gedachte aan de beslissing die hij binnenkort moest nemen.

Op zondag gingen Tim en Cindy met Megan naar de dierentuin. Tim was dankbaar voor dit uitstapje. Hij ging zo op in Megans dolle streken dat hij even niet meer aan zijn problemen hoefde te denken. Zodra Megan in bed lag, ging Tim naar zijn studeerkamer onder het mom dat hij nog werk moest doen. Tegen de tijd dat hij naar bed ging, stond zijn besluit vast. Die nacht vrijde hij met Cindy, waarbij hij zelf verbaasd stond van de hartstocht die hij voor haar bleek te voelen.

Toen Kerrigan op maandagmorgen op zijn kantoor arriveerde, was hij uitgeput door gebrek aan slaap. Een van de weinige dingen waartoe hij in staat was, was het doornemen van de post. Er zat een rapport bij van de technische recherche over de oude bloedsporen die in het vakantiehuisje van Harold Travis waren aangetroffen. Het betrof bloed van dezelfde bloedgroep als die van Lori Andrews. DNA-onderzoek zou moeten uitwijzen of het bloed inderdaad van de dode callgirl afkomstig was. Als zou blijken dat senator Travis het escortmeisje tijdens ruige seks om het leven had gebracht, zou het voor Tim ethisch niet verantwoord zijn om het bewijsmateriaal van de moord op Andrews te gebruiken om een jury ervan te overtuigen dat Dupre haar had vermoord. Vanuit strategisch oogpunt gezien had het ook geen zin om te betogen dat Dupre Travis had vermoord om Andrews te wreken. Op die manier zou hij bij de jury alleen maar sympathie voor Dupre en haat voor Travis kweken. Kerrigan zat nog steeds te dubben wat hij met de bewijzen van Travis' perversiteit aan moest toen de intercom ging.

'Amanda Jaffe wil u even spreken,' zei de receptioniste. Tim was niet in de stemming om de advocate van Jon Dupre te woord te staan, maar het zou een vreemde indruk maken als hij haar afwimpelde. Het was van het grootste belang dat hij zich, na het nemen van zijn beslissing, gewoon gedroeg.

'Amanda,' zei Kerrigan toen ze werd binnengelaten, 'waaraan heb ik dit genoegen te danken?'

Tim zag er doorgaans goed verzorgd uit. Hij besteedde ook altijd de grootste zorg aan zijn kleding, maar vandaag had hij een glazige blik in zijn ogen. Zijn haar zag eruit of hij het gekamd had zonder op het resultaat te letten en het bovenste knoopje van zijn witte overhemd was zichtbaar, omdat hij zijn stropdas niet goed had aangetrokken. Het viel Amanda op dat hij donkere wallen onder zijn ogen had en dat zijn stem trilde. Zo had ze Tim Kerrigan nog nooit gezien.

'Ik hoorde dat je om werk verlegen zat,' grapte ze in een poging om haar verbazing te onderdrukken, 'en ik wil ook niet dat je helemaal zonder komt te zitten. Ik heb dus iets voor je meegebracht.'

Kerrigan lachte, maar niet van harte. 'Nou, bedankt.'

Amanda overhandigde hem het verzoek om inzage, waar ze meteen nadat ze Sean McCarthy had gesproken aan begonnen was. Kerrigan bladerde het door. Er was een algemeen verzoek om inzage van al het bewijsmateriaal dat bij het onderzoek aan het licht was gekomen, waarmee ze kennelijk de onschuld van Jon Dupre wilde aantonen. Kerrigan vroeg zich af of hij wettelijk verplicht was om Amanda het rapport van het laboratorium te laten zien. Werd daarmee Dupre's onschuld aangetoond? Het feit dat het bloed van Lori Andrews in het vakantiehuisje van Travis was aangetroffen, zou voor Amanda Jaffe voldoende bewijs zijn om Dupre van de moord op Lori Andrews vrij te pleiten, maar bood het ook voldoende bewijs om de aanklachten tegen Dupre voor de moorden op Travis en Hayes te ontkrachten?

Na het algemene verzoek volgden nog een aantal specifieke verzoeken, die hij even vluchtig doorbladerde omdat hij het liefst alleen wilde zijn. Hij liet zijn blik even over de lijst glijden en was al bijna onder aan de laatste pagina toen hij zich herinnerde dat hij halverwege de lijst iets was tegengekomen dat hem eigenlijk een beetje verbaasd had. Hij bladerde terug tot hij het had gevonden. Amanda vroeg om inzage van een aantal politierapporten uit de jaren zeventig. Kerrigan was even in de verleiding om haar te vragen wat die in godsnaam met de zaak tegen Dupre te maken konden hebben, maar hij hield zijn mond.

'Ik zal je verzoeken doornemen. Als er een probleem is, bel ik je wel.'

'Prima.' Amanda keek Kerrigan aandachtig aan. 'Voel je je wel goed?'

'Ik geloof dat ik ergens last van begin te krijgen,' antwoordde hij met een geforceerde glimlach.

Zodra Amanda was vertrokken, belde Kerrigan Maria Lopez en vroeg of ze even bij hem op kantoor wilde komen. Toen ze binnenkwam, gaf hij haar de verzoeken die Amanda hem had gegeven.

'Amanda Jaffe heeft deze verzoeken ingediend. Je moet twee dingen voor me doen, en ik denk dat je van één ervan een beetje van streek raakt.'

Maria keek hem verbaasd aan.

'Het zou kunnen dat Jon Dupre niet verantwoordelijk is voor de moord op Lori Andrews,' zei Kerrigan.

'Maar wie...?'

'Senator Travis had een voorkeur voor ruige seks. Hij had ook iets met Lori Andrews. We hebben in het vakantiehuis van Travis ook bloed van Lori Andrews gevonden.'

Kerrigan stelde Maria op de hoogte van de inhoud van het laboratoriumrapport. 'En er is nog iets,' vervolgde hij. 'Carl Rittenhouse was senator Travis' administrateur. Hij heeft me verteld dat hij een paar maanden geleden Lori Andrews naar het vakantiehuis waar Travis is vermoord, heeft gebracht. Hij vertelde me ook dat er daarvóór in Washington ook iets was voorgevallen, waarbij hij de indruk had dat de senator een vrouw had mishandeld.'

'Misschien heeft Travis Lori mishandeld, maar daardoor gaat Dupre nog niet vrijuit,' hield Maria vol. 'Dupre kan haar vermoord hebben om te voorkomen dat ze tegen Travis zou getuigen.'

'Dat zou een theoretische mogelijkheid zijn,' stemde Kerrigan in. 'Wat ik nu wil weten, is of we wettelijk verplicht zijn om Jaffe de informatie die we over de dood van Andrews hebben, te verschaffen.'

'Ik zal het nagaan.'

'En dan nog iets anders. Amanda wil ook alle politierapporten uit 1970 over een schietpartij in een drugspand in Noord-Portland en over een drugsmoord uit 1972.'

'Waarom wil ze die hebben?'

'Ik wil dat je daar voor me achter probeert te komen. Haal die rapporten en laat me weten wat voor verband ze met deze zaak hebben. Als Amanda ze wil, moet er haast wel iets in staan wat ons moeilijkheden kan veroorzaken.'

36

Het gerechtelijk laboratorium van de staat Oregon was gevestigd in Knott Street, in een bakstenen gebouw van twee verdiepingen. Het gebouw lag in de schaduw van hoge bomen en leek meer op het kantoor van een makelaar dan op een lijkenhuis. Kate Ross parkeerde op het terrein naast het gebouw, stak het keurig onderhouden gazon over en beklom de trap naar de hoofdingang. Ze vroeg bij de receptie naar assistent-patholoog Sally Grace. Even later zat ze in Graces kantoor.

Dr. Grace was een slanke vrouw met zwart kroeshaar. Ze beschikte over een droog gevoel voor humor en een scherpe intelligentie, waardoor ze bij uitstek geschikt was om als getuige op te treden. Kate had haar bij een paar gelegenheden als getuige meegemaakt en in de loop van een aantal onderzoeken ook persoonlijk met haar gesproken.

'Ik heb het dossier over Michael Israel opgezocht,' zei Grace nadat ze even over koetjes en kalfjes hadden zitten praten. 'Norman Katz heeft de lijkschouwing gedaan, maar die werkt hier niet meer.'

'Heeft dr. Katz vast kunnen stellen dat Israel zelfmoord heeft gepleegd?'

'Dat is de officiële conclusie.'

Kate hoorde een lichte aarzeling in de stem van de pathologe. 'Ben je het daar niet mee eens?'

'Het zou waarschijnlijk ook mijn conclusie geweest zijn, maar er zijn toch een paar merkwaardige dingen. Niet genoeg om Normans conclusie in twijfel te trekken, overigens,' zei dr. Grace, 'maar omdat je me door de telefoon vroeg om na te gaan of de dood van Israel het gevolg zou kunnen zijn van moord, heb ik alles nog eens vanuit dat perspectief bekeken.'

'En wat heb je ontdekt?'

'Twee dingen. Ten eerste had Israel zeshonderd microgram per liter temazepam in zijn bloed zitten. Het wordt in de handel gebracht onder de naam Normison. Het is net zoiets als valium, en het normale therapeutische niveau zou ongeveer tussen de honderdnegentig en de vijfhonderdzeven microgram per liter moeten liggen. Een waarde van zeshonderd microgram is dus behoorlijk hoog.'

'Zou het kunnen dat iemand Israel met dat spul heeft verdoofd om het op zelfmoord te laten lijken?' vroeg Kate.

'Dat zou kunnen, maar zo'n kalmerend middel heeft alleen zin als Israel zelf van plan geweest zou zijn om een eind aan zijn leven te maken. Misschien had hij het nodig om zichzelf te kalmeren en de moed te verzamelen om het te doen. Zeshonderd microgram is erg veel, maar ook weer niet zo veel dat je zou denken dat iemand hem heeft willen verdoven. Misschien heeft hij gewoon te veel ingenomen.'

'Oké. Je zei dat er twee dingen waren. Wat is het tweede?'

Dr. Grace liet Kate een kleurenfoto zien van de toestand waarin Israel was aangetroffen. Hij lag met zijn bovenlichaam op een groen vloeiblad, dat door de plas bloed onder zijn hoofd rood was gekleurd. Grace wees naar een ruwe, rode plek op Israels slaap.

'Hier is de kogel binnengedrongen. Zie je die kringen van het kruitspoor aan de rand?'

Kate knikte. Het leek of iemand met een passer een paar kringetjes rond de wond had getrokken.

'Als iemand zelfmoord pleegt met een revolver, stoppen ze doorgaans de loop in hun mond of schieten ze zich in hun slaap. Bij het laatste duwt het slachtoffer de loop in zijn huid, zodat ik eerder zou verwachten dat je een kleine wond ziet waar de kogel is binnengedrongen, en niet de kruitsporen die je hier ziet. De wond aan Israels hoofd wijst erop dat er van heel dichtbij is geschoten, maar niet dat hij de loop van het wapen tegen zijn slaap hield toen het schot viel. Misschien was de dosis van zeshonderd microgram per liter temazepam niet genoeg om Israel buiten bewustzijn te brengen. Als dat wel zo was, kan het ook zijn dat de dosis zo licht was dat hij weer wakker werd. Als hij eerst werd verdoofd en iemand hem vervolgens het wapen in zijn hand heeft geduwd en tegen zijn slaap heeft gehouden, zou het kunnen dat hij geprobeerd heeft zijn hoofd weg te trekken. Dat zou de kruitsporen kunnen verklaren.

Maar dit is natuurlijk puur theorie. Misschien trok Israel zelf zijn hoofd weg voordat hij de trekker overhaalde.'

'Dus je bent er zeker van dat hij zelfmoord heeft gepleegd?'

'Ik weet alleen zeker dat hij zelf het wapen vasthield toen er geschoten werd.'

Grace wees naar de rechterhand van Israel op de foto. Israels duim en wijsvinger en het weefsel daartussenin waren bedekt met een laagje donker poeder.

'Dat zijn ook kruitsporen, daar op zijn hand. Dat zou je ook verwachten als hij zelf het wapen vasthield op het moment dat er geschoten werd.'

Kate liet deze woorden even op zich inwerken.

'Als het om een weddenschap zou gaan – moord of zelfmoord – waar zou jij dan op inzetten?'

Dr. Grace schoof Kate een kopie toe van de afscheidsbrief die ze in het dossier had gevonden.

Op het briefje stond:

Ik had Pamela Hutchinson zwanger gemaakt. Toen ik weigerde om met haar te trouwen, dreigde ze dat ze de pers zou inlichten. Ik heb haar vermoord met de revolver waarmee ik ook een einde aan mijn eigen leven maak. Ik heb het willen doen voorkomen of de moord op Pamela een uit de hand gelopen beroving was. Niemand heeft mij ooit

verdacht, maar ik heb nooit kunnen vergeten wat ik heb gedaan. Ik
kan niet meer met mijn schuld leven. Ik hoop dat God me vergeeft.

'Wat denk je daarvan?' vroeg Grace toen Kate het briefje gelezen had.
'Dat briefje is nogal formeel van toon. Je zou in zo'n situatie eigenlijk
meer iets emotionelers verwachten. Maar...' Kate aarzelde voor ze antwoord gaf. 'Zelfmoord.'
'Ik ook. En er zouden echt heel harde bewijzen op tafel moeten komen
om me op andere gedachten te brengen. Waarom ben je hier nu na al die
jaren mee bezig?'
'Door iets uit een sprookje, Sally. Iets uit een sprookje.'

37

Om acht uur 's avonds parkeerde Tim Kerrigan zijn auto op de oprijlaan
bij het huis van Harvey Grant. Het regende pijpenstelen en de aanklager
rende van zijn auto naar de beschutting van het grote portiek, waar hij
een aantal keren met zijn vuist op de bel bonkte.
'Ze heeft naar mijn huis gebeld,' zei Kerrigan zodra Grant de deur had
geopend. De rechter rook de dranklucht in Tims adem. '*Naar mijn huis!*
Cindy kreeg haar aan de lijn.'
'Kom binnen, Tim.'
Kerrigan ging met zijn hand door zijn haar en liep langs de rechter
heen in de richting van de studeerkamer. Hij was woedend en maakte de
indruk dat hij op het punt stond een wanhoopsdaad te begaan.
'Ik neem aan dat je inmiddels een beslissing hebt genomen,' zei Grant
toen Kerrigan met een glas whisky in zijn bevende hand had plaatsgenomen. De aanklager staarde naar de vloer.
'Ik heb geen keus. Ze zegt dat ze volgende week naar de politie stapt als
de aanklacht tegen Dupre niet wordt ingetrokken. Ik bleef maar proberen
om haar uit te leggen dat een verzoek om intrekking nogal wat voeten in
de aarde heeft, maar ze wilde niet eens naar me luisteren. Ze is... ze is niet
voor rede vatbaar. Dus...'
Kerrigan kon zijn zin niet afmaken. Hij nam nog een flinke slok.

'Je hebt de juiste beslissing genomen, Tim.'

Kerrigan zat met zijn hoofd in zijn handen. 'Waar ben ik in godsnaam in verzeild geraakt?'

Grant legde een hand op Tims schouder. 'Als dit allemaal achter de rug is, zul je merken dat je er veel sterker door bent geworden. Op dit moment worden je emoties bepaald door angst en twijfel. Als Bennett eenmaal dood is, besef je weer wat voor mooie toekomst je tegemoet gaat.'

'Ik kom in de hel.'

'Er is geen hel, Tim, en er is ook niet zoiets als eeuwige verdoemenis. Als Ally Bennett dood is, betekent dat voor jou alleen maar vrijheid. Je hoeft dan ook niet meer bang te zijn dat je gezin iets zal overkomen. En als je straks senator bent, krijg je de kans om voor een heleboel mensen heel veel goeds te doen.'

'Maar wat moet ik nu?'

'Geen overhaaste dingen doen. Je moet afstand proberen te nemen van wat je gaat doen. Dat is de enige manier om onder die druk uit te komen. Je moet kalm blijven. En je moet nooit vergeten dat je dit voor je gezin doet.'

Tim haalde diep adem. Hij deed zijn ogen dicht.

'Heb je er al over nagedacht hoe je het precies gaat doen?' vroeg Grant.

'Ik heb na lopen denken over een paar zaken die ik ooit heb behandeld. Over de dingen die daarbij fout waren gegaan. Ik wil zelf geen stomme fout maken.'

'Heel goed.'

'Het grote probleem is dat ik niet weet waar Bennett woont. Ik had haar adres uit de politierapporten over de zaak-Dupre. Ik heb de huismeester gebeld. Ze is vertrokken. Ze is er in het holst van de nacht vandoor gegaan. De eigenaar zit nu tegen een huurschuld aan te hikken.'

'Ze belt je heus wel Tim, want ze wil immers haar geld. Als je haar ziet, moet het gebeuren.'

'Ja, dan... Dan zal ik...'

'Er is nog iets waar we het niet over hebben gehad,' zei Grant. Tim richtte zijn aandacht op de rechter. 'Bennett had het over een paar geluidsbandjes.'

'Die wil ze voor vijftigduizend dollar verkopen.'

Grant glimlachte. 'Weet je nog dat ik je heb verteld dat er mensen zijn die om je geven, dat je vrienden hebt die je willen beschermen en ervoor willen zorgen dat je carrière succesvol verloopt?'

Tim knikte.

'Het geld is geen enkel probleem. Daar wordt voor gezorgd, in elke vorm die mevrouw Bennett van je eist.'

'Maar ik...'

Grant onderbrak hem. 'Dat geld betekent niets. Het welzijn van jou en je gezin is veel belangrijker. Maar je kunt het haar alleen maar geven als ze jou die bandjes geeft. Begrijp je dat?'

'Natuurlijk.'

'Die bandjes zijn erg belangrijk.'

'Ik zal zorgen dat ik ze krijg.'

'Dat neem ik zonder meer aan. Ik heb het volste vertrouwen in je. Als je iets van mevrouw Bennett hoort, moet je me meteen bellen.'

'Dat zal ik doen.'

'En ga je niet lopen opwinden, Tim. Je staat er niet alleen voor. Je vrienden staan achter je. Niemand kan je nu iets maken.'

'Ik wou dat ik dat kon geloven.'

Grant klopte hem op zijn schouder. 'Daar kun je rustig vanuit gaan, Tim. Als je er alleen voor staat, ben je net zo kwetsbaar als ieder ander, maar als wij achter je staan, ligt dat heel anders. Ga nu maar naar huis, naar Megan en Cindy.'

De rechter liep samen met Kerrigan naar de voordeur en keek hoe hij wegreed. Zodra Tims auto uit het zicht was verdwenen, liep Grant terug naar zijn studeerkamer en pakte de telefoon.

'Het is gelukt,' zei hij toen er aan de andere kant van de lijn werd opgenomen.

'Denk je dat hij het karwei afmaakt?'

'Hij heeft geen andere keus. Maar als hij aarzelt, hebben we nog een andere mogelijkheid.'

'Mooi.'

'Er is nog een probleem dat ik even met je wil bespreken,' zei Grant. 'Amanda Jaffe heeft voor de zaak tegen Dupre een verzoek ingediend om stukken te mogen inzien.'

'En?'

'Ze wil de politierapporten uit 1970 over de schietpartij in het drugspand van Pedro, en de rapporten over de moord op Jesus Delgado.'

'Denk je dat ze het Koor op het spoor is gekomen?' De vriend van Grant klonk bezorgd.

'Dat weet ik niet, maar ik denk dat we geen enkel risico moeten nemen.'

'Wil je dat ze uit de weg wordt geruimd?'

'Nee. De eerste de beste advocaat die haar opvolgt, ziet die verzoeken meteen en zal ook willen weten wat er in die rapporten staat. We weten trouwens ook niet wie er bij haar op kantoor nog meer van die verzoeken op de hoogte is.' Grant lachte schamper. 'We kunnen toch niet iedereen vermoorden.'

'Wat is volgens jou het beste?'

'We moeten Jaffe scherp in de gaten houden,' zei Grant. 'Ik laat haar al schaduwen sinds ze Dupre verdedigt. Ze loopt bij een psychiater in verband met wat er gebeurd is toen ze Vincent Cardoni vertegenwoordigde. Ik heb een kopie van het dossier van haar psychiater. Ik denk dat we haar zo bang kunnen maken dat ze die verzoeken intrekt en zich bij het proces tegen Dupre verder gedeisd houdt.'

38

Amanda werkte tot kwart over zeven aan een verzoek tot het achterhouden van informatie. Ze had nog wel langer door kunnen gaan, maar ze was moe en om acht uur kwam *Getuige à Charge* van Agatha Christie op de televisie. Nadat ze het kantoor op slot had gedaan, liep ze naar de acht verdiepingen tellende parkeergarage waar haar auto stond. Het was koud en het regende. Er waren maar weinig mensen op straat. Amanda liep met opgetrokken schouders onder haar paraplu. Toen ze bij de garage kwam, stapte er een magere man samen met haar in de lift. Hij had geen paraplu bij zich. Zijn lange zwarte haar zat vol regendruppels. De man glimlachte naar haar. Amanda knikte hem toe en drukte op het knopje voor de vijfde verdieping. De man drukte op het knopje voor de zesde.

De garage had geen muren, zodat de wind er vrij spel had. Amanda voelde een windstoot zodra ze de lift uit stapte. Er was verder niemand, en om deze tijd stonden er nog maar een paar auto's. Amanda's hart begon sneller te kloppen. Ze was zich bewust van mogelijk gevaar, iets dat haar sinds ze door de chirurg was aangevallen in dit soort situaties wel vaker overkwam.

Amanda hoorde voetstappen. De man uit de lift liep vlak achter haar aan. Amanda moest alles op alles zetten om niet in paniek te raken. Ze hield zichzelf voor dat de man alleen maar op zoek was naar zijn auto, maar ze liet, nadat ze met de afstandsbediening aan haar sleutelhanger de portieren van het slot had gedaan, haar sleutels met de puntige uiteinden naar buiten tussen haar vingers glijden.

Amanda versnelde haar pas. Tot haar opluchting kwamen de voetstappen achter haar niet dichterbij. De afstand tussen haar en de man werd groter en ze begon zich weer enigszins ontspannen te voelen. Op dat moment kwamen er twee mannen uit de schaduw te voorschijn en gingen tussen haar en haar auto staan. Een van de mannen keek langs Amanda heen naar de man die haar achtervolgd had. De andere glimlachte. Amanda draaide zich razendsnel om. Ze was misselijk van angst. Ze haalde uit en raakte de man achter haar met haar sleutels midden in zijn gezicht. Hij gilde terwijl Amanda langs hem heen rende in de richting van de trap naar de uitgang. Als het haar lukte om de begane grond te bereiken, zou ze op straat om hulp kunnen roepen, maar haar belagers zaten haar dicht op de hielen. Het zou haar nooit lukken om de stalen buitendeur te openen. Amanda rende naar rechts en holde de oprit af. Een paar tellen later voelde ze een schouder tegen haar lichaam duwen. Ze verloor haar evenwicht en viel. Ze hield haar handen voor haar gezicht om haar val te breken. De sleutels kwamen een eind verderop terecht. Haar knieën raakten het beton. Ze lette niet op de pijn en probeerde uit te halen, maar de man die haar omver had geduwd, duwde zijn hoofd in haar rug zodat ze hem niet kon raken. De andere twee stonden nu over haar heengebogen. De man die ze met haar sleutelbos had geraakt, bloedde. Hij ging op zijn hurken zitten en zei: 'Vuil kreng.' Hij sloeg haar met zijn vuist vol in haar gezicht. Ze bonkte met haar hoofd tegen het beton. De klap had haar even verdoofd.

De man met het bloedende gezicht haalde weer uit met zijn arm, maar voordat hij nogmaals kon toeslaan, greep de derde man hem bij zijn jas en trok hem achteruit. Amanda staarde naar het vierkante, door littekens van pokken gehavende gezicht van de derde man. Heel even keek ze hem recht in de ogen. Amanda gilde. Ze voelde een hand voor haar mond. De man met het pokdalige gezicht haalde een doek en een flesje uit zijn jaszak. Amanda voelde een adrenalinestoot en slaagde er bijna in om zich los te trekken. De hand op haar mond verdween en maakte plaats voor de doek. Ze probeerde haar adem in te houden, maar de damp trok in haar neusgaten. Even later was ze buiten bewustzijn.

Toen Amanda weer bij kennis kwam, duurde het even voor het tot haar doordrong dat ze in een plas water lag. Ze voelde het vocht en de kou in haar kleren trekken.

'De Schone Slaapster wordt wakker,' zei een stem.

Amanda keek in de richting waar de stem vandaan kwam. Haar gezicht vertrok van de pijn toen ze haar hoofd probeerde te draaien. Ze voelde regendruppels op haar gezicht.

'Gaan we haar nu eerst een beurt geven?' vroeg de man met het bloedende gezicht.

'Rustig aan,' antwoordde de pokdalige man, die duidelijk de leider van het stel was.

'Ik wil dat kreng horen gillen. Moet je mijn gezicht zien.'

De leider porde Amanda met de neus van zijn laars in haar zij.

'Wat vind je zelf, *señorita*? Wil je dat we je eerst eens lekker pakken? Zo lekker dat je het nooit meer vergeet? We zijn alledrie uitstekende minnaars.'

Amanda voelde een golf van misselijkheid in zich opkomen. Ze ging op haar zij liggen en probeerde haar braakneigingen te onderdrukken. Ze wilde niet laten merken dat ze doodsbang was.

De leider wendde zich nu tot de man die haar omver had geduwd. 'Ik geloof dat ze ons niet aardig vindt.' Hij keek naar haar. 'Maar dat maakt voor ons geen enkel verschil, Amanda.'

Het duurde een paar tellen voordat het tot haar doordrong dat ze haar naam wisten. Ze keek omhoog naar de leider.

'Wat je wilt, of niet wilt, doet er helemaal niet toe. Je bent nu aan ons overgeleverd. We kunnen je een beurt geven, we kunnen je in elkaar slaan of we kunnen dat mooie smoeltje van je zo toetakelen dat niemand ooit nog met je wil neuken. Dat hebben wij voor het zeggen.'

Amanda's doodsangst had haar zintuigen op scherp gezet. Ze keek om zich heen. Ze hadden haar meegenomen naar een bos. Boven zich zag ze de zwarte omtrek van de bomen. Ze duwde zichzelf overeind. Elke beweging deed pijn.

'Als je denkt dat je weg kunt lopen, heb je het mis. Als je het probeert, slaan we je in elkaar. Wil je dat we je in elkaar slaan?'

Amanda staarde haar belager aan, maar reageerde niet. Hij bukte, pakte haar bij haar haren en trok haar hoofd ruw omhoog. Amanda beet op haar tanden.

'Laat één ding duidelijk zijn. Je hebt geen vrije wil meer. Snap je? Als wij zeggen dat je iets moet doen, dan doe je het. En als wij je een vraag stellen, geef je antwoord. Of heb je liever een pak slaag?'

'Nee,' hijgde Amanda. Hij liet haar haar los en ze viel weer op de grond. Toen ze daar op de vochtige grond lag, maakte een gruwelijk gevoel van angst zich van haar meester. Toen het haar was gelukt om aan de chirurg te ontsnappen, was ze opnieuw in een valstrik beland en had haar situatie hopeloos geleken. Maar nu was ze alleen, en de kans dat iemand haar zou komen redden, was ditmaal nihil.

'Wat zijn dit?'

Amanda probeerde zich te concentreren op het voorwerp dat de leider voor haar neus hield.

'Mijn sleutels,' antwoordde ze.

'Precies. We hebben de sleutels van je flat, de sleutels van het huis van je vader en de sleutels van je kantoor. We komen altijd binnen. We zouden nu naar je flat kunnen gaan en daar de boel kort en klein slaan. We kunnen ook naar het huis van je vader gaan en zijn strot afsnijden. We kunnen alles doen waar we zin in hebben. Snap je?'

Amanda knikte.

'Ga staan.'

Amanda kwam moeizaam overeind. Ze was nog een beetje suf van de verdoving en haar armen en benen waren helemaal slap.

'Uitkleden.'

Amanda kreeg tranen in haar ogen. Ze beet op haar onderlip. Ze kon zich niet bewegen. De leider gaf haar een harde stomp in haar maag. Ze klapte dubbel van de pijn en kwam op haar knieën terecht. Ze moest nu echt overgeven. De mannen keken naar haar zonder een woord te zeggen. Ze viel voorover en braakte weer. Toen ze ophield, zag ze een hand vlak bij haar gezicht. In die hand zag ze een zakdoek. Ze zag dat het een van haar eigen zakdoeken uit haar handtas was.

'Hier. Schoonmaken,' zei de leider.

Ze wreef haar mond af.

'Nog een keer.' Zijn stem klonk kalm en geduldig. 'Ga staan en kleed je uit.'

Amanda krabbelde overeind en deed haar regenjas uit. Ze droeg een rok en een blouse. Het lukte haar amper om de knoopjes los te maken. De leider vertoonde geen enkele emotie terwijl Amanda zich uit stond te kleden, maar het leek de andere twee behoorlijk op te winden. Toen ze haar rok en haar blouse uittrok, kreeg ze kippenvel. De regen en de wind verkilden haar tot op het bot. Ze begon te beven. Haar haar hing slap en zwaar van de regen om haar hoofd.

'Trek je beha en je slip uit.'

Amanda deed wat ze haar opdroegen. Haar tranen vermengden zich met de regen die langs haar gezicht liep. Ze keek langs de mannen heen naar het donkere woud.

'Goed zo. Je hebt gedaan wat we zeiden. Ik ga je nu een vraag stellen. Ga je die beantwoorden?'

Amanda knikte. Ze durfde niets te zeggen.

'Wat kunnen we met je doen?'

'Wat?'

De leider knikte. De man die ze met haar sleutelbos had geraakt, pakte haar rechtertepel en draaide eraan. Amanda gilde van de pijn. De man draaide nog verder. Toen ze probeerde zijn hand te pakken, gaf hij haar een stomp tegen haar ribbenkast. Amanda viel op de grond. Ze hapte naar lucht. De mannen wachtten. Ze probeerde overeind te komen, maar de leider gaf haar een trap in haar zij. Amanda viel weer achterover in de modder.

'Blijven liggen,' beval hij. 'Dat is makkelijker voor ons als we je gaan neuken als je de vraag weer niet beantwoordt. Luister goed. Voor de twee-de keer nu: wat kunnen we met je doen?'

'Wat... wat jullie maar willen.'

'Goed, maar ik wil een meer gedetailleerd antwoord.'

'Me ver... verkrachten.'

'Goed zo. En wat nog meer?'

'Me in elkaar slaan.'

'En ook nog iets anders misschien?'

Amanda's lichaam rilde van de kou en de angst.

'Me vermoorden.'

'Goed geantwoord. Maar je vergeet één ding, iets dat nog veel erger is dan wat je tot nu toe hebt opgenoemd.'

Er schoot Amanda nog iets anders te binnen, maar ze kon de woorden niet over haar lippen krijgen.

'Nee,' hijgde ze tussen twee snikken door.

'Maar je weet best wat we bedoelen, denk ik. Of heb ik het mis? We kunnen je meenemen naar een koude, donkere plek, ergens waar geen mens je ooit zal vinden. En daar gaan we kijken waar je pijngrens ligt.'

Amanda bevond zich opeens weer in de tunnel. Toen was ze ook naakt geweest en had de chirurg haar doodsangst bezorgd door haar te vertellen hoe hij haar ging onderwerpen aan experimenten om haar pijngrens te kunnen vaststellen. Amanda kromp in elkaar.

'Snap je nu wat we bedoelen, kreng? Snap je het nu?'

Amanda was nu zo doodsbang dat ze geen antwoord kon geven. Ze zette zich schrap, in afwachting van de klappen die komen gingen, maar er gebeurde niets.

'Luister goed naar wat ik zeg. Ik ga je nu vertellen hoe je je eigen leven kunt redden.' Amanda staarde naar de donkere hemel.

'Ik ga je nu een opdracht geven. Als je die uitvoert, gebeurt er verder niets. Als je hem niet uitvoert, kost dat degenen die je dierbaar zijn het leven en word je meegenomen naar een plek waar de rest van je leven één grote kwelling zal zijn. En dat kan nog lang duren, heel lang zelfs. Vraag me nu eens hoe je je eigen leven kunt redden.'

'Hoe... hoe kan ik mijn eigen leven redden?'

Amanda klappertandde. Ze kon de woorden amper over haar lippen krijgen.

'Door geen verder onderzoek te doen in de zaak tegen Jon Dupre en ervoor te zorgen dat hij veroordeeld wordt en de doodstraf krijgt. Als je dat doet, wordt je leven gespaard. Als je je nog verder in die zaak verdiept, weet je wat de gevolgen zijn. Kleed je aan.'

Amanda wist niet zeker of ze de man goed had verstaan, maar toen haar slipje in haar gezicht werd gesmeten, krabbelde ze half overeind. Het broekje was drijfnat en zat onder de modder, maar het lukte haar om het aan te trekken. Toen ze zich omdraaide, zag ze de rest van haar kleren liggen. Terwijl ze zich aankleedde, gooide een van de mannen haar sleutelbos voor haar voeten.

'Als je een paar honderd meter rechtdoor loopt, kom je bij een bospad. Daar staat je auto.'

De mannen draaiden zich om en verdwenen in het duister. Het kostte Amanda de grootste moeite om haar schoenen aan te trekken. Toen dat ten slotte gelukt was, ging ze staan. Ze beefde over haar hele lichaam. Ze wilde naar haar auto rennen en de verwarming aanzetten, maar ze was bang dat de mannen haar in het bos stonden op te wachten, dat ze haar alleen maar valse hoop hadden gegeven en nu wachtten tot ze haar nog een keer gevangen konden nemen om haar laatste sprankje hoop de bodem in te slaan. Toen het beven zo erg werd dat ze begon te klappertanden, dwong ze zichzelf om te gaan lopen. Ze zette het op een rennen. Onder normale omstandigheden deed Amanda iets meer dan een minuut over vierhonderd meter, maar nu kon ze amper vooruit komen. Ze struikelde een paar keer over haar eigen voeten. Toen ze het bos uit stapte en op het bospad terechtkwam, barstte ze van pure opluchting in snikken uit. De mannen waren verdwenen en haar auto stond in de berm van het bospad. Amanda stapte in en deed de portieren op slot. Haar hand beefde zo hevig dat het een eeuwigheid duurde voor het haar lukte de autosleutel in het contact te duwen en de auto te starten. De verwarming stond op de hoogste stand en begon hete lucht in de auto te blazen. Ze begon te rijden. Onder het rijden snikte ze zonder geluid te maken. Wat moest ze nu? Ze wilde niet alleen zijn. Ze wilde naar haar vader, maar stel dat ze gevolgd werd, wat dan? Ze zouden Frank kunnen vermoorden, alleen maar om te laten zien waartoe ze in staat waren. Ze hadden gelijk. Ze konden alles doen wat ze maar wilden.

Amanda parkeerde in de garage van haar appartement, maar ze stapte niet meteen uit. Ze was bang dat haar ontvoerders haar in het donker stonden op te wachten om haar voor de tweede keer te pakken te nemen – het leek wel de clou van een of andere *sick joke*. Toen ze ten slotte genoeg moed had verzameld, stapte ze uit, maar nam de trap naar boven in plaats van de lift. Voordat ze naar haar appartement rende, keek ze of er niemand in de gang bij de hoofdingang stond. Toen ze eenmaal binnen was, deed ze de deur op het nachtslot. Vervolgens liep ze haar hele appartement door. Pas toen ze zeker wist dat ze alleen was, ging ze naar de badkamer en trok al haar kleren uit. Toen ze onder de douche stond, barstte ze van pure schaamte en frustratie in snikken uit. Terwijl het hete water de viezigheid van haar lichaam spoelde, rolden de tranen over haar wangen.

Amanda wist niet hoe lang ze onder de douche had gestaan en hoe vaak ze zichzelf al had ingezeept. Op een gegeven moment stapte ze de douchecabine uit en trok een trainingspak en dikke sokken aan. Haar lichaam was helemaal schoon, maar in haar binnenste voelde ze zich smerig en leeg. Ze ging op haar sofa liggen en staarde naar buiten. Achter de hoge ramen zag ze de lichtjes van het in duister gehulde Portland. Wat moest ze nu? Als ze de verantwoording op zich moest nemen voor de executie van Jon Dupre, zou haar dat tot een moordenares maken. Als ze niet deed wat haar ontvoerders haar hadden opgedragen, kon dat de dood betekenen van onschuldige mensen, onder wie ook haar vader. Ze wilde er liever niet aan denken wat er met haar zou kunnen gebeuren.

Amanda sloeg haar armen over elkaar. Ze voelde zich volkomen hulpeloos. Ze haatte dat gevoel, maar ze kon er niets aan doen: ze wás hulpeloos. Haar ontvoerders wisten precies hoe ze haar in hun macht moesten houden. Ze hadden haar de doodsangst die ze voelde toen ze aan de chirurg was overgeleverd, opnieuw laten beleven en ze hadden ook haar vader met de dood bedreigd. Haar vader was degene van wie ze het meeste hield. Maar wie waren haar ontvoerders?

Dit was de eerste keer nadat ze haar in de parkeergarage hadden overmeesterd dat Amanda haar gedachten weer zodanig had geordend dat ze zich deze vraag kon stellen. Wie waren het? Het antwoord op die vraag lag eigenlijk voor de hand. Het Vaughn Street Koor bestond wel degelijk.

Deel Vijf

OOG OM OOG

39

Amanda sleepte zich om half twaalf naar haar slaapkamer. Ze probeerde in slaap te komen, maar iedere keer dat ze haar ogen dichtdeed, was ze weer in dat bos. Ze lag met haar benen tegen haar borst, in een soort foetushouding, maar ondanks de warmte van de dekens lag ze te beven. Even na half drie kreeg de uitputting echter de overhand en viel ze in slaap, maar haar dromen waren zo beangstigend dat ze een paar keer badend in het zweet wakker schrok. Toen ze ten slotte besefte dat het haar niet meer zou lukken om in slaap te komen, was het nog donker. De regen kletterde als machinegeweervuur tegen de ruiten. Ze had niet de energie om aan haar ochtendgymnastiek te beginnen. Amanda liep naar de keuken, maar het enige waar ze trek in had was een sneetje toast en een kop thee. Terwijl het water kookte, barstte ze opnieuw in snikken uit.

Het kwam geen moment in Amanda op om de deur uit te gaan. Wat zou er gebeuren als de mannen haar in de garage of bij de buitendeur stonden op te wachten? Om negen uur belde ze naar kantoor om zich ziek te melden. Ze vroeg aan Daniel Ames of hij haar die middag bij een rechtszitting wilde vervangen, en kroop toen weer in bed. Het lukte haar niet om in slaap te komen. Ze probeerde wat te lezen, maar ze kon zich niet concentreren. In haar gedachten beleefde ze steeds weer de afschuwelijke ervaring van haar ontvoering.

Amanda liep de woonkamer binnen en zette de televisie aan. Een oude film zorgde even voor wat afleiding, maar halverwege de film begon ze weer te huilen. Om twaalf uur dwong ze zichzelf om wat te eten te maken, alleen maar om wat te doen te hebben. Ze stond net een boterham te smeren toen de telefoon ging. Ze schrok zo van het geluid dat ze haar mes uit haar handen liet vallen. Ze had het antwoordapparaat aan staan en maakte geen aanstalten om de telefoon op te nemen, maar toen ze de stem van Kate Ross hoorde, pakte ze toch de hoorn beet.

'Hoe gaat het met je?' vroeg Kate.

'Niet al te best.'

'Ben je verkouden?'

'Ja, en behoorlijk ook.'

'Misschien kan ik je een beetje opvrolijken.'

Kate deed Amanda verslag van haar bezoek aan het gerechtelijk laboratorium en vertelde haar wat ze over de dood van Michael Israel te weten was gekomen. Als Kate haar dat een dag eerder had verteld, zou het nieuws Amanda hebben opgewonden, maar nu was er alleen maar een dof gevoel.

'Na mijn bezoek aan het lab heb ik onderzoek gedaan naar soortgelijke zelfmoorden in Oregon,' zei Kate. 'Ik heb er maar één kunnen vinden, maar dat was wel een erg interessante. Twaalf jaar geleden was Albert Hammond rechter bij het *circuit court* van Multnomah County. Kun je je hem nog herinneren?'

'Toen ik in de brugklas zat, heeft mijn vader eens een grote rechtszaak behandeld, waarbij hij als rechter optrad. Is Hammond later zelf niet in moeilijkheden gekomen?'

'Ja, en niet zo'n klein beetje ook. De Orde van Advocaten dreigde met een royement nadat hij gearresteerd was wegens rijden onder invloed en mishandeling van Dennis Pixler, de agent die hem had aangehouden. Hammond zei tegen de pers dat Pixler corrupt was en hem er in had geluisd. Zowat een maand later pleegde Pixler zelfmoord. Ze vonden een briefje waarin hij Hammond vrijpleitte. Er stond in dat hij steekpenningen had aangenomen van drugsbazen die wraak wilden nemen vanwege een straf die Hammond aan een van hun maats had opgelegd. Het was de bedoeling dat hij Hammond in de val zou laten lopen. De politie heeft met de drugsbazen gesproken, maar die ontkenden dat ze Pixler hadden ingehuurd. Maar dat was natuurlijk te verwachten.'

'Maar goed, Pixler had een levensverzekering, maar de verzekeringsmaatschappij weigerde uit te betalen nadat de patholoog had vastgesteld dat het om zelfmoord ging. De weduwe van Pixler was het daar niet mee eens en spande een proces aan tegen de verzekeringsmaatschappij. Tijdens dat proces werd het autopsierapport als bewijsmateriaal naar voren gebracht. Pixler had zeshonderd microgram per liter temazepam in zijn bloed. Dat is hetzelfde middel dat in het bloed van Michael Israel is aangetroffen, en in precies dezelfde dosis.'

'Interessant, Kate, maar ik denk niet dat Robard ons toestaat om die gegevens bij het proces als bewijsmateriaal te gebruiken.'

'Dat denk ik ook niet, maar het zet je wel aan het denken. En er is nog iets. Weet je nog wat er met Albert Hammond is gebeurd?'

'Is hij niet spoorloos verdwenen?'

'Precies. Dat was zowat anderhalf jaar later,' zei Kate. 'Maar daarvóór is hij nog een keer met de politie in aanraking geweest. Ze hebben hem nog een keer opgepakt wegens rijden onder invloed, maar daarbij werd ook cocaïne aangetroffen in het handschoenenkastje van zijn auto. En hij had een vrouwelijke passagier bij zich die niet zijn vrouw was. Hammond bezwoer de agenten dat de vrouw de coke in het handschoenenkastje had gestopt toen hij een stopteken kreeg. Hij zei dat de vrouw een liftster was en dat hij haar mee had genomen omdat hij zich altijd zorgen maakte als vrouwen alleen stonden te liften. Maar die vrouw had een strafblad wegens prostitutie. Ze zei dat Hammond maar wat kletste over die coke en dat hij haar had gesmeekt om te zeggen dat het van haar was toen ze werden aangehouden.'

'En hoe is dat afgelopen?' vroeg Amanda, die het gevoel had dat zij ook wat moest zeggen om het gesprek gaande te houden.

'Hammond werd op borgtocht vrijgelaten en daarna heeft niemand ooit meer iets van hem vernomen. Een week na zijn verdwijning werd zijn vrouw midden op straat doodgereden. Ze hebben de bestuurder nooit kunnen achterhalen. En zijn zoon en zijn schoondochter zijn bij een inbraak in hun huis vermoord.'

'Dat méén je niet.'

'En een week na de dood van Michael Israel zijn zijn vrouw en hun kind om het leven gekomen toen hun huis afbrandde. Interessant, hè, al die toevalligheden?'

'Het is misschien een vrome wens, maar volgens mij lijkt het erop dat we het bewijs van een of andere omvangrijke samenzwering in handen hebben,' zei Amanda ten slotte. 'Maar er zitten jaren tussen al deze incidenten, en het verband...'

'Als we kunnen aantonen dat er een verband bestaat – als we kunnen bewijzen dat Israel, Hammond en Travis iets met elkaar te maken hadden, dan...'

Amanda was zo betrokken geraakt bij wat Kate haar allemaal vertelde dat ze even vergat wat er met haar zou gebeuren als haar ontvoerders erachter kwamen dat ze zich nog steeds met het onderzoek in de zaak-Dupre bezig hield. Toen ze daaraan dacht, kreeg haar angstgevoel weer de boventoon.

'Bedankt voor je telefoontje,' zei Amanda, 'maar ik voel me echt beroerd. Ik wil proberen om wat te slapen.'

'Vanzelfsprekend,' zei Kate. Haar toon verried dat het gebrek aan enthousiasme van haar chef haar een beetje dwars zat. Het was tenslotte het resultaat van haar eigen intensieve speurwerk, en er kon nog niet eens een complimentje af. 'Het spijt me dat ik je thuis heb gestoord, maar ik vond dat ik je dit even moest laten weten.'

'Dat stel ik ook op prijs, Kate. Als ik weer op kantoor ben, praten we verder.'

Amanda beëindigde het gesprek en keek naar de boterham die ze had staan smeren. Ze kon geen hap door haar keel krijgen. Ze schuifelde naar de sofa. De afstandsbediening lag op de koffietafel. Amanda zat een hele tijd te zappen, maar er was niets dat haar interesseerde. Ze was doodop. Ze wilde dat ze kon slapen. Ben Dodson zou haar een of ander slaapmiddel kunnen geven, maar dat betekende dat ze de deur uit moest om het te halen. Hoe groot was de kans dat iemand haar stond op te wachten? Het was nu rond het middaguur en er liepen overal mensen op straat. Ze probeerde zichzelf ervan te overtuigen dat er geen gevaar dreigde, maar toch begon ze over haar hele lichaam te beven. Er kwamen tranen in haar ogen.

Amanda trok een trui met capuchon, een spijkerbroek en gymschoenen aan. Ze trok de capuchon over haar hoofd en zette een zonnebril op om de schrammen op haar gezicht te verbergen. Er stond niemand op de gang of in de lift. Ze durfde niet naar de garage te lopen, en dus nam ze de bus naar het centrum. Te midden van de andere passagiers om haar heen voelde ze zich veilig, maar ze keek toch voortdurend om zich heen of er niet ergens gevaar dreigde.

Ben Dodson reageerde ontdaan toen zijn receptioniste Amanda de spreekkamer binnenliet. Ze leek nog het meest op een dakloze zwerver, en ondanks de zonnebril waren er toch nog een paar paarse en gele plekken op haar gezicht te zien.

'Wat is er met jou gebeurd?' vroeg hij toen hij haar gehavende gezicht zag.

Amanda keek naar de vloer. 'Het gaat wel,' mompelde ze.

'Weet je dat zeker?'

'Ben, asjeblieft, daar wil ik nu niet over praten.'

Dodson wilde wat zeggen, maar hij deed zijn mond weer dicht. Amanda was een van zijn patiënten en hij wilde haar niet onder druk zetten.

'Wat kom je hier doen?' vroeg hij. 'Je had toch geen afspraak voor vandaag?'

'De vorige keer zei je dat je me een slaapmiddel kon geven. Ik... ik heb daar nu echt behoefte aan.'

Amanda onderdrukte een snik en Dodson zette een stoel voor haar gereed.

'Is er iets gebeurd waardoor je toestand is verslechterd?' wilde Dodson weten.

'Ben, asjeblieft. Geef me in godsnaam wat om te kunnen slapen. Kan dat ook zonder dat je me allerlei vragen gaat lopen stellen?'

'Ja, natuurlijk. Ik zal je wat alprazolam voorschrijven.'

Toen ze de naam van het middel hoorde, schrok Amanda op. 'Wat is dat voor spul?'

'Het is een kalmerend middel. Het wordt verkocht onder de naam Xanax. Waarom vraag je dat?'

'Bij de lijkschouwing van senator Travis zijn er sporen van alprazolam in zijn bloed gevonden. Ik had geen idee wat dat was. Ik wilde het aan iemand vragen, maar dat ben ik helemaal vergeten. Is er volgens jou iets vreemds aan dat hij dat middel gebruikte?'

'Over welke dosering praten we nu?'

'Dat weet ik niet meer, maar ik kan even naar kantoor bellen om erachter te komen.'

'Ga je gang.'

Amanda belde haar secretaresse en vroeg haar om de gegevens uit het dossier van Dupre er bij te zoeken. Amanda gaf Dodson de resultaten van het bloedonderzoek door. Hij keek verbaasd.

'Weet je zeker dat je secretaresse je de juiste cijfers uit het rapport heeft gegeven?' vroeg Dodson.

'Ja. Toen ze de cijfers noemde, wist ik het weer. Waarom?'

'Dit is geen dosis die je zou verwachten bij een patiënt die het middel krijgt voorgeschreven.'

'Wat is er dan mis met die dosis?'

'De dosis die je noemde is zo groot dat hij compleet versuft geraakt moet zijn.'

'Hoe bedoel je?'

'Zo versuft dat hij nog wel kon lopen, maar dat zijn benen er de grootste moeite mee hadden. Met zo'n dosis kon hij in elk geval ook niet meer helder denken.'

'Waarom zou Travis zo'n grote dosis nemen dat hij versuft raakte?'

'Geen idee. Misschien had hij een dubbele dosis ingenomen, of misschien had hij zich gewoon vergist.'

Terwijl Amanda zich de woorden van Kate over de kalmerende middelen die bij de lijkschouwing van zowel Israel als Pixler waren aangetroffen, herinnerde, keek Dodson aandachtig naar Amanda's gehavende gezicht.

'Ben je betrokken bij iets waarbij je gevaar loopt, Amanda?'

Ze keek op. De angst in haar blik ontging Dodson niet.

'Waarom vraag je dat?' zei Amanda.

'Die schrammen op je gezicht en... en er is nog iets gebeurd.'

'Iets dat met mij te maken heeft?'

Ze schrok zich dood. Had iemand Ben bedreigd? Zaten haar ontvoerders nu ook achter hem aan?

'Ik kan me vergissen, maar ik vermoed dat er hier is ingebroken en dat iemand je dossier heeft bekeken.'

Dodson legde Amanda uit dat hij een aantekeningenbriefje uit haar dossier onder zijn bureau had gevonden.

'Mijn secretaresse heeft jouw dossier niet in handen gehad en ik weet zeker dat het briefje de avond daarvoor niet onder mijn bureau lag. Ik kan me herinneren dat mijn pen onder mijn bureau viel. Het briefje stak half onder het bureau uit. Ik zou het gezien moeten hebben toen ik die pen opraapte.'

Amanda luisterde al niet meer naar Dodson. Haar ontvoerders hadden haar dossier gelezen en waren dus op de hoogte van de diagnose die Dodson gesteld had, posttraumatische stressstoornis. De man met het pokdalige gezicht had het over 'kijken waar je pijngrens ligt' gehad. Toen de chirurg haar had gegijzeld, had hij haar de stuipen op het lijf gejaagd met zijn plannen voor de experimenten waaraan hij haar ging onderwerpen, waarmee hij wilde proberen om haar pijndrempel vast te stellen. De chirurg had haar uitgekleed, en daarom hadden haar ontvoerders haar ook gedwongen om haar kleren uit te trekken. Amanda's angst maakte plaats voor grote woede. De ellendelingen hadden met opzet een spelletje met haar emoties gespeeld om haar te dwingen de doodsangst die ze had doorstaan toen de chirurg haar in zijn macht had, opnieuw te beleven.

'Amanda?'

De stem van Dodson bracht haar weer terug tot de werkelijkheid.

'Ik wil je niet bang maken, maar ik vond dat het mijn plicht was om het je te vertellen.'

'Ik ben blij dat je dat gedaan hebt,' zei Amanda. Het viel Dodson op dat haar stem ineens veel vastberadener klonk. 'Daar heb je me een heel eind mee geholpen.'

40

Amanda deed de deur van het kantoor van haar vader achter zich dicht. Hij sprong overeind toen hij haar gezicht zag.

'Jezus! Amanda – wat is er met je gebeurd?'

'Ik ben gisteravond aangevallen. Drie mannen hebben me in de parkeergarage overvallen en ontvoerd.'

Frank kwam achter zijn bureau vandaan. 'Is er niets ernstigs gebeurd? Hebben ze...'

'Ze hebben me een paar keer geslagen, maar verder is er niets met me aan de hand. Lichamelijk mankeer ik niets. Maar ik ben doodsbang, en dat is precies wat ze wilden. Maar ik ben ook woedend.'

'Heb je de politie ingelicht?'

'Nee, dat kan niet. En als ik je uitgelegd heb wat er gebeurd is, begrijp je ook wel waarom. Ga even zitten, papa, want dit kan wel even gaan duren.'

Amanda begon met Frank het verhaal van Billie Brewster over de zelfmoord van Michael Israel te vertellen. Ze vertelde hem ook dat Sammy Cortez, de handlanger van Pedro Aragon, had beweerd dat Israel geen zelfmoord had gepleegd, maar was vermoord in opdracht van een machtige bende die met Aragon samenwerkte en die zichzelf het Vaughn Street Koor noemde.

'Cortez was bereid om over Pedro Aragon en het Vaughn Street Koor te praten tot Wendell Hayes hem in de gevangenis ging opzoeken. Billie denkt dat de mannen van Aragon Cortez' dochtertje hadden ontvoerd om hem het zwijgen op te leggen en dat Hayes degene was die de boodschap over moest brengen.'

'Maar elke advocaat zou zijn cliënt toch aanraden om niet met de politie te praten?'

'Volgens mij was Hayes niet zomaar een advocaat. Weet je nog dat Paul Baylor tegen me zei dat hij van mening was dat de verwondingen aan Dupre's handen en onderarmen het gevolg waren van zelfverdediging?' Frank knikte. 'Dupre beweert dat Hayes het mes mee naar binnen heeft gesmokkeld en hem heeft aangevallen.'

'Ik weet niet of je dat moet geloven, Amanda. Het klinkt allemaal erg vergezocht.'

'Jon Dupre voorzag senator Travis van vrouwen, onder wie Lori Andrews, de vrouw die ze in het Washington Park hebben gevonden. Travis onderhield banden met Aragon. En ik heb een relatie tussen Aragon en Hayes ontdekt die teruggaat tot de jaren zeventig.'

Amanda vertelde Frank over de schietpartij in het drugspand en dat de wapens die daarbij waren gebruikt, ontvreemd waren uit het huis van Wendell Hayes.

'En nu komt het, papa. Het huis waar die schietpartij plaatsvond, stond in Vaughn Street. Ik geloof dat er echt een Vaughn Street Koor bestaat. Volgens mij is dat in dat drugspand begonnen, in de tijd dat Aragon en Hayes nog geen twintig waren.'

'Ik kan het amper geloven, Amanda. Ik ken die mannen.'

'Maar hoe goed ken je ze, papa? Je hebt me altijd verteld dat je nooit echt vriendschappelijk met Hayes omging. En vlak voordat senator Travis werd vermoord, heb je nog met hem gegolfd, maar hoe goed kende je hem eigenlijk?'

'Niet echt goed,' gaf Frank toe. Hij was even stil. Toen hij weer begon te praten, klonk zijn stem bezorgd.

'Je moet je terugtrekken uit de zaak tegen Dupre.'

'Dat kan niet. Als ik me terugtrek, lopen we groot gevaar. En als er in mijn plaats een opvolger wordt benoemd om Dupre te verdedigen, is dat de volgende die ze te pakken gaan nemen. En bovendien, hoe meer ik over de zaak-Dupre te weten kom, hoe meer ik ervan overtuigd raak dat hij geen van beide moorden op zijn geweten heeft.'

Frank sloeg met zijn vuist op de armleuning van zijn stoel. 'Er moet toch iets zijn dat we kunnen doen. We kunnen niet stil blijven zitten.'

'Ja, maar ik heb geen idee wát. Ik heb het gevoel of ik onder een stolp zit.'

Frank begon door het kantoor te ijsberen. Het gaf Amanda een goed gevoel als ze samen met haar vader aan een zaak kon werken. Ze wist dat hij altijd voor haar klaar stond.

'Oké, maar dan moet je me hier even mee helpen,' zei Frank. 'Het is haast onmogelijk om die zaak tegen Dupre wegens de moord op Wendell Hayes te winnen, zelfs niet met die theorie over die samenzwering. Heb ik dat juist?'

'Ik mag van rechter Robard niet eens probéren om het bestaan ervan aan te tonen als ik niet met harde bewijzen kom, en die heb ik niet.'

'Maar waarom hebben ze je dan ontvoerd? Waarom willen ze dat jij weet dat zij weten dat je hen op het spoor bent?' Hij zweeg even. 'Je moet iets gedaan hebben waar ze zo van geschrokken zijn dat ze wel in de openbaarheid moesten treden.'

'Ik weet het een en ander over die vermeende zelfmoorden, waarbij de slachtoffers steeds hetzelfde middel in hun lichaam hadden, maar daar zitten jaren tussen en er is ook geen bewijs dat die sterfgevallen iets met elkaar te maken hebben. Hoe zouden ze trouwens kunnen weten wat Kate ontdekt heeft? Ik heb het zelf vanmorgen pas van haar gehoord.'

'Dan moet er nog iets anders zijn.'

'De lezing van Paul Baylor dat Jons verwondingen het gevolg van een poging tot zelfverdediging zijn, biedt mij de kans om aan te voeren dat Hayes heeft geprobeerd om Jon te doden, maar ik zie niet in dat ze mij dáárom zouden willen vermoorden.'

'Wat zei je?'

'Ik kan geen enkele reden bedenken waarom ze mij zouden willen vermoorden.'

Frank knipte met zijn vingers. 'Ze hébben je ook niet vermoord.'

'Dat begrijp ik niet.'

'Als ze je hadden willen vermoorden, hadden ze dat gisteravond wel gedaan. Om de een of andere reden ben je levend meer waard voor ze dan dood.'

'Ze willen dat ik zorg dat Dupre veroordeeld wordt.'

'Het vonnis in die zaak is niet meer dan een hamerstuk. Daar hebben ze jou helemaal niet voor nodig. Nee, je moet iets gedaan hebben dat ze niet meer terug kunnen draaien door jou te vermoorden. Je moet ergens een spoor hebben achtergelaten, net als Klein Duimpje. Een spoor van kruimels, dat een nieuwe advocaat onmiddellijk op zou pikken als jij er niet meer zou zijn. Ze gaan ervan uit dat een advocaat die wordt aangesteld om jou te vervangen, ook meteen ziet wat ze verborgen willen houden.'

'En wat zou dat dan moeten zijn? Ik kan niets bedenken wat voor deze lieden een grote bedreiging zou kunnen vormen. Verdorie, papa, we kunnen niet eens bewijzen dat ze bestáán.'

'Het is ook niet iets waarvan jij weet dat het bestaat, het is iets... Wat voor stukken heb je bij de rechtbank gedeponeerd?'

'Verzoeken, vragenlijsten voor de jury, van alles en nog wat eigenlijk.'

'Het zou kunnen zijn dat datgene waar ze zo bang voor zijn zich in de archieven van het *circuit court* bevindt. Anders hadden ze je wel gedwongen om jouw eigen stukken aan hen te geven. Maar je verzoeken liggen nu bij de rechtbank; de rechter heeft ze, en de officier van justitie heeft kopieën. Ze kunnen niet alle kopieën van alle stukken die je hebt ingediend, vernietigen. Dat lukt ze nooit. En als er een nieuwe advocaat voor Dupre wordt aangesteld, krijgt die automatisch ook jouw stukken onder ogen. Neem die verzoeken van je nog eens goed door. Je moet ergens iets zijn tegengekomen dat voor die lieden groot gevaar kan opleveren. Je moet proberen om erachter te komen waarom ze willen dat je in leven blijft.'

'En wat ga jij dan doen?'

'Dat weet ik nog niet,' antwoordde Frank. Hij had wel een idee, maar dat wilde hij pas met Amanda bespreken als hij het helemaal had uitgewerkt.

41

Frank stond erop dat Amanda bij hem introk tot ze een strategie hadden bedacht. Ze had daar wat halfslachtige bezwaren tegen gemaakt en gezegd dat ze vermoedde dat ze geschaduwd werd en dat haar stap de ontvoerders duidelijk zou maken dat ze met haar vader over het gebeurde had gesproken. Toen Frank echter volhield, gaf Amanda zonder verder tegenstribbelen toe.

Frank ging met Amanda naar haar appartement. Hij wachtte terwijl ze haar koffers pakte. Toen ze weer terug in Franks huis waren, was het eerste dat hij deed haar een .38 met korte loop geven. Hij zei dat ze het pistool vanaf nu steeds bij zich moest dragen. Frank had Amanda vroeger vaak meegenomen als hij ging jagen. Ze was dus vertrouwd met vuurwapens, maar het idee dat ze iemand neer zou moeten schieten, had haar altijd tegengestaan. Maar na wat er een jaar geleden was gebeurd, wist ze dat ze daar nu geen enkele moeite meer mee zou hebben. Ze vond het jammer dat ze in de parkeergarage geen pistool bij zich had gehad.

Frank begon aan het eten en Amanda borg ondertussen haar kleren op. Frank bewaarde nog steeds haar sporttrofeeën op een plank aan de muur van haar oude slaapkamer. Aan de muur hingen ook de ingelijste krantenknipsels van haar zwemsuccessen. Haar oude kamer had iets vertrouwds, maar ze betwijfelde of ze zich er vanavond wel op haar gemak zou voelen.

Amanda had nog steeds geen trek in eten, maar ze dwong zichzelf om de zalmfilet met rijst die Frank voor haar had klaargemaakt, op te eten. Terwijl ze zaten te eten, zei geen van beide Jaffes veel. Toen ze gegeten hadden, liep Frank naar zijn studeerkamer om iemand te bellen.

'Ik moet naar een afspraak met een cliënt,' zei Frank toen hij uit de studeerkamer kwam. 'Maak je maar geen zorgen. Als het goed is, ben ik zo weer terug. Zorg dat alle deuren op slot zijn en hou dat pistool bij je tot ik terug ben.'

'Oké,' antwoordde Amanda. Ze was ervan overtuigd dat haar vader iets verzweeg. Ze wilde eigenlijk niet alleen blijven, maar ze besefte dat Frank er niet vandoor zou gaan zonder daar een goede reden voor te hebben.

De muziek die uit de Rebel Tavern opsteeg, stond zo hard dat Frank Jaffe het op het grind van het parkeerterrein van het motorrijdercafé al kon horen. Toen Frank naar de ingang liep, kwam er juist een gezette, bebaarde man in een motorjack naar buiten. Hij leek nogal onvast ter been. Een rijkelijk getatoeëerde, in zwart leer geklede vrouw zorgde ervoor dat hij overeind bleef. Frank zag dat ze een halsband met sierspijkers droeg.

Hij bleef even staan kijken terwijl het duo in de richting van een grote Harley strompelde en ging vervolgens naar binnen, waar hij werd begroet door lawaai en sigarettenrook. Hij tuurde door de rookwalm en zag achterin in het zitgedeelte Martin Breach op een van de banken zitten. Op strategische plaatsen in de buurt zaten drie van de lijfwachten van de gangster aan de bar.

Breach was gekleed in een felgroene nylonbroek, een opvallend geruit jasje en een hawaïhemd. Zijn gevoel voor goede smaak was er sinds de vorige keer dat Frank en Amanda met hem hadden gesproken, niet op vooruitgegaan. Dat was tijdens de zaak-Cardoni geweest, herinnerde

Frank zich, en het gesprek had ook niet hier plaatsgevonden, maar in een van de striptenten waarvan Breach de eigenaar was. Breach was een stevig gebouwde, corpulente kerel met dunner wordend, peper-en-zoutkleurig haar. Zijn huid was lijkbleek, omdat hij zelden in de buitenlucht kwam. Hij zwaaide naar de jurist, die in het verleden een paar van zijn handlangers had verdedigd.

'Hallo, Frank!' zei Breach. Hij zat breeduit naar Frank te grijnzen. Frank nam tegenover hem op de bank plaats.

'Fijn dat je even tijd voor me hebt, Martin.'

'Biertje? Of liever iets sterkers? Rondje van de zaak,' zei Breach, die ook eigenaar van de Rebel was.

'Biertje maar,' antwoordde Frank, terwijl hij de schenkkan van de tafel pakte en een glas volschonk.

Breach had altijd een wat onnozele, slaperige uitdrukking op zijn gezicht. Als je niet beter wist, zou je denken dat hij niet al te snugger was. Die indruk werd nog versterkt door de opzichtige, slecht bij elkaar passende kleren die hij droeg, maar die uiterlijke kenmerken dienden enkel als camouflage voor een uiterst scherpe geest en een volkomen psychotische persoonlijkheid. Menig rivaal had dit pas ontdekt vlak voordat hij op een beestachtige manier door Breach om het leven werd gebracht.

Frank had er lang over lopen dubben of hij wel met Breach moest gaan praten. Hij had meer dan dertig jaar ervaring in de omgang met criminelen en maakte zich wat Breach betrof geen enkele illusie. Als je met deze man zaken deed, was het of je het met de duivel zelf op een akkoordje moest zien te gooien. Maar Frank zou zijn ziel aan satan verkocht hebben als hem dat zou helpen om Amanda te beschermen.

'Wat kan ik voor je betekenen, Frank?'

'Herinner je je Amanda nog? Mijn dochter.'

'Zeker wel. Fantastische meid, eentje met pit.'

'Amanda verdedigt Jon Dupre.'

'En?'

Frank boog zich voorover. 'Dit moet tussen ons blijven, Martin, omdat Amanda... Er kan haar iets ergs overkomen als...'

'Zeg het maar, Frank.'

'Gisteravond is Amanda door drie mannen ontvoerd. Ze... ze hebben haar gedwongen om haar kleren uit te trekken. Ze hebben gedreigd dat ze mij zullen vermoorden en haar zullen martelen als ze Dupre blijft verdedigen.'

Het gezicht van Breach vertoonde geen enkel spoor van emotie. 'Waarom ben je hiernaar toe gekomen, Frank?'

'Heb je wel eens van het Vaughn Street Koor gehoord?'

De gelaatsuitdrukking van Breach verried nu heel even een lichte verbazing. 'Ga door,' zei hij.

'Amanda denkt dat die achter haar ontvoering zit. Het heeft iets met de zaak-Dupre te maken.'

Breach leunde achterover. Hij maakte niet de indruk dat hij nerveus was, of bang, maar Frank kon zien dat hij erg op zijn hoede was.

'Ze heeft hulp nodig, Martin.'

'Ontvoering. Dat is meer iets waarvan je doorgaans aangifte bij de politie doet.'

'We vermoeden dat degenen die hier achter zitten een infiltrant bij de politie hebben. Misschien wel meer dan één.'

Breach wachtte tot Frank hem zou vertellen wat hij precies wilde. Frank aarzelde. Hij wist dat hij nog één stap van de afgrond verwijderd was. Als hij nu sprong, was er geen weg terug meer. Hij besloot het erop te wagen.

'Kun je ervoor zorgen dat die lui Amanda met rust laten?'

'Niet rechtstreeks, Frank, ook al zou ik het willen. Ik mag die dochter van je erg graag. Maar ik kan die lui, zoals jij ze noemt, onmogelijk dwars gaan zitten. Je hebt gelijk wat hun contacten binnen de politie betreft, maar er zit veel meer achter. Ze kunnen mij ook een hoop ellende bezorgen. Ik weet niet eens wie wie is. Wendell Hayes was erbij betrokken. Van hem weet ik het zeker. Ik heb ook senator Travis wel eens horen noemen, en ik weet dat Pedro Aragon en zijn mensen er ook bij betrokken zijn. Pedro en ik hebben afgesproken dat we elkaar met rust laten. Hij knapt zijn zaakjes op en ik de mijne. Als zijn mensen je dochter hebben ontvoerd, kan ik me daar niet mee bemoeien.'

Frank liet zijn schouders zakken. Zijn idee om met Breach te gaan praten, was trouwens toch al een schot in het duister geweest. Hij maakte aanstalten om ervandoor te gaan.

'Ga zitten. Ik zei dat *ik* me er niet mee mocht bemoeien. Maar misschien weet ik wel iemand die een oogje op Amanda kan houden.'

'Een lijfwacht?'

'Zoiets, ja. Het is iemand die zelfstandig opereert. Hij heeft bij de Delta Force gezeten. Niet goedkoop, maar wel de beste die je kunt krijgen.'

'Heb je zijn telefoonnummer?'

Breach schudde zijn hoofd. 'Zo werkt het niet. Ga nou maar gewoon door waar je mee bezig bent. Op een gegeven moment hoor je vanzelf wel van iemand die Anthony heet.'

Frank stak zijn hand uit om afscheid van Breach te nemen.

'Bedankt, Martin. Ik zal dit niet vergeten,' zei hij.

'Daar heb je toch vrienden voor?' antwoordde Breach. Frank vroeg zich af in wat voor wespennest hij nu was beland.

42

Het duurde even voordat het tot Tim doordrong dat het flikkerende licht in zijn achteruitkijkspiegel een zwaailicht was. Een paar tellen later zag hij dat ze hem een stopteken gaven. Hij parkeerde in de berm van een bochtige weg in de West Hills. De huizen stonden een heel eind uit elkaar en er was weinig verkeer. Toen de andere auto achter hem tot stilstand kwam, zag Tim dat het een auto zonder politiekenmerken was. Stan Gregaros stapte uit. Kerrigan klemde zijn handen om het stuur en probeerde een gevoel van paniek te onderdrukken. Was het mogelijk dat de rechercheur op de hoogte was van het complot om Ally Bennett te vermoorden? Zou hij nu gearresteerd worden?

Gregaros klopte op het raampje aan de passagierskant. Kerrigan draaide het omlaag.

'Stan!' zei hij op iets te luide toon. 'Je gaat me toch niet vertellen dat ik te hard reed?'

'Nee, Tim,' antwoordde de rechercheur. 'Het gaat om iets heel anders. Kan ik even bij je komen zitten?'

Kerrigan deed het portier van slot en Gregaros liet zich op de passagiersstoel glijden. Hij had een koffertje bij zich.

'Wat is er aan de hand?' vroeg Kerrigan. Het kostte hem de grootste moeite om kalm te blijven.

Gregaros grijnsde. 'Welkom bij de club.'

'De club? Ik begrijp niet...'

Gregaros schoot in de lach. 'Geeft niet, Tim. Heeft Harvey je niet verteld dat je vrienden hebt die je willen helpen om dat probleempje met Ally Bennett op te lossen? Welnu, ik ben zo'n vriend.'

Kerrigan deed zijn ogen dicht en leunde achterover. Een groot gevoel van opluchting maakte zich van hem meester. Gregaros deed het koffertje open en haalde twee velletjes papier, een klembord en een plastic zak met daarin een revolver te voorschijn. Kerrigans blik viel op de revolver. Het wapen kwam hem ergens bekend voor. Toen drong het tot hem door dat het hetzelfde wapen was dat bij een van zijn eerdere zaken als bewijsmateriaal was gebruikt.

'Is dat niet de revolver uit de zaak-Madigan?'

'Ja. Ik heb hem uit de kast met bewijsstukken gepakt. Die zaak is gesloten, dus er is ook niemand die ernaar op zoek gaat. Maar het gebruik van een wapen dat als bewijsstuk in een van je eigen zaken heeft gediend, maakt je bekentenis des te overtuigender, als we die ooit moeten gebruiken.'

'Bekentenis? Waar heb je het over?'

Gregaros gaf Tim een van de velletjes papier. Hij begon te lezen:

Ik betreur het verdriet dat door mijn dood wordt veroorzaakt, maar ik kon niet langer met mijn schuld leven. Ik had een verhouding met Ally Bennett, een van de escortmeisjes van Jon Dupre, terwijl mijn kantoor een aanklacht tegen hem had ingediend. Ze dreigde dat ze alles in de openbaarheid zou brengen als ik de aanklacht – wegens moord – tegen Dupre niet introk. Dit is het wapen waarmee ik haar gedood heb. Moge God me vergeven.

'Wat heeft dit te betekenen?' vroeg Tim.

'Dit is voor ons net zoiets als een verzekeringspolis. Niet iedereen kent je even goed als Harvey en ik. En zelfs de sterksten kunnen bezwijken als ze onder druk komen te staan, vandaar dat we ieder nieuw lid zo'n verklaring laten ondertekenen.'

'Zou je... zou je me dan vermoorden?'

'Het is in het verleden een paar keer voorgekomen dat er sprake was van misplaatst vertrouwen onzerzijds. Maar met degenen die het betrof, is inmiddels afgerekend. En niet alleen met hen, maar ook met hun naaste familie en hun beste vrienden, kortom met iedereen met wie ze over ons zouden hebben kunnen praten.'

'Bedreig je nu ook Cindy en Megan?'

Gregaros keek Kerrigan recht in de ogen. 'Als het zover komt, heb ik dat niet meer in handen, Tim. Enkele van onze leden staan op het standpunt dat er geen grenzen zijn als het erom gaat hun eigen hachje te redden.'

De rechercheur schoof een blanco velletje papier op het klembord. 'Ik wil dat je dat briefje in je eigen handschrift overschrijft en ondertekent.'

'En als ik dat niet doe?'

'Dan sta je er verder helemaal alleen voor, en je gezin ook. Ik weet zeker dat Harvey alles in het werk zal stellen om de anderen ervan te overtuigen dat je met niemand over ons zult praten, maar iedereen weet dat je momenteel erg onder druk staat. Ik zou graag willen dat ik je kon beloven dat jou en je gezin niets zal overkomen, maar dat kan ik je helaas niet garanderen.'

Kerrigan kreeg plotseling het beklemmende gevoel dat de cabine van zijn auto een kooi was waaruit hij niet kon ontsnappen. Hij moest de grootste moeite doen om adem te blijven halen.

'Moet je jezelf eens zien,' zei de rechercheur. 'Je bent een wrak, en weet je hoe dat komt? Dat komt door die slet, door die Ally. Probeer je eens voor te stellen hoe het voelt als ze er straks niet meer is. Denk je eens in wat voor een veilig gevoel dat voor je moet zijn. Als die hoer eenmaal onder de groene zoden ligt, voel jij je een stuk beter en hoef je niet meer de hele tijd valium te slikken.'

Gregaros duwde Kerrigan een pen in handen. Terwijl hij het briefje overschreef, beefde Tims hand zo erg dat het leek of het in een rijdende auto was geschreven. Toen hij ermee klaar was, stopte Gregaros de ondertekende bekentenis in een plastic zak van het type dat bij de politie gebruikt werd om bewijsmateriaal in op te bergen. Hij nam ook het origineel weer terug. Vervolgens gaf hij Kerrigan het vuurwapen.

'Dit is de revolver waarmee je haar moet vermoorden. Denk erom dat je geen handschoenen aantrekt. Als je hulp nodig hebt, ben ik vlak in de buurt, ook al zie je me niet. Als ze dood is, neem ik de revolver weer mee. Heb je dat allemaal?'

Kerrigan knikte, want zijn mond was zo droog geworden dat het hem niet lukte om iets te zeggen. Gregaros keek Tim weer recht in de ogen en wachtte tot hij zeker wist dat Tim naar hem luisterde.

'Heb je wel eens iemand om het leven gebracht?'

Heel even zag hij het gezicht van Melissa Stebbins voor zich, maar toch schudde hij ontkennend zijn hoofd.

'Dat dacht ik al. Maar je kunt nooit weten.' Gregaros grijnsde. 'Ik zal je vertellen wat je moet doen. Als je precies doet wat ik zeg, is het een fluitje van een cent. Luister dus goed.'

43

Sinds haar ontvoering had Amanda's eetlust nogal wat te wensen overgelaten, maar het eerste teken dat ze langzaam maar zeker weer de oude begon te worden, deed zich tegen enen voor: haar maag begon te knorren. Ze liep naar een Mexicaans restaurant verderop in de straat en bestelde een tacosalade. Onder het eten zat ze voortdurend aan de zaak tegen Jon Dupre te denken. Zelfs met de gegevens waarover ze nu beschikte, voorzag ze grote problemen als ze een jury moest zien te overtuigen om Jon vrij te spreken van de moord op Wendell Hayes. Het zou Tim Kerrigan geen enkele moeite kosten om overtuigend en wettig bewijs te leveren dat Jon inderdaad zijn advocaat om het leven had gebracht, zodat de enige manier om de zaak te winnen erop neerkwam dat zij de jury ervan moest zien te overtuigen dat Jon uit zelfverdediging had gehandeld. En om dat te doen, moest ze de juryleden ervan overtuigen dat een van Oregons meest vooraanstaande advocaten zijn carrière op het spel had gezet door een steekwapen de gevangenis binnen te smokkelen om iemand te vermoorden die hij amper kende.

De verklaring van Paul Baylor zou haar daarbij misschien enig soelaas kunnen bieden, maar als daarna Hayes' motief om Dupre te vermoorden ter sprake zou komen, was het voor haar einde verhaal. Dupre zat trouwens toch al tegen een mogelijke doodstraf aan te kijken vanwege de moord op senator Travis. Wat zou Hayes voor reden gehad kunnen hebben om Dupre koste wat kost om het leven te brengen, terwijl er een grote kans bestond dat de staat die taak van hem over zou nemen?

Amanda bleef even met haar vork vlak bij haar mond zitten. Dat was een goeie. Ze liet de vraag even op zich inwerken. Waarom zou Hayes zo snel gehandeld hebben? Amanda kon maar één antwoord op die vraag bedenken. Hayes moest in de veronderstelling hebben verkeerd dat Jon iets wist dat hem of zijn medesamenzweerders ernstige schade zou hebben kunnen berokkenen. Maar wat voor – kennelijk uiterst gevoelige – informatie zou dat in godsnaam kunnen zijn? Er was maar één persoon die die vraag zou kunnen beantwoorden. Amanda at snel de rest van haar salade op en begaf zich vervolgens naar de gevangenis.

Jon Dupre had zich al aardig aangepast aan de beperkingen die zijn boeien hem oplegden. Uit de manier waarop hij zich op zijn stoel liet zakken, bleek dat hij behoorlijk had geoefend.

'Wat komt een dure advocaat om deze tijd in de gevangenis doen? Heb je niet ergens een zakenlunch of zo?' vroeg Dupre.

'Jon, de verdediging slaapt nooit.'

Dupre glimlachte. Amanda besefte dat dit de eerste keer was dat ze hem een beetje op had kunnen vrolijken. Misschien lukte het haar uiteindelijk toch om door zijn pantser heen te breken.

'En,' vroeg hij enthousiast, 'heb je al wat nieuws?'

'Niet echt. Alleen maar vragen.'

'Waarover?'

'Heeft Wendell Hayes geprobeerd om je te vermoorden omdat hij niet wilde dat je tegenover de politie iets los zou laten over een samenzwering van machtige lieden, waar ook Pedro Aragon bij betrokken is?'

'Wat heeft dit godverdomme te betekenen? Wie heeft je hierheen gestuurd?'

'Ik kom hier enkel en alleen om aan jouw verdediging te werken, Jon, maar je maakt het me er niet gemakkelijker op. Praat asjeblieft tegen me, Jon.'

Dupre wierp een snelle blik naar de bewaker die door het raam naar hen stond te kijken. Hij boog zich voorover en praatte zo zachtjes dat Amanda hem amper kon verstaan.

'Hou je er buiten. Je kunt me toch niet helpen. Als je doorgaat, vermoorden ze jou ook.'

'Jon...'

'Luister.' Hij ging zo zitten dat de bewaker zijn gezicht niet kon zien. 'Hou je hand voor je mond als je iets zegt.'

'Wát?'

'Je hebt geen idee met wie je te maken hebt. Die bewaker kan er ook mee te maken hebben. Misschien kan hij liplezen.'

'Dat méén je niet.'

'Doe nou maar wat ik zeg.'

Dupre's plotselinge uitbarsting had Amanda ervan overtuigd dat er wel degelijk een kans bestond dat ze gevaar liepen. Maar hoewel ze alle vertrouwen had in de bewakers, deed ze toch wat Dupre haar vroeg, al was het alleen maar om hem een plezier te doen.

'Ze hebben Hayes op me af gestuurd om me het zwijgen op te leggen,' fluisterde Dupre. 'Ze zitten overal. Ze hebben Oscar Baron vermoord.'

'Baron is vermoord door een stel inbrekers.'

'Zo hebben ze het willen doen voorkomen. Ik had Baron bewijsmateriaal gestuurd om aan de FBI te laten zien.'

'Nadát ik jouw verdediging op me had genomen?' vroeg Amanda wrevelig.

'Rustig maar. Dat was na ons eerste gesprek in een open kamer. Ik vertrouwde je niet, en dus heb ik Oscar betaald om te proberen een schikking te treffen. Als dat gelukt was, had ik je ontslagen. Maar ze moeten er op een of andere manier achter zijn gekomen en hem vermoord hebben.'

'Ho even, Jon. Wat had jij te bieden? Wat had Baron om een schikking te kunnen voorstellen?'

'Ik heb bandopnames gemaakt van mijn handel in verdovende middelen. Ik had regelmatig contact met Pedro Aragon en zijn mensen, en ik was van plan om die bandjes te gebruiken als ik opgepakt zou worden en de zaak de verkeerd dreigde te lopen.' Hij zat nu helemaal voorovergebogen. 'Ik heb Ally die bandjes naar Oscar laten brengen. In de kranten stond dat ze hem hadden gemarteld voordat ze hem vermoordden. En Oscar kennende, denk ik niet dat hij veel weerstand heeft geboden. Vermoedelijk hebben ze nu alles wat Ally hem had gegeven.'

Nu wist Amanda wie degenen waren geweest die het appartement van Ally Bennett overhoop hadden gehaald. Ze wist nu ook waar ze naar hadden lopen zoeken.

'Heb je sinds Baron vermoord is iets van Ally gehoord?' vroeg ze.

'Nadat ik haar had gevraagd om die bandjes naar Oscar te brengen, heb ik haar niet meer gesproken.'

'Kate Ross is bij haar appartement geweest. Alles was overhoop gehaald.'

Dupre keek geschrokken op. 'Denk je dat...?'

'Ik weet niet wat ik moet denken. Als ze gevlucht is, waar zou ze dan naar toe zijn gegaan?'

'Dat weet ik niet, Amanda. Eerlijk waar, dat weet ik niet.'

'Als ze contact met je opneemt, vraag haar dan of ze mij belt. Zij is tot nu toe je beste kans om onder de aanklacht voor de moord op Travis uit te komen.'

'Hoe bedoel je?'

'Kate heeft met Joyce Hamada gesproken. Joyce zei dat zij samen met nog een meisje bij jou in huis was op de dag dat senator Travis werd vermoord, maar dat Ally hen de deur uitjoeg toen je last kreeg van een of ander middel dat je had gebruikt. Als Ally bij je was toen Travis werd vermoord, kan ze daar een verklaring over afleggen. Als de juryleden haar geloven, moeten ze je vrijspreken. We moeten zorgen dat we contact met haar krijgen.'

'Ik mag hier niet zo vaak bellen,' zei Dupre. 'Ik heb één keer geprobeerd om haar te bereiken, na de moord op Oscar, maar toen werd er in haar appartement niet opgenomen en op haar mobiel kreeg ik ook geen gehoor.'

Amanda kreeg beide telefoonnummers van Dupre.

'Denk je dat Hayes je probeerde te vermoorden om Aragon te beschermen?' vroeg Amanda.

'Toen Hayes me te lijf ging, wist niemand nog van het bestaan van die bandjes.'

Er was iets in Jons stemgeluid wat Amanda aan het denken zette. Ze keek op en probeerde hem recht in de ogen te kijken, maar hij hield zijn blik afgewend.

'Waaróm heeft Hayes het dan gedaan?' vroeg ze. 'Waarom had hij het idee dat hij snel moest handelen?'

'Misschien was hij bang dat ik het met de politie op een akkoordje zou proberen te gooien.'

'En wat zou je ze dan verteld hebben?'

'Ik zou ze informatie hebben gegeven over senator Travis en de lui die hem beschermden. Travis hield van ruige seks. Toen hij op het laatst te ver ging met een van m'n meisjes, heeft hij een van Pedro's mannen gebruikt om de boel op te ruimen.'

'Was dat meisje Lori Andrews?'

Dupre knikte. 'Hij was echt gek op Lori. Hij dacht dat ik probeerde om haar bij hem weg te houden, en dus probeerde hij om bij me in een goed blaadje te komen. Hij liet doorschemeren dat hij mijn handeltje kon beschermen en dat hij ervoor kon zorgen dat ik nooit met de politie in aanraking zou komen. Ik geloofde hem eerst niet, tot hij over die lui begon.'

'Heeft hij je verteld wie dat waren?'

'Nee. Hij heeft geen namen genoemd, maar hij liet wel doorschemeren dat er rechters en politiemensen bij waren, en ook officieren van justitie. Het klonk allemaal nogal vergezocht, totdat Hayes probeerde me in mootjes te hakken.'

Er was iets dat Amanda nog steeds dwarszat. Er klopte iets niet. Het duurde even voordat ze erachter kwam wat het was.

'Heb je met Travis over die bandjes gesproken?'

'Nee.'

'En je kon ook niet bewijzen dat Travis iets met die club te maken had?'

Dupre schudde zijn hoofd.

'En je wist ook niet wie er nog meer in die club zaten?'

'Alleen Travis, maar ik dacht ook dat het misschien allemaal bluf van hem was om te voorkomen dat ik hem iets zou doen.'

'Het lijkt er niet op dat die lui bang waren dat jij iemand iets zou doen. Ze wisten niets over die bandjes en ze wisten ook niet dat jij iets over hen wist, tenzij Travis hun dat had verteld. En zelfs als hij dat gedaan had, zou hij erbij hebben gezegd dat hij de enige was die jij kende. Maar toen Hayes je probeerde te vermoorden, was Travis al dood. Waarom zou hij het dus gedaan hebben? Het klopt gewoon niet, er ontbreekt iets. Waarom vertel je me niet wat dat is?'

Dupre wendde zijn blik af en ging nerveus met zijn tong langs zijn lippen.

'Dit is geen quiz, Jon. Als je hier levend vandaan wilt komen, zul je me alles moeten vertellen. Ik heb al eens eerder tegen je gezegd dat alles onder ons blijft, maar als je dood bent, schiet je daar niet veel mee op.'

Dupre haalde diep adem. 'Oké, ik zal het je vertellen. Er zijn nog meer bandjes. Er zijn ook videobanden. Dat heb ik je niet verteld, omdat ik die voor het laatst wilde bewaren. Ik had ze pas willen gebruiken als het echt uit de hand begon te lopen.'

'Zal ik je eens wat vertellen, Jon? Het ís al uit de hand gelopen, en het wordt nog veel erger als we niet ergens een aanknopingspunt kunnen vinden. Wat staat er op die andere bandjes? En wat staat er op die video's?'

Om drie uur moest Amanda een hoorzitting in een andere zaak bijwonen. Ze belde Kate vanaf haar mobiel terwijl ze de straat tussen het Justitieel Centrum en het gerechtsgebouw overstak. Kate was niet op kantoor, maar Amanda liet een bericht achter op haar antwoordapparaat, waarin ze zei dat Kate met spoed terug moest bellen. Terwijl Amanda door de veiligheidscontrole ging, keek ze naar de mensen die in de grote hal rondliepen. Ze liet haar blik even rusten op een lange man in een lange leren jas. Ze zag ook een magere man in een windjack, die een honkbalpet van de Mariners op zijn hoofd had. Hij zat op zijn gemak op een van de banken in de wachtruimte. Ten slotte zag ze een stevig gebouwde vrouw in een marineblauwe jopper. De vrouw stond naar haar te kijken. Iedereen leek gevaarlijk.

Amanda nam de trap naar de rechtszaal op de vierde verdieping. Toen ze naar binnen ging, zag ze onder de aanwezige advocaten en medewerkers van de rechtbank een paar bekende gezichten. Op de publieke tribune zaten een stuk of wat vaste bezoekers: werkloze of gepensioneerde mannen en vrouwen die liever een rechtszaak bijwoonden dan dat ze overdag naar soapseries op de televisie zaten te kijken. Ze zag in de rechtszaal geen van de mannen die haar hadden ontvoerd.

Toen de hoorzitting was afgelopen, stond Frank buiten op haar te wachten. Ze gingen samen naar huis. In de parkeergarage gaf hij haar de .38. Toen ze in de lift stonden, drukte Frank op het knopje voor de verdieping waar zijn auto stond. Op het moment dat de deuren dichtgingen, dacht Amanda dat ze iemand de trap op zag komen. Was het de magere man met het windjack en de honkbalpet die ze in de hal had gezien? Amanda greep haar pistool steviger beet.

Ze kwamen bij hun auto en reden zonder problemen naar huis. Frank parkeerde de auto in de garage. Amanda pakte haar koffertje en wachtte tot Frank de deur had geopend en het alarm had uitgeschakeld. Ze liepen door de keuken naar de woonkamer. Plotseling greep Amanda haar .38. In het halfduister van de woonkamer zag ze een man in een stoel zitten. Het was een lange kerel, minstens één meter tachtig, schatte ze, slank en gekleed in een bruine sportbroek en een donkere coltrui. Hij droeg zijn glimmende zwarte haar in een paardenstaart. Door zijn hoge jukbeenderen en ietwat donkere huidskleur deed hij haar aan een indiaan denken. Het feit dat Amanda haar pistool op hem richtte, leek de bezoeker niet te deren, want hij glimlachte vriendelijk naar haar.

'Ik ben George. Ik werk samen met Anthony,' zei hij met diepe, heldere stem.

Franks paniek was opeens verdwenen. 'Laat dat pistool zakken, Amanda. Hij komt je helpen.'

'Wie...?'

'Hij wordt je lijfwacht. Ik heb hem aangenomen.'

George stond op en kwam met forse schreden op hen af.

'Aangenaam kennis met u te maken, mevrouw Jaffe.' Hij glimlachte innemend. 'Ik hoop dat u mij niet kwalijk neemt dat ik op een wat ongewone manier bij u binnen ben gekomen, maar ik wilde even kijken of de veiligheidsmaatregelen van meneer Jaffe wel toereikend waren. Het is duidelijk dat daar nog het een en ander aan schort, maar dat maken we wel in orde.'

'Waar is Anthony?' vroeg Frank.

'Anthony laat zich alleen zien als er problemen zijn, maar hij is wel in de buurt.'

Amanda stond nog steeds met het pistool in haar hand.

'Weet je hoe je met dat pistool moet schieten?' vroeg George.

Amanda knikte.

'Goed zo, maar het is natuurlijk niet de bedoeling dat je daar een van ons mee raakt. Ons codewoord is "rood". Als er problemen zijn en je hoort iemand "rood" roepen, weet je dat het een van ons is.' De glimlach van George werd breder. 'En dan moet je dus niet gaan lopen schieten.'

'Ik heb jullie de afgelopen dagen al een beetje in de gaten gehouden. Er zijn nog een paar regels die ik met jullie wil doornemen. Ik zal het jullie niet al te lastig maken, maar we moeten een paar dingen goed afspreken als we ervoor willen zorgen dat jullie niets overkomt.'

'Jullie gaan je toch niet overal mee lopen bemoeien, hoop ik?' vroeg Amanda.

'Ik blijf de hele tijd bij jullie in de buurt, maar ik zal proberen zo onopvallend mogelijk te zijn.'

Amanda keek hem aan of ze niet geloofde wat hij zei. George zou ook in een menigte als eerste opvallen.

'Ik begrijp het,' glimlachte hij, alsof hij haar gedachten had gelezen. 'Maar het voordeel van een lijfwacht hebben, is dat je er een deel van de mensen mee afschrikt. De mensen met wie jullie te maken hebben, laten zich niet zo gemakkelijk afschrikken, dus als ze denken dat ik je enige lijfwacht ben, helpt dat misschien een beetje. Beschouw mij maar als een soort afleidingsmanoeuvre. De mensen die je pas ziet als ze werkelijk nodig zijn, zijn uitstekend op hun taak voorbereid.'

44

Kate wachtte tot zonsondergang en reed toen naar Jon Dupre's huis aan de rivier. Ze had de cijfercombinatie van zijn brandkast bij zich, en ook de beschrijving van de enveloppe waarin de bandjes van het inzamelingsfeestje van Travis zaten. Amanda had die beschrijving in de gevangenis van Dupre gekregen. Op de passagiersstoel naast haar lag een .45. Als ze een van de handlangers van Pedro Aragon tegen het lijf zou lopen, wilde ze over een wapen kunnen beschikken waarmee ze iemand kon uitschakelen.

Toen Kate een eind ten zuiden van Portland was, ging ze van de snelweg af en volgde een onverlichte tweebaans plattelandsweg. Een kwartier later sloeg ze af en reed een lange, onverharde oprijlaan op. Toen ze de zijkant van Jons huis naderde, zag ze dat boven een deel van het gazon een veranda was aangelegd. Het gazon zelf liep helemaal door tot aan de rivier. Kate parkeerde haar auto aan de zijkant van het huis, op een plek waar hij vanaf de weg niet te zien was. Ze hield haar revolver voor zich uit en liep naar de achterkant van het huis. Alle deuren waren op slot, maar Kate had een aantal valse sleutels bij zich, die ze, in de tijd dat ze nog bij de politie werkte, van een beroepscrimineel in beslag had genomen. Ze had er voor de lol wel eens mee geoefend, maar ze had ook ontdekt dat ze zo nu en dan goed van pas kwamen. Ze forceerde de achterdeur en stond even later in een volledig ingericht souterrain. Het alarm ging af, maar ze wist waar het kastje hing en toetste snel de code in om het apparaat uit te schakelen.

Kate deed haar zaklantaarn aan en scheen door het souterrain. Aan de ene kant van de kamer stond een bar met een spoelbak. Midden in de kamer stond een biljarttafel. Aan een van de muren hing een grootbeeld tv-scherm. Iemand had, nog niet lang geleden, hier naar de televisie zitten kijken. Op een bijzettafeltje naast een zitbank zag ze een bierblikje en een half opgegeten pizza.

Jon had gezegd dat de brandkast zich onder de vloer in de bijkeuken bevond, waar ook een wasmachine en een droogtrommel stonden. De bijkeuken bevond zich naast de trap die naar de begane grond leidde. Kate besloot om eerst de rest van het huis te onderzoeken voordat ze de brandkast opende, om er zeker van te zijn dat ze alleen in het huis was.

De pizza en het bierblikje zaten haar dwars.

Kate beklom de trap en deed voorzichtig de deur van het souterrain open. Nergens brandde licht. Kate bleef doodstil staan, maar ze hoorde nergens geluid vandaan komen. Ze onderwierp de kamers aan een vluchtig onderzoek. Op een gegeven moment stond ze in de slaapkamer. De rest van het huis maakte een onbewoonde indruk, maar de slaapkamer was pas nog door iemand gebruikt. De dekens en lakens waren teruggeslagen, alsof er kort daarvoor iemand uit bed was gestapt. Naast de toilettafel stond een plastic draagtas met dameskleding. In de laden van de toilettafel lagen wat mannenkleren. Waarschijnlijk waren die van Dupre.

Kate liep naar de badkamer en vond daar een tandenborstel en een halflege tube tandpasta. Op de wastafel lag een haarborstel. Op een plank aan de muur stond een kleine zwarte toilettas met nog meer toiletartikelen. Kate haastte zich terug naar het souterrain. Ze wilde koste wat kost de geluidsbandjes te pakken zien te krijgen en maken dat ze wegkwam voordat degene die gebruik maakte van het huis van Dupre terugkwam.

De brandkast lag in de vloer verborgen onder een aantal linoleumtegels. Kate wrikte de tegels los en gebruikte de cijfercombinatie van Dupre om hem te openen. Ze luisterde de hele tijd of ze boven aan de trap geen geluiden hoorde. De brandkast zat boordevol videobanden, briefordners, notitieboekjes en losse papieren. Voordat ze kans had gezien om alles door te bladeren, zag ze op het gazon de lichtbundel van een naderende auto. Kate pakte haar revolver en luisterde. Een paar tellen later hoorde ze het geluid van dichtslaande autoportieren. Iemand deed de voordeur open.

Kate deed de brandkast dicht en legde de linoleumtegels weer op hun plaats. Ze was halverwege het souterrain toen iemand de deur boven aan de trap opende en het licht aan deed. Kate dook weg achter de bar. Een grote kerel met een parka en een kleinere man in een windjack kwamen de trap af. Ze bleven onder aan de trap staan. De grootste van de twee droeg een plunjezak.

'Moet je die tv zien,' zei de kleinste. 'Dat scherm is bijna net zo groot als dat bij het sportcafé.'

'We zijn hier niet om tv te kijken. Het is de bedoeling dat we de brandkast leeghalen.'

'Er is een boxwedstrijd op ESPN, Chavez tegen Kramer. Dat zal mooi zijn op zo'n groot scherm.'

'Ik ga doen waarvoor ik hier gekomen ben. Doe jij maar waar je zin in hebt.'

De grote kerel liep naar het bijkeukentje. De kleine pakte de afstandsbediening. Kate merkte dat ze misselijk begon te worden. Op het grote scherm draaiden twee weltergewichtboksers om elkaar heen. Halverwege de ronde kwam de grote kerel de bijkeuken uitgerend. Hij hield zijn handen voor zijn oren. Uit het bijkeukentje klonk de knal van een explosie. De kleine sprong overeind. Hij had een revolver in zijn hand.

'Waarom zei je niet dat je de brandkast op ging blazen?' gilde hij. Hij zwaaide met de revolver naar de grote kerel.

'Ik wilde je kijkplezier niet onderbreken.'

'Krijg de tering. Ik ben me rotgeschrokken.'

De grote man zuchtte. 'Zet dat ding uit, asjeblieft. We moeten ons karwei afmaken.'

'Ik zit naar de wedstrijd te kijken,' hield de kleine koppig vol. Hij stak de revolver weer in de zak van zijn windjack.

De grote verdween in het bijkeukentje en kwam een paar minuten later weer met de plunjezak te voorschijn. Kate moest nu een beslissing nemen. Het zou haar nooit lukken om via de achterdeur naar buiten te glippen zonder hun aandacht te trekken, maar als ze wachtte tot de mannen vertrokken waren, zou ook de inhoud van de brandkast verdwenen zijn. Kate was een eersteklas schutter en het zou haar geen enkele moeite kosten om vanaf de plek waar ze zat beide mannen uit te schakelen, maar ze had geen idee wie die kerels waren. Misschien waren het wel agenten in burger, en wat dan?

Kate ging staan. Ze hield haar revolver op de beide mannen gericht.

'Verroer je niet. Politie!' riep ze. De beide mannen schrokken zich een ongeluk.

'Jij daar, bij de tv, pak je revolver met je vingers uit je zak en gooi hem op de vloer.'

De kleine aarzelde. Met één schot schoot Kate het tv-scherm aan gruzelementen.

'Godv...' gilde de man. Hij hield zijn arm voor zijn gezicht om zich tegen het rondvliegende glas te beschermen.

'Doe het nu!' gilde Kate, terwijl ze op een plek precies tussen zijn ogen mikte.

De kleine deed wat hem werd opgedragen. Kate zei dat hij de revolver over de vloer naar haar toe moest schoppen. Toen de revolver haar kant uitgleed, bukte ze en stopte hem tussen de riem van haar broek.

'En jij,' zei ze nu, terwijl ze haar revolver op de andere man richtte. 'Ik wil die plunjezak en je wapen. Doe precies wat ik zeg, anders schiet ik je neer.'

Zonder enige waarschuwing smeet de grote kerel de plunjezak naar Kate en trok zijn eigen .45. Kate schoot hem in zijn knie. Een fractie van een seconde later raakte de plunjezak haar schouder, waardoor ze haar evenwicht verloor. De grote kerel zakte gillend in elkaar. Zijn revolver vloog door de lucht.

Op dat moment probeerde de andere man haar aan te vallen. Kate schoot hem in de heup. Hij zakte door zijn knieën en kwam kreunend op de vloer terecht. De grote kerel moest op zijn tanden bijten van de pijn, maar hij probeerde toch om naar zijn revolver toe te kruipen.

'Stomme klootzak,' gilde Kate naar hem. Zijn vingers waren nog maar een paar centimeter van het wapen verwijderd. 'Pak het maar, dan schiet ik je hartstikke dood.'

Het geluid van Kate's stem deed de grote kerel verstijven. Ze liep naar hem toe en gaf hem een trap tegen zijn hoofd. Ze was woedend dat hij haar had gedwongen om hem en zijn maat neer te schieten. Ze pakte de revolver en de plunjezak en liep er achteruit mee naar de deur. Ze liet de deur achter zich in het slot vallen. Ze durfde pas weer adem te halen toen ze op de snelweg reed en zeker wist dat ze niet werd achtervolgd.

Kate parkeerde op de oprijlaan bij het huis van Frank. Amanda kwam naar buiten. Zodra ze de sombere blik op het gezicht van haar vriendin zag, verwachtte ze het ergste.

'Ik heb net twee kerels neergeknald,' zei Kate. 'Ik hoop dat het niet voor niets is geweest.'

Amanda wist wat Kate in het verleden met vuurwapens was overkomen. Ze maakte zich grote zorgen.

'Heb je zelf niets?' vroeg ze.

'Ik loop alleen te beven op mijn benen.'

Amanda ging Kate voor naar Franks studeerkamer. Kate gooide de plunjezak op het bureau en liet zich in een stoel zakken. Amanda liep naar de kast met de drankvoorraad en schonk een borrel voor haar in. Kate zat voorovergebogen in haar stoel. Ze zat met haar onderarmen op haar knieën. Ze had in het verleden twee keer een schietpartij meegemaakt en het was met haar altijd hetzelfde: terwijl de schietpartij aan de gang was, was ze kalm en doelbewust, alsof ze in een luchtbel zat die haar emoties buitensloot en waarin alles zich in slowmotion leek af te spelen. Maar als het eenmaal afgelopen was, was ze net een junk met ontwenningsverschijnselen. De rauwe emoties die ze had buitengesloten terwijl ze voor haar leven vocht, namen weer bezit van haar. Haar zintuigen reageerden dan altijd erg hevig: ze voelde angst, omdat ze ternauwernood aan de dood was ontsnapt, en walging, omdat ze in het vuur van de strijd had genoten van de spanning.

'Vertel me eens precies wat er gebeurd is,' zei Amanda terwijl ze Kate een glas whisky in haar handen duwde. Kate's hand beefde toen ze de eerste slok nam, maar nadat ze Amanda verslag had gedaan van het vuurgevecht in het huis van Dupre was ze weer een stuk kalmer.

'Heb je een idee wie het waren?' vroeg Amanda toen Kate was uitgepraat.

'Nee, maar ze hadden het op de inhoud van de brandkast gemunt.'

'Heb je de politie gebeld?'

'Nog niet. Ik wilde jou eerst inlichten.'

'We moeten de politie bellen. Jon heeft jou toestemming gegeven om zijn huis binnen te gaan en de spullen uit zijn brandkast mee te nemen. Die twee zijn inbrekers. Ze hadden het recht niet om daar te zijn. Het zijn dieven.'

'Maar wat wilden ze dan stelen? Als we de politie naar het huis van Dupre sturen, zullen we ze moeten vertellen waarom ik daar was. En dan zullen ze de inhoud van die plunjezak willen zien. Ik denk niet dat we onze cliënt daar een dienst mee bewijzen.'

'Laten we eerst eens kijken,' zei Amanda. Ze schudde de plunjezak leeg op het bureau. Er kwamen enveloppen, losse videobanden en allerlei paperassen te voorschijn. De geluidcassettes van het inzamelingsfeestje bij Travis zouden in een witte enveloppe moeten zitten. Amanda vond een paar witte enveloppen met geluidcassettes, maar er stonden data op die niet overeenkwamen met de dag waarop de inzamelingsactie plaats had gevonden. Amanda stopte er een paar in een cassetterecorder, maar kwam al gauw tot de ontdekking dat, hoewel het materiaal op zich heel interessant was, dit niet de bandjes waren die ze zochten.

Terwijl ze naar de opnamen zaten te luisteren, bladerde Kate in een notitieboekje. Ze pakte een paar keer een videoband op en vergeleek de gegevens op de cassette met de aantekeningen in het boekje.

'Als er op die banden staat wat ik denk dat erop staat, kan dat het einde van een heleboel succesvolle carrières betekenen.'

'Maar niet de carrières waar het ons nu om gaat,' reageerde Amanda. 'De bandjes van de inzamelingsactie zitten er niet bij.'

In de studeerkamer stond een tv-toestel met een videorecorder. Kate zette het toestel aan en stopte een cassette in het videoapparaat. Ze keek samen met Amanda zwijgend naar de beelden die op het scherm verschenen.

'Jezus, ik wist niet dat het ook zo kon,' zei Kate terwijl ze keken hoe een van Dupre's escortmeisjes een standje uitvoerde waarbij ze zich in allerlei bochten moest wringen.

'En ik zou ook nooit gedacht hebben dat *hij* daar nog toe in staat was,' antwoordde Amanda. 'Ik denk niet dat het me ooit nog lukt om met een uitgestreken gezicht bij hem in de rechtszaal te verschijnen.'

'Als we dit materiaal aan de politie geven, wordt Jon aangeklaagd wegens iedere denkbare overtreding van de pornografiewet, en kan iedereen die op die filmpjes voorkomt, het voor de rest van zijn leven ook wel schudden,' zei Kate. 'Wat doen we nu?'

'Dat is een goeie vraag,' antwoordde Amanda. Ze had een zorgelijke blik in haar ogen. 'Volgens mij zijn we niet verplicht om die banden af te staan. Het is geen bewijsmateriaal in zaken waarvoor al een aanklacht loopt. Ik zal morgenochtend de Orde van Advocaten bellen en bij iemand informeren die ethische kwesties behandelt. Ik ben benieuwd wat die ervan vindt.

Maar we moeten de politie wel inlichten over die schietpartij,' ging ze verder. 'Het kan best zijn dat die twee zwaargewond zijn. Ga nu maar naar huis en probeer eerst wat te slapen.'

'Als me dat lukt.'

Amanda legde allebei haar handen op de schouders van haar vriendin en kneep. 'Je hebt niets verkeerds gedaan, Kate. Je hebt alleen maar jezelf beschermd. Morgen praten we verder.'

45

Op de avond van 17 februari 1972 stond een van de medewerkers van een winkel in het noordoosten van Portland buiten een sigaret te roken. Hij was de enige die gezien had dat Jesus Delgado op het parkeerterrein door drie mannen werd doodgeschoten. De medewerker had het nummerbord van de oude donkerblauwe Toyota, waarin de drie moordenaars waren gevlucht, genoteerd. Een paar tellen nadat het nummer via de politieradio werd omgeroepen, reed de auto langs een geparkeerde wagen van de plaatselijke politie. De agent in de auto heette Stanley Gregaros.

Stan zat op dat moment alleen in de auto, omdat zijn collega aan het begin van hun dienst vreselijk last had gekregen van voedselvergiftiging. De jonge agent zette de achtervolging in. De verdachten reden kriskras door allerlei zijstraten naar een pakhuis op een verlaten industrieterrein. Gregaros sloop langs de zijkant van het gebouw, in de veronderstelling dat hij oog in oog zou komen te staan met een bende niets ontziende schurken. Tot zijn verbazing zag hij drie blanke jongens van amper twintig, die gekleed waren in rugbyhemden, truien met een ronde kraag en kakibroeken. Ze leken meer op leden van een studentensociëteit dan op een moordenaarstrio. Het enige dat niet klopte aan dit beeld waren de wapens, de bivakmutsen en de andere zwarte kleren die de jongens op de motorkap hadden gelegd.

Gregaros wist dat het niet verstandig was om in zijn eentje de confrontatie aan te gaan met drie vermoedelijke moordenaars, ook al beantwoordden ze qua uiterlijk en kleding totaal niet aan het beeld van de gemiddelde misdadiger. De enige andere auto op het parkeerterrein was een glimmende zwarte Ferrari – precies het type auto waarin dit soort rijke jongelui doorgaans rondreden – en Gregaros was bang dat de studenten ervandoor zouden gaan voordat hij kans had gezien om via de radio om assistentie te vragen. Hij kwam achter de muur vandaan en beval het trio hun handen omhoog te steken.

Gregaros had verwacht dat de jongens doodsbang zouden zijn, maar toen ze van de schrik bekomen waren, hadden ze rustig zijn bevelen opgevolgd en waren met hun handen omhoog en hun benen gespreid tegen de muur van het pakhuis gaan staan. Terwijl hij zijn arrestanten fouilleerde, had de kleinste van de drie, Harvey Grant, zich hardop staan afvragen wat de jonge agent zou doen als hij vijftigduizend dollar had. Gregaros had gelachen om de brutale, belachelijke poging tot omkoping. Maar vijftigduizend dollar was een heleboel geld voor iemand als Stan, die in armoede was geboren en opgegroeid. Na zijn dienstplicht, die hij gedeeltelijk als marinier in Vietnam had doorgebracht, had hij bij de politie gesolliciteerd.

Toen Gregaros aan Grant vroeg waar hij een dergelijk bedrag vandaan dacht te halen, had Grant hem gevraagd of hij wist dat de dode op het parkeerterrein bij de winkel niemand minder dan Jesus Delgado was. Gregaros deed een stap achteruit en bekeek de jongens nog eens goed. 'Dat kan toch niet,' zei hij bij zichzelf. Het was toch godsonmogelijk dat deze drie jongelui connecties hadden met een Mexicaanse gangsterbende. Hij draaide zich half om en keek nog eens naar de automatische wapens en de bivakmutsen op de motorkap van de Toyota.

'Als je ons laat gaan, zul je daar geen spijt van krijgen,' had Grant gezegd. 'En wie weet is dit ook niet eenmalig. We kunnen wel iemand gebruiken die bij de politie werkt.'

Gregaros aarzelde.

'Als je weigert, kan dat natuurlijk ook zo z'n nadelen hebben,' ging Grant verder.

'O ja?' had Gregaros gezegd.

Grant had zich omgedraaid en hem glimlachend aangekeken. Volgens Stan had hij iets van een corpsbal.

'Als je ons arresteert,' zei Grant, 'verklaren we onder ede dat we hiernaar toe waren gereden om een beetje stuff te roken en dat die Toyota hier al stond toen we hier aankwamen en jij ons arresteerde. Dan wordt het een kwestie van jouw woord tegen het onze. Weet je wie we zijn?'

'Drie jochies die me in de zeik proberen te nemen.'

'Ploink! Fout geantwoord,' kwam Wendell Hayes nu tussenbeide. 'Wat je hier ziet, zijn drie zonen van drie erg invloedrijke en erg rijke vaders.'

'Onze papa's zullen het vast niet goed vinden dat wij in de gevangenis terechtkomen,' zei Grant. 'Ze zullen zorgen dat we de allerbeste advocaten krijgen die er zijn, maar die hebben we eigenlijk helemaal niet nodig. Wil je weten waarom niet?'

'Ik ben een en al oor.'

'Omdat jij de enige getuige bent. Als wij moeten voorkomen, ben jij allang dood.'

Stan had hierop gereageerd door Grant een klap met zijn revolver te geven. De klap kwam zo hard aan dat de toekomstige rechter op zijn knieën zakte. Toen hij weer overeind krabbelde, druppelde er bloed uit een hoofdwond langs zijn gezicht. Hij had een akelige glimlach om zijn lippen.

'Politiegeweld,' had Grant gezegd. Zoals hij het zei, klonk het haast amusant. 'Op grond waarvan je een proces aan je broek krijgt dat je nog lang zal heugen. Als je moet getuigen, is er geen hond die je gelooft. Ik ben maar een klein jochie, en jij bent een grote sterke agent. Boehoe. De pers zal er geen genoeg van kunnen krijgen en jij raakt ook nog eens je pensioen kwijt – als we tenminste aannemen dat je tegen die tijd nog in leven bent om er gebruik van te maken. Of klinkt die vijftig mille toch beter?'

Gregaros had er nooit spijt van gehad dat hij de drie jongens had laten gaan. Hij was nu rijker dan hij ooit had durven dromen en beschikte over meer macht dan hij ooit voor mogelijk had gehouden, ook al waren daar maar een paar mensen van op de hoogte.

Gregaros had, als politieman, bewijsmateriaal en zelfs mensen die de belangen van de club zouden kunnen schaden, spoorloos laten verdwijnen. De mankracht van de bende van Pedro Aragon werd voornamelijk ingezet bij de meer alledaagse vormen van afpersing en bedreiging, maar als er iets bijzonders moest gebeuren werd er, zoals vanavond, steevast een beroep op Stan gedaan.

Toen Harold Travis' ster als een komeet op de landelijke politieke ladder omhoog begon te schieten, had de club de touwtjes strak in handen gehouden. Maar op het moment dat het de senator bijna was gelukt om de grootste droom van de organisatie te verwezenlijken, was zijn ego hem parten gaan spelen en was hij een blok aan hun been geworden. Om te beginnen, waren er de cocaïne en zijn voorkeur voor ruige seks, die ten slotte tot de moord op Lori Andrews had geleid. Daarna had Travis zich zodanig gecompromitteerd dat hij zich door Jon Dupre had laten chanteren.

McCarthy had Jon Dupre voor de moord op Travis gearresteerd voordat de club kans had gezien om in te grijpen. De poging van Wendell Hayes om Dupre in de gevangenis te vermoorden, was op een mislukking uitgelopen. Op het moment dat Oscar Baron tijdens zijn gesprek met Manuel Castillo met de geluidcassettes van Dupre op de proppen kwam, leek het even of hun kansen waren gekeerd, maar Baron had niet het bandje bij zich waarmee al hun verwoede pogingen om de antikloonwet van tafel te krijgen teniet konden worden gedaan. Enkele leden van de club hadden grote investeringen gedaan in de biotechbedrijven waartegen het wetsontwerp gericht was, en als het fout zou gaan, zou hun dat miljarden gaan kosten.

De mannen van Pedro waren er niet in geslaagd om het bandje te vinden toen ze het appartement van Ally Bennett overhoop hadden gehaald, en Bennett zelf was op de avond dat Baron stierf spoorloos verdwenen. Alle pogingen van de club om erachter te komen waar ze zat, waren op niets uitgelopen – tot het moment dat Bennett weer opdook en vijftigduizend dollar eiste voor het bandje dat ze wilden hebben.

Een paar uur eerder was Tim Kerrigan bij Harvey Grant op kantoor geweest en had hem verteld dat hij Ally Bennett die avond om het leven ging brengen. De rechter zelf wist dat al een half uur eerder. Een paar uur nadat Kerrigan tegen Harvey Grant had gezegd dat Ally Bennett het cassettebandje had, was Gregaros begonnen om Tims telefoongesprekken, zowel op kantoor als privé, af te luisteren. Toen Bennett Kerrigan belde om af te spreken waar de transactie moest plaatsvinden, had hij aan de hand van het nummer het adres van Dupre's huis aan de rivier kunnen traceren. Het zou Gregaros niet al te veel moeite hebben gekost om naar het huis van Dupre te rijden en Bennett daar te vermoorden, maar de club was er alles aan gelegen om Kerrigan met de moord in verband te brengen. Eén kans op het presidentschap was door de stommiteiten van Travis al aan hun neus voorbijgegaan, maar hopelijk hadden ze in Kerrigan weer een geschikte kandidaat gevonden.

Als Kerrigan in paniek raakte, zou Gregaros het karwei afmaken. Als alles achter de rug was, zou de rechercheur het moordwapen naar de rechter brengen, die het vervolgens zou opbergen bij de andere wapens en de bekentenissen die de oprichters van de club als stok achter de deur gebruikten om nieuwe leden aan zich te binden. En om er helemaal zeker van te zijn dat Dupre geen belastend materiaal had achtergehouden, had Gregaros, vlak nadat Bennett was vertrokken voor haar afspraak met Tim Kerrigan, ook nog een paar man naar het huis aan de rivier gestuurd. Na vanavond zou alles weer normaal zijn.

Vanaf het moment dat Bennett het huis van Dupre had verlaten, had Gregaros haar in een onopvallende zwarte Chevrolet achtervolgd. Stan wachtte tot zich eerst een paar auto's tussen hem en zijn prooi hadden gevoegd en zette toen de achtervolging in. Tot het moment dat Bennett afsloeg en de snelweg verliet, leek er geen vuiltje aan de lucht. Maar vlak na de afslag zag Gregaros een politieauto in zijn achteruitkijkspiegel. Hij keek op de kilometerteller om te zien hoe hard hij reed; gelukkig zat hij onder de toegestane maximumsnelheid. Bennett haalde iemand in en ging daarna weer op de rechterrijstrook rijden. Op dat moment ging het zwaailicht van de politieauto aan. Stan minderde vaart tot hij er zeker van was dat de agent Bennett ging aanhouden. Aan zijn rechterhand zag hij het begin van een winkelstraat. Hij reed de straat in en parkeerde vlak om de hoek. Hij doofde zijn lichten en wachtte.

De agent liep naar de auto van Bennett en begon tegen haar te praten. Bennett gaf hem haar rijbewijs en haar kenteken. De agent liep ermee terug naar de politieauto om de gegevens via zijn boordcomputer te controleren. Toen hij daarmee klaar was, liep hij weer naar de auto van Bennett om haar de documenten terug te geven. Hij wees daarbij naar haar linkerachterlicht. Natuurlijk. Het linkerachterlicht brandde niet. Het was Stan niet eerder opgevallen. De agent praatte nog even met Bennett en liep toen terug naar zijn eigen auto. Zo te zien had hij haar alleen maar een waarschuwing gegeven.

Zodra Bennett begon te rijden, zette Gregaros de achtervolging weer in. Hij reed langs de politieauto en zag dat de agent met zijn radio bezig was. Even later zag hij dat de politieauto keerde en er in tegenovergestelde richting vandoor ging.

Toen ze eenmaal de stad uit waren, werd het verkeer een stuk minder. Gregaros minderde weer vaart. Er stond maar een kleine maansikkel aan de hemel en de auto van Bennett was donkerblauw, maar het kapotte achterlicht was de enige aanwijzing die hij nodig had. Toen ze weer afsloeg en op de tweebaansweg naar het Forest Park ging rijden, deed Stan zijn lichten uit en vergrootte de afstand tussen hen nog verder.

Bennett sloeg eerst rechtsaf en toen links. Ze reden nu op een smalle weg. Stan wist dat Bennett erop had aangedrongen dat de ontmoeting op een afgelegen stuk weiland aan de rand van het park plaats zou vinden, vlak bij een steile afgrond. Gregaros kende die plek en wist dat hij nu ook niet meer dicht bij haar in de buurt hoefde te blijven. Bennett reed een onverhard, met gras begroeid pad op dat bij het weiland uitkwam. Plotseling werd Gregaros verblind door de koplampen van een vrachtwagen van de onderhoudsdienst van het park. Achter de wagen hing een karretje met tuingereedschap. De wagen was vanuit een zijweg het pad op komen rijden. Stan ging ervan uit dat de bestuurder hem niet had gezien, omdat de lichten van zijn Chevrolet niet brandden. De rechercheur ging in de berm rijden om de vrachtwagen te ontwijken. Hij hoopte dat de bestuurder niet zou gaan toeteren. De vrachtwagen reed langs hem heen. Er gebeurde niets. Toen de wagen voorbij was, keek Gregaros nog net op tijd het pad af. In de verte zag hij het ene rode achterlicht van Bennetts auto als een vuurvliegje in de richting van het weiland verdwijnen.

Aan weerszijden van de onverharde weg stonden keurige rijen struiken. Gregaros kon ze in het donker amper onderscheiden. Toen de struiken ophielden, maakte het pad een bocht. Hij keerde de auto, zodat hij dat straks niet meer hoefde te doen als hij terugreed, en parkeerde in de berm. Onder een tijdschrift op de voorbank lag zijn revolver. Hij pakte het wapen, stapte uit en liep het pad op naar het weiland. Hij zorgde ervoor dat hij tussen de bomen bleef. Toen hij bij de rand van het weiland kwam, ging hij achter een boom staan en keek.

Bennett had haar auto bij de rand van de afgrond neergezet. De auto van Kerrigan stond naast de hare. Tussen de beide auto's was zoveel ruimte, dat er nog twee auto's tussen hadden gekund. Gregaros zag dat Kerrigan naar Bennetts openstaande portierraampje liep. Hij had de koffer met het geld dat de rechter hem had gegeven bij zich. Bennett zei iets. Stan hoorde dat ze iets zei, maar hij kon niet verstaan wat. Kerrigan maakte het koffertje open en deed het weer dicht. Vervolgens legde hij het op de achterbank van Bennetts auto. Toen Kerrigan het achterportier dichtdeed, draaide hij zich om, zodat hij nu met zijn rug tussen Bennett en Gregaros in stond. De rechercheur hoorde dat Kerrigan aan Bennett vroeg om hem de cassette te geven. Bennett zei weer iets en Kerrigan stak zijn linkerhand uit. Even later stopte hij iets in de linkerzak van zijn jas, waarna de aanklager iets uit zijn rechterzak pakte en zijn arm door het portierraampje naar binnen duwde. Het interieur van Bennetts auto lichtte een fractie van een seconde op door de steekvlam uit de loop van Kerrigans revolver. Bennett gilde. Er spatte bloed tegen de raampjes. Kerrigan haalde nog twee keer de trekker over. Bennett viel opzij. Gregaros kon haar nu niet meer zien.

Kerrigan pakte het koffertje met het geld van de achterbank en rende naar zijn eigen auto. Toen hij weer terugkwam, had hij een jerrycan bij zich. Nadat hij het interieur van Bennetts auto met benzine had overgoten, streek hij een lucifer af. Hij wankelde achteruit toen het interieur van de auto vlam vatte. Gregaros stapte tussen de bomen vandaan. Kerrigan was zo in het hele gebeuren verdiept dat hij de rechercheur niet aan had horen komen. Hij boog zich voorover en leunde met zijn handen op zijn knieën. Hij haalde een paar keer diep adem.

'Goed gedaan!'

Kerrigan sprong geschrokken achteruit.

'Ik ben het. Stan.'

Kerrigan voelde zich helemaal slap worden van opluchting. Gregaros keek in de brandende auto. De binnenkant van de voorruit zat onder het bloed. Bennett zat nog met haar benen en haar onderlichaam op de bestuurdersstoel, maar haar bovenlichaam was opzij gegleden en lag met het gezicht omlaag op de passagiersstoel, alsof ze zich op het laatste moment voordat Kerrigan de trekker overhaalde van hem had afgewend. Onder haar hoofd en haar romp had zich een plas bloed gevormd. Haar haar en haar handen brandden. Haar kleren en de bekleding van de auto stonden in lichterlaaie. Gregaros rook de geur van verschroeid vlees. Vanwege de hitte moest hij een paar stappen achteruit doen.

'Geef mij die revolver,' zei Gregaros.

'Laten we maken dat we hier wegkomen voordat de auto ontploft,' zei Kerrigan, die doodsbang naar de vlammen stond te kijken.

Gregaros duwde een plastic zak onder zijn neus. 'De revolver.'

Kerrigan haalde het wapen uit zijn jas en liet het in de zak vallen.

'En het bandje.'

Kerrigan haalde het bandje uit zijn linkerjaszak en gaf het aan Gregaros.

'Je hebt het uitstekend gedaan,' zei de rechercheur. 'De rechter zal trots op je zijn.'

Kerrigan reageerde niet. Zelfs in het donker kon Gregaros zien dat de aanklager lijkbleek zag. Hij wist precies hoe Kerrigan zich voelde. Toen hij zelf voor het eerst iemand van dichtbij had doodgeschoten, was hij ook misselijk geweest. De tweede keer had het hem niets gedaan.

Kerrigan rende naar zijn auto en Gregaros liep op een sukkeldrafje terug het bos in. Op het moment dat Stan in zijn auto stapte, reed Kerrigan langs hem heen. Gregaros reed terug naar de stad. Even later zag hij in zijn achteruitkijkspiegel hoe de nachtelijke hemel werd verlicht door een enorme explosie.

46

Om vijf uur in de ochtend bonkte Stan Gregaros hard op de deur van Harvey Grants slaapkamer en liep ongevraagd naar binnen.

'Wat is er aan de hand?' vroeg Grant terwijl hij op de tast naar zijn bril zocht.

'We hebben een probleem.'

'Is Bennett nog in leven?'

'Nee, die is dood. Kerrigan heeft het prima gedaan.' Gregaros legde de plastic zak met het moordwapen op het tafeltje naast het bed. 'Ze heeft hem ook het bandje gegeven, maar ik vertrouwde Bennett niet toen ze hem beloofde dat ze hem al de bandjes zou geven die Dupre bij de inzameling had gemaakt. Toen Bennett vertrokken was, heb ik twee man naar het huis van Dupre gestuurd. Het was de bedoeling dat ze daar de brandkast leeg zouden halen en alles naar mij zouden brengen. Toen ze de brandkast hadden leeggehaald, heeft iemand ze neergeknald en is er met de tas met de bandjes vandoor gegaan.'

'Hoe bedoel je, iemand heeft ze neergeknald? Stond iemand ze op te wachten? Zit er soms een lek in de organisatie?'

'Dat weet ik niet, maar ik geloof niet in het toeval. Volgens mij weet Jaffe van het bestaan van die bandjes.'

'Amanda Jaffe?'

Gregaros knikte. 'Het is de mannen van Pedro gelukt om een van onze artsen te bereiken. Hij heeft me gebeld. Ze hadden het erover dat ze door een vrouw waren neergeschoten. Die detective van Amanda Jaffe kan goed met een revolver overweg. Ik heb ze een foto laten zien waar ze op staat. Ze zeiden meteen dat zij het was.'

Grant ijsbeerde door zijn slaapkamer. Dit was inderdaad een ernstig probleem. Niemand wist wat Dupre precies had opgenomen. De mogelijkheid dat Jaffe over bewijsmateriaal beschikte waarmee ze alles wat Grant in zijn hele leven had opgebouwd, kon vernietigen, was zeker niet denkbeeldig.

Als ze nog steeds bezig was met het onderzoek in de zaak-Dupre zou ze proberen om de politierapporten over de moord op Delgado en de moorden in het drugspand in handen te krijgen. In die rapporten stond de enige aanwijzing om de identiteit van de oorspronkelijke leden van het Vaughn Street Koor te achterhalen – de namen van de jongens die op de avond dat Wendell Hayes de drie vuurwapens uit de afgesloten wapenkast van zijn vader had gepakt, bij hem waren.

'Schakel onmiddellijk Castillo in,' zei Grant. 'Ik moet die tas hebben en ik wil dat Jaffe wordt gedood.'

'Ik bel hem onderweg wel.'

'Waar ga je naar toe?'

'McCarthy stuurde me een sms-je toen ik op weg hierheen was. Hij wil dat ik naar de plek kom waar Bennett is vermoord.'

'Waarom?'

'Geen idee.'

'Denk je dat hij weet dat jij erbij was?'

'Ik zou niet weten hoe hij daarachter had moeten komen. Ik ga nu kijken wat daar aan de hand is. Je hoort nog van me.'

De zon kwam net op toen Stan Gregaros zijn auto parkeerde achter een van de talrijke politieauto's die inmiddels op de plek waar Ally Bennett was vermoord, waren gearriveerd. Twee technische rechercheurs waren bezig om gipsafdrukken te maken van een bandenspoor, en verderop stonden een paar geüniformeerde agenten met elkaar te kletsen. Het was hun taak om pottenkijkers op een afstand te houden, maar vanwege het vroege uur waren er nog in geen velden of wegen burgers op de plek van de moord te bekennen. Boven de uitgebrande carrosserie van Ally Bennetts auto hingen nog de rooksporen van de brand. Toen hij dichterbij kwam, drong een scherpe geur Gregaros' neus binnen. Het was een geur die hem deed denken aan vlees dat te lang op de barbecue heeft gelegen – een geur die hij zich ook herinnerde van andere moordzaken waarbij sprake was geweest van brandstichting.

Sean McCarthy onderbrak zijn gesprek met een van de medewerkers van het gerechtelijk laboratorium toen hij Gregaros in de gaten kreeg.

'Ook geen manier om je dag mee te beginnen, hè Stan?'

'Je kent me toch. Ik ruik 's morgens niets liever dan de lucht van verkoold vlees. Waar heb ik deze eer aan te danken?'

McCarthy gebaarde naar de auto. 'We hebben het nummer opgevraagd. Dat was de auto van Ally Bennett.'

'Een van de meisjes van Dupre.'

McCarthy knikte. 'Het lijk in de auto was bijna helemaal verbrand, maar we hebben vast kunnen stellen dat het om een vrouw gaat en dat haar signalement in grote lijnen overeenkomt met dat van Ally Bennett.'

'Eerst Lori Andrews. En nu Ally Bennett.'

'Vergeet Oscar Baron niet.'

'Denk je dat er een verband is tussen die drie moorden?'

'Twee vrouwen van Dupre en zijn advocaat, en alle drie kort na elkaar vermoord. Wat denk jij?'

'Dupre zit in de gevangenis. Hij kan Baron of Bennett niet vermoord hebben.'

'Daarom heb ik jou hierheen laten komen. Jij kent die hele organisatie van Dupre. Had hij een compagnon, iemand die getuigen voor hem uit de weg kon ruimen?'

'Nee. Dupre deed alles zelf. Ik...'

'Sean!'

De rechercheurs draaiden zich om. Van de overkant van het weiland kwam Alex DeVore aanlopen, op de voet gevolgd door een zwaarlijvige man in een groen uniform.

'Dit is Dmitry Rubin. Hij werkt bij de onderhoudsdienst. Dmitry heeft gisteren het alarmnummer gebeld.'

'Aangenaam kennis te maken, meneer Rubin,' zei McCarthy. 'Ik ben Sean McCarthy, en dit is Stan Gregaros.'

'Ik heb zojuist de getuigenverklaring van meneer Rubin opgenomen. Kunt u deze heren vertellen wat u tegen mij hebt gezegd?'

'Ik was gisteravond op weg terug naar de garage toen ik rakelings langs een auto reed. Ik kan me dat nog precies herinneren, omdat de auto zonder licht reed. Hij kwam ineens uit het niets opdagen. Het scheelde maar een haar of er was een ongeluk gebeurd.'

'Kunt u die auto beschrijven?' vroeg Gregaros. Hij probeerde zijn stem zo effen mogelijk te laten klinken.

'Eh... nee. Ik ging ervan uit dat het jongelui waren, die op weg waren naar het weiland om te gaan vrijen.'

'Gaat u verder, meneer Rubin,' zei DeVore.

'Een paar minuten later kwam die ontploffing. Ik zette meteen de wagen stil toen ik het hoorde. Daarna ben ik teruggereden. Toen ik zowat halverwege was, kwam er in volle vaart een auto langs.'

'Was dat dezelfde auto als die waar u het net over had?' vroeg Gregaros.

'Nee, het was een andere. Maar de auto zonder licht kwam een paar tellen later langs.'

'Kunt u ons het merk, of het type, van beide auto's geven?'

'Meneer Rubin heeft zelfs nog meer gezien,' zei DeVore. 'Hij heeft van de eerste auto die hij zag het grootste deel van het nummer genoteerd.'

'Ik heb het nummer niet helemaal kunnen opschrijven,' zei Rubin. 'Hij reed ontzettend hard,' voegde hij er verontschuldigend aan toe.

'En van de auto zonder licht?' vroeg Gregaros.

Rubin schudde zijn hoofd. Ik zat het nummer nog op te schrijven. Ik zat met mijn hoofd omlaag. Toen ik keek, was het te laat.'

'Maakt u zich daar maar geen zorgen over,' zei McCarthy. 'U heeft ons al een heel stuk geholpen.'

'Jazeker, prima gedaan,' voegde Gregaros eraan toe. Het lukte hem wonderwel om zijn opluchting te verbergen. Rubin had het nummer van zijn auto niet genoteerd. Maar toch, als ze het nummer dat hij gedeeltelijk had genoteerd, konden herleiden en erachter kwamen dat het het nummer van de auto van Tim Kerrigan was, zouden daar ook grote moeilijkheden van kunnen komen.

Een uur nadat Stan Gregaros het park had verlaten, liep Kate Ross het kantoor van Amanda binnen.

'Heb je het nieuws vanmorgen gehoord?' vroeg Kate.

'Was er iets over de schietpartij in het huis van Jon?'

'Nee, geen woord. Maar Ally Bennett is dood.'

'Wát?'

'Ze is vermoord. Ze hebben haar lichaam in het Forest Park gevonden.'

Amanda leek volkomen uit het veld geslagen. 'Ze heeft die opnamen gemaakt van het feestje bij Travis en ze heeft de bandjes van de drugstransacties bij Oscar Baron afgeleverd. De moordenaars van Oscar hebben haar nu dus ook te pakken genomen.'

'Volgens mij was zij degene die in het huis van Dupre woonde.'

'Misschien is ze vermoord door die kerels die jij gisteren hebt neergeknald. Zijn die twee opgepakt?'

'Dat weet ik niet.'

'Zou het ze gelukt zijn om er op eigen kracht vandoor te gaan?'

'Misschien wel. Ze hadden allebei behoorlijk wat pijn, maar de grootste van de twee was een taaie. Weet je al wat je met het bewijsmateriaal uit die plunjezak gaat doen?'

'Nog niet. Als die twee gevlucht zijn, hoeven we misschien helemaal niets te doen. Daar hebben we het straks nog wel over. Laten we eerst maar even afwachten wat er gebeurt.'

47

Manuel Castillo had liever gezien dat ze hem wat meer tijd hadden gegund om een plan te maken om Amanda Jaffe uit de weg te ruimen, maar ze hadden erop gestaan dat het snel moest gebeuren. Hij was aanvankelijk van plan geweest om haar neer te schieten in de parkeergarage waar hij haar had ontvoerd, maar ze had haar vader en een grote indiaan bij zich. Castillo hield het erop dat de indiaan, met zijn stevige spieren en zijn paardenstaart, een soort lijfwacht was, iemand van een particuliere bewakingsdienst, die het in zijn broek zou doen zodra de kogels hem om de oren floten. Maar hij mocht niet het risico lopen dat Jaffe om het leven kwam voordat ze hem de spullen uit de brandkast van Dupre had gegeven.

Ten slotte had Castillo voor een bestorming gekozen. In de vroege ochtenduren waren de mensen altijd versuft van de slaap. Hij zou het huis binnenvallen terwijl het inbrekersalarm de Jaffes de stuipen op het lijf joeg en iedereen behalve Amanda doodschieten. Als hij de tas eenmaal te pakken had, zou hij eerst een tijdje met haar spelen en haar daarna vermoorden. Hij herinnerde zich dat ze er zonder kleren best appetijtelijk uit had gezien en hij vond dat ze ook nog een lesje moest leren omdat ze hem immers niet had gehoorzaamd. Toen de bestuurder om drie uur in de ochtend de bestelbus voor het huis van Frank Jaffe parkeerde, was Manuel verdiept in een fantasie waarin een gillende Amanda naakt aan de spijlen van zijn enorme bed lag vastgebonden.

Castillo trok zijn bivakmuts voor zijn gezicht en tikte met de kolf van zijn revolver op het tussenschot dat de bestuurderscabine van de laadruimte scheidde. De bestuurder zou in de wagen blijven en zorgen dat de motor bleef draaien. Ondertussen zouden Castillo en zijn mannen het karwei opknappen. De hele ploeg was in het zwart gekleed. Ze hadden allemaal automatische wapens bij zich. De bestelbus was zwart geschilderd en voorzien van gestolen nummerborden.

Er brandde geen licht in het huis. De maan ging schuil achter de wolken. Castillo liep snel het gazon over en bekeek de voordeur eerst even nauwkeurig voordat hij het slot aan diggelen schoot. Een van zijn handlangers trapte de deur in en rende naar binnen. George, Amanda's lijfwacht, stond hen op te wachten. Toen de eerste man zijn voet over de drempel zette, schoot hij hem neer. Castillo liet zich vallen en vuurde een salvo af. George werd in zijn zij en aan zijn schouder geraakt. De volgende die schietend naar binnen rende, raakte de lijfwacht in de maagstreek. George zakte in elkaar, maar bleef schieten. Zijn salvo raakte de schutter in de knieschijf. Castillo besteedde geen aandacht aan de chaos en rende de trap naar de eerste verdieping op. Het alarm maakte zoveel lawaai dat hij de klap niet hoorde waarmee de laatste man die naar binnen kwam voorover op de vloer viel. Een kogel had hem in zijn achterhoofd geraakt.

Het inbraakalarm maakte een hels lawaai. Amanda sprong haar bed uit. Ze vergat haar pistool te pakken. Het was aardedonker in haar kamer en ze was volkomen gedesoriënteerd. Op dat moment vloog de deur van haar kamer open.

'Ik ben het,' schreeuwde Frank. 'Kom mee, wegwezen!'

Amanda hoorde schoten en rende naar de overloop. Boven het geluid van de alarminstallatie hoorde ze de scherpe knallen van automatische wapens. Frank sleepte Amanda mee naar een smalle trap die naar de keuken leidde. Ze waren bijna bij de trap toen de overloop onder vuur werd genomen. Een regen van kogels boorde zich in de muur. Frank draaide zich om en schoot. In een flits zag Amanda een man met een bivakmuts haar kamer binnenrennen.

'Rennen!' gilde Frank.

Amanda rende naar de trap aan het eind van de gang. Castillo richtte de loop van zijn automatische wapen op het trapgat en haalde de trekker over. Amanda was halverwege de trap toen ze Frank hoorde kreunen. Ze draaide zich om. Op hetzelfde moment viel Frank langs haar heen naar beneden. Hij kwam bijna boven op haar terecht en bleef onder aan de trap roerloos liggen.

'Papa!'

Franks schouder en zijn broek zaten onder het bloed. Amanda boog zich over hem heen.

'Naar buiten,' hijgde Frank. 'Vlug!'

Amanda zocht naar Franks pistool, maar dat had hij op de overloop laten vallen toen hij werd geraakt. Ze sleepte haar vader onder het aanrecht, in de hoop dat hij daar in het donker niet zou worden opgemerkt. Boven het geluid van het alarm hoorde ze voetstappen op de trap. Ze stond nu bij de deur naar de kelder. Amanda smeet de deur open en rende in het aardedonker de trap af.

Ondertussen was de maan van achter de wolken te voorschijn gekomen. Door de smerige ramen van de kelder viel het flauwe schijnsel naar binnen. Amanda kon amper wat zien, maar ze was in dit huis opgegroeid en kende dus de kelder op haar duimpje. Tegen de kale betonnen muur rechts van de trap had Frank een grote voorraad houtblokken opgestapeld. Naast de houtblokken lag een bijl. Aan het plafond hing, vlak boven het trapgat, een elektriciteitspeertje aan een snoer. Amanda pakte de bijl en sloeg de lamp aan gruzelementen. Op drie andere plaatsen aan het plafond hingen ook zulke peertjes. Amanda rende door de kelder en sloeg ook de andere lampen stuk. Precies op het moment dat ze de laatste lamp stuksloeg, hoorde ze de deur naar de kelder opengaan.

Het plafond van de nooit afgemaakte kelder werd ondersteund door dikke houten balken, die op regelmatige afstand van elkaar stonden. Amanda kroop achter een van die balken weg en wachtte af. Tijdens de paar keer dat ze met haar vader op jacht was geweest, had hij haar geleerd hoe je je in het bos geruisloos kunt bewegen. Ze probeerde zich nu de lessen van haar vader te herinneren.

Iemand kwam de trap af. Amanda pakte de bijl steviger beet. In het flauwe schijnsel van de maan zag ze een man met een automatisch wapen. Hij ging met zijn rug naar haar toe staan en keek naar de stapel houtblokken. Toen hij had vastgesteld dat Amanda daar niet achter was weggekropen, draaide hij zich weer om en keek haar kant op. Hij droeg een bivakmuts.

'Hallo, liefje, waar ben je?'

Ze herkende de stem van de man met het pokdalige gezicht. Het was een van haar ontvoerders. Amanda begon te beven van angst.

'Als je je nu overgeeft, zorg ik dat je niet hoeft te lijden,' zei hij terwijl hij verder de kelder in liep. 'Als je probeert om geintjes uit te halen, neem ik je mee. Dan zijn we met z'n tweetjes, jij en ik. Urenlang, dagenlang samen...'

Amanda wist wat haar te doen stond als zij en haar vader het er levend af wilden brengen.

'Ik heb eens een verhaal gelezen over een vent die een vrouw had vastgebonden,' ging Castillo weer verder. 'Hij had plakband voor haar mond gedaan en haar in een kist onder zijn bed verstopt. Als hij er zin in had, haalde hij haar uit de kist en gaf hij haar een beurt. Hij gaf haar nu en dan zelfs te eten. En dan deed hij haar weer terug in de kist, net als een spel kaarten. Ik heb een heel mooi bed. Het is ook zo hoog dat er best een kist onder kan staan.'

Amanda's angst dreigde haar even te verlammen; ze moest zichzelf dwingen om niet naar de stem van de moordenaar te luisteren en zich te concentreren op wat haar te doen stond, net zoals ze zich voorbereidde op een zwemwedstrijd. Als haar belager dicht genoeg bij haar was, zou ze te voorschijn springen en uithalen, en nog eens, net zoals ze haar armen bewoog als ze een wedstrijd moest zwemmen: met krachtige, ritmische slagen, de ene na de andere.

Castillo stond nu vlak bij de balk. Hij schuifelde over de betonnen vloer en ze hoorde zijn voetstappen steeds dichterbij komen. Op het moment dat hij met zijn rug naar haar toe stond, stapte Amanda achter de balk vandaan en haalde met al haar krachten uit. De bijl raakte Castillo in zijn rechterschouder. Amanda kreeg heel even een onpasselijk gevoel van het geluid van de doffe klap waarmee het metaal botten versplinterde en diep in Castillo's lichaam drong. Hij kreunde van de pijn. Zijn revolver viel op de vloer. Amanda trok de bijl uit Castillo's schouder. Toen ze de bijl boven haar hoofd hief om nog een keer toe te slaan, keek hij haar stomverbijsterd aan. Amanda's lichte flanellen pyjama zat onder de rode vlekken van zijn bloed. Er zat ook bloed op haar gezicht. Het leek of ze volkomen waanzinnig geworden was.

Met de volgende klap raakte ze hem in zijn knie. Castillo gilde het uit. Er volgde nog een klap, nu in zijn zij. Het bloed spoot uit zijn schouder, uit zijn knie en uit de nieuwe wond. Hij sloeg met zijn hoofd voorover op de vloer. Hij kon zijn arm niet meer gebruiken om zijn val te breken. Amanda ging boven op hem zitten en gilde bij iedere slag met de bijl als een waanzinnige.

'Niet...' kreunde Castillo toen de bijl voor de laatste keer naar beneden kwam. Het was het laatste wat hij zei, want het staal ging dwars door zijn keel. Amanda ging met haar voet op zijn schouder staan en wrikte de bijl los. Ze wilde nog een keer uithalen, maar op dat moment hoorde ze voetstappen op de trap. De magere man met de honkbalpet van de Mariners, die Amanda in het gerechtsgebouw gezien had en die ze ook in de parkeergarage meende te hebben gezien, kwam met een sprong onder aan de trap terecht. Hij richtte een revolver op Amanda's middenrif en bleef stokstijf staan. Amanda hield de bijl boven haar hoofd, klaar om toe te slaan.

'Rood! Rood!' riep de man. 'Goed volk, Amanda. Je bent nu veilig.'

Haar waanzinnige moordlust had haar nog steeds in de ban. Ze deed een stap naar voren. De man liet zijn wapen zakken.

'Ze zijn allemaal dood. Alles is veilig,' zei hij zachtjes. 'Ik ben Anthony.'

Amanda pakte de bijl steviger beet. Zou het een valstrik zijn?

'Ik moet een ziekenauto bellen om je vader op te komen halen. Hij is gewond. Hij moet naar een ziekenhuis.'

Plotseling voelde ze dat haar lichaam helemaal slap werd. Ze had geen enkele kracht meer. De bijl viel uit haar handen en kwam met een klap op de betonnen vloer terecht.

'We moeten een ziekenauto bellen,' zei Anthony weer. Hij draaide zich om en rende de trap op, op de voet gevolgd door Amanda. Terwijl Anthony het alarmnummer belde, ging Amanda bij Frank op haar knieën zitten. Ze pakte zijn hoofd en legde het in haar schoot. Toen de politie en de broeders van de ziekenauto haar vonden, zat ze nog steeds in dezelfde houding. Anthony en de indiaan waren inmiddels verdwenen. Amanda probeerde zich te herinneren hoe de man met de honkbalpet eruitzag, maar ze kon zich zijn gelaatstrekken niet meer voor de geest halen.

48

De auto van Mike Greene kwam al slippend tot stilstand. Hij sprong eruit en liep langs een ploeg van de technische recherche, die druk bezig was de laadruimte van een zwarte bestelbus, die voor het huis van Frank Jaffe geparkeerd stond, te onderzoeken. Terwijl Mike langs de bus liep, nam een fotograaf juist een foto van de bestuurderscabine. In het flitslicht kon Mike de bestuurder zien. Hij lag met zijn hoofd achterover. In die ene seconde dat het flitslicht de cabine oplichtte, zag Mike ook dat er een ruwe, bloedrode streep over de hele breedte van zijn hals liep.

Op het gazon voor het huis had de politie felle lampen geplaatst. Voor het huis lag nog een lijk, met armen en benen wijd en het hoofd voorover. Het was een in het zwart geklede man. Een van de mensen van het gerechtelijk laboratorium trok juist zijn bivakmuts omhoog, waardoor een bloederige hoofdwond zichtbaar werd. In de gang werden foto's gemaakt van nog twee andere lijken.

'Mike.'

Greene keek op en zag dat Sean McCarthy en Stan Gregaros de gang naar de keuken uit kwamen lopen.

'Waar is ze, Sean?'

'Boven, weg van deze troep.'

'Mankeert ze niets?'

'Ze heeft een shock opgelopen. De eerste agent die hier aankwam, heeft haar gevonden. Ze zat op de vloer in de keuken met Franks hoofd op haar schoot. Ze zat de hele tijd zachtjes heen en weer te wiegen.'

'Is Frank...?'

'Hij heeft twee schotwonden. Hij bloedde vreselijk, maar de ziekenauto was er gelukkig op tijd bij. Hij ligt nu in het ziekenhuis. De artsen denken dat hij het haalt.'

'Goddank.'

'Er is nog iets,' zei McCarthy tegen Greene. 'Er ligt ook nog een dode in de kelder. Amanda heeft hem met een bijl doodgeslagen.'

'Zelfverdediging natuurlijk, hoe je het ook bekijkt,' voegde Gregaros eraan toe. 'Die kerel in de kelder is Manuel Castillo, een van de handlangers van Pedro Aragon.'

'Wat moet Aragon nou met Frank en Amanda?' vroeg Mike aan Gregaros.

'Ze was behoorlijk overstuur toen we met haar probeerden te praten. Ik heb er niet op aangedrongen dat ze ons meteen alles ging vertellen,' antwoordde McCarthy. 'We hopen maar dat ze het ons duidelijk kan maken als ze een beetje is gekalmeerd.'

'Verdomme, wat erg. Als je weet wat ze met die Cardoni heeft meegemaakt...'

'Ze komt er wel weer bovenop, Mike,' zei McCarthy.

'Ik wil naar haar toe.'

Greene maakte aanstalten om de trap op te lopen, maar McCarthy hield hem tegen.

'Het enige dat Amanda op dit moment nodig heeft, is een vriend om mee te praten. Daarom heb ik jou gebeld. Jij hebt verder niets met deze zaak te maken. Ik heb ook liever niet dat je je ermee bemoeit. Je kunt haar troosten, maar ik wil niet dat je haar ondervraagt. Is dat duidelijk?'

Greene knikte. Hij duwde McCarthy's hand weg en rende naar boven. Iemand van de technische recherche was bezig Amanda te fotograferen. Ze schrok toen Greene de kamer binnen kwam rennen. Greene keek vol verbazing naar het bloed op haar gezicht en op haar pyjama.

'Mankeer je niets?' vroeg hij. Ze schudde haar hoofd, maar aan de angstige blik in haar ogen zag hij dat het niet goed met haar ging.

'Ik ben hier klaar, Mike,' zei de fotograaf, 'maar we moeten wel haar pyjama meenemen voor verder onderzoek.'

Een politieagente zat naast Amanda op het bed. 'Laten we even naar je eigen kamer gaan,' zei ze. 'Dan trekken we die vieze spullen uit en kun je je warm aankleden.'

Mike liep achter de beide vrouwen aan de gang op en bleef voor de deur van Amanda's kamer wachten terwijl ze zich waste en schone kleren aantrok. Aan het andere eind van de gang was de technische recherche bezig met het onderzoek van de bloedspatten op de muur bij de trap naar de keuken.

Amanda zag er vreselijk uit. Hij kon zich geen voorstelling maken van wat ze had moeten doorstaan. Amanda was taai – hij was er zelf bij geweest toen ze zichzelf als lokaas had laten gebruiken om de chirurg in de val te laten lopen – maar in feite was ze een fatsoenlijk en vriendelijk iemand. Mike kende politiemensen die uit noodweer misdadigers hadden gedood. En ook al was hun handelswijze nog zo terecht en verklaarbaar geweest, door dergelijke ervaringen waren de meesten psychisch voor het leven getekend.

De deur van Amanda's kamer ging open. Ze was nu gekleed in een lange broek en een trui. Ze was lijkbleek en haar haar was nog nat van het douchen. Mike aarzelde. Hij twijfelde of Amanda wilde dat hij haar aanraakte.

'Mag ik...' begon hij, maar Amanda onderbrak hem door in zijn armen te vallen. Hij omhelsde haar. Ze begon onbeheerst te snikken.

'Sean heeft bericht gekregen uit het ziekenhuis,' zei Mike terwijl hij met haar door de gang naar de studeerkamer liep. Hij wilde even met haar alleen zijn, en de studeerkamer was de enige plek waar ze niet gestoord zouden worden. 'Je vader is niet levensgevaarlijk gewond. Hij komt er weer bovenop.'

'Ik heb hem vermoord, Mike. Ik kon me niet beheersen.'

Mike vergat dat Sean gezegd had dat hij niet met Amanda over het gebeurde moest praten. Hij deed een stap achteruit, legde zijn handen op haar schouders en dwong haar hem recht in de ogen te kijken.

'Je kon niet anders.'

'Je begrijpt het niet. Ik *wilde* hem vermoorden. Ik kon niet meer ophouden. Mijn armen bleven gewoon bewegen.'

'Amanda, luister. Je hebt niets verkeerds gedaan. De man die je gedood hebt, was Manuel Castillo, een van de handlangers van Pedro Aragon. Als jij hem niet had uitgeschakeld, zou hij jou vermoord hebben.'

Mike wilde nog iets zeggen, maar op dat moment werd er op de deurpost geklopt. In de deuropening stond een stevig gebouwde Afro-Amerikaanse man met een bril. Greene had hem nog nooit eerder gezien.

'Het spijt me dat ik u stoor, meneer Greene, maar ik wilde even met mevrouw Jaffe praten.'

'Wie bent u?' vroeg Greene.

'J.D. Hunter is de naam. Ik ben van de FBI.'

'Kunt u daar niet even mee wachten?'

'Ik heb gehoord dat mevrouw Jaffe eerder door een van de overvallers was ontvoerd.' Mike staarde naar Amanda. 'Ontvoering is een zaak voor de federale recherche.'

'Waar heeft hij het over?' vroeg Mike.

Amanda legde haar hand op Mike's arm. 'Het is goed, Mike. Laat me even met hem praten.'

'Ik wil mevrouw Jaffe graag onder vier ogen een paar vragen stellen, als u daar geen bezwaar tegen heeft.'

Mike wist dat hij verder niets in de studeerkamer te zoeken had, maar hij wilde Amanda niet in de steek laten. Ze glimlachte vermoeid naar hem.

'Ik ben nog steeds advocaat, Mike. Ik kan mezelf echt wel beschermen.'

Amanda kneep even in Mike's hand. Hij draaide zich om en liep de kamer uit.

'Door wie bent u gebeld?' vroeg Amanda zodra Greene de deur achter zich had dichtgedaan.

'Door Sean McCarthy,' zei Hunter.

'Is dit niet een beetje een vreemd moment om de FBI erbij te halen?'

Hunter lachte. 'Er ontgaat u ook niets, hè? Ze hadden me al verteld dat u scherp van geest bent.'

'Wat is dan de werkelijke reden van uw komst?'

'Ik ben bang dat ik u dat niet kan vertellen. Nog niet, tenminste. Maar ik zou het op prijs stellen als u van me aan wilt nemen dat het resultaat van mijn onderzoek gunstig voor Jon Dupre kan uitpakken.'

Amanda dacht daar even over na. 'Stel uw vragen maar.'

'Ik wil graag alles weten over de ontvoering.'

Amanda haalde diep adem. Haar ontvoerder was dood, maar het was of dat emotioneel nog niet helemaal tot haar was doorgedrongen.

'Ik ben een paar dagen geleden in de parkeergarage bij mijn kantoor overvallen en ontvoerd. De man die in de kelder ligt en de twee dode mannen in de woonkamer hebben me meegenomen naar het bos. Ze dreigden dat ze... dat ze iets met me zouden doen.'

Amanda zweeg. Het lukte haar niet om de dreigementen van Castillo te herhalen.

'Weet u waarom ze u hebben ontvoerd?'

Amanda knikte. 'Ze wilden dat ik ervoor zou zorgen dat Jon Dupre veroordeeld werd.'

'Uit wat ik ervan begrepen heb, maak ik op dat de aanklager dat zonder al te veel moeite voor elkaar zou hebben gekregen. Waarom zou Pedro Aragon het proces hebben willen beïnvloeden?'

Amanda aarzelde. Het Vaughn Street Koor bestond uit politiemensen, een senator, advocaten en rechters. Waarom zou er ook niet een agent van de FBI bij betrokken kunnen zijn? Amanda deed haar ogen dicht. Het kon haar opeens niets meer schelen. Na wat er vannacht was gebeurd, was het in haar ogen het beste dat ze alles wat ze over het Vaughn Street Koor wist in de openbaarheid bracht. Haar vader was immers bijna vermoord doordat ze er steeds over had gezwegen.

'Ook al lijkt alles op het tegendeel te wijzen, zou het best eens zo kunnen zijn dat Jon Dupre aan geen van die twee moorden schuldig is,' zei Amanda. 'Ik ben er zeker van dat ze Wendell Hayes naar de gevangenis hebben gestuurd om Jon te vermoorden en dat Hayes, en niet Jon, degene was die het wapen de bezoekkamer heeft binnengesmokkeld.'

Amanda wachtte af hoe Hunter hierop zou reageren, maar tot haar verbazing vertoonde hij geen enkele reactie.

'Wie zijn volgens u die "ze" die Hayes op uw cliënt hebben afgestuurd?'

'Heeft u wel eens van een organisatie gehoord die zichzelf het "Vaughn Street Koor" noemt?'

'Jazeker, maar ik sta ervan te kijken dat u van hun bestaan op de hoogte bent. Kunt u mij vertellen wat u over die organisatie weet?'

'Volgens mij heeft Wendell Hayes Pedro Aragon leren kennen toen ze allebei rond de twintig waren. Dat moet in de jaren zeventig zijn geweest. Ze hebben toen een overeenkomst gesloten met de bedoeling om elkaar te helpen. Volgens mij was er ook een aantal jeugdvrienden van Hayes bij betrokken. In de loop der jaren werden Wendell en zijn vrienden steeds machtiger en kwamen er ook steeds meer nieuwe leden bij. Als ik het goed heb, omvat de organisatie nu bankiers, rechters, politici, openbare aanklagers en politiemensen. Wat vindt u daarvan?'

'Gaat u verder, mevrouw Jaffe,' zei Hunter zonder verder commentaar.

Amanda vertelde Hunter over de bewijzen die senator Travis als de moordenaar van Lori Andrews hadden aangewezen. Daarna vertelde ze de agent welke versie Jon Dupre van de moord op Hayes had gegeven en welke bewijzen er waren om zijn verhaal te staven. Ze vertelde hem ook dat Paul Baylor van mening was dat iemand Dupre had aangevallen.

'Mijn detective is twee zelfmoorden op het spoor gekomen die jaren geleden hebben plaatsgevonden. Het kan zijn dat het hier om moordaanslagen gaat die door deze lieden zijn gepleegd. Maar ik denk dat de ware reden om mij het zwijgen op te leggen, is dat ik een verzoek om inzage heb ingediend voor de politierapporten uit 1970, over een meervoudige moord in een drugspand. En nu komt het: dat drugspand stond in Vaughn Street.'

Er verscheen nu een brede glimlach op het emotieloze gezicht van Hunter.

'Bij die schietpartij zijn wapens gebruikt die afkomstig waren uit het huis van Wendell Hayes. De politie kwam indertijd tot de conclusie dat die wapens door een inbreker waren ontvreemd, maar volgens mij heeft Wendell ze zelf gestolen. Hayes beschikte over een alibi voor de avond waarop de schietpartij plaatsvond. Hij beweerde dat hij samen met een paar medestudenten op een feestje was. Het was december, dus waren ze allemaal thuis in verband met de kerstvakantie. Ik durf te wedden dat er ergens een verslag moet zijn van het verhoor van die jongens. Volgens mij zijn dat de oorspronkelijke leden van het Vaughn Street Koor en is dat verslag de enige plek waar we hun namen kunnen vinden.'

'Mevrouw Jaffe,' zei Hunter, 'als u ooit uitgekeken raakt op de advocatuur hebben we altijd wel een plekje voor u bij de FBI.'

'Gelooft u me dan?'

'O, jazeker, zonder meer. Ik ben al een tijdje met deze zaak bezig. Senator Travis had een voorkeur voor ruige seks en hij had ook iets met Lori Andrews. Dupre kocht zijn drugs van Pedro Aragon. Toen Andrews door de zedenpolitie werd gearresteerd, gaf ze aan dat ze als informant mee wilde werken om Dupre te pakken te krijgen. De FBI was al bezig met pogingen om Pedro's drugskartel op te rollen toen we het verhaal van Lori te horen kregen. Tijdens een van haar verhoren zei ze tegen een agent iets over de senator en vanaf dat moment werd ik erbij betrokken. We hadden geruchten gehoord over Pedro's connecties met een aantal voor-aanstaande figuren in Oregon, en ik had ook het verhaal van Sammy Cortez over het Vaughn Street Koor gehoord. Toen Wendell Hayes Dupre probeerde te vermoorden, begon ik die verhalen serieus te nemen. Maar ik beschikte niet over alle gegevens. Het verhaal dat u me nu verteld heeft, vormt het laatste stukje van de legpuzzel. We kunnen nu tot actie over-gaan.'

'Wat gaat u doen?'

'Ook hier moet ik u helaas nog even in het ongewisse laten. Het net be-gint zich nu te sluiten. Maar ik kan u verzekeren dat u mij met uw verhaal een onschatbare dienst heeft bewezen.'

'Als dat zo is, kunt u dan ook iets voor mij doen?'

'Als dat in mijn vermogen ligt, graag.'

'Kunt u mij naar het ziekenhuis brengen? Ik wil graag even bij mijn va-der op bezoek.'

Deel Zes

DE NEGENTIG METER

49

Harvey Grant was net bezig zijn toga uit te trekken toen Tim Kerrigan zijn kantoor binnenstormde en op een stoel neerplofte.

'U moet me helpen,' smeekte Kerrigan.

'Wat is er aan de hand, Tim?' vroeg Grant bezorgd. Het leek of Kerrigan dronken was of drugs had gebruikt. Als hij nu instortte, kon dat een ramp betekenen.

'Ik... ik droom er steeds van. Ik zie haar lichaam branden, ik zie haar gezicht voor me op het moment dat ik de trekker overhaal. Het leek of haar hele hoofd uit elkaar spatte. Alles zat onder het bloed.'

De rechter ging naast Kerrigan op een stoel zitten. 'Ik ben blij dat je naar me toe bent gekomen, Tim. Ik ben blij dat je beseft dat je altijd op mij kunt rekenen.'

'U bent de enige met wie ik hierover kan praten.' Hij zat met zijn hoofd in zijn handen. 'Ik kan niet meer. Ik kan zo niet verder leven. Misschien is het het beste als ik naar de politie ga en ze vertel dat het allemaal mijn idee was. Ik ga ze niets over u vertellen, of over een van de anderen.'

Grant bleef uiterlijk volkomen kalm. Hij moest ervoor zorgen dat Kerrigan geen gekke dingen deed.

'Probeer je gedachten even op een rijtje te zetten, Tim,' zei de rechter. 'Als je nu een bekentenis aflegt, maak je daar Cindy mee kapot. En denk eens aan Megan. Het arme kind zou de rest van haar leven bekendstaan als de dochter van een moordenaar en ook nog eens haar vader kwijtraken. Je weet wat er gebeurt met kinderen die met zo'n schande moeten leven. Je maakt er haar kans op geluk mee kapot.'

Kerrigan knikte. 'U heeft gelijk. Ik moet aan Megan denken. Maar wat moet ik dan in godsnaam doen? Ik ben ten einde raad. Ik kan nergens rust vinden.'

'Dat gevoel verdwijnt in de loop der jaren vanzelf. Over twee jaar weet je niet eens meer dat je er zo erg aan toe was. Over twee jaar zit je in Washington, samen met Megan en Cindy. Dan ben je een van de machtigste mannen van Amerika en is Ally Bennett iemand uit een droom.'

Kerrigan keek Grant hoopvol aan. 'Denkt u dat het echt zo zal gaan?'

Grant kneep Kerrigan in zijn schouder. 'Geloof me, Tim. Dat lege gevoel en je schuldbesef, het zal allemaal verdwijnen. Je komt er heus wel weer bovenop. Het leven zal je toelachen.'

Kerrigan omhelsde Grant. 'Bedankt, Harvey.'

Grant klopte een paar keer op Tims rug en ging toen een glas water voor hem halen. Hij wachtte even tot Tim zichzelf weer enigszins onder controle had en praatte nog even met hem. Toen Kerrigan vertrok, was hij een heel eind gekalmeerd. Maar toen de aanklager weg was, begon de moed Grant in de schoenen te zinken.

Uit de intercom klonk de stem van Grants secretaresse. 'Rechercheur Gregaros is hier om u te spreken.'

'Laat hem maar binnenkomen,' zei Grant.

De rechter had Gregaros nog maar zelden zo van streek gezien. Hij zag er uiterst belabberd uit.

'Wat is er afgelopen nacht gebeurd?'

'Castillo heeft de hele boel verziekt. Hij is dood. Zijn mannen ook, trouwens.'

'En Amanda Jaffe?'

'Amanda heeft Manuel met een bijl doodgeslagen.'

'Die Amanda is me d'r eentje. Godsallemachtig, met een bijl...'

Gregaros haalde zijn schouders op. 'Daar hebben we Manuel niet mee terug.'

'Het lijkt of het ineens allemaal erger begint te worden,' zei Grant. 'Tim Kerrigan was hier net.'

'Ik zag hem wegrijden toen ik hier aankwam,' zei de rechercheur. 'Hij zag er beroerd uit. Wat is er gebeurd?'

'Hij is er vreselijk aan toe. Ik heb hem voorlopig een beetje gerust kunnen stellen, maar ik maak me ernstig zorgen om hem.'

'En terecht, want we zitten nu echt met een probleem. Weet je nog dat ik je vertelde dat een van die onderhoudsmensen een deel van Kerrigans nummer had genoteerd? Wat is die McCarthy toch een klootzak. Hij probeert altijd iedereen te slim af te zijn. Hij is met dat nummer naar de centrale kentekenregistratie gestapt en heeft de cijfers die hij had, vergeleken met hun computeruitdraai. Kerrigans naam dook daarbij op. Daarna is hij gaan kijken met wie Kerrigan en Bennett de afgelopen dagen hebben gebeld. Bennett heeft Kerrigan een paar dagen voor hij haar vermoordde thuis gebeld. En ze hebben allebei naar hetzelfde motel in de buurt van het vliegveld gebeld. McCarthy is daar met een paar foto's naar toe gereden. De receptionist haalde ze er meteen uit.'

'En wat is McCarthy nu van plan?'

'Ik heb hem op het hart gedrukt dat hij niet overhaast te werk moet gaan. Ik heb tegen hem gezegd dat Kerrigans carrière op de klippen loopt als we alles bekendmaken zonder dat we voldoende bewijs hebben. Hij gaat eerst met Jack Stamm praten, en daarna met Tim, maar Stamm is tot morgen de stad uit. Als we iets gaan doen, moeten we snel beslissen. We hebben niet veel tijd meer.'

Grant deed zijn ogen dicht. De zaak begon nu volledig uit de hand te lopen.

'Ik moet toegeven dat het een vergissing van me was om Tim erbij te betrekken,' zei de rechter. 'Dat had ik niet moeten doen.'

'Maar wat kunnen we daar nu nog aan veranderen?'

'Ik ga de anderen bellen. Ik ga ze voorstellen dat we proberen om onze verliezen zoveel mogelijk te beperken.'

50

'Tim!'

Kerrigan draaide zich om en zag dat het Maria Lopez was, die hem op een sukkeldrafje achterna kwam rennen. Ze liep met haar hoofd voorover door de stromende regen. Ze had een koffertje in de ene hand en een thermosfles in de andere, zodat ze geen hand vrij had om een paraplu beet te houden. Haar haar zat helemaal door de war. Ze was drijfnat van de regen. Ze had wel een regenjas aan, maar ze had vergeten om hem dicht te doen, zodat haar blouse ook nat was geworden.

'Wat is er?' vroeg Tim. Hij hield zijn paraplu boven haar hoofd.

'Er heeft iemand gebeld,' zei Maria toen ze een beetje op adem was gekomen. 'Een vrouw. Ze zegt dat ze kan bewijzen dat Dupre senator Travis heeft vermoord. Ze wil met ons praten. We moeten naar het vakantiehuisje van Travis.'

'Wanneer?'

'Nu meteen. Travis heeft zelf ook stiekem opnamen gemaakt van zijn seksuele escapades. Toen hij door Dupre werd vermoord, had hij toevallig zijn cassetterecorder aan staan. Het bandje is in het vakantiehuis. We moeten er nu naar toe, want ze gaat vanavond weg.'

'Wacht even. Wie is die vrouw?'

'Ze wilde haar naam niet zeggen. Uit wat ik ervan begrepen heb, is het een van Dupre's escortmeisjes, een van de vrouwen die hij heeft mishandeld.'

'Maar hoe kan dat nou? We hebben het huisje van boven tot onder doorzocht. Er zijn geen bandjes gevonden.'

'Misschien heeft ze het zelf meegebracht.'

Tim dacht daar even over na. 'Ik ga Sean McCarthy bellen. Ik wil dat hij met ons meegaat.'

'Ze zei dat ze er geen politie bij wilde. Als ze ziet dat we met z'n drieën zijn, gaat ze ervandoor.'

Tim aarzelde.

'We moeten nu weg,' drong Lopez aan. 'We hebben nog steeds geen sterke bewijzen dat Dupre de senator vermoord heeft. Als er op dat bandje staat wat ze beweert, hebben we hem voor eens en voor altijd te pakken.'

'Oké. Dan gaan we. Mijn auto staat op het parkeerterrein.'

'Nee. Ze wilde weten met wat voor auto we kwamen. Ik heb haar de mijne beschreven. Als ze een andere auto ziet, gaat ze er misschien ook vandoor.'

'Ik hoop dat het ergens toe leidt. Zou het geen vals spoor kunnen zijn?'

'Ze klonk doodsbang, Tim. Volgens mij was dat echt.'

'Wat een rotweer,' zei Kerrigan. Maria zat achter het stuur. Ze waren onderweg naar het vakantiehuisje. Het regende zo hard dat de ruitenwissers het amper konden bolwerken.

'Gaat het wel goed met je, Tim?' vroeg Maria. 'Je ziet eruit alsof je door een mangel bent gehaald.'

'Het is niets. Ik ben alleen maar doodop.'

'Neem dan wat koffie,' zei Maria. 'Daar knap je van op.'

'Dat lijkt me een goed idee.'

Tim schroefde de beker van Maria's thermosfles en schonk hem vol dampende koffie.

'Wil jij ook?' vroeg hij aan Maria.

'Nee, dank je.'

Kerrigan nam net de laatste slok toen Maria afsloeg en over de onverharde oprit naar het vakantiehuisje reed. Er brandde nergens licht en Kerrigan begon zich af te vragen of ze hier toch niet voor niets naar toe waren gereden.

'Zo te zien is er niemand hier,' zei hij. Hij keek om zich heen of hij ergens een auto zag staan.

Maria parkeerde vlak voor de ingang. Kerrigan deed het portier open en wilde uitstappen. Toen hij zich probeerde te bewegen, merkte hij dat hij duizelig werd. Hij ging weer zitten.

'Wat is er?' vroeg Maria.

Hij schudde zijn hoofd. 'Het gaat wel weer. Kom mee.'

Kerrigan kwam met moeite overeind en liep achter Maria aan naar binnen. Ze had de thermosfles en haar koffertje bij zich. De regen leek haar niet te deren. Het duurde even voordat Tim de voordeur bereikt had. Hij moest de grootste moeite doen om zich te concentreren.

'Kom maar, dan help ik je even,' zei Maria. Ze pakte hem bij een arm. Hij stond nu zo te tollen op zijn benen dat ze hem moest ondersteunen.

'Ik geloof dat ik niet goed word,' zei Tim. Maria deed het licht in de woonkamer aan en leidde hem naar de sofa.

'Misschien heb je iets verkeerds gegeten,' zei ze. Het leek of haar woorden ergens uit de verte kwamen. Tim keek op. Maria hield hem de beker van de thermosfles voor. 'Neem nog wat koffie. Daar word je weer wakker van.'

Tim dronk de beker half leeg. Hij morste koffie op zijn regenjas. Het was of zijn mond niet meer goed werkte.

'Laten we je jas even uit doen,' zei Maria terwijl ze aan een mouw begon te trekken.

Tim keek om zich heen. 'Er is hier niemand,' kon hij nog net uitbrengen. Het kostte hem de grootste moeite om te spreken.

'Misschien heeft ze ons toch voor de gek gehouden,' antwoordde Maria. Ze deed haar koffertje open en haalde er een vel papier uit. Het document kwam hem vaag bekend voor. Hij keek zo geconcentreerd naar het vel papier dat hij de revolver in de plastic zak pas zag toen Maria die op de koffietafel voor de sofa neerlegde.

'Wat is dat?' vroeg Tim. Hij probeerde overeind te komen, maar had daartoe niet meer de kracht. Het velletje papier leek op de bekentenis die Stan Gregaros hem had laten ondertekenen, maar hij kon zich niet lang genoeg concentreren om de inhoud te lezen.

'Het spijt me dat het allemaal zo is gelopen,' zei Maria. 'Niemand had in de gaten hoe zwak je in feite bent.'

Het duurde even voordat het tot Tim doordrong wat Maria precies had gezegd. Toen hij de betekenis van haar woorden begreep, had ze ondertussen handschoenen aangetrokken en de revolver uit de plastic zak gehaald.

'Wat... Wat ga je...?'

'Ik ga je helpen om zelfmoord te plegen. Over een paar tellen ben je helemaal buiten westen. Het is een snelwerkend middel.'

Kerrigan schudde zijn hoofd. 'Ik begrijp niet wat...'

'Natuurlijk niet. Je denkt nog steeds dat ik een dikke, enthousiaste aanklager ben.' Ze schoot in de lach. 'Ik moet toegeven dat dik zijn me wat moeite heeft gekost, maar het enthousiasme was wel echt. Ik doe mijn werk met plezier.'

Kerrigan staarde Maria aan.

'Ik zal me even voorstellen, Tim. Ik ben de dochter van Pedro Aragon.'

Tim schudde weer zijn hoofd. Hij probeerde helder te denken, maar het leek of hij bewusteloos begon te raken. Hij verzette zich uit alle macht.

'Laat dat middel z'n werk maar doen, Tim. Ik heb er zoveel van in die koffie gedaan, dat geloof je niet.'

Kerrigan probeerde overeind te komen, maar hij viel opzij. Maria haalde haar schouders op.

'Wat je wilt.'

Tim was nu bijna bewusteloos. Zodra hij buiten kennis was, zou Maria hem de revolver in zijn handen duwen, de loop tegen zijn slaap houden en de trekker overhalen. Kerrigan deed zijn ogen dicht. Maria pakte de revolver op en liep om de tafel heen. Ze voelde Kerrigans pols en zuchtte. Ze vond Tim eigenlijk heel aardig. Hij was ook best een lekker stuk. Als alles volgens plan was verlopen, zou ze misschien op een gegeven moment wel geprobeerd hebben om hem te verleiden. Als ze eenmaal weer wat was afgevallen, zag ze er best sexy uit. Ze wist ook dat Tim thuis problemen had.

Maar het was niet anders. Maria duwde de loop van de revolver tegen Kerrigans slaap.

'Droom maar lekker,' zei ze.

51

Tijdens de lunchpauze had Harvey Grant in het park aan de overkant van het gerechtsgebouw Maria Lopez ontmoet en haar Tim Kerrigans bekentenis en het wapen waarmee Kerrigan Ally Bennett had vermoord, gegeven. Op het moment dat Kerrigan en Lopez onderweg waren naar het vakantiehuisje, zat Grant aan de avondmaaltijd. De rechter ging om tien uur naar bed. Hij sliep uitstekend, in de verwachting dat hij zodra hij wakker werd het goede nieuws zou vernemen dat Tim Kerrigan dood was. Het bericht dat hij in zijn ochtendkrant aantrof, bevatte echter geen goed nieuws. Integendeel zelfs.

De magistraat genoot doorgaans van een stevig ontbijt voordat hij naar zijn werk ging, maar het bericht op de voorpagina van de *Oregonian* benam hem de eetlust. Erger nog: Grant voelde nu voor het eerst sinds lange tijd nog iets anders – angst.

AANKLAGER GEARRESTEERD IN VERBAND MET MOORDCOMPLOT

Maria Lopez, openbaar aanklaagster in Multnomah County, is gisteravond door de FBI gearresteerd in verband met een poging tot moord op Tim Kerrigan, haar directe chef op het bureau van de officier van justitie en ooit winnaar van de Heismantrofee. De poging tot moord vond plaats in de vakantiewoning waar Jon Dupre, de eigenaar van Exotic Escorts, vermoedelijk de moord op senator Harold Travis heeft gepleegd. Kerrigan en Lopez vervolgden Dupre vanwege de moord op Travis en vanwege de moord op Wendell Hayes, de vooraanstaande advocaat uit Oregon.

In een van tevoren opgestelde verklaring, maakte J.D. Hunter, agent van de FBI, bekend dat hij samen met enkele andere agenten bezig was met een onderzoek, waarover hij geen verdere mededelingen wilde doen, in het kader waarvan de FBI Lopez en Kerrigan naar de vakantiewoning was gevolgd en beiden in het oog hield. De agenten betraden de woning op het moment dat Lopez met een revolver op Kerrigan schoot. Lopez werd gearresteerd en bevindt zich momenteel in hechtenis. De agenten deden geen enkele mededeling over de toestand waarin Kerrigan verkeert. Er werd ook niet gezegd waar Kerrigan zich momenteel bevindt.

Het verhaal ging nog even door. Het grootste deel ervan was gewijd aan Kerrigans footballcarrière en de successen die hij als openbaar aanklager had behaald.

Grant was trots op de manier waarop hij er altijd in slaagde om zijn emoties te beheersen. Die zelfbeheersing had hij nu ook hard nodig: hij probeerde zijn twijfels en zijn angsten opzij te schuiven en een overzicht te maken van de sterke en zwakke kanten van deze hele affaire. Maria Lopez bevond zich in hechtenis en de kans dat haar een lange gevangenisstraf te wachten stond, was verre van denkbeeldig. Als Kerrigan het er levend had afgebracht, luidde de aanklacht poging tot moord; als hij dood was, kwam het neer op moord. Maar Maria zou tijdens een verhoor beslist niet meewerken. Ze was de dochter van Pedro en volledig trouw aan haar vader en aan de club. Maar stel dat ze doorsloeg, wat dan? Misschien dat dat nog even zou duren. En trouwens, zo redeneerde Grant, haar woord alleen zou niet voldoende zijn om een aanklacht tegen hem in te dienen. Maar toen besefte hij ook dat er méér was dan haar woord alleen. De FBI had nu het wapen in handen waarmee Kerrigan Ally Bennett om het leven had gebracht. Ze hadden ook het briefje waarin Kerrigan zijn zelfmoord had aangekondigd. Ze hadden dus een waterdicht bewijs tegen Kerrigan in handen, en als ze hem onder druk zetten om bij het onderzoek mee te werken, zou hij dat, als hij eenmaal doorhad dat de rechter Maria opdracht had gegeven om hem te doden, zonder meer doen.

'Tim weet dat we Cindy en Megan te pakken nemen als hij gaat praten,' zei Grant hardop. 'Maar hij zit al sinds gisteravond bij de FBI. Misschien staan Cindy en Megan nu onder politiebescherming. Misschien zijn ze ondertussen al ondergedoken.'

Grant greep de telefoon en koos het privé-nummer van Kerrigan.

'Ja?' Cindy klonk aarzelend. Het leek of ze bang was.

'Met Harvey hier.'

'Goddank. Ik dacht dat het weer een verslaggever was.' Grant hoorde de opluchting in haar stem. 'Ze bellen me al sinds vanmorgen vroeg. Er staat zelfs een televisieploeg aan het begin van de oprijlaan.'

'Ik heb het nieuws over Tim net in de krant gelezen. Hoe is het met hem?'

'Tims vader gaat vanmorgen met Katherine Hickox praten,' zei ze. Hickox was de hoofdofficier van justitie van de staat Oregon.

'Als er iemand achter de toedracht kan komen, is Bill het wel.'

'Ik maak me zorgen om Tim. Volgens de krant heeft die vrouw geprobeerd om hem te vermoorden. Het zijn nota bene collega's. Waarom zou ze zoiets doen?'

'Ik weet evenveel als jij, maar ik ga met Jack Stamm praten. Misschien kom ik dan meer te weten. Pas ondertussen goed op Megan. Dit is voor haar ook niet gemakkelijk.'

'Bel me asjeblieft als je wat meer weet. Ik weet niet eens of Tim gewond is of...'

'Zorg in godsnaam dat je fantasie niet met je op de loop gaat, Cindy. De krant had het over "poging tot moord". Dat moet dus betekenen dat Tim nog leeft.'

'O, god. Ik hoop dat het zo is.'

'Je moet sterk zijn. Als je het idee hebt dat je in paniek raakt, moet je aan je dochter denken.'

'Dat zal ik doen, Harvey. Bedankt voor alles. Je betekent heel veel voor ons.'

Grant beëindigde het gesprek. Cindy en Megan waren thuis, wat dus inhield dat Kerrigan nog niet had gepraat. Maar hoe lang zou dat nog duren?

Katherine Hickox was lid van de Westmont Country Club. Ze kende William en Tim Kerrigan al jaren. Ze was samen met nog iemand op kantoor toen William, in gezelschap van zijn advocaat, Peter Schwab, arriveerde. Ze schudde Schwab even de hand, maar hield de hand van Kerrigan een hele tijd vast.

'Ik vind het zo erg wat er allemaal gebeurd is, Bill. Kun je dit allemaal aan?'

'Dat gaat wel, maar ik zou me een stuk beter voelen als ik wist hoe het met Tim ging.'

Katherine liet Kerrigans hand los en stelde de andere man in de kamer voor.

'Dit is J.D. Hunter. Hij is door de FBI met deze zaak belast.' Hunter schudde Kerrigan en Schwab de hand. De hoofdofficier ging ondertussen aan haar bureau zitten.

'Hoe is mijn zoon eraantoe?'

'Op het moment dat we het huisje binnenvielen, hield Maria Lopez een revolver tegen Tims hoofd. Toen ze zich omdraaide, ging het wapen af. Ze moet daarbij een beweging met de revolver hebben gemaakt, want Tim heeft alleen maar een schampschot aan zijn hoofd opgelopen. Niets ernstigs dus. We hebben hem overgebracht naar de beveiligde vleugel van het OHSU. Het leek me beter om uw zoon naar het ziekenhuis te brengen en niet naar de gevangenis.'

'Waarom zou u hem willen opsluiten?'

'Tim is de hoofdverdachte bij de moord op een prostituee die een paar dagen geleden in het Forest Park is doodgeschoten.'

Kerrigans mond zakte open. Hij stond Hunter even aan te staren en wendde zich toen tot Katherine. Katherine knikte bevestigend.

'Is dat echt zo?'

'Het spijt me, Bill,' zei de hoofdofficier.

'Bent u van plan om Tim naar de gevangenis over te brengen zodra dat mogelijk is?' vroeg Schwab.

'Nee, dat niet. Hij wordt later vandaag uit het ziekenhuis ontslagen.'

'Als hij van moord verdacht wordt, waarom laten jullie hem dan gaan?'

'Daar kan ik nu niet op ingaan. Ik kan u wel vertellen dat alles wat we hebben aan de staat wordt overgedragen. Katherine ziet hier geen zaak in voor het federale hof. Het laboratorium is nog met onderzoek bezig. Als de uitslag daarvan ons vermoeden bevestigt, zal de staat ongetwijfeld tot vervolging overgaan.'

'En als ik afga op wat ik nu weet, denk ik dat het er voor Tim niet gunstig uitziet,' zei Hickox.

'Iedereen die ik spreek, is vol lof over uw zoon,' zei Hunter. 'Hij moet onder grote druk gestaan hebben. Ik wil hem graag helpen, en uw hulp kan belangrijk zijn als we willen dat hij er met een lichte straf vanaf komt.'

'Wat kan ik dan doen?'

'Voordat we daar verder over praten, wil ik dat u me belooft dat u aan niemand vertelt wat ik tegen u ga zeggen.'

'Dat begrijp ik niet.'

'Ik kan het u niet uitleggen als u me dat niet eerst belooft.'

Kerrigan overlegde even met zijn advocaat en wendde zich daarna weer tot Hunter.

'Ik geef u mijn woord dat ik er verder met niemand over zal praten. Kunt u mij nu vertellen wat ik moet doen om Tim te helpen?'

'Tims hulp bij een groter onderzoek kan gevolgen hebben voor de aanklacht die tegen hem wordt ingediend, en dus ook van invloed zijn op de straf die tegen hem kan worden geëist. Maar tot nu toe weigert hij alle medewerking. Als u hem wilt helpen, moet u nu naar het ziekenhuis gaan en proberen hem op andere gedachten te brengen. En gelooft u mij, hij heeft echt alle hulp nodig die hij kan krijgen.'

52

Een zware stalen deur moest voorkomen dat onbevoegden de extra beveiligde vleugel van het ziekenhuis betraden. Voor de deur stond een bureau, waarachter een gewapende politieagent zat. William Kerrigan moest zijn handtekening zetten. De agent controleerde zijn legitimatie en drukte vervolgens op een knop onder zijn bureau. Een paar tellen later ging de stalen deur open. Een ziekenbroeder liep met Kerrigan een lange gang door, waarvan de vloer was voorzien van linoleum. Er hing een vage geur van ontsmettingsmiddel. Halverwege de gang zat, voor de deur van Tims kamer, nog een agent. Deze controleerde nogmaals Kerrigans legitimatie en opende vervolgens de deur van de kamer.

Tim draaide zich om en keek in de richting van de deur toen zijn vader binnenkwam. Hij zag er bleek uit. Een groot deel van de rechterhelft van zijn hoofd zat in het verband. Op het deel van zijn hoofd dat onder het verband uitstak, zat een donkere plek. Hij had een lusteloze blik in zijn ogen.

'Hoe is het?' vroeg William.

'Ik heb het verziekt, pa.' Er kwamen tranen in zijn ogen. 'Ik heb alles verziekt.'

William trok een stoel tot naast het bed en ging zitten. Tim wendde zijn blik af en bette zijn ogen.

'Alles komt goed, jongen. Ik heb met J.D. Hunter gesproken. Hij is door de FBI met deze zaak belast. Je wordt vandaag uit het ziekenhuis ontslagen. Als je hier eenmaal weg bent, zorgen we dat we de beste advocaten krijgen die er zijn. Alles komt in orde, dat beloof ik je.'

'Ik denk van niet, pa. Je hebt geen idee wat mij is overkomen.'

'Hunter zei dat je een vrouw vermoord hebt. Maar dat is toch niet zo, Tim, of wel?'

'Ik heb haar vermoord.' Tim leek ten einde raad. 'Ik hoop dat God het me vergeeft. Ik... ik heb haar doodgeschoten en haar daarna in brand gestoken.' Tim durfde zijn vader niet recht in de ogen te kijken. 'Ik heb iets vreselijks gedaan, ik weet het. En ik heb ook de levens van Cindy en Megan kapotgemaakt.'

'Hunter zei dat hij je gaat helpen als je met hem meewerkt. Hij heeft me niet verteld wat hij wil dat je doet, maar hij heeft me wel verzekerd dat er iets tegenover staat als je de FBI helpt bij hun onderzoek.'

'Dat kan ik niet doen, pa. Als ik...'

'Wat is er dan?'

'Dat kan ik je niet vertellen. Dan loop jij straks ook gevaar.'

'Dat kan me niet schelen, Tim. Jij bent mijn zoon. Wat willen ze van je?'

'Je begrijpt het niet. Als ik ga praten, worden Cindy en Megan vermoord. Misschien nemen ze jou ook wel te pakken.'

'Waar heb je het in godsnaam over?'

Tim schudde zijn hoofd.

'De lieden die jou hebben bedreigd zijn niet zo machtig als de federale regering. Ik zal ervoor zorgen dat Cindy en Megan bescherming krijgen.'

'Jij kunt hun veiligheid ook niet garanderen. Je hebt geen idee wie hier achter zitten.'

'Dan moet je me dat vertellen.'

Tim staarde uit het raam. Zijn vader wachtte geduldig. Even later leek het of Tim een besluit had genomen.

'Misschien kun je me toch helpen. Misschien kunnen we het samen oplossen.'

Hij dacht nog even na en slaakte toen een diepe zucht.

'Het is Harvey, pa. Harvey Grant. Hij heeft me bedreigd.'

Williams mond viel open van verbazing. Toen schoot hij in de lach. Hij kon niet geloven wat Tim zei.

'Harvey is mijn oudste vriend, Tim. We hebben samen op school gezeten. Hij houdt van je. Hij is nota bene je peetvader.'

'Ik hoop niet dat je het me kwalijk neemt, maar toen ik in de problemen kwam, ben ik naar Harvey toegestapt. Ik ben niet naar jou toegekomen. Ik had het idee dat hij... dat jij...'

'Je hoeft me niet meer te vertellen, Tim. Ik begrijp best dat je niet naar mij bent gekomen. Ik ben niet zo'n warm iemand. Het kost me moeite om genegenheid te tonen. Maar ik heb altijd van je gehouden. Als ik soms hardvochtig overkwam, was dat omdat ik wilde dat jij de beste zou zijn.'

'Ik heb altijd gedacht dat je teleurgesteld in mij was, dat je eigenlijk had gewild dat ik... dat ik je zoon niet was.'

'Helemaal niet, Tim. Ik ben altijd trots op je geweest. Vertel me nu eens precies wat er aan de hand is.'

Tim vertelde zijn vader over de avond met Ally Bennett en haar poging om hem te chanteren met de bedoeling dat hij de aanklacht tegen Dupre zou intrekken. Vervolgens vertelde hij hem over zijn gesprekken met Harvey Grant en wat er daarna in het Forest Park was gebeurd.

'Ik kan het niet geloven,' zei William. 'Ik ken Harvey al m'n hele leven. Ik had geen flauw idee dat hij...'

'Maar zo is het allemaal gegaan. En je begrijpt nu ook waarom ik niet mee kan werken. Als ik dat doe, laat hij Cindy en Megan vermoorden. Maar ik heb wel iets dat ik tegen hem kan gebruiken. Ik weet hoe ik achter de namen van de leden van zijn vriendenclub kan komen.'

'Hoe dan?'

'Toen ik dat zelfmoordbriefje ondertekende, heeft Stan Gregaros me verteld dat ieder nieuw lid iets dergelijks moet doen. Die briefjes zijn bekentenissen. Op de wapens waarmee de moorden worden gepleegd, staan de vingerafdrukken van de leden. Als de politie die kan achterhalen, zouden ze een lijst kunnen opstellen met de namen van alle leden en over sluitend bewijsmateriaal beschikken om ze allemaal aan te klagen wegens moord. Ik wil dat jij gaat proberen om het met Harvey op een akkoordje te gooien. Ik ga met je mee. We kunnen het gesprek het beste in een openbare gelegenheid laten plaatsvinden, dan zijn we in elk geval veilig. De Westmont lijkt me wel een goed idee.'

William keek naar het verband om Tims hoofd. 'Weet je zeker dat je dit aankunt?'

'We moeten nu iets doen. Ik heb tegen Hunter gezegd dat Maria waanzinnig verliefd op me was, maar dat ik haar heb afgewezen en dat ze toen Ally Bennett heeft vermoord met de bedoeling om mij erin te luizen. Ik heb hem verteld dat ze mijn vingerafdrukken op de revolver heeft aangebracht terwijl ik buiten westen was, en dat zij ook dat briefje heeft geschreven. Maar dat briefje wordt op dit moment onderzocht. Hunter kan nu elk moment te horen krijgen dat het mijn eigen handschrift is, en dan word ik weer in hechtenis genomen. Daarom moeten we Harvey vanavond nog te spreken zien te krijgen.'

'Wat wil je dan van Harvey gedaan krijgen?'

'Ik wil dat hij me belooft dat hij mijn familie met rust zal laten. Als hij toestemt, werk ik verder niet mee aan het onderzoek. Ik zal de moord blijven ontkennen, maar als ik veroordeeld word, zal ik me daar niet tegen verzetten.' Tim liet zijn hoofd hangen. 'Ik heb trouwens mijn straf wel verdiend.'

Tim keek op. Hij leek opeens vastberaden.

'Zeg maar tegen Harvey dat hij moet beloven dat Cindy en Megan niets zal overkomen. Als hij weigert, zal ik alles doen wat ik kan om hem kapot te maken.'

53

Harvey Grant was op zijn kantoor toen William Kerrigan hem vanuit Tims kamer in het ziekenhuis met zijn mobiele telefoon belde.

'Hoe gaat het met Tim?' was het eerste wat de rechter vroeg.

'Hij wordt over een half uur uit het ziekenhuis ontslagen.'

'Dat is goed nieuws. Ik liep me ernstig zorgen om hem te maken.'

'Meen je dat, Harvey?'

'Maar natuurlijk. In de krant stond alleen dat Maria Lopez geprobeerd heeft om hem te vermoorden. Ik heb tot nu toe niemand gesproken die me kon vertellen hoe het met hem ging.'

'Het gaat prima met hem. Zo goed zelfs dat hij vanavond samen met ons bij de Westmont wil gaan eten.'

'Wil hij niet liever bij Cindy en Megan zijn?'

'Ja, maar hij vindt het belangrijker dat hij zeker weet dat ze veilig zijn.'

'Ik begrijp niet wat je bedoelt.'

'Volgens mij begrijp je dat best. Ik heb net een lang gesprek met Tim gehad. Hij heeft me verteld dat hij de afgelopen tijd een paar keer bij je langs is geweest.'

'Juist.'

'Ik wil dit niet via een mobieltje bespreken. Jij wel?'

'Nee.'

'Dan zien we elkaar vanavond om acht uur bij de Westmont. En Harvey, ik denk dat je even moet wachten met overhaaste dingen te doen tot je gehoord hebt wat we te zeggen hebben. Tim weet namelijk precies hoe hij dat hele kaartenhuis van je kan laten instorten.'

'Waar heb je het over?'

'Dat hoor je vanavond wel. Hij heeft alles al op papier gezet. Zo gauw ik hier weg ben, ga ik die stukken eerst bij Peter Schwab brengen.'

'Maar Bill, je denkt toch niet dat ik iets zou doen dat Tim schade zou berokkenen? Ik beschouw hem als mijn eigen zoon.'

'Daar ben ik erg blij om, Harvey. Ik hoop dat dat ook zo blijft.'

'Wat voor gevaar kan Tim voor ons betekenen?' vroeg Gregaros toen de rechter hem had verteld wat Kerrigan gezegd had.

'Heb jij Tim verteld dat de andere leden van de club een zelfmoordverklaring moeten tekenen als ze lid worden?'

'Ja.'

'Als de politie die briefjes en de wapens in handen krijgt, zijn de zaken met betrekking tot de moorden die iedereen bekend heeft een fluitje van een cent voor ze. Maar er zal vast wel iemand zijn die een schikking wil treffen, in ruil voor strafvermindering. En dan is het geen kwestie meer van Kerrigans, of Maria's, woord tegenover het onze.'

'Kerrigan weet niet waar die spullen zijn verstopt.'

'Het zal ze geen enkele moeite kosten om een bevel tot huiszoeking los te krijgen. Ze halen de hele boel overhoop, net zo lang tot ze alles gevonden hebben.'

'Dan moeten we het bewijsmateriaal laten verdwijnen.'

'Nee. Als we die bekentenissen gaan vernietigen, raken we ook onze greep op de anderen kwijt. Ze gehoorzamen ons alleen uit angst. We moeten alleen zorgen dat de spullen bijtijds mijn huis uit zijn. Geen paniek, ik heb alles op een rijtje gezet. We moeten het snel doen, liefst vanavond, voordat Kerrigan de kans krijgt om er met iemand over te praten.'

Een paar uur later deed Harvey Grant de zelfmoordbekentenissen en de wapens in een grote doos, die door Victor Reis, zijn trouwe rechterhand, naar de keuken werd gebracht. Vanuit de keuken bood een deur toegang tot Grants garage. Zelfs al werd het huis in de gaten gehouden, zou niemand kunnen zien waar ze mee bezig waren. Zodra Reis de doos in de kofferbak van Grants Cadillac had gezet, stapten ze in en reden naar de Westmont.

Bij de hoofdingang van het terrein stonden stenen pilaren. Reis reed het terrein op. Ze reden over de bochtige oprijlaan en stopten voor de ingang van het clubgebouw. De bediende die ervoor zorgde dat de auto's van de leden werden geparkeerd, hield het portier voor de rechter open en liep vervolgens om de auto heen naar de bestuurderskant. Reis was al uitgestapt. Hij gaf de sleutels van de Cadillac aan de bediende. Hij had nog een tweede set autosleutels in zijn zak, maar die hield hij bij zich omdat hij die straks nog nodig had.

Terwijl Grant en Reis naar de grote eetzaal liepen, kwam Burton Rommel op hen af.

'We moeten even over Tim praten,' zei Rommel. 'Ik heb gehoord dat hij in de problemen zit. Misschien kan dat gevolgen hebben voor zijn kandidatuur voor de zetel van Harold.'

'Ik ga vanavond met Tim en Bill eten, Burt. Ik verzeker je dat alles in orde komt.'

'Uitstekend.'

'Als je me morgen even belt, kan ik je vertellen hoe het is afgelopen.'

'Dat doe ik. Dit is iets dat meteen geregeld moet worden,' zei Rommel met enige nadruk.

'Helemaal mee eens. Ik ga niet zitten afwachten en de dingen op hun beloop laten.'

'Ik ben blij dat we op dezelfde golflengte zitten.'

Een paar minuten nadat Rommel was vertrokken, kwamen de Kerrigans binnen.

'Ik heb een van de kleinere eetzaaltjes gereserveerd,' zei Grant.

Via een nauwe gang liepen ze naar de achterkant van het gebouw, waar drie kleinere zaaltjes waren waar de leden in intieme kring konden dineren. Het zaaltje dat door de rechter was gereserveerd, was kort voor hij arriveerde onderzocht op de aanwezigheid van afluisterapparatuur. Toen iedereen binnen was, deed Grant de deur dicht.

'Ik wil dat Victor jullie eerst fouilleert. Ik wil niet dat jullie ons gesprek opnemen.'

William verstijfde, maar Tim legde zijn hand op zijn onderarm om hem gerust te stellen.

'Laat hem zijn gang maar gaan, pa. Dan kunnen we tenminste beginnen.'

Reis fouilleerde hen snel, maar wel grondig. Toen hij klaar was, schudde hij zijn hoofd.

'Victor, ik wil dat jij op de gang gaat staan en zorgt dat we niet gestoord worden.'

'Hoe gaat het met je, Tim?' vroeg Grant zodra Reis de deur achter zich had dichtgetrokken.

'Jij hebt Maria opdracht gegeven om mij te vermoorden, Harvey,' antwoordde Tim. 'Laat die mooie praatjes dus maar achterwege.'

De glimlach verdween van Grants gezicht. 'Wat wil je van me?'

'Een duidelijke toezegging dat Cindy, Megan en mijn vader met rust gelaten worden als ik mijn mond houd.'

Zodra hij de deur van het eetzaaltje achter zich had dichtgetrokken, liep Victor Reis naar buiten en vroeg aan de bediende om de sleutels van een bepaalde auto die zijn belangstelling had. Hij vroeg ook waar de Cadillac van Grant geparkeerd stond. De bediende overhandigde Reis de sleutels en gaf hem het nummer van de parkeerplaats zonder vragen te stellen.

De parkeergarage van de Westmont stond een eindje bij het hoofdgebouw vandaan. Reis was op zijn hoede toen hij een klein parkeerterrein overstak en naar de parkeergarage liep. Er stonden nog twee andere leden op hun auto's te wachten, maar dat waren bekenden van Reis. Hij zag nergens een vreemde personenauto of vrachtwagen in de buurt.

De Cadillac van Grant stond op de eerste verdieping. Reis keek eerst overal rond voordat hij de doos uit de kofferbak tilde. Er was verder niemand op die verdieping. De andere auto stond vlakbij geparkeerd. Reis liep er met de doos naar toe en zette hem in de kofferbak. Een paar minuten later gaf hij de sleutels terug aan de bediende en liep terug de gang in om voor de deur van de kleine eetzaal de wacht te betrekken.

Een half uur later reed Reis Grant naar huis. Toen ze bijna bij het hek van de oprijlaan waren, ging de mobiele telefoon van de rechter over. Op hetzelfde moment zag Reis twee auto's in de achteruitkijkspiegel. Het was erg donker, maar toch verbaasde het Reis dat die auto's hem niet eerder waren opgevallen.

Grant haalde zijn telefoon uit zijn zak. 'Hallo.'

'Met mij.'

'Waarom bel je?' vroeg Grant.

'De doos stond niet in de kofferbak.'

Grant werd lijkbleek. Hij stond op het punt om Victor een vraag te stellen toen hij twee auto's voor het hek van de oprijlaan zag staan. Reis remde uit alle macht. Het volgende moment werd de Cadillac klem gereden door de auto's die hen hadden achtervolgd. J.D. Hunter stapte uit een van de auto's. Uit de andere auto's kwam een aantal gewapende FBI-agenten te voorschijn, die de auto van Grant omsingelden. Hunter hield zijn legitimatie tegen het zijraampje aan de bestuurderskant. Achter Hunter was nu ook Sean McCarthy zichtbaar geworden. Reis draaide het portierraampje omlaag.

'Goedenavond, rechter Grant, goedenavond, meneer Reis,' zei Hunter. 'Wilt u misschien even uitstappen?'

'Wat heeft dit te betekenen?' wilde Grant weten.

'Ik arresteer u om te beginnen vanwege het aanzetten tot en de medeplichtigheid aan poging tot moord op Tim Kerrigan. En vanwege uw betrokkenheid bij pogingen tot moord op Amanda Jaffe, Frank Jaffe en Jon Dupre. En, voor ik het vergeet: vanwege de moord op senator Harold Travis. Er zullen vast en zeker nog meer aanklachten volgen, maar hier wil ik het voorlopig even bij laten.'

54

J.D. Hunter wist dat Harvey Grant zo lang mogelijk zou proberen om zijn poot stijf te houden, en dus liet hij hem eerst een uur in zijn eigen sop gaarkoken voordat hij zich bij de arrestant voegde, die in een smal, onaangenaam warm verhoorkamertje zat te wachten. De rechter kende alle trucjes en protesteerde dus niet over de hitte of over het feit dat Hunter hem zo lang had laten wachten. Hij keek de FBI-agent recht in de ogen. Zijn blik was volkomen emotieloos, alsof hij probeerde in te schatten waar hij met Hunter aan toe was.

'Goedenavond, meneer Grant,' zei Hunter. Op hetzelfde moment reed een andere agent een televisietoestel met een videoapparaat naar binnen. 'U verwacht misschien dat ik ga proberen om u met allerlei slimme vragen uit uw tent te lokken, maar ik heb helemaal geen vragen. En ze hebben me ook verteld dat gummiknuppels tegenwoordig uit den boze zijn.' Grant vertrok geen spier van zijn gezicht.

'En we gaan ook geen spelletje met u spelen om u aan het praten te krijgen. We gaan gewoon de dingen bij hun naam noemen. Probeert u zich dus een beetje ontspannen te gedragen. Als u meewerkt aan ons onderzoek is dat puur op vrijwillige basis. Ik hoop voor mezelf eigenlijk dat u niet meewerkt. We hebben genoeg bewijzen om u meteen achter de tralies te stoppen en ik wil niet dat u de kans krijgt om via een of ander juridisch foefje de dans te ontspringen.'

Er kwam nu nog een agent de kamer binnen. Hij stelde zich naast de deur op, terwijl de agent die samen met Hunter binnen was gekomen, controleerde of het videoapparaat werkte en een cassette in het apparaat schoof.

'Ik ga u nu een stukje film laten zien, maar ik wil u graag eerst aan iemand voorstellen. U heeft hoop ik toch geen hartkwaal?'

Grant reageerde niet. Hunter schoot in de lach. 'Ik wist wel dat het ons een heleboel moeite zou kosten om iets uit u te krijgen.' Hij wendde zich tot de agent die bij de deur stond en knikte. De agent opende de deur en deed een stap opzij. De rechter boog zich naar voren en staarde stomverbaasd naar de deuropening.

In de deuropening stond Ally Bennett.

'Dag, edelachtbare,' zei ze. 'Ik kan haast niet wachten om tegen u en uw vrienden te getuigen.'

Hunter knikte en Ally stapte achteruit. Ze hield haar blik de hele tijd op Grant gericht. De deur ging weer dicht.

'Zoals u ziet, is mevrouw Bennett nog springlevend. Die zogenaamde moord was een kwestie van doorgestoken kaart.'

De rechter leek volkomen verbijsterd.

'Ik hoop niet dat u het erg vindt dat we u erin hebben laten lopen. Zo nu en dan maakt de FBI gebruik van de diensten van een illusionist. En op het moment hebben we een heel goede. Ik heb shows van hem gezien in Las Vegas en in Los Angeles. Normaal gesproken zou ik u nooit verklappen wat voor trucs zo iemand gebruikt, maar nu heeft u in elk geval een mooi verhaal, dat u op koude winteravonden aan de andere gevangenen in de dodencellen kunt vertellen.'

Grant hield zijn kaken stevig op elkaar, maar zijn geest werkte op volle toeren. Hunter knikte weer. Er verschenen nu beelden op het televisie-scherm. De auto van Stan Gregaros verscheen in beeld. De opname was gemaakt op de avond dat hij Bennett achtervolgde, vlak voordat Kerrigan haar zogenaamd had vermoord. Hunter wees naar de achterkant van Ally's auto.

'Een van mevrouw Bennetts achterlichten was met opzet onklaar ge-maakt. Ze werd door een agent aangehouden die haar daar zogenaamd op moest wijzen. Toen Stan naar het park reed, achtervolgde hij een auto met maar één achterlicht. De hele truc viel of stond met dat stukje mislei-ding.'

Het beeld ging nu over in een opname van Gregaros, die het park bin-nenreed en de bochtige weg volgde die naar het weiland leidde.

'Eerder die dag had onze illusionist de hele mise-en-scène voorbereid. Er werden hoge heggenstruiken geplant, zodat er vanaf de weg niets te zien was. Aan weerszijden werden zwarte gordijnen opgehangen. Illusio-nisten gebruiken die als toneelgordijnen als ze iemand willen laten ver-dwijnen. Op het toneel lijken het gewone gordijnen, maar ze zijn zo ge-maakt dat er een auto doorheen kan rijden. En in het donker viel het Stan natuurlijk helemaal niet op dat die gordijnen daar hingen.'

'Ally volgde lichtsignalen om aan de andere kant van het gordijn te ko-men, waar ze vervolgens de auto parkeerde. Achter het gordijn stond pre-cies zo'n zelfde auto klaar, zelfde merk, zelfde type, kortom: volkomen identiek, tot en met het kapotte achterlicht. Maar deze auto was speciaal aangepast om de illusie te helpen creëren: achter het stuur zat een lijk met dezelfde kleren als Ally. Onder de kleren van het lijk zaten zakjes met bloed verstopt, en op het hoofd zat een pruik gelijmd. Het lijk werd over-eind gehouden door een tuig, dat met een elektromagneet in de rug van de zitting was verbonden. Die magneet moest het lichaam op z'n plaats houden tot iemand hem met een afstandsbediening uitschakelde.'

Op het scherm was nu te zien dat de aangepaste auto de weg naar het weiland opreed.

'Onder het weggetje lag een draad verstopt,' legde Hunter uit. 'Die draad liep van achter het gordijn tot aan de plek waar de auto moest ko-men te staan. Onder de voorbumper was een apparaat gemonteerd waar-mee de auto via die draad met een afstandsbediening naar de juiste plek gestuurd kon worden. De agenten die de wagen moesten bedienen, zaten in een gecamoufleerde boomhut van waaruit ze het weiland konden overzien. Het afstandsbedieningssysteem komt uit Duitsland. Daar wordt het gebruikt bij experimenten met een verkeersgeleidingssysteem op de Autobahn.'

Op het scherm verschenen plotseling de felle koplampen van een vrachtwagen van de onderhoudsdienst.

'Die vrachtwagen werd bestuurd door een van onze agenten,' zei Hunter. 'Stan heeft de volgende morgen met hem staan praten. Hij deed het voorkomen of hij een medewerker van de onderhoudsdienst was. Hij maakte Stan ook wijs dat hij een deel van Tim Kerrigans autonummer had genoteerd.'

'Maar hoe dan ook, de agent verblindde Stan even met zijn koplampen. Dat was een afleidingsmanoeuvre, zodat het Stan ontging dat er nu sprake was van een andere auto. Toen hij een auto met maar één achterlicht in de richting van het weiland zag rijden, ging hij er automatisch vanuit dat dat de wagen van mevrouw Bennett was.'

Op het scherm was nu het weiland te zien waar Gregaros meende dat hij Tim Kerrigan Ally Bennett had zien vermoorden. De camera die voor deze opname was gebruikt, bevond zich ergens hoog tussen de bomen.

'Toen Stan het weiland bereikte, stond Tim Kerrigan al bij het portierraampje van de tweede auto. Maar u zult ondertussen wel begrepen hebben dat hij de hele tijd met ons mee heeft gewerkt.'

Grant begon duizelig te worden. Het was of zijn maag ineenkromp.

'De cassettespeler in de tweede auto kon ook met een afstandsbediening vanuit de boomhut aan en uit worden gezet. Er zat een bandje in waarop Ally's deel van het gesprek was opgenomen. Met een richtmicrofoon hebben we op kunnen nemen wat Stan allemaal zei. Ik kan u het bandje laten horen als u dat wilt. Ik weet zeker dat uw advocaat het ook wil beluisteren.'

Op het scherm was nu te zien hoe Tim Kerrigan zijn revolver leegschoot op het lijk in de auto.

'Onder de passagiersstoel voorin hadden we een elektromotor gemonteerd, waarmee een kleine haspel bediend kon worden. Van die haspel liep een doorzichtige draad, zo dun dat je hem met het blote oog zelfs op klaarlichte dag niet kunt zien, via de binnenkant van de mond naar de linkeronderkaak van het lijk. Toen Tim op het lijk schoot, ontploften de zakjes met bloed, zodat de raampjes van de auto onder het bloed kwamen te zitten. Vervolgens werd de elektromagneet uitgeschakeld en begon de elektromotor te lopen, zodat het hoofd en het bovenlichaam van het lijk naar rechts vielen. Het hoofd werd zo gedraaid dat het met het gezicht naar beneden op de passagiersstoel terechtkwam. Vervolgens werd het bandje aangezet waarop Ally's gil te horen was. Tim goot benzine in de auto en streek een lucifer af. De stoelen voorin de auto waren behandeld met een speciaal goedje dat een verzengende hitte verspreidt, om te voorkomen dat Stan langer dan een seconde naar binnen kon kijken. In die ene seconde zag hij een lijk dat dezelfde kleren droeg als Ally. Daardoor, en door de schoten, het bloed en het gegil wist hij niet beter dan dat Tim mevrouw Bennett had vermoord.'

Hunter knikte en de agent schakelde het videoapparaat uit.

'Het spijt me dat ik u zo lang heb laten wachten, maar ik heb Stan eerst de voorstelling laten zien. Ik laat u hier nog even achter, zodat u op uw gemak over leven en dood kunt nadenken. Als je over zulke belangrijke zaken na moet denken, is het beter dat je dat in alle rust kunt doen.'

Hunter maakte aanstalten om weg te gaan, maar op het laatste moment schoot hem nog iets te binnen.

'O ja, ik heb u nog niet verteld dat u het recht heeft om te zwijgen. Als u besluit om met mij te praten, kan en zal alles wat u zegt tegen u worden gebruikt. U heeft recht op een advocaat. Als u geen advocaat kunt betalen, krijgt u een pro-Deoadvocaat toegewezen.'

Hunter zweeg even en telde ondertussen op zijn vingers na of hij nu alle punten had gehad waarmee hij Grant op zijn rechten moest wijzen. Even later glimlachte hij.

'Ja, dat is alles,' zei hij. 'Tot ziens.'

55

Tim Kerrigan wachtte terwijl J.D. Hunter de deurbel van het huis van zijn vader liet overgaan. Achter hen stond een groepje FBI-agenten, gekleed in windjacks met het FBI-logo, te kleumen van de kou. Tim had echter geen last van de kou en de stromende regen. Hij was van binnen helemaal leeg en voelde zich veel verdrietiger dan hij zich ooit in zijn leven had gevoeld.

De deur ging open. William keek verbaasd toen hij zijn zoon en de agenten op de stoep zag staan. Hij had Tim na hun gesprek met Harvey Grant naar huis gebracht en nu was hij daar wéér.

'Waarom ben je niet thuis?'

'Tim is met ons meegekomen om u een kans te geven, meneer Kerrigan. Dat is een onderdeel van onze overeenkomst.'

'Waar heeft u het over?'

'Harvey en Stan zijn gearresteerd, pa. Deze agenten komen je arresteren, maar agent Hunter en ik willen eerst onder vier ogen met je praten. Het hoeft niet als je dat niet wilt. Je kunt om een advocaat vragen, maar ik denk dat dat niet zo'n goed idee is.'

'We hebben de doos met de ondertekende bekentenissen,' zei Hunter. 'De andere leden van uw club worden nog voor het licht wordt, opgepakt.'

Boven aan de trap verscheen Francine.

'Wie is daar, Bill?'

Hunter liep langs William heen naar binnen en liet zijn legitimatie zien. Tim en de andere agenten liepen Hunter achterna.

'Ik ben van de FBI, mevrouw Kerrigan. Ik heb een bevel tot huiszoeking. We zullen proberen om alles zo netjes mogelijk achter te laten. Tijdens de huiszoeking moet een van onze agenten u gezelschap houden.'

'Waar heeft hij het over, Bill?'

'Laat ze hun gang maar gaan,' zei Kerrigan tegen zijn vrouw.

'Kunnen we ergens onder vier ogen praten?' vroeg Hunter.

Een paar agenten liepen de trap op. Francine riep naar haar man, maar die negeerde haar en liep samen met Tim en Hunter de gang in naar zijn kantoor. Hunter deed de deur achter hen dicht, waardoor ze de schelle kreten van Francine niet meer konden horen.

'Ally Bennett leeft nog, pa,' zei Tim zodra ze plaats hadden genomen.

William keek hem verbijsterd aan. Dit was, voorzover Tim zich kon herinneren, de eerste keer dat zijn vader een situatie niet volledig onder controle leek te hebben. William wendde zich tot Hunter.

'U heeft me verteld dat Tim haar had vermoord.'

'De moord op mevrouw Bennett was in scène gezet, meneer Kerrigan. Ze is nog in leven en ook bereid om een verklaring af te leggen. Maar eerst moet ik u op de hoogte stellen van het feit dat we over opnamen beschikken, waarop rechercheur Gregaros te horen en te zien is terwijl hij op de plek van de in scène gezette moord een aantal erg belastende verklaringen aflegt. We hebben al voordat u naar de Westmont reed om met

Harvey Grant te praten een arrestatiebevel laten uitvaardigen. We hebben ook een opname van het telefoongesprek dat u met de rechter heeft gevoerd en waarin u hem vertelde dat de doos niet in de kofferbak van uw auto stond.'

Hunter zweeg even. William zei niets.

'Bent u niet benieuwd over welke doos het gaat?' vroeg Hunter.

'Ik weet niets over een doos.'

'Nee?' zei Hunter. 'Dus is dit de eerste keer dat u iets hoort over de doos met bekentenissen die Victor Reis uit de kofferbak van de rechter moest halen en in uw auto moest zetten? Gaat er niet ergens een lichtje bij u branden?'

William Kerrigan zei niets.

'We moesten de rechter zover zien te krijgen dat hij zou besluiten om de bekentenissen te verplaatsen, want wij hadden geen flauw idee waar hij ze bewaarde,' zei Tim. 'Ik heb tegen je gezegd dat ik wist dat er dergelijke bekentenissen bestonden en dat ik dat ook aan de politie zou vertellen. We wisten dat je dat tegen Harvey zou gaan zeggen en dat die er vervolgens vanuit zou gaan dat we met een bevel tot huiszoeking op de proppen zouden komen. Hij moest de spullen dus onmiddellijk zijn huis uit zien te krijgen. Hij kon ze natuurlijk niet aan een van de mensen geven die zelf zo'n bekentenis hadden ondertekend. De enigen die overbleven, waren dus de oorspronkelijke leden van je clubje. Maar Wendell Hayes is dood en Pedro Aragon zit in Mexico. Dus de enige die toen nog overbleef, was jij.'

'We hebben Tim erop aan laten dringen dat u naar de Westmont zou komen om met hem en Grant te praten,' zei Hunter. 'We vermoedden dat jullie van de gelegenheid gebruik zouden maken om daar het bewijsmateriaal van eigenaar te laten wisselen en we vermoedden dat het van de auto van Grant naar de uwe zou worden overgebracht. Omdat u het zich geen van beiden kon permitteren dat Tim zou zien dat het materiaal werd overgedragen, konden we er zeker van zijn dat Victor Reis degene was die dat moest regelen terwijl u met Tim en Grant zat te praten.'

'Terwijl u bij Tim in het ziekenhuis was, hebben we gekeken in wat voor auto u reed. We hebben precies zo'n zelfde type op de kop getikt, compleet met nagemaakte nummerborden en een slot waarop alle Mercedessleutels pasten, voor het geval u uw sleutels aan Reis zou geven. De bediende bij de Westmont was een van onze agenten. Het enige dat we daarna nog moesten doen, was ervoor zorgen dat de bediende Reis het nummer van de parkeerplek gaf waar de tweede auto stond. Toen Reis de spullen in de kofferbak had gezet, zijn we er met die auto vandoor gegaan en hebben uw eigen auto weer op die plek geparkeerd.'

'We hebben de bekentenissen nu één keer doorgenomen,' zei Tim. 'Ik ben geschrokken van de namen die ertussen zitten. Ik word niet goed als ik bedenk dat ik die mensen altijd vertrouwd heb.'

'U wordt aangeklaagd wegens samenzwering in verband met de moord op Harold Travis en poging tot moord op Frank en Amanda Jaffe, Jon Dupre en uw zoon,' zei Hunter. 'Voor de moord op senator Travis kunt u in de dodencel belanden.

We zouden graag zien dat u met ons samenwerkt. Het zou voor ons van groot belang zijn als een van de oorspronkelijke leden van het Vaughn Street Koor namens de staat als getuige optreedt. Dat betekent dat u levenslang kunt krijgen. Maar dan moet u nu iets doen. We zijn nog niet begonnen met de verhoren van Harvey Grant en rechercheur Gregaros, maar ze weten allebei inmiddels dat Ally nog in leven is en dat Tim hen in de val heeft laten lopen. Ik heb Tim beloofd dat ik eerst met u zou praten voordat we met Grant en Gregaros verdergaan.'

'Wat wordt het, pa?'

Kerrigan keek Tim woedend aan. 'Ik had kunnen weten dat jij niet in staat bent om iemand te vermoorden.'

Tim liet zijn hoofd voorover zakken. Zelfs op een moment als dit was zijn vader nog in staat om hem te kwetsen.

'Uw zoon heeft zich bijzonder dapper gedragen, meneer Kerrigan,' zei Hunter, 'en hij heeft er ook sterk op aangedrongen dat wij u eerst in de gelegenheid zouden stellen om een schikking te treffen.'

Kerrigan staarde de agent aan. 'Ik heb geen behoefte aan een schikking. Ik weet niet waarvan u Harvey Grant en die rechercheur verdenkt, maar ik heb er in ieder geval niets mee te maken.'

J.D. Hunter gaf een van de agenten opdracht om Tim naar huis te brengen. Een andere agent bracht Tims vader ondertussen naar de gevangenis. Cindy zag de auto aan komen rijden en deed de deur voor hem open.

'Is alles in orde met je?' vroeg ze op een toon of ze het ergste verwachtte. Tim had haar niet verteld wat er aan de hand was, maar ze wist dat er iets vreselijks gebeurd moest zijn.

'Slaapt Megan al?'

'Al uren.'

'We moeten praten.'

Tim liep met zijn vrouw naar de woonkamer. 'Ik ga je alles vertellen. Ik wil dat je weet dat ik van je hou.' Tim keek omlaag. 'Ik heb niet altijd van je gehouden, maar ik weet nu dat ik wel van je hou. Als je hoort wat ik je ga vertellen, hou je misschien niet meer van mij.'

'Vertel me asjeblieft wat er vanavond is gebeurd,' zei Cindy. Haar stem klonk erg vlak en Tim zag dat het haar de grootste moeite kostte om haar emoties in bedwang te houden.

'Mijn vader is gearresteerd wegens samenzwering tot moord en poging tot moord op een aantal mensen, onder wie ikzelf.'

Cindy keek hem niet-begrijpend aan.

'Harvey Grant en nog een aantal mensen, onder wie een aantal goede kennissen van ons, zijn ook opgepakt.'

'Lieve god. Dat kan toch niet waar zijn!'

'Ze zijn allemaal schuldig, Cindy. Het zijn meedogenloze schurken. Je hebt er geen idee van hoe erg het allemaal is.'

'En jij...? Was jij daar ook bij betrokken?'

'Nee! Ik heb met de FBI samengewerkt.'

Tim liet zijn hoofd weer zakken. Hij had het gevoel of het hele gewicht van de wereld op zijn schouders rustte.

'Wat heb jij dan gedaan?' vroeg Cindy.

Tim haalde diep adem. Hij was van plan om alles, werkelijk alles, op te biechten. En hij zou zich neerleggen bij alles wat Cindy daarna zou beslissen.

'Ik ben niet wie je denkt dat ik ben. Ik ben door en door slecht.'

Hij kreeg een brok in zijn keel en het lukte hem even niet om verder te praten. Maar toen haalde hij diep adem en keek Cindy recht in de ogen. Hij begon zijn verhaal met hoe hij, anderhalve week voor de Rose Bowl, Melissa Stebbins in de steek had gelaten.

56

Toen Kate Ross het cafetaria van het ziekenhuis binnenkwam, trof ze daar Amanda Jaffe aan, die lusteloos in een kopje koffie zat te roeren. Ze zat ernstig voor zich uit te staren en maakte een vermoeide indruk, zoals trouwens iedereen die zich in het zelfbedieningsrestaurant bevond.

'Hoe gaat het met je vader?' vroeg Kate terwijl ze tegenover Amanda op een bank ging zitten.

'Hij wordt op dit moment geopereerd. De artsen denken dat hij geen blijvende schade heeft opgelopen. Zo gauw de operatie achter de rug is, weet ik het zeker.'

'En hoe voel jij je nu?'

'Lichamelijk gaat het wel. Ik heb geluk gehad. Maar ik ben...' Ze haalde haar schouders op.

'Ik begrijp wat je bedoelt, Amanda. Aan de ene kant ben je dolblij dat jij nog leeft en die ander niet, en aan de andere kant voel je je zo schuldig als de pest, ook al weet je dat je helemaal niets verkeerds hebt gedaan.'

Amanda knikte. 'Zoiets, ja. Ik probeer niet te denken aan wat er thuis is gebeurd. Ik maak me nog het meest zorgen om Frank.'

'Ik heb iets voor je waardoor je Frank misschien even kunt vergeten. Jack Stamm heeft naar kantoor gebeld. Hij heeft voor twee uur een hoorzitting gepland met de bedoeling om de aanklachten tegen Dupre allemaal in te trekken.'

'Wat?'

'Daniel gaat erheen, dus daar hoef jij je niet druk om te maken. En er is nog iets dat je wel leuk zult vinden om te horen: Harvey Grant, Stan Gregaros en Tim Kerrigans vader zijn allemaal opgepakt.'

'Het Vaughn Street Koor?'

'Dat denk ik, ja. En dan nog wat: heb je gehoord wat er met Tim is gebeurd?' vroeg Kate.

'Iemand zat in de wachtkamer bij de intensive care een krant te lezen. Ik heb dus de koppen gezien. Ik kan me niet voorstellen dat Maria Lopez heeft geprobeerd om hem te vermoorden. Weet iemand waarom ze dat gedaan heeft?'

'Het enige dat ik weet, is dat ze ook is gearresteerd. Ik heb het bij een paar van mijn bronnen nagevraagd, maar niemand kon of wilde me er iets over vertellen. Maar hoe het ook zij, onze cliënt wordt van alle blaam gezuiverd. Daniel belt zo gauw de zitting is afgelopen. Ik heb hem gevraagd of hij wil proberen erachter te komen waarom de aanklachten worden ingetrokken en of dat misschien iets met die arrestaties te maken heeft.

Er is nog iets: nadat ik de schietpartij in Jons huis had gerapporteerd, is er een politieauto naar toe gegaan. De deur van de kelder stond wagenwijd open en de politie heeft een paar patroonhulzen en wat bloed gevonden, maar er zijn geen lichamen aangetroffen.'

'Onze vrienden hebben dus kans gezien om ervandoor te gaan.'

'Daar lijkt het wel op.'

'Volgens mij is daarmee het probleem wat er met die plunjezak moet gebeuren ook opgelost.'

'Ga je hem aan Jon geven?'

Amanda roerde weer in haar koffie en keek in de verte. Kate gunde haar rustig de tijd om na te denken.

'Als bekend wordt wat er op die bandjes staat, komen er een heleboel mensen in moeilijkheden,' zei ze. 'En misschien is dat ook wel terecht. Het gaat om mannen van wie we altijd hebben aangenomen dat ze de steunpilaren van onze maatschappij waren, mannen die er altijd op zitten te hameren dat misdaad hard moet worden aangepakt. En dat blijken nu ineens allemaal oplichters te zijn.'

'Ik ben het helemaal met je eens, maar ik weet niet of ik wel degene moet zijn die ze van hun voetstuk haalt,' zei Kate. 'Misschien is het voor alle betrokkenen beter als de inhoud van die tas verdwijnt.'

Deel Zeven

HOE HET PEDRO VERGING

57

Tim Kerrigan sloeg zijn arm om Cindy's schouders en keek hoe Megan over het strand rende en naar schelpen zocht. Hugh Curtin had een vriend die vroeger als lijnverdediger bij de Cardinals had gespeeld en een koopflat op Maui bezat. Ze zaten hier al een week aan het strand en hadden nog een week de tijd voor Tim terug naar Portland moest voor de hoorzittingen in het proces tegen het Vaughn Street Koor, waarin hij als kroongetuige moest verschijnen. Het enige dat dit vredige tafereel verstoorde, was de aanwezigheid van de gewapende lijfwachten die het gezin Kerrigan voortdurend begeleidden.

Tim had Jack Stamm om een paar weken verlof gevraagd. Het zou hem niet lukken om zijn seksuele avontuurtjes met Ally Bennett geheim te houden. Ze vormden een onderdeel van de verklaring die hij tijdens een van de openbare rechtszittingen zou moeten afleggen. Tim was ervan overtuigd dat Harvey Grant van de gelegenheid gebruik zou maken om ook zijn andere slippertjes met prostituees uitgebreid ter sprake te brengen. Jack zou hem in elk geval niet in zijn huidige functie kunnen handhaven. Hij wist trouwens niet of hij wel openbaar aanklager wilde blijven.

Hugh had gelijk gehad. Hij had zich jarenlang in zijn kantoor bij het Openbaar Ministerie verscholen. Hoe nu verder? Dat was de volgende vraag. Met zijn smoezelige verleden was een carrière in de politiek uitgesloten. Burton Rommel had hem dat tijdens een inderhaast belegde vergadering, een paar dagen nadat de hele zaak aan het licht was gekomen, maar al te duidelijk gemaakt. Het zou hem de komende tijd trouwens toch niet lukken om zich over zijn toekomst te beraden, want de komende maanden zou hij het nog behoorlijk druk krijgen met het afleggen van getuigenverklaringen en de verhoren door de aanklagers van de staat Oregon en het federale hof. Hij was trouwens dankbaar dat hem nu even rust werd gegund. Hij kon die tijd maar al te goed gebruiken om te proberen de schade die hij zijn gezin had toegebracht enigszins te herstellen.

Bij alles wat hij deed, had Tim altijd naar goedkeuring van zijn vader gesnakt, maar die had hij nooit gekregen. William had hem al zijn hele leven lang laten voelen hoe nietig hij was. Nu Tim wist dat zijn vader hem al die tijd bedrogen had, was het hem eindelijk gelukt in te zien dat zijn gevoel van eigenwaarde niet afhankelijk was van diens goedkeuring.

Tims bekentenis aan Cindy was het moeilijkste dat hij ooit in zijn leven had gedaan. Hij had het ongeloof en de pijn op haar gezicht gezien toen ze, zwijgend en geschokt, zat te luisteren naar de lange litanie waarmee hij haar al zijn bedriegerijen en leugens had opgebiecht. Hij had haar ook verteld wat voor hem het keerpunt was geweest: de dag dat hij met haar en Megan naar de dierentuin was geweest.

'Ik had mezelf wijsgemaakt dat ik Ally ongestraft kon vermoorden, maar ik wist ook dat dat eigenlijk net zoiets zou zijn als zelfmoord plegen. Toen ik Melissa Stebbins in de steek liet, was het al of ik bijna doodging. Als ik Ally Bennett had vermoord, zou dat voor mij het einde hebben betekend.

Maar dat was niet de reden dat ik het niet gedaan heb. De enige reden was Megan.' Hij had een brok in zijn keel gekregen en het duurde even voordat hij weer verder kon praten. 'Ik had jou op alle mogelijke manieren bedrogen, maar voor haar was ik nog steeds een held. Toen ik met Hunter zat te praten, was het of ik die negentig meter weer moest lopen, maar nu helemaal alleen, zonder verdedigers om het andere team tegen te houden. Ik wist dat alle zonden die ik had begaan aan het licht zouden komen, maar ik hoopte dat ze, als ze eenmaal oud genoeg zou zijn om het te begrijpen, mij zou zien als een...' Hij zweeg weer even. 'Nee, niet als een held. Ik zal nooit een held worden. Maar als iemand die heeft geprobeerd om te doen wat in zijn ogen het beste was.'

Die nacht sliepen Cindy en hij in aparte kamers, en Tim was ervan overtuigd dat dit het einde van zijn huwelijk betekende. De dagen daarna deed Cindy niet onaardig tegen hem, al gedroeg ze zich wel erg afstandelijk. Hij zag haar trouwens amper, want hij bracht het grootste deel van zijn tijd, zowel overdag als 's avonds, door op het hoofdkwartier van de FBI, het bureau van de officier van justitie van Multnomah County en het kantoor van de procureur-generaal. Op een avond kwam hij laat thuis. Toen hij langs de geopende deur van hun slaapkamer naar de logeerkamer liep, zag hij dat Cindy nog wakker was. Ze had gevraagd of hij bij haar in bed wilde komen liggen. Ze hadden geen van tweeën tijdens het vrijen veel gezegd, maar Tim wist dat dit betekende dat ze hem weer terug wilde en dat ze hem de kans bood om opnieuw te beginnen.

Megan had aan de rand van het strand een stuk drijfhout ontdekt en riep dat hij moest komen kijken. Cindy glimlachte naar hem en kneep in zijn hand. Als dat kleine beetje warmte van haar aanraking alles was dat ze hem, na alles wat hij haar had aangedaan, nog kon geven, was dat voor Tim al meer dan genoeg.

58

Amanda had al twee weken last van de meest verschrikkelijke nachtmerries. Die nachtmerries waren begonnen na de nacht waarop ze Manuel Castillo had gedood. Ten slotte had ze zich gewonnen moeten geven en had ze toch de pillen ingenomen die Ben Dodson haar had voorgeschreven. Dankzij de medicijnen waren de nachtmerries opgehouden, maar het innemen van medicijnen ertegen was volgens haar niet de juiste methode. Drie dagen geleden was ze ermee gestopt. Ze gaf er de voorkeur aan om de demonen in haar binnenste met open vizier te bestrijden.

Het doden van Castillo was voor haar iets afschuwelijks geweest, maar ze had uit zelfverdediging gehandeld en schaamde zich er dan ook totaal niet voor dat ze een eind aan zijn leven had gemaakt. Castillo was een monster geweest. De politie had haar verteld dat ze Portland had verlost van een psychopaat die een aantal weerzinwekkende moorden op zijn geweten had. Sean McCarthy had haar zelfs een lijst voorgelezen met de namen van slachtoffers van moorden waarbij Castillo als hoofdverdachte werd genoemd. Wat haar nog het meest geruststelde was de wetenschap dat Frank nu dood zou zijn als zij ook maar een moment geaarzeld had.

Gisteren was het Amanda voor het eerst gelukt om de hele nacht aan een stuk door te slapen. Ze had wel gedroomd, maar het was een gewone droom geweest. En vandaag had ze dr. Dodson tijdens hun wekelijkse gesprek verteld dat ze gestopt was met de pillen. Hij was een en al begrip, maar hij waarschuwde haar wel dat één goede nacht rust nog niet betekende dat haar problemen voorbij waren. Ze wist dat ze nog een lange weg te gaan had, maar ze voelde zich nu stukken beter dan ze zich in maanden had gevoeld.

Frank was nog steeds herstellende. Hij was thuis, maar hij was van plan om volgende week weer halve dagen te gaan werken. Amanda wilde eigenlijk ook weer terug naar haar eigen flat, maar ze bleef voorlopig nog in haar oude kamer bivakkeren omdat ze Frank niet alleen wilde laten. Hij had zijn linkerarm in een mitella en trok erg met zijn been. Hij kon zich slechts met de grootste moeite door het huis verplaatsen, en koken met één arm ging ook erg lastig.

Een week geleden was Amanda voor het eerst sinds de overval weer naar de YMCA gereden om te gaan trainen. Toen ze het zwembad binnenliep, waren enkele leden van het seniorenteam in de voor hen gereserveerde banen juist met hun oefeningen bezig. Toen ze naar haar eigen baan liep, zag ze Toby uit het water komen.

'Amanda!'

'Hallo.'

'Ik kon het amper geloven toen ik je op de televisie zag. Gaat het weer een beetje met je?'

'Ik ben nog niet helemaal de oude, maar het gaat gelukkig steeds beter. Ik ben nu zover dat ik mijn fitnesstraining weer wil oppakken.'

'Prima idee.' Brooks schudde zijn hoofd. 'Het moet vreselijk voor je geweest zijn.'

Amanda reageerde niet. Steeds als ze met iemand over de aanslag op het huis van haar vader moest praten, bezorgde dat haar een akelig gevoel.

'Ik had je nog willen bellen om te vragen hoe het met je ging,' zei Toby. 'Ik heb twee keer met de telefoon in m'n handen gestaan.'

'Waarom heb je dan niet gebeld?'

Toby maakte een schouderophalend gebaar. 'Ik wilde je niet lastigvallen. Ik dacht dat je waarschijnlijk al genoeg telefoontjes kreeg. Ik weet dat als mij zoiets zou overkomen ik liever alleen zou willen zijn.'

Toby aarzelde even en keek Amanda toen recht in haar ogen. 'En ik ken je eigenlijk amper. We hebben twee keer heel even met elkaar gesproken.'

Amanda probeerde haar stem kalm te laten klinken, maar haar hart ging net zo snel tekeer als na afloop van een zwemwedstrijd.

'De volgende keer maak ik minstens een hele minuut voor je vrij,' zei ze.

'Heb je dit weekend iets te doen?'

'Dat moet ik even met mijn vader overleggen. Hij is uit het ziekenhuis, maar hij is nog niet honderd procent opgeknapt. Kan ik jou bellen?'

'Dat is goed.' Toby grijnsde. 'Dan heb ik ondertussen even tijd om te bedenken hoe ik je over kan halen om lid te worden van ons team.'

'Probeer het eens met omkoping. Misschien lukt het wel als je me een etentje in een chic restaurant aanbiedt.'

'Ik zal kijken hoeveel smeergeld ik nog heb. Je hoort het wel als je me belt,' zei Toby terwijl hij zich weer in het water liet zakken.

Amanda liep verder naar haar baan. Tijdens het gesprek met Toby was haar angstgevoel op een gegeven moment helemaal verdwenen.

De manager liep met Amanda, Toby Brooks, Kate Ross en Daniel Ames naar hun gereserveerde tafel achter in het stampvolle restaurant. Mephisto, zo heette deze nieuwste poging om in Portland een stukje New Yorkse hype te creëren. Het was er rumoerig, en de cliëntèle bestond voor het grootste deel uit volgens de laatste mode geklede jongeren, wat Amanda het gevoel gaf dat zij een van de oudste gasten was. Dit was de tweede keer dat zij met Toby uitging, en hij was degene geweest die had voorgesteld om hier te gaan eten, omdat hij had gehoord dat het eten er van uitstekende kwaliteit was. En het was natuurlijk ook leuk om te kijken wie hier allemaal kwamen.

Hun serveerster, die zo te zien aan anorexia leed, kwam zich voorstellen en nam hun bestelling voor drankjes op. Ze moesten schreeuwen om zich boven het lawaai verstaanbaar te kunnen maken.

'Als ik hier doof word, klaag ik je aan,' riep Amanda naar Toby. Hij grijnsde.

'Ik ga even mijn neus poederen,' schreeuwde Kate in Amanda's oor.

Amanda vroeg aan Toby en Daniel of ze de dames even wilden excuseren en baande zich in Kate's kielzog een weg door de menigte. Toen ze langs de bar kwamen, waar de klanten drie rijen dik stonden te wachten, voelde ze een hand op haar arm. Amanda draaide zich om en stond tot haar verbazing oog in oog met Jon Dupre.

'Ben je hier alleen?' vroeg hij.

'Nee. Ik heb een afspraakje en er zijn ook nog een paar vrienden bij.'

'Aan welke tafel zitten jullie? Dan laat ik een fles champagne brengen.'

'Dat hoeft niet.'

'Natuurlijk wel. Als jij er niet geweest was, zou ik hier nu niet zitten. Ik ga jullie trakteren.'

De glimlach verdween van Dupre's gezicht. Hij leek opeens volkomen serieus. 'Je hebt prima werk geleverd, Amanda.'

'Ally is eigenlijk degene die je moet bedanken.'

'Heb je gehoord waar ze is?'

'Ze staat onder politiebescherming, en ze hebben haar van een andere identiteit voorzien. Ze zeggen tegen niemand waar ze momenteel is. Het enige dat ik gehoord heb, is dat ze de voogdij over het dochtertje van Lori Andrews heeft gekregen.'

'Geweldig. Ik hoop dat ze erg gelukkig wordt.'

'Dat heeft ze ook wel verdiend. Als zij er niet geweest was, zou je nu nog in de gevangenis zitten. Ze moet wel heel erg van je gehouden hebben om zulke risico's voor je te nemen.'

Dupre keek haar even niet-begrijpend aan.

'Dacht je dat we een relatie hadden?' vroeg hij.

Amanda knikte.

'Dan zit je er helemaal naast.'

Amanda keek hem verbaasd aan. Dupre schoot in de lach. 'Wist je dat nou echt niet?'

'Wat bedoel je?'

'Dat van Ally. Daarom heeft ze zich ook over Lori's dochtertje ontfermd. Ik had geen relatie met haar. Zij had een relatie met Lori.'

'Maar ze zei tegen mij dat jullie...'

'Met elkaar naar bed gingen? Bedoel je dat?'

Amanda knikte.

'Dat is inderdaad een keer gebeurd – het was eigenlijk een triootje, met Lori erbij. Maar het was duidelijk dat ze meer belangstelling voor elkaar hadden dan voor mij, en dus...' Jon haalde zijn schouders op.

Maar Amanda luisterde al niet meer. *Ally en Lori hadden samen een relatie gehad.* Opeens leek het of alles op z'n plaats viel.

'Wat is er?' vroeg Dupre.

'Ally moet woedend op je geweest zijn toen je Lori naar senator Travis stuurde.'

'Jezus, nou en of. Toen ze Lori's lichaam vonden, sloegen bij haar de stoppen door.'

'Maar heeft ze je het uiteindelijk wel vergeven?' vroeg Amanda.

'Ja, maar pas nadat ik gearresteerd was. Ze kwam naar de gevangenis en zei dat ze alles zou doen om me vrij te krijgen. En ik neem aan dat ze dat meende.'

Amanda vroeg zich af hoe ze zo dom had kunnen zijn. Ally en Lori... Dat dit haar was ontgaan! Plotseling baande een zwaar opgemaakte, roodharige schone zich een weg door de menigte. Ze ging naast Dupre staan en pakte hem bij zijn arm. Ze was gekleed in een nauwsluitende, laag uitgesneden jurk. Het ontging Amanda niet dat haar pupillen de grootte hadden van zwarte olijven. Dupre zag dat het Amanda was opgevallen. Hij verschoot van kleur.

'Wie is dit?' vroeg de roodharige op achterdochtige toon.

'Maggie, dit is Amanda Jaffe, mijn advocaat.'

Maggie knikte en wierp Amanda een hooghartige blik toe.

'Aangenaam,' zei Amanda. 'Tot ziens, Jon.'

Kate Ross stond bij de ingang van de toiletten op Amanda te wachten.

'Wat wilde Dupre?' vroeg ze.

'Alleen maar gedag zeggen.'

'Die aangeklede bezemsteel die hij bij zich heeft, kwam daarnet met een witte bovenlip het toilet uit. De coke liep gewoon uit haar neusgaten.'

'We zijn hun advocaten, Kate, niet hun moeders.'

'Wat je zegt.'

'Ik wil even iets met je bespreken,' zei Amanda. Er stond verder niemand te wachten, maar voor de zekerheid keek ze eerst even goed om zich heen om er zeker van te zijn dat ze niet werden afgeluisterd. 'Jon zei daarnet iets dat me aan het denken heeft gezet. Wist jij dat Ally Bennett en Lori Andrews een relatie hadden?'

'Nou breekt m'n klomp!'

'Misschien was het Vaughn Street Koor wel helemaal niet verantwoordelijk voor de moord op senator Travis. Ze hadden misschien een duidelijk motief – ze hadden hem niet meer in de hand en hij bracht de samenzwering in gevaar – maar denk eens aan de manier waarop hij is vermoord.'

'Daar zeg je wat. Travis is doodgeknuppeld, en bij de anderen leek het of...'

Amanda knikte. 'Precies. De slachtoffers van het Koor kregen allemaal kalmerende middelen toegediend, om de politie in de waan te brengen dat ze zelfmoord hadden gepleegd. Alleen bij Travis was duidelijk sprake van moord.'

'En hoe,' zei Kate, eigenlijk meer tegen zichzelf dan tegen Amanda. 'Degene die Travis heeft vermoord, moet hem ontzettend hebben gehaat.'

Kate zweeg even. 'Denk je dat Ally Travis heeft vermoord om Lori Andrews te wreken?'

Amanda knikte. 'Carl Rittenhouse heeft Tim verteld dat Travis op de avond dat hij werd vermoord een telefoontje kreeg. Travis zei toen tegen hem dat Jon Dupre het na die ruzie bij de Westmont weer goed wilde maken. In een van de politierapporten staat dat er die avond vanuit het huis van Jon naar het huis van de senator is gebeld. We weten dat Ally als enige bij Jon was achtergebleven nadat Joyce Hamada en Cheryl Riggio waren vertrokken, en ook dat Jon volgens Hamada buiten westen was geraakt van de drugs.'

'Dus volgens jou heeft Bennett Travis gebeld, hem naar het vakantiehuisje gelokt, volgestopt met verdovende middelen en hem vervolgens doodgeknuppeld?'

'Dat zou kunnen. Ik bedoel, alles wordt er een stuk duidelijker door. Zelfs de poging van Wendell Hayes om Jon te vermoorden. Hayes en de anderen dachten dat Dupre een van hun eigen mensen had vermoord. Misschien wilden ze hem vermoorden om zo de dood van een lid van hun geheime clubje te wreken.'

'Wacht even. En die oorring dan? Ze hebben een oorringetje van Dupre in het huisje van Travis gevonden. Hoe kwam dat daar dan terecht?'

'Ally nam het Jon erg kwalijk dat hij Lori weer naar de senator stuurde na wat er de eerste keer was gebeurd. Volgens mij heeft zij dat ringetje uit Jons huis meegenomen en het daar neergelegd met de bedoeling dat de verdenking op Jon zou vallen. Maar toen Jon gearresteerd was, kreeg ze daar spijt van en heeft ze geprobeerd om hem weer vrij te krijgen.'

'Het zou kunnen dat het zo gegaan is,' zei Kate. 'Maar kun je dat ook bewijzen?'

'Dat ga ik niet eens proberen. Mijn taak was om Jons naam te zuiveren. Ik hoef niet naar de moordenaar van Travis te gaan zoeken. Dat is een taak voor de politie.'

'En daar ga jij ze denk ik niet bij helpen, of wel?'

'Travis was een ploert. Hij heeft Lori Andrews vermoord en daarvoor zijn verdiende loon gekregen. En of Jon het gedaan heeft, of het Koor, of Ally Bennett: wat mij betreft vinden ze de moordenaar nooit.'

'Maar als Grant of Kerrigan, of iemand anders, nu eens veroordeeld wordt vanwege de moord op Travis?'

Amanda herinnerde zich hoe ze zich had gevoeld toen Castillo haar had ontvoerd. Ze dacht weer aan de doodsangst die haar bijna had verlamd vlak voordat ze hem in de kelder van Frank te lijf was gegaan. Castillo had in opdracht van Grant en Kerrigan gehandeld. Ze wilden haar kapotmaken, ze wilden haar vermoorden. En zij was zeker niet de enige geweest. Hoeveel anderen waren door hun toedoen om het leven gebracht? Als die twee in de dodencel terechtkwamen voor een moord die ze niet hadden gepleegd, zou Amanda daar geen traan om laten. Pas als het Vaughn Street Koor met wortel en tak was uitgeroeid, zou er sprake zijn van gerechtigheid.

59

Pedro Aragon lag te zonnebaden op de patio van zijn haciënda toen een van zijn mannen met de telefoon naar hem toe kwam. Naast hem lag een mooie, donkere schone. Het enige dat ze droeg was een string. Ze leek heel erg op de vrouw uit de droom waaruit hij jaren geleden, op de dag dat hij Harvey Grant, Wendell Hayes en William Kerrigan had leren kennen, was ontwaakt.

'Señor Kerrigan voor u aan de lijn.'

Pedro had dit telefoontje al een hele tijd verwacht, maar eigenlijk had hij gehoopt dat het nooit zou komen. Hij vond het jammer dat Bill hem nu belde.

'Er is heel wat aan de hand, Pedro.'

'Dat weet ik. Ik lees de kranten hier ook. Arme Harvey, arme Stan. Het ziet er niet al te best uit voor ze. Hoe gaat het met jou?'

'Ik maak me ernstige zorgen. Maar er is nog hoop. Dat zegt Maria ook. Je hebt haar een goede opvoeding gegeven, Pedro. Maria is een fantastische meid.'

'Dank je, Bill.'

Pedro zweeg. Hij wist dat zijn oude makker op het punt stond hem te vertellen waarom hij eigenlijk belde. Hij hoorde dat Kerrigan erg gespannen was.

'We moeten elkaar gauw weer eens spreken,' zei Kerrigan.

'Natuurlijk. Wanneer kun je hierheen komen?'

'Ik dacht zo dat jij misschien beter hierheen kunt komen.'

Pedro vroeg zich af wie Bill tot dit telefoontje had gedwongen. De FBI, de narcoticabrigade, of de politie van Portland?

'In Oregon is het altijd slecht weer. Hier schijnt de zon. Kom toch hierheen, *amigo*.'

'Dat zal moeilijk gaan.'

'Ik heb hier een heel lief vrouwtje, Bill. Ze maakt verrukkelijke margarita's. Wil jij ook een lieve vriendin? Met rood haar, of liever blond? Zeg het maar.'

'Het zou niet verstandig zijn om naar jou toe te komen. Na wat er met Manuel is gebeurd, denk ik dat je voortdurend in de gaten gehouden wordt. Kom hierheen, want er moet iets gebeuren. Ik word op dit moment nog nergens van verdacht, maar dat kan elk moment veranderen.'

De vrouw die naast Pedro lag, draaide zich om en ging op haar rug liggen, zodat hij een blik op haar prachtige borsten kon werpen. Hij was helemaal weg van haar mooie, rechtopstaande tepels.

'Wat zei je?' vroeg Pedro, die even werd afgeleid door de tepels en daardoor Kerrigans laatste zin maar half had gehoord.

'Ik zei dat je met je eigen vliegtuig hierheen kunt vliegen. Er is een landingsbaan bij Sisters. Ik heb een huisje bij Camp Sherman, waar ik altijd ga vissen. Daar kunnen we praten zonder dat iemand ons ziet.'

'Goed idee. Ik ga even in m'n agenda kijken en dan bel ik je terug.'

'Wanneer denk je dat je een datum weet?'

'Er moet snel wat gebeuren, zei je. Hoe snel?'

'Heel snel.'

'Dan bel ik je zo gauw mogelijk terug. Hou je taai.'

Pedro hing op. Er verscheen een weemoedige glimlach op zijn lippen. Bill Kerrigan kon wat hem betrof de tering krijgen. Dieven stelen niet van elkaar, zo was het toch? En het hemd was nu eenmaal nader dan de rok. Maria kwam op de eerste plaats. Gelukkig had ze tot nu toe haar mond gehouden. De glimlach verdween van Pedro's gezicht. Hij maakte zich zorgen om Maria. Haar advocaten hadden gezegd dat het een zwaar proces zou worden, maar ze hadden de moed nog niet opgegeven. Misschien zouden ze een schikking kunnen treffen.

Pedro zuchtte. Hij kwam overeind en liep naar de rand van de patio. Hij keek uit over het gazon, het grote zwembad en het gazon daarachter, dat helemaal doorliep tot aan de rand van de rimboe achter de haciënda. In de verte liepen een paar gewapende bewakers.

Pedro stond even naar de bewakers te kijken, maar na een paar tellen was zijn belangstelling weer verdwenen. Hij draaide zich om. Daar waren die borsten weer. Hij voelde dat hij een erectie begon te krijgen. Daar moest eerst iets aan gedaan worden, vond hij. Hij gaf de vrouw een zacht tikje op haar lichaam en fluisterde iets in haar oor. Ze giechelde en kwam overeind uit haar ligstoel. Terwijl Pedro achter haar aan naar binnen liep, voelde hij even een gevoel van weemoed in zich opkomen. Het Vaughn Street Koor was voor eens en voor altijd ter ziele. Maar even later kon hij weer lachen. Het Koor had langer bestaan dan hij ooit voor mogelijk had gehouden – veel langer zelfs. Hij had met Harvey, Wendell en Bill te doen, maar Pedro was ook een groot aanhanger van Darwin. Had Darwin niet gezegd dat alleen de sterksten uiteindelijk overleven? Hij was de enige overlevende, de enige overwinnaar. Hij was nu de nieuwe leider, en als zodanig stond hij nu op het punt om zijn rechten te laten gelden waar het vrouwen betrof. Hij had het gevoel dat hij onsterfelijk was.

Op het toneel van de Jungle Club was het meisje Sunny Day bezig om haar tangaslipje uit te trekken. De eigenaar van de club, Martin Breach, zat in zijn kantoor achterin de striptent. Hij was in een filosofische stemming. Degene die zijn overpeinzingen moest aanhoren, was zijn enige vriend en voornaamste handlanger, Art Prochaska, een reus van een kerel met een rond, kaal hoofd. Prochaska beschikte niet over een geweten.

'Ik heb gisteren bij die Chinees in 82nd Street gegeten, Arty. Je weet wel waar ik bedoel.'

'De Jade-en-nog-iets.'

'Ja, daar.'

Breach schoof een klein stukje papier over het bureaublad in de richting van zijn vriend.

'Dat zat in m'n gelukskoekje. Zie je wat er op staat?'

'Terwijl we nadenken, laten we vaak onze kans voorbijgaan,' las Prochaska langzaam hardop.

'Precies. Door die tekst ben ik een beetje gaan nadenken over de kansen die ons de afgelopen tijd zomaar in de schoot zijn geworpen. Neem nu de Jaffes, bijvoorbeeld. Ik doe Frank een plezier, en zijn dochter bewijst ons een dienst door Manuel Castillo in mootjes te hakken. Een heel aardige meid, trouwens. Wie had ooit gedacht dat ze tot zulke grote dingen in staat was?'

'Dat was nog eens een verrassing, Marty: een griet die gehakt maakt van Castillo. Hoe is het mogelijk?'

'Nu Pedro's mannen niet meer actief zijn, is de kans groot dat de drugswereld te maken krijgt met anarchie,' filosofeerde Breach.

Prochaska had slechts een vaag idee van wat er met 'anarchie' bedoeld werd. Hij knikte dus maar en hoopte dat Breach hem er geen vragen over zou gaan stellen.

'Aragon is nu zwak. De rechters, advocaten en politiemensen met wie hij banden onderhield, zijn allemaal gearresteerd.' Breach zweeg even. Hij keek met zijn kraaloogjes zijn vriend doordringend aan. 'Begrijp je waar ik heen wil, Arty? Hier ligt onze kans. Maar als we niet snel iets doen, gaat die kans weer voorbij, zoals je op dat briefje hebt kunnen lezen. Wat denk jij?'

Prochaska fronste even zijn voorhoofd. Hij probeerde te bedenken welke kans zijn vriend bedoelde. Maar gelukkig schoot hem bijtijds de kern van de boodschap uit Marty's gelukskoekje te binnen, die erop neerkwam dat je met lang nadenken alles kon verknoeien. Nu was denken trouwens nooit Prochaska's sterkste kant geweest. Hij was meer een man van actie.

'Dat eh... anarchie, wat is dat eigenlijk?' vroeg Prochaska ten slotte.

'Dat iedereen maar doet waar hij zin in heeft. Dat er nergens meer orde is en zo.'

'En orde moet er zijn, toch?'

'Natuurlijk. En als die er niet is, moet er orde op zaken worden gesteld. Maar het is natuurlijk wel belangrijk door wie dat wordt gedaan.'

'Ik denk niet dat we Pedro's deel van de markt zomaar kunnen inpikken, Marty. Ik denk dat we daar moeilijkheden mee krijgen.'

'Ja, dat zou kunnen,' zei Breach bedachtzaam. 'Pedro is typisch iemand die zou zeggen "alleen over m'n lijk".'

Prochaska grijnsde. Breach staarde ondertussen aandachtig naar de muur.

'Weet jij of Anthony Spaans spreekt?' vroeg Breach.

'Ik dacht van wel.'

'Denk je dat hij zin heeft in een reisje naar Mexico?'

Dankbetuiging

Om mijn romans zo realistisch mogelijk te maken, ben ik afhankelijk van deskundig advies op velerlei gebied. In het bijzonder wil ik dr. Jim Boehnlein, dr. Karen Gunson, sgt. Mary Linstrand, Ed Pritchard, Ken Lerner, Norm Frink en dr. Don Girard bedanken. Als u bij het lezen de indruk krijgt dat ik alles weet, komt dat uitsluitend doordat deze mensen me bij het schrijven met raad en daad terzijde hebben gestaan; alleen de eventuele vergissingen zijn geheel voor mijn rekening.

Ook wil ik graag Nikola Scott, Laurie Shertz, Jerry, Judy, Joe, Eleonore, Doreen en Daniel Margolin, Helen en Norman Stamm, Pam Webb en Jay Margulies bedanken. Zij hebben de verschillende kladversies van dit boek aan een kritisch oordeel onderworpen. Meestel helpt mijn dochter Ami daar ook bij, maar doordat zij momenteel met het Peace Corps in het buitenland zit, heb ik deze keer geen gebruik kunnen maken van haar hulp.

Dan Conaway, mijn redacteur, heeft ook een paar schitterende ideeën aangedragen, waardoor *Web van Verraad* uiteindelijk een veel beter boek is geworden dan het was toen hij het manuscript voor het eerst onder ogen kreeg. Het is een genoegen om met hem en zijn collega's bij Harper-Collins te mogen samenwerken.

Zoals altijd past ook nu weer een woord van dank aan Jean Naggar en de medewerkers van haar literair agentschap. En dat is niet zonder reden: zij zijn op hun gebied gewoon de besten.

Tot slot een woord van dank, gericht aan een goede vriend en collega-schrijver, Vince Kohler, die me steeds als ik daarom kwam zeuren van deskundig advies omtrent vuurwapens heeft voorzien. Hij heeft altijd zonder mopperen zijn eigen werk onderbroken en zijn eigen planning opzij gelegd om mijn eerste kladversies te lezen en van commentaar te voorzien. Helaas is Vince inmiddels overleden. Ik mis hem zeer.